ILIAS VENESIS

ÄOLISCHE ERDE

Roman
Aus dem Neugriechischen
übertragen von Roland Hampe

INSEL

Originaltitel: *Aeoliki gi* (1944)

Die vorliegende Übersetzung erschien erstmals
im Insel-Verlag Wiesbaden 1949.

Dritte Auflage 1992
Insel Verlag Frankfurt am Main und Leipzig

Druck: Nomos Verlagsgesellschaft, Baden-Baden
Printed in Germany

ERSTER TEIL

UMWELT

I

Als die Wasser des Ägäischen Meeres sich teilten und die Berge von Lesbos aus der Tiefe aufzusteigen begannen, feucht, glänzend und still, da sahen die Wogen überrascht die Insel, ihren neuen Freund. Sie waren gewohnt, aus den Zonen des Kretischen Meeres herüberzuwandern und an den Küsten Anatoliens zu vergehen, und was sie vom Festland kannten, waren harte Berge, gewaltige, schroffe Felsen, Land aus gelbem Stein. Dies Land hier aber, mit der neuen Insel, war etwas anderes – o wie Verschiedenes! Drum sagten die Wogen: Laßt uns gehen und laßt uns die Botschaft bringen dem nächsten Lande von hier, dem Land der Äolis. Laßt uns ihm von der Insel erzählen, dem neuen Land, das das Licht mit der friedlichen Stille verband, von ihrem Umriß und ihrem Rhythmus, der so sanft ist, als trage er das Schweigen in sich. Laßt uns ihm erzählen von dem Wunder des Ägäischen Meeres.
Und die Wogen kamen und brachten die Botschaft des Meeres an die äolische Küste. Es kamen immer neue und wieder neue Wogen, alle Wogen, und alle sprachen sie von dem Kunstwerk dieser Insel, von dem Kleinod der Harmonie und des Schweigens.
Am ersten Tage hörten das die harten Berge des Morgenlandes und blieben gleichgültig. Sie hörten es am nächsten Tage, und wieder rührte es sie nicht. Als aber das Übel zu groß ward und sie keinen Augenblick etwas anderes hörten als die Stimme des Meeres, die ihnen von dem Wunder berichtete, da verloren die Berge ihre reglose Ruhe und neigten sich neugierig über die Wogen, um die Insel im Ägäischen Meer zu sehen. Sie waren neidisch auf ihre Harmonie und sagten: – Laßt auch uns einen Platz schaffen auf der Erde der Äolis, der so friedlich und so still ist wie die Insel! Da teilten sich die Berge, zogen sich in die Tiefe zurück, und die Landschaft, die sie zurückließen, wurde eine Gegend friedlicher Stille.
Jene Berge Anatoliens heißen Kimindenia.

Meine Vorfahren hatten harte Arbeit mit der Erde, die unter den Kimindenia liegt. Als ich geboren wurde, gehörte ein großer Teil jener Gegend unserer Familie. Im Winter wohnten wir in der Stadt, aber kaum daß der Schnee auf den Kimindenia wegschmolz und die Erde grün wurde, nahm uns unsere Mutter, alle meine Geschwister – die Anthippi, die Agapi, die Artemis, die Lena und mich –, und wir zogen hinaus, um die Sommermonate auf dem Gute zu verbringen bei unserem Großvater und der Großmutter.

Das Meer war von dort weit entfernt. Das war für mich anfangs ein großer Kummer, da ich am Meer geboren war. In der Ruhe der Landschaft erinnerte ich mich an die Wellen, die Muscheln und die Quallen, den Geruch des modrigen Tangs und an die Segel, die dahinzogen. Ich konnte das nicht ausdrücken, da ich noch sehr klein war. Aber eines Tages fand meine Mutter den Knaben, wie er mit dem Gesicht am Boden lag, als wolle er die Erde küssen. Der Knabe rührte sich nicht, und als die Mutter erschreckt nahekam und ihn aufhob, sah sie seine Augen von Tränen angefüllt. Sie fragte ihn überrascht, was er habe. Er aber wußte nicht, was er antworten sollte, und sagte nichts. Aber eine Mutter ist das tiefste Geschöpf auf dieser Welt, und meine eigene verstand wohl, was mir fehlte, nahm mich seit jenem Tage oftmals mit, und wir stiegen hoch hinauf an den Kimindenia, von wo aus ich das Meer erblicken konnte, und während ich versunken war in die ferne Magie des Meeres, sprach sie nicht mit mir, damit ich spüren sollte, daß wir allein seien, das Meer und ich. So verging eine Weile, bis meine Augen müde wurden vom Schauen und sich senkten und auch ich mich zur Erde niederließ. Da wurden die Bäume um mich her zu Schiffen mit hohen Masten, die Blätter, die sich regten, wurden zu Segeln, der Wind wühlte den Boden auf und machte ihn zu hohen Wogen, die kleinen Grillen und die Vögel wurden Goldfische, die dahinschwammen, und ich mit ihnen.

Als ich erwachte, sah ich über mir die Augen meiner Mutter, die auf mich warteten.

»War es schön, Bub?« fragte sie mich mit süßem Lächeln.

»Ach, Mutter, das Meer ist immer so schön!«

An einem jener Sommertage, als ich mit meiner Mutter von jener ›Seereise auf den Kimindenia‹ zurückkam, standen wir im Bette eines kleinen Baches.

Es war mit reinem Sand gefüllt; indessen lief auch etwas Wasser.

»Wie kommt es, daß hier Wasser läuft,« sagte ich, »wo es doch Sommer ist und von den Kimindenia kein Wasser herabkommt?«

»Komm«, sagte meine Mutter, die ihre ganzen Kinderjahre auf den Kimindenia zugebracht hatte und die Gegend gut kannte. »Komm und sieh!«

Wir gingen im Bach aufwärts, tief bis in die Talmulde hinein. Da fanden wir in einer Höhlung die Quelle, aus der das Wasser sprudelte. Es war sehr kühl dort; trotzdem wuchs kein Moos, standen dort auch keine Platanen, wie es an einem so feuchten Orte zu erwarten war.

»Versuch das Wasser«, sagte meine Mutter zu mir. »Versuch mal, wie kühl es ist.«

Ich schöpfte mit meiner Hand von dem Wasser und brachte es an meine Lippen. Aber sie hatten es kaum berührt, da schüttete ich es wieder weg und wischte mir die Zunge ab.

»Aber das ist ja Meerwasser«, sagte ich erstaunt.

Meine Mutter lachte sehr herzlich, nahm mich in die Arme und sagte: »Siehst du? Das Meer ist überall!«

Und als wir später heimwärts gingen, wurde sie ernst und erklärte mir, daß die ganze Gegend unterhalb der Kimindenia einstmals sehr schlechter Boden war, da das Meer bis tief hinein im Boden lebte, tief eingedrungen war und daß es von Geschlecht zu Geschlecht unaufhörlicher Mühe meiner bescheidenen Vorfahren bedurfte, bis das Meerwasser verschwand und Bäume und Reben wachsen konnten.

Zur Zeit meines Großvaters, des Vaters meiner Mutter, war die Erde schon fertig, und damals entstand der Gutshof. Von meiner Mutter erfuhr ich, wie die erste Hütte errichtet wurde, wann meine Großmutter mit ihren Händen die erste Platane im Hof setzte, wann man die Reben pflanzte. In den Gutshof trat man durch ein großes Tor, das mit einem geschnitzten Holzbalken überwölbt war und in den Hof führte. Rings um den Hof waren die Gebäude, eines neben das andere gebaut. In den unteren Stockwerken waren die Lagerräume und die Stallungen, in den oberen die Wohnung des Großvaters und der Großmutter, daneben das Fremdenhaus und daneben die Unterkünfte für die Arbeiterinnen und die Landarbeiter, die das ganze Jahr über auf dem Gut arbeiteten. Eine Holztreppe führte vom Hof zur Wohnung des Großvaters, und dort begann eine hölzerne Galerie, die ringsum lief und alle Gebäude miteinander verband. Die Fenster schauten alle nach dem Hofe, und nur das Haus des Großvaters hatte ein eisenvergittertes Fenster, das nach draußen blickte, auf die Welt außerhalb des großen Tores. So glich der Gutshof einem Kloster oder einer Burg, ganz gebaut aus festem Stein des Sarmusák, aus Furcht vor den Räubern. Doch hatte er nichts von der asketischen Strenge der Klöster, noch von der Wildheit einer Burg; er war mit himmelblauer Farbe angestrichen.
In einem besonderen Zimmer wurden, eingeschlossen wie wertvolle Dinge, die Waffen aufbewahrt, die Gewehre und Büchsen und Säbel. Sie reichten aus, um alle Arbeiter in der Stunde der Gefahr bei einem räuberischen Angriff zu bewaffnen. Dies Zimmer nannten wir das ›Gelbe‹, weil es mit kräftiger gelber Farbe gestrichen war. Unser Zimmer, das der Kinder, war neben den Waffen, und ihre Nachbarschaft gab uns viel zu denken. Und da das Gelbe immer verschlossen war, und niemand das Recht hatte es aufzumachen außer dem Großvater, gab ihm unsere Phantasie große Ausmaße, machte es zu einem geheimen Unterschlupf von Fabelwesen.

In den tiefen Nächten, wenn es draußen still ward, wenn die Schakale nicht mehr heulten und nur die Blätter an den Bäumen sich noch regten, dann war es uns, als komme jedes andere noch so leise Geräusch, das uns erreichte, aus dem verbotenen Zimmer. Dann weckte ein Kind das andere auf.

»Hast du gehört?« sagte die kleine Artemis und stieß mich an.

Erschreckt wachte ich auf und fragte: »Was ist los?«

»Horch! Nebenan ist etwas los im Gelben.«

Ich lenkte meine ganze Aufmerksamkeit dorthin und lauschte gespannt. Die Erde ruht aus und befruchtet die Samen, und von ihrer heimlichen Arbeit entsteht ein ganz leises Geräusch, das nur eines Kindes Ohr erreicht. Die Wurzeln der Bäume regen sich im Dunkeln und suchen Wasser zum Trinken, die Rinden der Stämme regen sich, um die Säfte in die Zweige und Blätter zu treiben, die blinden Würmer kämpfen einsam ihren kleinen Kampf. Ein wildes Tier streicht vorüber und verschwindet wieder, ein anderes, gejagt von einem größeren Raubtier, kann den Wald nicht mehr erreichen, um sich zu retten, und fernhin hört man seine zerreißende Stimme, die Stimme des Todes. Dann wird alles still, und es kommt das große Schweigen.

»Horch!« sagte Artemis wieder, als es ruhig wurde.

»Das war nur ein Schakal, der vorbeilief«, sagte ich ihr.

»Nicht doch! Nicht der Schakal! Horch! Jetzt, jetzt! Da drin! Hör doch!«

Ich spitzte meine Ohren und machte meine Augen auf, so weit ich konnte. Mein Herz schlug lebhaft, weil ich den Zwang fühlte auch zu hören, was sie hören konnte.

»Ach,« sagte ich schließlich enttäuscht, »ich höre nichts! Nur die Blätter.«

»Ärmster! Die Blätter? Was redest du von Blättern! . . .« sagte ihre Stimme im Dunkeln, und ich wußte, daß ihre Augen von Verachtung leuchteten. »So klein also bist du noch?«

Ich war sechs Jahre alt und sie gerade Ende acht. Das wurmte mich sehr, und ich war drauf und dran zu weinen über mein Unglück und wegen des Kummers, weil Artemis ein Mädchen war, und ein Mädchen sollte doch nicht mehr wissen als ein Junge. Doch nun war es einmal so – viel Unrecht herrschte auf der Welt.

»Du redest daher, was dir einfällt!« sagte ich ihr schließlich wütend. »Du hörst die Blätter an den Bäumen und glaubst, es sei im Gelben.«

»Du Ärmster! Ich sage, was mir einfällt?« beteuerte Artemis. »Erinnerst du dich nicht, wie du neulich selbst gehört hast, wie die Schwerter im Gelben herumliefen und mit den Pistolen sprachen? Hör nur, ich sage, was mir einfällt!«

Artemis hatte recht. Neulich, da blies ein starker Wind, spät nach Mitternacht, und der ganze Gutshof bebte. Von der Höhe, von den Kimindenia kam das Klagelied der Bäume, die mit dem Winde rangen. Weder die Schakale hatten es gewagt, an jenem Abend aus ihrem Unterschlupf herauszukommen, noch die anderen Tiere. Keine Stimme ließ sich hören. Da vernahmen wir ein seltsames Geräusch, das aus dem Gelben kam, und wir beide, die Artemis und ich, waren uns darin einig, daß die Schwerter sprachen. Weshalb sollte ich es also jetzt nicht glauben?

»Du schläfst immer, das ist es!« folgerte Artemis, um meine Unfähigkeit zu erklären. »Ich aber halte mich wach und habe mich daran gewöhnt, daß mein Ohr . . .«

»Schon gut, schon gut«, sagte ich wieder. »Du weißt ja alles! Setz dich also auf und halte Wache im Dunkeln.«

Ich drehte mich in meinem kleinen Bette um und wickelte mich ins Leintuch. Aber im gleichen Augenblick kam ein klares, ein ganz klares Geräusch, ein Tick-Tick, durch die Nacht vom Gelben her.

»Hast du es endlich gehört?« flüsterte mir im Dunkeln die Stimme der Artemis zu, und ich glaubte, daß sie zitterte. »Hast du's gehört?«

»Ach, ich habs gehört!« murmelte auch ich voll Unruhe.
»Was mag es sein?«
»Die Schwerter wachen auf«, sagte sie.
Aber da wachte auch die Anthippi auf: sie war unsere älteste Schwester, zwölf Jahre alt und unsere zweite Mutter. Immer erzählten wir ihr unsere Geheimnisse.
»Was habt ihr?« fragte sie leise.
»Anthippi, horch!« sagte Artemis, und ihre Stimme klang wie flehend. »Die Schwerter sind aufgewacht im Gelben!« Anthippi hörte hin und sagte dann seelenruhig: »Mäuse sind es, macht keinen solchen Lärm und schlaft.«
Wir hörten, wie sie sich auf die andere Seite drehte, um wieder einzuschlafen, als ob nichts geschehen wäre. Auch ich zog meine Decke über den Kopf, aber die Augen wollten sich nicht schließen. Die Geräusche vom Wald, von der Erde, vom Wild, flossen ineinander, wurden eine fremdartige Musik, die von den Märchen und den Träumen erzählte, von den Reisen der Kinder berichtete, wie sie auf Goldfischen reiten oder wie sie die Prinzessin finden mit dem weißen Kleid und mit den silbernen Haaren und mit dem Großen Riesen, der ihre Türe bewacht. Die Schwerter und Pistolen in der gelben Kammer waren keine wilden Wesen mehr, sie waren nur aufgewacht, weil sie neidisch waren, auch sie wollten auf den Goldfischen reiten und nicht mehr einsam eingeschlossen sein. Sie öffneten leise die Türe ihres Verlieses, streckten die Hände aus und wußten, wenn es auch kein Goldfisch war, der auf sie wartete, um sie mitzunehmen, so doch ein kleiner schöner Delphin. Und während die Goldfische ihre Reise begannen, durch die Luft fliegend, ertönte hinter ihnen die Stimme der Schwerter, über dem Delphin, und flehte:
»Wartet auch auf uns, wartet auch auf uns, bis wir zur Prinzessin kommen.«
»Kommt nur«, sagte freundlich der kleine Junge auf dem Goldfisch. »Kommt nur, wir werden auf euch warten.«

Am anderen Morgen fragte mich Anthippi: »Wen hast du in der Nacht erwartet?«

»Ich, erwartet?«

»Ja doch, du hast doch jemanden im Schlaf gerufen.«

Ich konnte mich nicht daran erinnern, und ich sagte ihr, es müsse ein Traum gewesen sein.

2

Mein Großvater war ein groß gebauter Mann, voller Gesundheit trotz seiner siebzig Jahre, und hatte ein edles Herz. Sein ganzes Leben lang hatte er in den Kimindeniabergen zugebracht, ein hartes Leben, bis er den Hof bauen konnte. Dennoch war von jenem schweren Leben außer den tiefen Furchen in seinem Gesichte keine Spur zu sehen. In seinen blauen Augen herrschte kindliche Rechtschaffenheit, und wenn er lachte, strahlte auf seinen Lippen die Güte der Welt. Einem treuen Aufseher hatte er die Verwaltung des Gutes übertragen. Darum konnte er den ganzen Tag über seine teuren Kleider tragen, die aus festem Tuch nach der strengsten Überlieferung der Volkstracht dort gefertigt waren. Er hielt mit unbeschreiblicher Sorgfalt auf seinen Anzug, und ich erinnere mich nicht, ihn alle die Sommer hindurch, die wir auf dem Gute lebten, je ungepflegt gesehen zu haben. Lesen und Schreiben konnte er gar nicht, darum half ihm bei den Rechnungen seine treue Gefährtin, meine Großmutter. Es scheint, daß alle Großmütter ein zärtliches Wesen haben, aber die meinige hatte das süßeste und sanfteste Gesicht von allen Großmüttern der Welt. Sie hatte mit dem Großvater alle die bitteren und schweren Zeiten des Lebens durchgemacht, sah an seiner Seite, wie von Jahr zu Jahr die Kinder heranwuchsen, die Enkel, die Bäume, die Reben. Ein großer Teil dieser Arbeit war ihr Werk. Gleichwohl blieb bis in ihr hohes Alter ihr Verhältnis zum Großvater das gleiche wie in ihren Jugendjahren.

»Dem Großvater verdanken wir all das«, sagte sie uns und zeigte ringsumher mit einer Bewegung, die zugleich die Erde, die Bäume und uns umfaßte.

Und wenn der Großvater hereinkam, dann ließ sie sichs nicht nehmen, sich immer zuerst zu erheben, um ihn zu empfangen, stets aufrecht stehend, nicht nur damit wir lernen sollten ihn zu ehren, sondern weil sie es für ihre eigene Pflicht erachtete.

Dann, wenn die Großmutter aufstand, standen auch wir Kinder alle auf, meine Geschwister und ich, liefen hin und küßten dem Großvater die Hände und streichelten ihm die Beine, bis zu den Knien, soweit wir eben reichten. Und jener schritt mit Mühe durch uns hindurch, als ob er sich durch Wellen seinen Weg bahnen müsse, und ging zu der Stelle, wo die Großmutter aufrecht im Hintergrunde stand.

»Nimm Platz, Despina«, sagte er ihr und strich ihr sanft über die Schultern, während auf seinem Antlitz die Freude eines Menschen widerstrahlte, der sich in seinem Leben nützlich erwiesen hatte und nicht umsonst auf dieser Erde war.

An den Sommertagen, wenn es gegen Abend ging, setzten die beiden sich immer alleine unter die Eiche draußen vorm großen Tor am Eingang des Gehöftes. Dort befand sich eine kleine Bank, für zwei Leute gerade breit genug. Dort saßen sie. Sie sprachen miteinander in langen Abständen, mit großen Pausen, geeint durch die gemeinsamen Erinnerungen, und ihre Augen senkten sich nur selten: sie blieben erhoben, aber ohne die Unersättlichkeit der Jugend, hafteten tief und still auf den Wolken, den Bäumen, den Kimindenia. Dann, ganz langsam, mit Bedacht, stiegen die Erinnerungen aus der Vergangenheit herauf.

Er sagte: »Erinnerst du dich noch an damals, als unser erstes Kind zur Welt kam? Es war im Jahr der Überschwemmung.«

»Und ob ich mich erinnere, Jannakos!«

Sie blieben eine gute Weile schweigend. Da wechselte der Lufthauch, der über ihnen säuselte, seine Gestalt, wurde ein starker

Wind, die weißen Wolken, die dahinzogen, wurden schwarze, riesige Gebirge, welche die Erde unterhalb der Kimindenia bedeckten, es wurde Nacht, und der Sturm wütete. Es regnete, regnete unaufhörlich, während in dem kleinen Zimmer, wo ein Kaminfeuer brannte, eine junge Frau dumpf und leise stöhnte, im Begriff, ein Kind zur Welt zu bringen. Um sie herum standen zwei, drei Frauen von denen, die auf dem Gut arbeiteten, während ihr starker, unbeugsamer Mann draußen vor der Türe mit großen, unruhigen Schritten auf und ab ging. Die Nacht wurde immer dunkler, und der Sturm wurde immer stärker.

Da erschien in heller Aufregung ein Mann, vom Regen ganz durchnäßt, mit verstörtem Blick.

»Der Fluß läuft über!« rief er. »Er wird uns verschlingen!«

Der Mann der jungen Frau wollte hinauseilen, alle Leute zusammenrufen, um die Erde – all ihren Schweiß – zu schützen, aber im letzten Augenblick hielt er inne. Wie konnte er fortgehen und seine Frau alleine lassen, die da drinnen in Gefahr war in Erwartung seines Sohnes . . . ja, seines Sohnes!

»Geht ihr!« sagte er schließlich entschlossen zu den Leuten und gab ihnen Weisungen, wie sie das Wasser aufhalten sollten. »Ich bleibe!«

Aber seine Gefährtin hatte verstanden, was sich abspielte. Sie verbiß sich ihren Schmerz mit den Zähnen, gab sich furchtbare Mühe, ruhig zu erscheinen, und ließ ihren Mann hereinrufen.

»Jannakos,« sagte sie süß zu ihm, »bei mir dauert es noch. Meine Stunde ist noch nicht da. Was gibt es draußen?«

»Nichts«, sagte er. »Etwas Wasser kommt herab.«

»Geh, Jannakos«, sagte sie ihm still und überzeugend. »Wenn du etwas zu tun hast, geh! Bei mir dauert es noch.«

Und da jener noch zauderte:

»In Gottes Namen,« flehte sie ihn an, »die Erde, unsere Erde!«

Ihr Mann ließ sich überreden, ging, arbeitete die ganze Nacht durch schwer mit seinen Leuten, sie hoben Gräben aus, leiteten das Wasser ab. Am Morgen, als er heimkam und gerade das Zimmer seiner Frau betreten wollte, fiel ihm auf, daß es so seltsam ruhig drinnen war. Er öffnete mit einem Ruck die Türe. Da stießen alle Bäuerinnen, die herumstanden, einen Schrei aus, dann senkten sie alle ihre Augen, in banger Erwartung, was nun geschehen würde. Die junge Frau schaute ihn, reglos auf ihrem Bette liegend, einmal ekstatisch an, dann drehte sie ihr Antlitz, das vom Schmerz gezeichnet war, zu dem Kindchen, das zu ihrer Seite eingewickelt ruhte.

»Verzeih mir«, flüsterte sie ihm demütig zu. »Es ist ein Mädchen.«

Da verstand der Mann. Er lief hinzu, beugte sich über die junge Frau und streichelte ihr das Gesicht. Seine Augenlider zuckten vor Erregung.

»Darf ich es sehen?« sagte er nur, als bitte er um Erlaubnis.

Die junge Mutter deckte das Kindchen auf, das eben erst zur Welt gekommen war. Der Mann bückte sich auf das formlose schwarze Bündel hinab, blieb so eine Weile und sprang dann plötzlich auf.

»Geht hinaus und sagt, man soll das weiße Rind schlachten!« rief er mit Donnerstimme den Frauen zu. »Gebt zu essen und zu trinken allen Arbeitern und allen Wanderern, die des Weges kommen! Sagt ihnen, daß mir eine Tochter geboren wurde.«

Und während die junge Mutter seine Hände suchte, um sie zu küssen, begann sie leise zu weinen aus Dankbarkeit gegen den Mann, der so gut sein konnte, und er schenkte dem Kindchen – meiner Mutter – die erste elterliche Liebe, deckte es behutsam zu, so wie er sie späterhin sein ganzes Leben durch behüten sollte.

»Und die Erde?« murmelte sie leise in ihrem Schluchzen.

»Alles, alles ist gut gegangen! Sei nur ruhig«, antwortete er.

»Siehst du, Despina, siehst du, wie das Leben vergeht!« sagte leise der Großvater, aus der Versenkung der vergangenen Zeit auftauchend, während er mit seiner Hand die Hand der Großmutter leicht berührte.

»Ja, Jannakos, das Leben an deiner Seite war schön«, flüsterte sie. »Du warst meine Krone und meine Freude.«

»Laß das, laß das jetzt«, sagte er, indem er sie tief beglückt anlächelte. »Du hast mir mehr geholfen. Ich bin dir schuldig ...«

Dann nach einer Weile: »Wie gut, daß uns Gott zuerst nur Mädchen gegeben hat«, sagte er. »So warst du nicht so allein und ohne Hilfe in der Einsamkeit.«

Wieder nach einer Weile: »Was geschah in dem Jahr, wo unser zweites Kind, die Urania, zur Welt kam?« sagte er, indem er sich Mühe gab, sich zu erinnern, mit welchem Ereignis auf dem Gute dieses Kind verknüpft war, da nur so die Zeitrechnung für ihn einen Sinn bekam, im Zusammenhang mit der Geschichte seiner Erde.

»Erinnerst du dich denn wirklich nicht?« fragte die Großmutter verwundert. »Es war in dem Jahr, wo die Bäume verdorrten. Damals als der Lasos zu uns kam ...«

»Ach ja! Damals als der Lasos kam! Wie konnte ich das vergessen!«

Es war, als ob er sich an etwas erinnerte, dann fragte er sie lächelnd: »Komm, sag mir jetzt, hast du dich damals sehr gefürchtet?«

»Aber erinnerst du dich denn nicht? Ich habe es ja erst erfahren, als es vorüber war«, sagte sie. »Und nachher hab ich keine Angst gehabt um mich, nein, nur um dich.«

Der Lasos war ein furchtbarer türkischer Räuber – in den früheren Jahren der Schrecken jener ganzen Gegend von Pergamon und darüber hinaus, von Kirkagatsch bis hinüber zum Adramyttischen Golf. Er stand im Ruf eines unglaublich harten und blutgierigen Menschen, ohne Mitleid, weder für sein eigenes Volk noch für die Christenmenschen. ›Ungläubiger‹ nannten

ihn alle, da sie wußten, daß Gott in ein solches Ungeheuer keinen Glauben einsenken würde.
Damals, eines Mittags, während sich die Arbeiter unter den Ölbäumen ausruhten und der Großvater – damals noch ein junger Bursch – mit ihnen, sahen sie von fernher einen Hirten der umliegenden Berge auf sie zulaufen, der immer rief:
»Wo ist der Jannakos Bibelas? Wo ist der Jannakos Bibelas?«
Sie machten ihm Zeichen, er solle herankommen, und als er zu ihnen trat, sahen sie einen Menschen, der bleich war von Furcht und, da er stark gelaufen war, vom Schweiße troff.
»Herr,« sagte er zum Großvater, »Herr, der Lasos!«
»Sprich, Mensch, was ist los?« sagte jener, indem er sich Mühe gab, vor seinen Leuten von der grauenhaften Nachricht ungerührt zu scheinen.
Der Hirte erzählte dann in Eile, wie er auf einer Höhe auf den Kimindenia gesessen hatte, auf seine Schafe achtend, und wie da plötzlich vor ihm an die fünfzehn Männer aufgetaucht seien, mit Bärten, mit wilden Augen, mit gekreuzten Patronengurten, mit Büchsen in den Händen. Als sie ihn hartnäckig ausgeforscht hatten, wieviel Leute im Gutshof des Bibelas wohnten, wieviel Waffen sie hätten, wieviel Tiere und was sich an sonstigen Gütern dort befinde, ob in diesen Tagen auf den Bergen umher Berittene von der Regierung oder dergleichen erschienen wären, da sagte der eine Räuber, der ihr Anführer zu sein schien:
»Nimm das und lauf zum Jannakos Bibelas! Sag ihm, daß der Lasos schickt, und daß der Lasos heut abend in seinem Hof einkehrt, und daß er fünfhundert Goldstücke herrichten soll! Er soll einen Mann mit dir zurückschicken, um mich abzuholen. Wir warten hier!«
Und er gab dem Hirten das Zeichen, das dem Großvater eine furchtbare Vorankündigung war: ein rotes Tuch, in dessen eines Ende er eine Patrone einwickelte und einband, nachdem er vorher fest auf sie gebissen hatte.

So berichtete der Hirte.

Der Aufruhr, der bei diesen Worten unter den Arbeitern entstand, war unbeschreiblich. Die einen wollten sofort davonlaufen und versuchen bis zum Meer zu kommen, um sich dort irgendwo zu verstecken, die anderen sagten, man müsse sich bewaffnen und dem Räuber und seiner Bande Widerstand leisten und sofort einen Mann nach Dikeli schicken, um Hilfe anzufordern. Jeder sagte etwas anderes.

»Wir haben auch Frauen im Hof. Was soll aus ihnen werden?« erinnerte da einer.

»Und die Frau der Herrschaft in dem Zustand, in dem sie sich befindet . . . wie soll das werden«, sagte ein anderer, indem er daran erinnerte, daß gestern erst die junge Frau ihr zweites Mädchen, die Urania, zur Welt gebracht hatte, und daß ihr Zustand schlimm war.

Da erhob der Großvater, der die ganze Zeit über geschwiegen hatte, einerseits um Zeit zu finden, nachzudenken und einen richtigen Entschluß zu fassen, andererseits um vor seinen Leuten keine Mutlosigkeit zu zeigen, da erhob er seine Augen, ließ sie einmal im Kreise herumgehen, jeden Arbeiter einzeln anblickend, und sagte dann, sich zu dem Hirten wendend, mit entschlossenem Ton:

»Du gehst zurück mit einem Mann von mir. Du sagst dem Lasos, daß im Haus des Jannakos Bibelas jeder Wanderer Speise und einen Platz zum Schlafen findet. Also, wenn er will, ist er willkommen. Was die fünfhundert Goldstücke angeht, so habe ich die Summe, die er fordert, nicht. Ich kann nur hundert schicken. Und die schicke ich ihm mit meinem Mann. Mehr habe ich nicht.«

So geschah es auch. Der Hirte brach mit dem Aufseher des Gutes auf. Die Sonne neigte sich zum Untergehen. Die Arbeiter, die Frauen, alle kehrten von der Arbeit heim. Der Großvater ordnete streng an, daß seiner Frau, der jungen Mutter, nichts zu Ohren kommen dürfe. Darum sprachen alle mit gedämpfter Stimme, standen in Gruppen im Hof beieinander und besprachen sich. Die Männer waren unruhig und voll Sorge und beredeten vertraulich den Entschluß ihres Herrn, nicht Widerstand zu leisten. Die einen meinten, er habe daran nicht gut getan. Die anderen fragten, was er habe tun sollen: was für einen Entschluß hätte er fassen sollen bei dem Zustand, in dem sich seine Frau befand? Ihretwegen habe er sich so entschlossen. Darauf einigte man sich.

Die Arbeiterinnen, die all das hörten, vor allem die jungen Mädchen, liefen hierhin und dorthin, von der einen Gruppe der Männer zur anderen. Ihre Wangen glühten, und aus ihren Augen blitzte die Erregung.

»Was wird werden? Was soll werden? Wird es hier Mord und Totschlag geben? Werden sie uns mitnehmen?«

Von Zeit zu Zeit sprang eine zum großen Tor des Hofes, warf einen Blick hinaus, beschattete mit ihrer Hand die Augen und schaute hinauf nach der Höhe der Kimindenia, während die anderen sie voll Ungeduld erwarteten.

»Noch nichts?«

»Nichts.«

»Ach«, seufzten sie, aber niemand wußte zu sagen, von welcher Last sie mehr erleichtert wurden, ob mehr von der Ungeduld oder mehr von der Hoffnungslosigkeit des Wartens.

Bis zuletzt eine es nicht mehr aushielt und zu weinen anfing und ausrief:

»Ach, wenn sie doch endlich kämen! . . . Mag geschehen, was will! Wenn sie nur kämen, damit es vorbei wäre!«

Es wurde Abend. Die Nacht senkte sich auf die Bäume, auf die Menschen und legte auf die Unruhe der Herzen noch eine neue Last: die Dunkelheit. Viele waren schon erschöpft gegangen und hatten sich in ihren Kammern hingelegt, eine Zigarette nach der andern rauchend, während die Frauen draußen saßen und wach blieben, mit offenen Augen unterm Sternenhimmel, bis in die letzten Fasern angespannt.

Es herrschte tiefe Stille. Droben auf der strengen Höhe dieser Gegend, auf den Kimindenia, dürstete ein großer Baum. Er regte langsam seine Wurzeln nach hüben und nach drüben, streckte sie aus, nach Wasser suchend, um zu trinken. Die Würmer erwachten aus ihrem tiefen Schlaf. »Was gibt es?« fragte der eine. »Nichts«, antwortete der andere. »Der Baum hat Durst.« Sie drehten sich auf die andere Seite und schliefen weiter. Aber da erwachte der Boden. »Was ist hier los?« fragte er. Kaum aber sah er die Wurzeln in ihrem hoffnungslosen Kampfe, da begriff er und lächelte fürsorglich. »Ich werde dir Wasser bringen«, sagte er zum Baum. Der Boden regte sich, brachte Wasser aus der Tiefe, aus jenem geheimen Versteck, wo er es aufbewahrt hält für die schwere Stunde, und der Baum trank. Im gleichen Augenblick regte sich an der Oberfläche ein großer Stein, von der Unruhe der Erde aufgeschreckt, verlor sein Gleichgewicht und rollte ein Stück weiter.

Das geschah droben auf der Höhe, und die Kimindenia hörten es ungerührt. Ungerührt hörten sie auch, was drunten unter ihrem Dache bei den Menschen sich ereignete.

»Noch nichts?« fragten die Arbeiter von drinnen aus den Kammern, und ihre Augen waren trüb und rot.

»Noch nichts!« antworteten von draußen die Frauen. »Ach, noch nichts!« sagten sie, und ihre Stimme zeigte an, daß sie schon an der letzten Grenze des Erwartenkönnens angelangt waren.

Als, zitternd voll Erregung, eine Stimme ausrief:

»Hört! Hört nur!«

Leise, ganz aus der Ferne, aber deutlich wahrnehmbar, hörte man ein seltsames Geräusch.

»Ist das nicht Pferdegetrappel?«

»Doch, ja! Es sind Pferde! Sie sind es! Sie kommen! Sie kommen!«

Alle fuhren auf, kamen aus ihren Behausungen heraus. Die Erregung erreichte den Höhepunkt, wie in einer Festung kurz vor der Übergabe. Sie verständigten vorsichtig den Großvater, der gerade bei seiner Frau war, und riefen ihn heraus.
»Was gibt es?« fragte sie ihn.
Er lächelte ihr freundlich zu: »Wir bekommen ein Kalb,« sagte er, »die weiße Kuh wirft.« Er trat hinaus. Sein Ausdruck änderte sich mit einem Schlag. Er nahm eine strenge und entschlossene Haltung an und befahl zwei Leuten, Fackeln anzuzünden und am großen Hoftor zu warten. Dann befahl er den Arbeitern und den Frauen, die im Hof herumstanden:
»Alle gehen hinein und schließen sich in ihren Kammern ein! Keiner kommt heraus, außer wenn ich es anordne!«
Es verging nicht mehr viel Zeit, bis die Räuber schließlich ankamen. Sie sprangen draußen vor dem großen Tor vom Pferde. Die Hälfte blieb dort und hielt Wache, und der Lasos mit fünf seiner Gefährten ging auf die Leute mit den Fackeln zu.
»Wo ist eure Herrschaft?« sagte er wild.
Zitternd sagten sie, daß sie drinnen warte. Und dann gingen sie voran und erleuchteten den Weg bis hin zur hölzernen Treppe. Da sahen die Weiber und die Landarbeiter, die hinter den vergitterten Fenstern versteckt waren, im Schein der Fackeln einen großen, jungen Burschen, der voranging, mit einem kleinen blonden Schnurrbart, das Antlitz von der Sonne braun gebrannt. Ein rotes Tuch war um seinen Kopf geschlungen, um seine Brust lagen gekreuzt zwei Reihen von Patronengurten, eine Pistole und ein Dolch mit silbernem Knauf staken in seinem Gürtel, eine Büchse hing über die Schulter. Furchtlos ging er mit geraden, großen Schritten hinter den Fackeln her. Ihm folgten seine Palikaren.
Der Großvater erwartete ihn auf der Treppe.
»Willkommen in meinem Hause, Lasos Effendis«, sagte er.
»Bist du der Jannakos Bibelas? Ebenfalls willkommen«, grüßte der Räuber zurück.

Der Großvater führte sie in den Fremdenraum, wo das Essen auf einem niedrigen, runden Tischchen bereitstand.
Der Räuberhäuptling setzte sich als erster auf die hölzerne Bank, die in die Wand eingemauert war. Neben ihn, auf der einen und der anderen Seite, setzten sich seine Palikaren. Er schaute prüfend um sich und heftete dann seine Augen auf den Großvater.
»Wo sind deine Leute?« sagte er zu ihm. »Wo sind eure Waffen?«
»Hier drin sind keine Waffen«, antwortete ruhig der Großvater, indem er es vermied, eine klare Antwort zu geben.
Der Lasos warf einen Blick auf die nackten Wände, dann befahl er seinen Leuten: »Durchsucht ihn!«
Sie durchsuchten ihn. Er hatte nichts bei sich. Er war ganz ohne Waffen.
»Gut!« sagte der Lasos.
Nach einer Weile: »Hast du von mir schon gehört?« sagte er zum Großvater.
»Das habe ich!« antwortete der. »Jedermann hat schon von dir gehört.«
»Nun, dann wirst du wissen, daß ich nicht gewohnt bin, etwas zum zweiten Mal zu sagen. Ich habe dir ausrichten lassen, daß ich von dir fünfhundert Goldstücke will. Warum hast du sie nicht geschickt?«
Plötzlich wurde sein Blick tief und hart. Er heftete ihn fest auf den Großvater. Seltsam, wie auf jenem fast noch kindlich-jungen Gesicht ein solcher Blick erwachen konnte.
»Und auch meine Antwort ist einfach«, antwortete der Großvater gelassen. »Ich habe die Summe, die du von mir forderst, nicht. Mein Boden ist hart, und was ich dir geschickt habe, ist mit vielem Schweiß erarbeitet. Es war alles, was ich hatte!«
Wieder funkelten die Blicke.

»Das werden wir schon sehen!« sagte der Lasos, und ein seltsames Lächeln, das von Sarkasmus brannte, wurde auf seinen Lippen sichtbar. »Doch wisse, Jannakos Bibelas; so haben noch nicht viele mit mir gesprochen!«

»Tu, was du für Recht hältst«, sagte der, seine eisige Ruhe bewahrend. »Ich hatte Leute genug, um mein Tor zu sichern und euch draußen zu halten; dennoch hab ichs nicht getan. Weil . . .«

Er wollte über den Zustand seiner Frau sprechen, aber er schämte sich. Seine Lippe zitterte ein wenig.

»Weil?« fragte der Räuber.

»Nichts. Ich habe es nur so gesagt.«

Und dann, nach einer Weile, fügte er hinzu:

»In meinem Hof ist noch kein Mensch eingekehrt, der um Essen bat und dem mans nicht gegeben hätte.«

Dann, seine Stimme erhebend: »Laßt uns also essen«, sagte er zum Lasos.

Und er erhob sich mit der Würde eines Menschen, der seine Gäste zu bewirten hat.

»Willkommen«, sagte er wieder und steckte als erster ein Stück Brot in den Mund.

Auf dem Tisch standen gebratener Hammel, Eier, Käse, Wein und Honig. Der Großvater rührte das Essen kaum an und trank fast nichts. Er bewirtete die Fremden. Und jene, ausgehungert, wie sie waren, vergaßen eine Zeitlang ganz, daß er da war. Sie aßen und tranken gierig, unterhielten sich miteinander, lachten, schrien. Einer sah plötzlich den Großvater an, als erinnere er sich gerade an seine Anwesenheit:

»Wenn du wüßtest, was dich erwartet, Kerl!« . . . rief er lachend, und alle seine Gefährten lachten schallend. »Aber woher sollst du den Lasos Effendis kennen?«

Es verging noch eine gute Weile. Es ward offenkundig, daß die Räuber alle schon betrunken waren. Da begann der blonde Palikare, der Lasos Effendis, ein Lied zu singen:

»Von weit her, aus dem Inneren Asiens, von hohen, nackten Bergen kommt das Rudel der Wölfe herab. Sie streben der Tiefe zu, der Ebene, den Gegenden am Meer, um zu fressen. Sie streifen von einem Land durchs andere und rauben es aus, aber sie können nicht satt werden. Die Bäume und die Raubtiere, alle sagen ihnen: ›Zieht noch weiter abwärts! Noch tiefer bis hinab zum Meer!‹ Und die Wölfe brechen wieder auf. Sie durchqueren die Salzwüste; keine Seele ist dort zu finden. Nur einen verirrten Vogel finden sie, und sie fragen ihn: ›Wo ist das Meer?‹ ›Ihr müßt noch tiefer ziehen! Ihr müßt noch tiefer ziehen!‹ sagt ihnen der Vogel erschrocken und fliegt davon. Das Meer! Was ist es, diese Wassergegend, wohin alle laufen, um sie zu erreichen, die Tiere und die Vögel und die Menschen, die auf den nackten Bergen hungern? ... Die Wölfe durchqueren die Salzwüste und kommen in einen großen Wald. In der Höhlung eines Baumes finden sie einen alten Hirsch, der sich dorthin zurückgezogen hat, um zu sterben. Sie sagen zu ihm: ›Erzähle uns du, der in seinem Leben so weit gelaufen ist, erzähle uns vom Meer! Ist es noch weit?‹ Und der Hirsch, der lang im Wald gelebt hatte – nur im Wald hatte er gelebt – und der alle die Hirsche seines Geschlechtes gesehen hatte, wie sie geboren wurden und wie sie wieder starben unter den großen Bäumen, antwortete ihnen: ›Nie werdet ihr das Meer erreichen! Nie werdet ihr das Meer erreichen!‹ Nun schweifen die Wölfe mit wildem Heulen über die Erde und beginnen ihr Schicksal zu beklagen, ihre Verlassenheit, da sie jetzt wissen, daß sie das Meer nie erreichen werden, daß das Meer nicht für die Wölfe ist.«
Es war ein seltsames, wehmütiges Lied der Heimatlosigkeit und der Einsamkeit, voller Leid und unerfüllter Sehnsucht, dieses Lied der Wölfe. Ein bitterer Schleier verhüllte die Augen der Räuber, solange das Lied sich entfaltete, ihr Herz schlug, schlug, bis es wieder Ruhe fand. Und dann kam die Trauer und ließ sich auf ihnen nieder. Die harten Züge verloren sich auf den

Gesichtern, die angespannten, nervigen Arme lösten sich, langsam kam die Stunde der Menschlichkeit und hielt selbst unter ihnen ihren Einzug.

In jenem entscheidenden Augenblicke hörte man von ferne: hartnäckig, eintönig, ohne Unterbrechung das Jammern eines Säuglings.

Er weinte mit seiner hellen, durchdringenden Stimme so ohnmächtig. Mitten in die Atmosphäre der Wölfe, mitten unter die Patronengurte und die Waffen, mitten in den männlichen Geruch der staubigen Leiber kam seltsam fremd die Kinderstimme, um zu sagen, daß sie da war, um zu flehen.

Zuerst fand und traf die Stimme den blonden Palikaren, den Lasos Effendis. Sein Blick ging hin und her, als wolle er sich überzeugen, daß er recht gehört habe, dann schaute er seine Gefährten an, wie um von ihnen etwas zu erfahren, dann blickte er auf den Großvater.

»Was ist das?« sagte er dann plötzlich.

Der Großvater sah ihm ernst in die Augen:

»Gestern ist es geboren«, erwiderte er ihm. »Es ist meine Tochter. Die Mutter ist schwer krank.«

Das feine, schwache Klagen drang durch die Wände und wurde immer hartnäckiger, immer flehender. Für einen Augenblick herrschte Totenstille unter den Räubern. Schließlich sprang der Lasos auf, stürzte auf den Großvater zu, packte ihn und schüttelte ihn heftig.

»Warum hast du mir das nicht gesagt, Kerl? Warum hast du mir das nicht gesagt?« brüllte er.

Als ob ihn ein plötzliches Unheil befallen hätte, stampfte er mit den Füßen auf den Boden, schlug mit den Händen auf die Brust. Die Patronen in den Gurten schlugen gegeneinander.

»Warum hast du mir das nicht gesagt, Kerl?« stöhnte er in einem fort, als ob man ihn gezwungen habe, eine furchtbar feige Tat zu tun.

Es verging noch eine ganze Weile, bis er sich beruhigte. Dann fiel er lautlos auf die Bank und blieb so eine Weile liegen. Seine Palikaren standen wortlos neben ihm, um ihn nicht zu stören. Schließlich erhob er sich. Er war ruhig geworden, und auf seinem trockenen Antlitz war Entschlossenheit zu lesen.
»Ruf eine Magd herbei!« sagte er gebieterisch zum Großvater.
Die alte Frau, die für die kranke, junge Mutter sorgte, kam.
Der Lasos zog aus seiner Gürteltasche ein schwarzes Säckchen, den Beutel mit den hundert Goldstücken, die ihm der Großvater geschickt hatte.
»Gib das deiner Herrin«, sagte er und reichte ihr den Beutel.
»Sag ihr, dies schickt ihr der Lasos als Mitgift für ihre Tochter.«
Er ging zuerst hinaus, die anderen Räuber folgten. Am westlichen Himmel zitterten die Plejaden. Es war sehr kühl.
Sie kamen zu dem großen Hoftor, wo die Pferde standen, hielten inne. Der Räuberhäuptling grüßte zum Abschied den Jannakos Bibelas mit einem türkischen Gruß. Der gab dem Lasos einen türkischen Gruß zurück.
Er saß auf, die Palikaren saßen auf, und sie stoben in die Nacht davon.

Daran erinnerten sie sich, davon erzählten sie sich in den Abendstunden, der Großvater und die Großmutter, alleine auf der hölzernen Bank unter der Eiche sitzend.
»Wie fern ist das alles schon . . .« ,murmelte die Großmutter.
»Siehst du, wie die Zeit vergangen ist, Despina«, sagte er.
Als die Sterne aufgingen und die Vögel schwiegen und die Kühle der Nacht sich niedersenkte und alles bedeckte, stand die Großmutter als erste auf. – »Wollen wir hineingehen, Jannakos?« sagte sie.
»Gehen wir, Despina.«
Und da ihre Füße sie nicht mehr so recht trugen, stützte sie sich auf ihren Mann, und so gingen sie zusammen, ganz langsam,

Schritt für Schritt hinein. An dem großen Hoftor hielten sie an, machten ihr Kreuz, und dann schob der Großvater den Riegel vor. Das waren zwei Dinge im Leben unter den Kimindenia, die bezeichnend waren und sich niemals änderten: die Abende, die Bank unter der Eiche, wo kein anderer sitzen durfte außer dem Großvater und der Großmutter, und das große Tor, das morgens und abends von keinem anderen geöffnet und geschlossen werden durfte als vom Großvater, der dabei sein Gebet über uns alle aussprach, für die Menschen und die Bäume und die Herden, zu Beginn und Ende jedes Tages.

So lernte auch ich mit der Zeit jene Erde lieben, wo der Friede herrschte.

3

Es gab Nächte, in denen nichts, gar nichts zu hören war, in denen draußen auf den Kimindenia nichts sich regte. Es waren die toten Nächte. Lautlos wallte der Tau von den Wolken und den Bergen hernieder, senkte sich auf die Blätter und ließ seine zierlichen Tropfen sehen ... Ungetrübt war ihre Reise; in der reinen Luft, die sie durchfuhren, war ihnen nichts Widriges zugestoßen. Nur die Sterne hatten sie zu Führern und Gefährten. Denn seit die Tautropfen droben in der Höhe entstanden waren, war die Erde der magische Ort ihrer Bestimmung. Sie wußten, daß dort schließlich ihr Schicksal war. Und so zog die Erde sie an, bis sie niederfielen und aufgesogen wurden. Die Bannkraft des Zieles und der Vollendung zog sie an sich.

Wir Kinder – meine Geschwister und ich –, im Zimmer des Großvaters und der Großmutter zusammengedrängt und beunruhigt von so viel Ruhe, lehnten uns aus dem Fenster und lauschten, ob wir irgendeinen Laut vernähmen.

Nichts. Keine Stimme war lebendig. Dennoch sprach der Zauber der Nacht, jene tiefe und unergründliche Welt, in unseren Herzen.

»Großvater, was ist da draußen los?« fragten wir.
»Was los ist? Nichts!« antwortete er.
»Nichts? Aber hör doch nur!«
Er spitzte seine Ohren, dann sagte er, seinen ersten Ausspruch bekräftigend: »Ich sagte es doch, ich höre nichts.« Und sich zur Großmutter wendend: »Hörst du etwas, Großmutter?«
Aber die war eine Frau, eine Großmutter, und war voll Verständnis. »Gewiß, ich höre etwas«, sagte sie mit süßer Stimme, uns alle mit ihrem Blicke segnend.
»Was ist es? Was ist es also?« fragten wir voll Ungeduld es zu erfahren.
»Die Nacht ist aufgewacht, meine Kinder«, sagte sie sanft und überzeugend.
»Ach! Die Nacht ist aufgewacht ...«
»Und was machen die Schakale? Was machen die Füchse? Warum heulen sie nicht?«
»Wißt ihr das nicht? Heute nacht hat der Große Riese alle wilden Tiere zu sich genommen in seine Höhle, hat ihnen zu essen gegeben und sie schlafen gelegt.«
»Ach! Darum ...«
Der Große Riese war das Wesen, von dem die Großmutter uns meistens sprach. Vom Menschenfresser der Märchen war er in ihrem Munde allmählich zu einer mildtätigen Gottheit des Waldes geworden. ER war es, der den Kindern die Augenlider zum Schlafen schloß. ER strafte sie mit einer feinen Gerte, als ob er sie streichelte, wenn sie nicht artig waren, wenn sie ihrer Mutter nicht folgen wollten oder ihr Gebet vergaßen. ER zeigte den verirrten Wanderern den Weg im Tal. ER lud die armen Schakale zum Essen und bewirtete sie, wenn sie zu sehr heulten. Und wir, die wir solches über den Großen Riesen hörten, stellten ihn uns vor wie den lieben Gott, so wie er in den Kirchenkuppeln abgebildet war. Wir dachten ihn uns mit langem, weißem Bart, mit goldener Krone auf dem Haupte, dicht eingewik-

kelt in Gewänder, schweigend dahinschreitend, mit hohen Schritten über die Bäume stapfend. Vor ihm her gingen vierzig kleinere Riesen, hinter ihm andere vierzig, und die schweren Glocken, die um ihren Hals hingen, hallten im Walde wider – glangka-glungka –, damit alle es erfahren sollten, daß der Große Riese vorüberziehe . . .

Das geschah in den stillen Sommernächten am Fuße der Kimindenia. Aber es war nicht immer so still. Es gab andere Nächte, und sie waren die häufigeren, wo der Große Riese nicht daran dachte, die Schakale zu bewirten und zu Bett zu bringen, wo er sie nicht hinderte, sich über das Land zu ergießen, über die bebaute Erde, damit sie dort ihr Futter suchten, um sich zu sättigen. Im Frühjahr, wenn die Früchte noch nicht da waren, war ihr Ansturm gefahrlos, und niemand auf dem Gute kümmerte sich darum. Wir hörten dann das wilde Heulen tief in der Ferne, zunächst ganz schwach, und wir erwarteten sie voll banger Ungeduld.

»Werden sie bis hierher kommen?«

»Was, habt ihr etwa Angst?« sagte der Großvater. »Laßt sie doch kommen.«

»Sollen sie nur kommen!« sagte auch ich, der einzige Junge im Hause, um meinen Geschwistern meinen Mut zu zeigen. »Was zittert ihr?«

Die kleine Artemis, die kleine Agapi und die kleine Lena zitterten in der Tat und ärgerten sich, als sie mich mutig sahen, über meine Großtuerei.

»Ach, du Ärmster!« riefen sie voll tiefster Verachtung. »Du tust so, als ob du keine Angst hättest! Du hast ja sogar vor den Eidechsen Angst!«

»Ich habe Angst vor den Eidechsen – das stimmt. Aber was soll das hier? Die Eidechsen laufen einem zwischen die Füße und sind glitschig wie Aale! Was ist natürlicher, als daß man vor ihnen Angst hat. Aber vor den Schakalen, da schützen einen doch die Mauern hier.«

»So, so, gewiß! Nur hinter den Mauern spielst du den Helden!«

Die Mädchen konnten ihr Geprahle nicht beenden, da das Heulen der Schakale, die inzwischen dicht herangekommen waren, ihnen die Stimme abschnitt und das Blut in ihren Adern erstarren ließ.

»Mein Gott! Sie kommen!«

Feierlich und ergreifend zerriß der Schrei des Hungers die friedliche Stille der Erde. Nie hat der Aufschrei eines Menschen, nie die Todesqual so wilden Laut von sich gegeben. Nichts was wir kannten, ließ sich dem vergleichen. Die Blätter erschauerten und verstummten an den Bäumen, die Tautropfen, in der Luft plötzlich von diesem Laut getroffen, hörten auf zu fallen, die Wurzeln in den Tiefen der Erde rührten sich nicht mehr, die Sterne hemmten ihren Lauf, die unterirdischen Adern der Gewässer wurden starr – da jener harte und erbarmungslose Dämon auf den Kimindenia erschien, der Hunger. Wir waren damals kleine Kinder, die gute Erde gab uns Brot, und die Bäume gaben uns Früchte, wir wußten noch nicht, was der Hunger war. Dennoch hatten wir unser reines Herz als guten Führer. Darum konnten alle Geheimnisse der Welt in uns freundliche Aufnahme finden, konnten wir fühlen und begreifen. In der Sicherheit der hohen Mauern, die uns behüteten, unter dem Schatten des großen Baumes – unseres Großvaters –, der uns beschirmte, wurden wir nicht wie die erwachsenen Menschen, die, wenn sie selbst nicht leiden, gleichgültig und ohne Mitleid sind. Wir erlebten bis ins Innerste das Schauspiel der Nacht.

»Ach!« rief die Agapi immer als erste aus, da sie die Schwächste und Empfindlichste von uns allen war.

Sie begann heftig zu schluchzen. Als wir sie sahen, faßten auch wir uns ein Herz, die Artemis, die Lena und ich, und fingen an

zu weinen und zu rufen: »Warum müssen die Schakale hungern? Warum müssen die Schakale hungern?«
Dann entstand ein Höllenlärm: draußen heulten die wilden Tiere und drinnen jammerten wir. Der Großvater lachte anfangs über diese Ausbrüche des kindlichen Herzens, während meine Mutter und die Großmutter eilten, uns zu streicheln und zu beruhigen.
»Jannakos! . . .« sagte die Großmutter ernst. »Tu das nicht! Sieh doch die Kinder an!« sagte sie und zeigte ihm unsere Verzweiflung.
Sehr selten sprach sie zu ihm in einem Ton, als ob sie ihn tadelte. Und er wurde dann plötzlich ernst, wie jemand, der gefehlt hat, und hörte auf zu lachen.
»Kommt, kommt jetzt! Beruhigt euch!« besänftigte uns die Großmutter. »Gott wird auch für die Schakale Nahrung finden. Er ist gut und wird etwas finden. Geht jetzt schlafen.«
Spät verstummten die Stimmen der Schakale in der Ferne. Es war nichts mehr zu hören. Wir sprachen unser Abendgebet und baten wie immer den lieben Gott, den Großvater, die Großmutter, unseren Vater, unsere Mutter, die Bäume und alle Menschen zu beschützen. Wir legten uns hin, aber der Schlaf überkam uns nicht. Er kam und beschwerte unsere Augenlider, aber wir gaben uns alle Mühe, ihn fernzuhalten, bis wir uns überzeugt hatten, daß die Schakale weg waren. Und dann, wenn wir die Gewißheit hatten, daß sie weg waren, flüsterten wir innerlich noch einmal unser Gebet und beteten außer für die Bäume und die Menschen auch für die hungernden Schakale . . .

Es kam aber die Zeit, wo die Früchte reiften und die halbfertigen Trauben an den Reben hingen. Dann war der Ansturm der Schakale nicht mehr ungefährlich wie im Frühjahr. Wenn solche großen Rudel ausgehungerter Tiere nur für eine Nacht ins Gut einbrachen, dann war des andern Tages keine Frucht mehr übrig.

Drum rüsteten sich die Leute zum Widerstand. Alle, die auf dem Gute arbeiteten, Männer und Frauen, wurden in drei Schichten eingeteilt. Die erste bis zehn Uhr abends, die zweite bis Mitternacht, die dritte bis zur Morgenfrühe. Sie warteten und stürzten sich, kaum daß die Schakale anrückten, an die Grenzen des Gutes, stießen wilde Schreie aus und schlugen auf Blechkanister oder Trommeln. Wenn die Nacht dunkel war, dann hielten viele brennende Fackeln in den Händen. Die wilden Tiere zogen sich erschreckt zurück, mit wütendem Geheul, und stürzten sich auf andere Güter in der Nachbarschaft. Nach kurzer Weile hörte man das Geschrei der Leute von dort, von den anderen Gütern, die sich mühten, das Rudel des Hungers abzuwehren und anderswohin abzulenken. Es verging einige Zeit, und wieder wurde das Geschrei vernehmbar, diesmal aus größerer Ferne, von einem anderen Gutshof her. Es war wie eine furchtbare Welle, die wie besessen herumwirbelte, hier und dort anschlug, um endlich einen Platz zu finden, wo sie sich austoben könnte. Aber sie fand keinen und begann von neuem ihren Kreislauf. Wieder schlug sie bei uns an, wieder stürmten unsere Leute fort, um sie abzuwenden. So gab es Nächte, wo jene Jagd des Schreckens und des Hungers bis zum Morgen anhielt.

Unsere erste Bekanntschaft mit diesem harten Spiele erzeugte unter uns Kindern einen wahren Aufruhr. Eines Abends regte sich im Gutshof seltsame Geschäftigkeit. Die Frauen, vor allem die jungen Arbeiterinnen, und die Männer bildeten kleine Gruppen, sprachen, lachten, bereiteten Fackeln, richteten Kanister und Trommeln her. Wir hatten uns zeitig in unserem Zimmer eingefunden, die kleine Lena, die kleine Agapi und ich, und wir spielten, indem wir Schiffchen aus Kiefernrinde schnitzten. Drum merkten wir nicht, was draußen vorging. Aber es fehlte in unserem Kreis die Artemis. Irgendwo, drunten, mochte sie sich herumtreiben. Keinem von uns fiel das auf. Die kleine Artemis war das unruhigste Kind von uns allen. Sie hatte einen Wissensdrang, der für ihr Alter ungewöhnlich war und fast an Leidenschaft grenzte. Als ob sie eine Vorahnung davon hatte, daß sie so früh von uns scheiden müsse, wollte sie die Dinge dieser Welt alle in Erfahrung bringen, beeilte sie sich, jener großen Stunde zuvorzukommen, wo es zu spät sein würde. Während wir andern uns zufrieden gaben mit den einfachsten Antworten, die die Erwachsenen auf unsere Fragen hatten, blieb sie ungläubig, witterte eine andere Wahrheit hinter den Schleiern, mit denen die große Welt umhüllt war, fragte, bohrte, bestand darauf, daß man ihr etwas sage, daß sie es erfahre. So befanden sich die Erwachsenen jedesmal in Verlegenheit, was sie ihr antworten könnten über Dinge, die sie noch nicht wissen sollte. Sie sagten ihr also, was ihnen gerade einfiel. Die Schleier dieser Welt wurden nur noch dichter, Artemis merkte das und stampfte erregt mit den Füßen.

»Nein, das ist es nicht! Das ist es nicht«, rief sie und war am Weinen.

Aber sie weinte nicht, sehr selten weinte sie. Immer umfing sie ein frühreifes Gefühl des Ernstes, eine Würde, die für ein Kind ganz unnatürlich war.

Während wir nun an jenem Abend mit dem Rindenschiffchen spielten, ging plötzlich die Türe auf, und Artemis stürzte herein. Ihr Antlitz war entflammt, eine leichte Röte färbte ihre blassen Wangen, ihre großen schwarzen Augen blitzten.

»Habt ihr es schon gehört, habt ihrs gehört?«

Wir fuhren in die Höhe, ließen unsere Schiffchen liegen und hingen erwartungsvoll an ihren Lippen.

»Was gibt es, Artemis, was gibt es?«

Als ob sie uns tyrannisieren wolle, warf sie einen verächtlichen Blick auf unsere Füße, auf die Segelboote und Fischerbarken, die dort liegengeblieben waren.

»Ihr spielt Schiffchen, während heute abend . . .«

»Ach, Artemis, sag uns doch, was los ist! Sag uns!« flehten wir sie an.
Sie wurde mit einem Male ernst, warf uns einen Blick zu und sagte: »Habt ihr nicht die Fackeln gesehen und die Trommeln, die gerichtet werden?«
»Richten sie Fackeln und Trommeln her? Warum nur, warum?«
»Krieg!« sagte Artemis, indem sie uns von oben herab ansah.
»Krieg?« Was ist denn das? Keiner von uns wußte es. Niemals hatten wir von einem derartigen Wesen gehört, weder von einem Tier, noch einem Vogel oder Baum.
»Heut abend fängt der Krieg mit den Schakalen an!« sagte Artemis. Alexis hat es mir gesagt.
Wir sprangen vor Freude in die Höhe, da wir von etwas Neuem hörten, das in unser Leben kommen sollte. Sicherlich war das irgendein Spiel, der ›Krieg‹.
»Wirklich? Wird das geschehen? Was sagst du da? Gibt es ... Krieg?« riefen wir und sprangen.
Aber die Artemis sprang nicht, lachte nicht mit uns. Sie hielt ihre Lippen fest geschlossen und stampfte nervös mit ihren Füßen. Als ob sie etwas ahne, etwas vorausfühle.
Als erste bemerkte die Agapi – damals ein Mädchen von zehn Jahren – den ernsten Ausdruck ihrer kleineren Schwester, der so sehr von unserer eigenen Freude abstach.
»Was hast du, Artemis?« sagte sie.
Und gleich darauf, indem sie ihre plötzliche Ratlosigkeit mit dem ernsten Ausdruck im Gesicht der Artemis verband: »...und was ist das für ein Spiel, Artemis? ... was ist Krieg?« fragte sie schüchtern.
Ach, wirklich! Was ist es?
Unser Springen und Rufen hörte mit einem Schlage auf, und unsere Augen hefteten sich wieder auf Artemis.
»Was ist es, Artemis? Was ist Krieg? ...«
Aber auch Artemis wußte es nicht, sie hatte es nicht verstehen

können. Die Neuigkeit hatte ihr Alexis verkündet, unser bester Freund unter allen Arbeitern. Aber er war in Eile und sehr beschäftigt, und Artemis konnte keinen anderen fragen, so ungeduldig war sie, uns die Neuigkeit als erste zu überbringen. Aber das Geheimnis des Wortes, ihre Unfähigkeit, es zu durchschauen, zusammen mit ihren Vorahnungen, beunruhigten sie tief.

»Ich weiß es nicht!« sagte sie. »Wie soll ichs wissen? Was fragt ihr mich?«

Sie blieb einen Augenblick zögernd stehen. »Ich muß es erfahren!« sagte sie dann entschlossen. »Ich muß es erfahren! Ich laufe zum Großvater!«

Sie stürmte zur Tür hinaus, wir liefen hinter ihr her. Da wir selber durch die neue Kunde voller Aufruhr waren, erwarteten wir auch den Großvater in stürmischer Aufregung zu finden. Nichts dergleichen. Er saß seelenruhig wie alle die anderen Abende, als ob nichts geschehen wäre, als ob auch nichts geschehen werde.

»Großvater, gibt es heute abend Krieg?« sagte Artemis, außer Atem vor ihn hinstürzend.

Er drehte sich ratlos um, schaute sie an, schaute uns allen in unsere forschenden Augen.

»Was soll es geben?« fragte er erstaunt, da er nicht begreifen konnte.

»Krieg, Großvater, wird es heut abend nicht Krieg geben?«

Auf ihm hafteten und zitterten, zitterten vor Heißhunger nach dem Unbekannten, unsere Augen.

»Krieg?« flüsterte der Großvater. »Wer hat euch denn das gesagt? Wer hat euch gesagt, daß es Krieg geben wird?«

»Komm, Großvater, sag es uns doch. Ich weiß ganz sicher, daß wir Krieg mit den Schakalen machen werden.«

Da begann der Großvater zu lachen mit jenem seligen kindlichen Lachen, das ihm eigen war, lachte und schaute uns alle an.

»Ach, das meint ihr? Das meint ihr?«

Er wischte sich die Augen und streichelte Artemis: »Es ist nichts, mein Kindchen, es ist nichts.«
»Wieso ist es nichts, Großvater? Wieso ist es nichts . . .«, sagte Artemis und riefen wir. »Weshalb richten sie dann Fackeln und Trommeln her?«
»Aber gewiß doch, es ist nichts«, sagte der Großvater. »Die hungrigen Schakale können uns jetzt Schaden zufügen. Drum müssen wir sie vertreiben. Das ist es!«
»Ach, die hungrigen Schakale vertreiben?«
»Aber gewiß doch. Wir werden sie vertreiben.«
Unbestimmte Gefühle bemächtigten sich unser an jenem Abend. Was war aus dem lieben Gott der Großmutter geworden, den wir heimlich in unserem Gebet baten, auch für die hungernden Schakale Nahrung zu finden? Was war aus dem Großen Riesen geworden, daß er sich nicht mehr blicken ließ, jener so freundlichen und fürsorglichen Gottheit der Wälder, die, wenn die Schakale hungerten und heulten, ihnen zu essen gab und sie schlafen legte? Und da sie beide Rauch geworden waren – der liebe Gott und der Große Riese – und die Schakale hungerten, wie konnten da die Menschen sie so hart vertreiben?
Es war unmöglich, daß wir das verstanden. Die Schakale sollten nun von Geschöpfen des Waldes, die ein Recht zu essen hatten, zu Feinden werden. Bis dahin kannten wir nur die Furcht vor ihnen, da sie uns unbekannt waren, da wir nur ihre Stimme kannten, und diese Stimme war wild. Jetzt sollten wir uns daran gewöhnen, sie zu bekämpfen, sollten wir die ersten Schritte machen hin zu jenem allmächtigen Rüstzeug, mit dem die Menschen ausgestattet sind, dem Haß.
Schlaflos warteten wir in jener Nacht, auf unseren Betten ausgestreckt, bis das Geheul der Schakale näher kam. Plötzlich, auf ein gegebenes Zeichen – wer weiß wie – hallte ein wildes Getöse durch die Nacht: die Leute stürzten hinaus. Sie schrien, schlugen auf die Trommeln, schlugen auf die Kanister, schwenk-

ten die Fackeln hin und her. Ab und zu fiel auch ein Büchsenschuß. Die wilden Tiere, so plötzlich angefallen, stießen zerreißende Schreie aus und zogen sich fürs erste zurück. Dann stürmten sie von neuem voller Wut heran. Wieder schlug das Geschrei der Menschen in die Nacht wie auf Metall, wieder antwortete das Geheul der Tiere. Die Luft war dick und schwer von Lärm und schäumender Leidenschaft. Die Sterne verbargen sich für eine Weile hinter den Rauchschwaden. Dann kam eine große Wolke und deckte sie ganz zu.

Wir waren still. Wir lauschten. Nicht einmal die Tränen wollten unsere müden Augen segnen. Zitternd erfaßten wir den Sinn des harten Gesetzes dieser Welt.

4

Nach und nach, je öfter die Sonne uns unter den Kimindenia auf- und unterging, begann ich zu spüren, welche verschiedene Bedeutung viele Dinge hier, nahe der Erde und der Natur, besaßen: der Boden, die Bäume, die Wolken. Auch in der Stadt gab es Bäume, Boden, Wolken. Im Winter fielen auch dort die Blätter von den Zweigen, nachher kam der Frühling, und dann trieb das kahle Holz wieder Blätter und Blüten hervor. Die Wolken gossen Wasser herab oder zogen weiß vorüber oder färbten den Himmel mit prächtigen Farben, wenn die Sonne am Untergehen war. Alles das war schön in der Stadt. Aber es war nur schön. Es war der schmückende Zauber der Welt, der gewiß nur zur Freude der Kinder geschaffen war, wie die Rindenschiffchen und die hölzernen Elefanten mit dem blaugrauen Körper oder die gelben Gummihasen.

Das geheime Leben der Bäume begann ich draußen zu lernen, nahe der Erde. Dort begann ich zu erfahren, wie tief der Mensch mit der Sonne, mit der Erde, mit dem Wasser verhaftet ist.

Barba Joseph war der Nestor unseres Gutes, seine ›Seele‹, wie ihn alle nannten. Seine Haare waren schlohweiß und die Haut auf seinem Antlitz und an seinen Händen war vom Alter und der Sonne tief gefurcht. Als junger Bursche hatte er sich einst aufgemacht von seiner armen Insel, von Lemnos, und war gekommen, um in dem reichen Land, in Anatolien, seinen Unterhalt zu finden. Seitdem war er nicht mehr heimgekehrt. Die Kimindenia hatten ihn festgehalten. Damals, in seiner fernen Jugendzeit, lebte in Lemnos ein Mädchen mit blitzenden Augen. Joseph war noch ein bartloser junger Bursch, der als Fischer arbeitete. Eines Nachts fand er das Mädchen, wie es nach den Sternen schaute.
Er sagte zu ihr: »Maria, woran denkst du?«
Sie fuhr zusammen und wandte sich erschrocken um, weil die einsame Zwiesprache mit dem Himmel ihr heilig war, und weil sie fürchtete, sie zu entweihen.
»Woran denkst du?« fragte er sie wieder.
»An nichts«, antwortete sie, indem sie sich Mühe gab, gleichgültig zu scheinen. »Ich habe die Plejaden angeschaut.«
»Wirklich? Hast du die Plejaden angeschaut? Wo hast du etwas über die Plejaden und die Sterne gelernt?«
Sie sagte: »Ein alter Kapitän, der einmal auf unsere Insel kam, hat mich gelehrt, die Sterne zu lesen.«
»Wirklich, hat er dich gelehrt, die Sterne zu lesen?«
Nein, er hatte sie es nicht gelehrt. Er hatte ihr nur gezeigt, auf welche Weise man die Sterne unterscheidet. Aber die Sterne waren eine solche Menge und sie selber war so einfach und so jung ... Wie sollte sie da ans Ende kommen? Der alte Kapitän, der hatte sie sein Leben lang studiert. Sie selber? ... Wie lange hatte sie schon gelebt? Vielleicht war darum alles noch so dunkel, so verworren, und sie hatte solche Mühe, die geheime Bedeutung der Sterne zu erraten.
Da nahm sie Joseph, der junge Bursch, in seine Arme und küßte sie auf den Mund.

Er sagte zu ihr: »Laß die Sterne, Maria. Ich bin gekommen, um mit dir zu reden.«
Sie setzten sich auf den Boden, unter dem Nachthimmel. Er sprach mit ihr. Nur die Nacht, still und geheimnisreich, vernahm sie.
»Siehst du die Berge drüben überm Meer?« sagte er zu ihr.
Und er zeigte ihr Anatolien.
»Ich sehe sie«, erwiderte sie.
»Heut kam ein Schiff aus jener Gegend drüben. Ich war im Hafen, sah die Reisenden. Alle sprachen von einem reichen Land mit hohen Bäumen und mit fetter Erde. Du brauchst nur ein Korn zu säen, und sie gibt dir fünfhundert, tausend Körner wieder. Die Berge seien voll von ungezählten Herden, ganz abgesehen von den wilden Tieren, den Rehen, Bären, Wildschweinen, die in den unwegsamen Gegenden hausen. Dort ist das gelobte Land . . . Hörst du mir zu?«
»Ich höre, Liebster.«
»Unsere Erde hier ist arm und kahl. Hier gibt es keine Bäume, keine Schafherden, keine Wildschweine und Rehe. Und unser Boden, so sehr du ihn auch bearbeitest, gibt nichts her. Wie ich es auch hin und her überlege, nie werde ich Kapitän werden, es nie zu einem eigenen Boot bringen. Wo soll ich hier den Schatz finden, um mir ein Boot zu kaufen? Und doch sollst du nicht hungern, sollst du alle die guten Dinge dieser Welt haben! Hörst du mir zu? . . .«
»Ich höre, Liebster.«
»Also, ich gehe fort in jenes Land da drüben über dem Meer. Ich werde eine kurze Zeit dort arbeiten, aber ich werde tüchtig arbeiten. Und wenn ich genug erspart habe, komm ich, um dich zu holen. Dann werden wir das beste Fischerboot der Insel bauen. ›Evangelistra‹ soll es heißen. Wir werden es mit roter und mit gelber Farbe streichen – nein, nicht gelb, kanarienfarben . . . Und du wirst Kapitänsfrau sein.«

Aber Maria schwieg. Lange Zeit. Dann fing sie leise an zu weinen, ohne aufzuhören, ohne Hemmung, als ob sie alleine wäre. Sie machte nicht die kleinste Anstrengung, ihn abzuhalten. Sie wußte wohl, daß es vergeblich wäre: die Sterne waren so verwirrt heut abend, so dunkel . . . und wenn sie sie auch noch nicht gut zu deuten wußte, so hatte sie ihre geheime Bedeutung doch begriffen.

»Ich wußte es«, sagte sie nur. »Ich wußte es,« sagte sie wieder, als ob sie mit sich selber spräche, »daß meine Stunde da sei.«

Das geschah in jener Nacht auf Lemnos. Joseph verließ seine stille Insel, überquerte das Meer und gelangte in das Land dort gegenüber. Er kam zu den Kimindenia. Doch er erwarb sich keine Herden, noch sonstige Reichtümer. Als das erste Jahr herum war und als er sah, was er mit aller seiner Mühe zusammengebracht hatte, sagte er: »Es ist sehr wenig. Damit kann ich kein Boot bauen, kann ich die Maria nicht nehmen. Vielleicht werde ich es im nächsten Jahre können.«

Auch das nächste Jahr ging herum. Und wieder konnte er es nicht. Und so kam wiederum das nächste und das nächste.

›Es wird mein Schicksal sein‹, dachte er.

Dennoch beschloß er nicht, es aufzugeben. Er schrieb nach der Insel: ›Warte auf mich, bis ich so viel beisammen habe, wie notwendig ist, um ein Boot zu kaufen. Dann komme ich und hole dich, Maria.‹ Weitere Jahre gingen vorüber. Und als der Joseph sich davon überzeugt hatte, daß es nicht leicht ist für einen Fischer, mit der Arbeit auf dem Land Geld zu verdienen, selbst wenn es die Erde Anatoliens ist, tat er alle seine Ersparnisse zusammen, um deretwillen er seine Jugendzeit in fremdem Land vergeudet hatte, und machte sich auf, um zu seiner Insel heimzukehren. Auf dem Wege, ehe er noch das Meer erreichte, fiel er Räubern in die Hände, die ihn ausplünderten. Da kehrte er zu den Kimindenia zurück. Und er begann von neuem, da er auf seine Insel nicht ärmer heimkehren wollte, als er aufgebrochen war. Wieder begann er. Aber das Vertrauen hatte ihn jetzt verlassen. Wieder und wieder sagte er zu sich selber: »Vielleicht war es mein Glück, daß mir die Räuber begegneten. Vielleicht kommen einmal bessere Jahre. Dann werde ich etwas verdienen und das Boot kaufen.«

Aber er glaubte selber nicht mehr fest daran. Er betrog sich selber. Dann kamen die Jahre der Überschwemmungen, es entstanden überall Sümpfe, viel Unglück überfiel die Kimindenia, und Joseph selbst war viele Sommer hindurch krank. Da nahm er es denn als gegeben hin, daß dies sein Schicksal sei, daß er ein eigenes Fischerboot nicht bekommen werde, daß die Fischerboote nicht für die Josephs seien.

Drüben über dem Meere erwartete ihn die Maria viele Jahre, bis eines Tages ein Amerikaner auf die Insel kam, ein Landsmann von ihnen, der in der Fremde gewesen war. Er hatte goldne Münzen, goldne Zähne, war ein böser, selbstsüchtiger Mensch, dessen Gesicht gelb war von den Krankheiten der großen Welt. Ihm gaben ihre Eltern die Maria zum Weibe, und in seinen grünen Augen endete die Geschichte mit den Sternen. Maria gehorchte wie alle Frauen ihrer Heimat und ihres Standes. Und seitdem konnte sie nicht ein einziges Mal mehr in den Sternen lesen. Das geheime Band, das sie vereinte, das Vorrecht ihrer Jugend, war endgültig zerrissen. Anfangs weinte sie, in der ersten Nacht, als sie gewahrte, daß die Sterne ihren Mund verschlossen hielten und ihr keine Kunde gaben. Aber dann gewöhnte sie sich und erinnerte sich nicht einmal daran, daß es am Himmel Sterne gebe.

So verging die Zeit, und Joseph alterte an den Kimindenia. Seine Haare wurden schlohweiß, und die Haut an seinen Händen und auf seinem Antlitz war vom Alter und der Sonne tief gefurcht. Von allen Feldarbeiten bewies er nur in einer eine glückliche Hand, ja wurde darin Meister: im Pfropfen der Bäume. Tausende von Wildoliven, von wilden Birnen und von anderen

Bäumen waren unter seiner Hand verwandelt worden. Er kannte jeden einzelnen. Anfangs gab er ihnen Namen. Er nannte sie ›Maria‹ oder ›Evangelistra‹ oder ›Nikolis‹ oder ›Petrákis‹ – Namen des Mädchens mit den Sternen, des Bootes, das er besitzen, der Kinder, die er haben würde. Aber als der Marien und Evangelistren und Petrákisse zu viele wurden, brachte er sie durcheinander. Und als die Bäume, die er aufzog, namenlos wurden, drang er tiefer in ihr Wesen ein, nahm sie nicht mehr nur als Wünsche, die nicht in Erfüllung gingen. Er wurde wahrhaft ihr Freund, kannte jeden, erinnerte sich des Jahres, wo er sie gepfropft hatte, ihrer Schicksale. Er wurde eins mit ihnen, wurde selbst ein großer Baum, der seine kleineren Freunde segnete und beschirmte. Er kümmerte sich um sonst nichts mehr auf der Welt. Weder wußte er, was auf der Welt jenseits der Kimindenia geschah, noch wollte er es wissen.

Manchmal kommen ihm des Nachts, ganz schwach, von fernher die Erinnerungen: sie erzählen von einer kargen Insel im Ägäischen Meer, vom blauen Meer, von Muscheln und von Schiffen mit wilden Schreckmasken am Bug. Die Schiffe fahren dahin, Masten und Takelwerk bilden einen dichten Wald, und die Maske vom ersten Fahrzeug ruft den anderen triumphierend zu: »Macht Platz! Macht Platz, sie kommt!« Da regen sich alle die Schreckbilder, lassen ihre Augen leuchten, legen ihre guten Kleider an, die Masten schwanken, und die Schiffe weichen aus. Sie lassen einen Durchgang zwischen sich gleich einem Fluß, der Wind hat aufgehört zu blasen, und durch die Stille des Meeresflusses fährt, mit sachtem Ruderschlag, frisch angestrichen, die ›Evangelistra‹. »Willkommen in unserem Meer«, riefen da die Bilder an den Schiffen. »Willkommen«, erwiderte das Fischerboot.

»Willkommen«, murmeln leise die Lippen des Greises.

Er öffnet – so weit es geht – seine Augen, um das Traumbild festzuhalten. Das aber flieht davon, immer weiter davon. Nur ein trüber blauer Schleier ist geblieben. Er regt sich wie Wogen. Ach ja, die Wogen sind wieder da. Zitternd steigen nacheinander Schatten aus ihnen auf, aus ihrer Tiefe wachsen Masten empor, flattern, um davonzufliegen, können es aber nicht. Es sind nur Umrisse, dann nehmen sie feste Formen an, werden Stämme und Blätter, werden Bäume, die mitten aus den Wogen wachsen ...

Die Zeit war nahe, da die Bäume gepfropft werden mußten. Barba Joseph, der die ganze übrige Zeit auf dem Gutshof ein seliges Leben führte, da man ihn keine andere Arbeit machen ließ, zeigte jetzt eine seltsame Unruhe. Er konnte nicht an seinem Platze bleiben, immer wieder wendete er den Sand über der dicken Schicht, unter der er die Gerten aufbewahrte, seine Pfropfreiser.

Eines Tages schließlich rief ihn der Großvater zu sich.

»Was meinst du, Alter, ist es an der Zeit?«

»Es ist soweit, Herr.«

»Gut, fang morgen früh an.«

Dann ließ er uns, die Kinder, rufen.

»Ihr geht morgen früh mit dem Barba Joseph«, sagte er uns. »Schaut zu, wie er die Bäume pfropft.« Und sich zum Alten wendend: »Jedes Kind soll sich einen Baum aussuchen«, sagte er. »Pfropfe ihn in seinem Namen.«

Des anderen Tages brachen wir ganz in der Frühe auf. Die Sonne war gerade erst aufgegangen. Barba Joseph ging voran, mit langsamen Schritten, zur Erde niederblickend. Wir folgten voller Freude. Wir besprachen, mit viel Hin und Her, was für einen Baum ein jeder von uns wählen sollte. Schließlich wurden wir uns einig. Artemis wählte eine Wildolive. Sie konnte nicht sagen warum, aber sie liebte sehr die tiefe Stille, die im Ölwald lebt, das silberne Laub und die gequälten Stämme. Ich suchte einen wilden Birnbaum aus.

Wir kamen an. Barba Joseph legte das Bündel mit den Gerten,

den Reisern, das er mit sich schleppte, auf den Boden. Er sah nicht mehr gut, darum betastete er den wilden Baum, seine Äste, um den rechten Platz zu finden. Sein Ausdruck wurde immer strenger. Seine Augen blickten weder irgendwo zur Seite, noch auf uns. Sie verloren immer mehr ihr Licht, als wollten sie verlöschen. Sein ganzes Dasein löschte aus, um nur *ein* Leben dazulassen, den dichten Sinn des Tastens. Als er schließlich den Platz fand, den er suchte, hob er seine Augen zur Sonne auf. Er schlug dreimal sein Kreuz und seine Lippen regten sich ein wenig, um eine geheime Fürbitte zu flüstern. Dann blieb er eine Weile stumm und senkte schließlich seine Augen von der Sonne nieder. Er war nun ruhig und sicher. Mit fester Hand führte er sein Messer und nahm aus der Gerte das ›Auge‹ heraus, ein Stück Rinde wie ein Ring. Mit demselben Messer ritzte er den wilden Baum und setzte an Stelle der entfernten Rinde das Stückchen Rinde von der Gerte ein. Dann band er den fremden Körper an des Baumes Körper fest.

Er war nun fertig.

Eine starke Blässe lag auf dem Gesicht des Greises ausgebreitet. Wieder schaute er zur Sonne auf. Und wieder, zitternd, betete er: »Ich danke dir, daß du mich gewürdigt hast, auch heuer Bäume zu pfropfen.« Und dann, zu mir gewandt, völlig ruhig: »Der ist es, mein Bub«, sagte er. »Ich übergebe dir deinen Baum. Habe ihn lieb wie ein Ding Gottes.«

Tiefe Feierlichkeit lag in diesem Augenblick in seinem Ausdruck, die auch uns Kinder, unbewußt, ergriff. Doch wir verstanden noch nicht recht warum . . . Was war geschehen? Ein Stückchen Rinde von einer Gerte klebte droben an dem wilden Baum. Sonst war nichts geschehen! . . .

Wir sahen den Alten ratlos an.

Und er, als ahne er, was in uns vorging, sprach zu mir gewandt: »Leg dein Ohr an den Baumstamm.«

Ich streckte meinen Kopf vor und lehnte ihn an den Stamm, wie er mich geheißen hatte. Auch er legte sein Gesicht an und lauschte. Unsere Gesichter waren sich so nah, daß sie sich fast berührten. Ich sah in seine trüben Augen. Mehr und mehr schlossen sie sich, als ob sie sich in Ekstase versenkten; dann waren sie ganz zu.

»Hörst du etwas?« flüsterte mir seine Stimme aus magischer Versenkung zu.

»Nichts, nein, ich höre nichts!«

»Aber ich höre etwas!« murmelte er.

Und in seiner leisen Stimme bebte tiefe Freude.

»Aber ich höre etwas!« sagte er wieder.

Und dann erklärte er mir, daß er das Blut des Baumes höre von dort, wo das ›Auge‹ die Rinde bekommen hatte, daß er höre, wie es langsam in das Blut des wilden Baumes dringe, sich mit ihm vermenge, und so das Wunderwerk seiner Verwandlung beginne.

»Wenn du die Bäume sehr lieb hast, wirst du es auch hören«, sagte er mir. »Wirst du sie lieb haben, mein Bub?«

Ich versprach es ihm.

»Ich werde sie lieb haben, Barba Joseph.«

»Wirst du sie auch lieb haben, Artemis?«

»Ich werde sie lieb haben, Barba Joseph.«

So lernte ich die Bäume lieben. Und als in einer Nacht bei einem Frühlingssturm die Stunde kam, wo er starb, der große Nußbaum, den wir am Eingang des Gehöftes hatten, war ich bereits sein guter Freund und weinte, weil er uns verlassen hatte.

»Warum mußte das geschehen? . . . Warum mußte der Nußbaum uns verlassen? . . . Warum? . . .« rief ich in Tränen aus.

»So ist es, mein Kind. Sei nicht traurig«, tröstete mich meine Mutter, die, obwohl sie eine einfache Natur war, doch den weisen Instinkt hatte, mich bis zu jener Stunde, so lang es irgend möglich war, vor der Bekanntschaft mit dem Tode zu bewahren.

»Aber warum ist es so? Warum?«

»Weil es so ist, mein Junge. So ist es bei den Bäumen und den Menschen.«

»Ist er wenigstens froh gewesen, als er fortging, der Nußbaum? War er auch nicht traurig?«

Nein, er war gar nicht traurig fortgegangen. Seine Vorfahren kamen vor langer Zeit aus den Gegenden am Kaukasus. In jenen Gegenden gibt es nur unwegsame Berge, wo immer Wolken wohnen. Drum sehen die Nußbäume dort nur selten die Sonne. Die Welt um sie herum ist trüb und dunkel. Eines Tages kam ein wilder Vogel an den Bergen des Kaukasus vorbei. Er kam vom Westen, aus fernen Ländern, und er brachte den Nußbäumen die Neuigkeit: ›Dort drunten nach Westen zu‹, sagte er, ›gibt es ein Land, das immer hell ist. Sie nennen es Land der Ägäis. Und dort sind die Kimindenia.‹ Als das die zwei großen Nußbäume hörten, wurden sie sehr traurig. ›Wie lange haben wir noch zu leben?‹ sagten sie. ›Es ist schade, daß wir sterben sollen, ohne jenes lichte Land zu sehen ...‹ Das hörte der große Fluß von Anatolien und hatte Mitleid mit ihnen. ›Ich habe viele Söhne und viele Töchter‹, sagte er zu den Nußbäumen. ›Dort, wo meine Wasser aufhören, beginnen die Wasser meiner Kinder und meiner Kindeskinder. Das Jüngste reicht bis zu dem lichten Land. Dort lebt es. Ich kann euch dorthin bringen.‹

So geschah es. Der große Fluß nahm die beiden Nußbäume in seine Wasser und brachte sie zu Tale. Dann übergab er sie den Wassern seiner Kinder und Kindeskinder, und der jüngste von ihnen, der Tsakal-Deré, der Schakalsfluß, der unter den Kimindenia fließt, brachte sie in unsere Gegend. Die beiden Nußbäume waren anfangs wie verzaubert, aber später bekamen sie allmählich Heimweh. Sie mußten immer an ihre Heimat denken, an die unwegsamen Berge des Kaukasus und an die Wolken, die dort immer wohnten. Es brauchte Zeit, bis sie sich in das Land am Meere eingewöhnten. Sie brachten ein neues Kind zur Welt: unseren Nußbaum. Er war an den Kimindenia geboren;

drum klang es ihm nur wie ein Märchen, wenn er hörte, was man über die ferne Heimat seiner Urfahren sagte. Drum kannte er auch nicht den Kummer der Fremde, litt er nie an Heimweh. Er lebte viele Jahre, sah und hörte alle die Stürme, die von den Kimindenia kamen. Er beschirmte unter seinem Schatten ein Mädchen, wie sie damals war, unsere Großmutter, dann ihre Kinder, als sie kamen, dann uns alle. Er gab uns allen von seinen Früchten, und jetzt, wo er so alt geworden war, war er schlafen gegangen.

Mit offenen Augen hörte ich zum ersten Male die Geschichte von dem Nußbaum. Jetzt war er also schlafen gegangen.

»Aber wirklich, schlafen auch die Nußbäume?«

»Gewiß schlafen sie, wenn sie zu Ende gebracht haben, was sie hier auf der Erde zu tun hatten«, bestätigte die Mutter.

Und da am gleichen Nachmittag die Holzhacker kommen sollten, um den gestürzten Baum zu Kleinholz zu zerhacken, sagte meine Mutter, um mich darauf vorzubereiten: »Schau dir die Blätter an! Wie sie beginnen welk zu werden.«

Gelb und runzelig starben die Blätter langsam ab, bereit, bei der ersten Berührung abzufallen. Ich rupfte eines ab, zerrieb es zwischen den Händen und roch daran. Nein, den eigentümlichen Geruch, den ich sonst oftmals eingesogen hatte, wenn ich Nußblätter zerrieb, um nachher meine Augen schwer zu fühlen und die süße Begierde einzuschlafen zu empfinden – nein, die toten Blätter gaben jenen Geruch nicht mehr ...

»Die Seele des Baumes ist nicht mehr in ihnen ... darum«, erklärte meine Mutter.

»Darum«, sagte sie, »können wir den Stamm und die Äste zerhacken, mit der Gewißheit, daß wir seiner Seele keinen Schaden tun. Und wenn der Winter kommt, dann machen wir Feuer mit diesem Holz, um uns zu wärmen. So leistet uns der Nußbaum bis zu seiner letzten Stunde noch Gesellschaft und hilft uns mit seinen roten Flammen.«

»Aber sieh dort, Bub, die Wurzeln«, sagte meine Mutter wieder. Gequält von dem verborgenen Kampf so vieler Jahre, die eine in die andere verschlungen, wie Hände, die erschlafft sind, lagen sie dort in der tiefen Grube, die der Baum bei seinem Fall geöffnet hatte.
»Nein, nicht die großen Wurzeln!« sagte meine Mutter, die verfolgte, wohin mein Blick sich richtete. »Die andern dort, die kleinen, die in der Erde blieben.«
Und während ich sie betrachtete, erklärte sie mir, daß dort, in jenen kleinen Wurzeln in jener Erde, die Wiege des jungen, künftigen Nußbaumes sein werde. Morgen oder übermorgen würden wir dort, in die Grube, zwei Nüsse von der Ernte dieses Nußbaums legen, der von uns ging, und würden sie mit Erde zudecken. Die kleinen Wurzeln würden die Nüsse sanft umarmen, würden sie beschirmen, bis sie zu wachsen anfingen, über die Erdoberfläche herauskämen an das Licht der Sonne. So werde ein neuer Nußbaum an Stelle des alten, von uns gegangenen, kommen. Doch nein, es werde kein anderer Nußbaum sein! Es werde derselbe sein, der wiederkehre auf die Welt, werde Blätter treiben und Schatten geben, um uns und die Kinder, die nach uns kommen würden, wiederum zu beschatten ...
Als die Mutter das erzählte, verstand ich, daß dort in den kleinen Wurzeln, die im Boden blieben, die Seele des Baumes war, der uns verlassen hatte. Das linderte meinen Kummer sehr.

Spät nachmittags ging ich mit Artemis zur offenen Grube des Nußbaums. Der Baum befand sich nicht mehr dort. Sie hatten ihn schon kleingehackt, das Holz in den Schuppen getan. Ich versuchte, der Artemis die Geschichte von dem Baum zu erzählen, die sie noch nicht kannte. Ich sagte ihr, was ich des Morgens von meiner Mutter gehört hatte. Aber als ich zu dem kam, was sie mir über die ›Seele‹ gesagt hatte, wußte sie nicht, was das sei, und ich konnte es ihr auch nicht verständlich machen. Es war anscheinend so etwas wie unser kleines Herz, dessen Schläge wir spürten, wenn wir die Hand an unsere Brust legten.

»Halt! Halt!« sagte Artemis, »das ist es!«

Sie sprang in die Grube, bückte sich und legte ihr Ohr an die Erde und an die kleinen Wurzeln, die von dem Nußbaum dort geblieben waren. Ihr Ausdruck wurde ernst, während ich ungeduldig wartete.

»Hörst du etwas?« fragte ich.

Ihre Stimme flüsterte: »Nichts! Nichts!«

Wieder nach einer Weile: »Noch nichts, Artemis?«

»Ach, noch nichts! Komm du auch! . . .«

Ich sprang in die Grube, neben das Mädchen, und hielt mein Ohr an die Erde.

»Hörst du etwas?« lispelten ihre Lippen.

»Nichts! Nichts!«

Unser ganzes kleines Leben, alle Fasern unseres Leibes, das Blut und unser ganzer Körper, bebten nur um dies, daß Artemis, daß ich selber etwas hören könne.

Bis ihr Herz, bis mein Herz in unserer Brust, die an die Erde angepreßt lag, stark zu klopfen anfingen.

Und da geschah das Wunder.

»Ich höre etwas!« flüsterte ich, vor innerer Erregung zitternd. »Mir ist, als ob ich etwas höre.«

»Auch ich höre es«, sagte aus tiefer Brust die Stimme des kleinen Mädchens. »Ach, ich höre das Herz des Baumes.«

So ward uns an jenem Abend die Segnung zuteil, daß wir das Herz eines Baumes schlagen hörten – während wir in Wirklichkeit nichts anderes als unseres eigenen Herzens Schlag vernahmen, den die Erde uns zurückgab.

Die Nacht schritt mit großen Schritten von den Kimindenia herab. In der Nacht suchen alle Lebewesen Unterschlupf und Schutz. Drum scharrten wir mit unseren Händen Erde zusammen, Artemis und ich, und bedeckten damit sacht die Wurzeln in der Grube, damit die Seele des Nußbaums die Nacht gut überstehe. Damit sie nicht einsam wäre und sich fürchte...

Denselben Abend hörte Artemis, ohne es zu wollen, folgendes merkwürdige Gespräch:

Der Großvater sagte zu Barba Joseph: »Joseph, der Nußbaum hat uns verlassen. Ich möchte nicht, daß der leere Platz nun ohne Nußbaum bleibt. Was meinst du?«

»So sage ich auch«, stimmte jener zu.

»Willst du also dort einen andern Nußbaum pflanzen? Ich sage, nur wenn du willst ... ich dränge dich nicht dazu!«

Barba Joseph zögerte nicht. Er antwortete sofort: »Ich will es tun.«

Es verging ein Augenblick des Schweigens.

Der Großvater wieder: »Wirklich, fürchtest du dich nicht, Joseph«, fragte er.

»Ich fürchte mich nicht, Herr. Du weißt. Nein, ich fürchte mich nicht, Nußbäume zu pflanzen. Ich fürchte die Bäume nicht.«

Und dann, nach einer Weile, setzte er hinzu, wie lange er denn noch zu leben habe? Bis der Nußbaum, den er pflanze, Früchte trage, werde er schon seine Reise angetreten haben ...

Der Großvater klopfte ihm freundlich auf die Schulter.

»Nicht doch, nicht doch, alter Joseph; damit hat es noch gute Weile!«

Und dann wieder: »Gut«, sagte er. »Pflanze den Nußbaum.«

Artemis ging kurz darauf, als Barba Joseph alleine war, zu ihm und bat ihn inständig: »Sag mir, warum lassen sie dich den Nußbaum pflanzen? Haben die anderen ... Angst?«

»Larifari, mein Kindchen«, bestätigte der Alte. »Ja, sie fürchten sich. Hörst du, sie fürchten sich, einen Nußbaum zu pflanzen.«

»Ach, fürchten sie sich nur beim Nußbaum? ... und warum?«

»Ja, sie sagen, wer einen Nußbaum pflanzt, muß sterben, kaum daß der Baum die ersten Früchte trägt. So sagen sie. Aber wir, auf unserer Insel, kennen das nicht. Wir sagen, der Nußbaum hilft den Menschen, sich zu lieben.«

Bald darauf Artemis: »Wann wirst du den Nußbaum pflanzen, Barba Joseph?«

»Ich denke, morgen früh.«

»Gute Nacht.«

»Gute Nacht, mein Kind.«

Des andern Tags, vom frühen Morgen an, war Artemis in der Grube, wo der Nußbaum gepflanzt werden sollte. Barba Joseph kam und fand sie dort erstaunt.

»Was machst denn du so früh hier, Kind?«

»Nichts, Barba Joseph. Ich wollte nur zuschaun.«

Der Alte warf frische Erde in die Grube, machte sie zurecht und holte danach die Samen aus der Tasche. Er bückte sich nach der Erde. Im gleichen Augenblick stürzte Artemis auf ihn zu, riß ihm die Samen aus der Hand.

Und ehe der Alte ganz begriff, was los war, hatte Artemis sie in die Erde gesteckt!

»Was hast du getan?« rief Barba Joseph ganz erschrocken aus.

Sie wischte sich rasch die Erde von ihrem Kleidchen. Ihre Wangen waren rot vor Erregung. Sie atmete hastig.

»Ich habe den Nußbaum gepflanzt. Ich!« sagte sie. »Es ist schon geschehen!«

Der Barba Joseph fürchtete sich selber nicht, Nußbäume zu pflanzen. Er bangte für sich selber nicht. Aber für dies kleine Mädchen, das er so sehr liebte . . . Wer kann wissen, was wahr ist und was nicht in der geheimen Welt der Wunder! . . . Wenn an dem, was sie hier so glauben, über jene, die einen Nußbaum pflanzen, nur ein wenig, nur ein klein wenig Wahrheit ist . . . ?

Über den Köpfen des Greises und des Kindes schwebte ein Hauch des Zweifels und des Rätsels.

»Aber warum hast du das getan, mein Kind? Warum?« fragte immer aufgeregter, immer mehr von Furcht erfüllt, der Greis.

Artemis wußte keine Antwort, wußte nicht, warum sie es getan hatte. Jetzt wollte sie warten, bis der Baum wachse, aus der Erde komme. Dann wollte sie die Zeit der ersten Frucht abwarten. Dann würde sie noch eines von den Geheimnissen der Welt erfahren, das sie so sehnlich zu erfahren wünschte: ob sie es mit dem Tode bezahlen müsse . . .

5

An den Kimindeniabergen, nah der Erde, lernte ich aus den Augen der Menschen die tägliche, die unentwegte Sorge um Wetter, Regen und Wind ablesen; zumal im Frühjahr, oder zur Zeit der Ernte, oder im Herbst! Das waren die Zeiten, in denen der Großvater sich jeden Abend von den Wolken beraten ließ, die über die Kimindenia hinzogen, und von den Sternen, wenn die Nacht weit genug fortgeschritten war. Er lehnte sich aus dem Fenster, betrachtete ernst und eindringlich den Himmel, ganz in sich selbst gesammelt, während hinter ihm alle schweigend warteten. Bescheiden, fest und heilig erwachte die Erfahrung der Menschen dieser Erde, seiner einfachen Vorfahren, Blut geworden in seinem Blute, erwachte und lebte, indem er die Bewegung der Wolken, das Licht der Sterne, die Erregung der Luft in der Atmosphäre berechnete; als ob der Luft, den Wolken und den Sternen eine geheime Stimme innewohne. Aber keiner von uns vernahm sie, keiner hatte diesen Vorrang außer dem Großvater.

Wenn er seine Zwiesprache mit der Nacht beendet hatte, zog er seinen Kopf zurück und wandte sich zu uns. Dann wurden die Augen der Großmutter und meiner Mutter um vieles größer, und in ihrem feuchten Schimmer bebte besorgte Erwartung.

Er sagte einfach: »Es gibt Regen! Bis morgen abend!«

Oder, ebenso einfach: »Trockenes Wetter. Nein, es gibt keinen Regen.«

Dann breitete sich, je nach der Jahreszeit, wo der Regen eine nützliche oder vernichtende Wirkung auf die Erzeugnisse des Bodens haben würde, stille Befriedigung oder stumme Trauer in den Augen der zwei Frauen aus. Die erfahrenere von beiden, die Großmutter, hatte im Lauf der Zeit gelernt, daß es nicht ratsam sei, in den bitteren Stunden ihre eigene Erregung zu der Sorge ihres Mannes noch hinzuzufügen, und daß sie schweigen und sich ihren Kummer verbeißen müsse. Wenn also die Himmelszeichen für die Erde schlecht ausfielen, nahm sie alle ihre Kraft zusammen, sich zu beherrschen, und flüsterte demütig, während sie die Hände voller Ergebung faltete: »Gelobt sei sein Name . . .«
Und gleich darauf wandte sie sich an uns, die Kinder, die jenen feierlichen Vorgang neugierig verfolgten, indem sie so einen Ausweg fand: »Für euch ist es nun Zeit, schlafen zu gehen«, sagte sie. Dann kam sie immer mit uns, gab auch meiner Mutter ein Zeichen, daß sie sich entfernen solle, um so den Großvater in seinen Gedanken allein zu lassen. Und während sie uns zu Bett brachte, sagte sie: »Heut abend bittet, wenn ihr betet, den lieben Gott, er solle uns Regen schicken . . .«
Welch anderen Beistand hätte die Großmutter ihrem Gefährten geben können? Als sie noch jung war und allein, da betete sie heimlich für sich. Vielleicht geschieht das Wunder, sagte sie sich, daß die Wolken, die so lange auf sich warten ließen, sich plötzlich an den Kimindenia zusammenziehen. Als sie Kinder hatte, lehrte sie jene, darum zu bitten – eines Kindes Stimme wird immer bereitwilliger erhört. Und als wir da waren, ihre Kindeskinder, lehrte sie uns beten: »Bittet darum, daß wir in diesen Tagen Regen bekommen . . .«, sagte sie uns.
Und ihre Stimme zitterte, als flehe sie uns an, sie nicht zu verlassen. Und wir taten ihr den Gefallen gern. Bald baten wir nach ihren Weisungen um Regen, bald um trockenes Wetter. Aber es kam vor, daß wir das vergaßen oder verwechselten. Eines Nachts,

als sie uns gesagt hatte, wir sollten um Regen beten, baten wir, daß die Wolken verschwinden möchten. Am andern Morgen in der Frühe, kaum daß wir den strahlend blauen Himmel sahen, rannten wir zur Großmutter. Und ehe wir wahrnehmen konnten, wie betrübt sie war: »Siehst du, Großmutter? Unsre Bitte ist erhört worden!« sagten wir. »Die Wolken sind weg.«
Erschrocken wandte sie sich um und sah uns an. Ihre arglosen Augen liefen hastig in der Runde um. »Um Gottes willen! Was sagt ihr? Aber worum habt ihr gestern nacht gebetet?«
»Daß die Wolken verschwinden sollten, Großmutter! Hast du uns das nicht gesagt?«
»Ach, meine Kinderchen! Warum habt ihr das getan? Warum?...« murmelte sie in großer Aufregung. »Das habe ich euch nicht gesagt. Ihr habt nicht richtig zugehört. Wir brauchen doch jetzt Regen!«
Und dann, als ob sie mit sich selber spräche: »Wie soll da Regen kommen«, flüsterte sie. »Was soll der liebe Gott da machen, wenn die Kinder ihn bitten, keinen Regen zu schicken...«
Wir waren traurig über das, was geschehen war. Und als wir es ein andermal wieder durcheinander brachten und wir Kinder uns nicht darin einig waren, was wir bitten sollten, schickten wir die Agapi hin, um zu fragen: »Großmutter, was brauchen wir heut abend? Soll es regnen oder nicht regnen?«

Es regnete, regnete viel. Die Wolken erschienen gegen zehn Uhr morgens, ließen die ersten Schauer niedergehen; dann wurden sie noch dichter. Der Regen hielt bis zum Abend an. Die Erde war ganz ausgedürstet, und alle warteten auf den Regen als auf einen Segen für die Saat. Es war März. Auf allen Gesichtern im Gutshof leuchtete die Freude. Die Arbeiter machten, in ihre Kammern eingeschlossen, einen großen Lärm, erzählten sich Geschichten, spielten Karten, sangen vor sich hin. Sie hatten nichts zu gewinnen damit, daß der Regen eine reiche Ernte versprach.

Aber sie bearbeiteten den Boden, hatten Mitleid mit der Erde wie mit einem Lebewesen. Rein und stark, wie die Lust des Leibes, war ihre Freude.

Deutlicher als bei allen anderen zeichnete sich die Freude auf dem Antlitz der Großmutter und meiner Mutter ab. Nur im Gesicht des Großvaters konnten wir keinen veränderten Ausdruck wahrnehmen. Er saß wie immer still und zufrieden da, als ob nichts Neues oder Besonderes sich ereignet habe, und schaute aus dem Fenster auf das Wasser und die Wolken, die die Erde segneten.

Damals kannten wir Kinder den Segen des Regens, wenn die Erde seiner bedurfte, noch nicht in seiner ganzen Bedeutung. Aber auch wir hatten unsere Freude: Pfützen und Rinnen füllten sich mit Wasser. Gewiß, es regte sich nicht wie das Wasser des Meeres; aber was tat das? Man schlug das Wasser in der Pfütze oder in dem Tümpel mit den Händen und so entstanden Wellen. Man warf grüne Blätter hinein und sie wurden blau, blaue Wogen, geliebter Zauber unserer Heimat, der Ägäis, und die Rindenschiffchen schwammen darauf hin und her. Sie trugen kostbare Geschenke, wie blaue und rote Glasperlen, brachten sie zum Rotkäppchen, das aus den Kimindenia verschwunden war und nicht mehr wiederkehrte . . .

»Großvater, erzähl uns doch die Geschichte vom Rotkäppchen!« baten Agapi und Artemis, während es draußen regnete.

»Komm, komm; Großvater, erzähl uns!« bettelte auch ich und zog ihn an den Händen.

Das Rotkäppchen gehörte zu unseren jüngsten Bekanntschaften und wir liebten es sehr.

»Aber hat euch das nicht die Großmutter gestern erzählt?« fragte er.

»Doch, das hat sie, Großvater. Aber . . .«

»Nun, was?«

Wir wußten nicht, was wir antworten sollten, wie wir es in Worte fassen sollten, was wir wollten. Bis ich es zuletzt gefun-

den zu haben glaubte: »Sie hat es uns erzählt, Großvater, aber es war ganz ... anders.«
Da lachte der Großvater laut heraus und sich zur Großmutter wendend, die süß lächelte, sagte er: »Du scheinst es nicht gut gemacht zu haben, Großmutter.«
Aber da stürzte ich wieder vor und rief beteuernd: »Nein, Großvater! Auch das Rotkäppchen der Großmutter war schön. Nur ... nur ... daß es anders war!«
Ich merkte damals mit meiner einfachen Kinderseele noch nicht, daß ich ein weiser Kritiker war, indem ich das Rotkäppchen der Großmutter von dem des Großvaters unterschied, nicht so sehr wegen des Inhaltes der Geschichte als wegen ihres Charakters, ihres Stiles. Die Großmutter gab dem Märchen einen sanften, schlichten Ton. Ihr Wolf war wie sie selber gut, nur daß der Unglückliche vom rechten Wege abkam, ohne es zu wollen. So fraß er die Großmutter des Rotkäppchens und wollte nachher auch das Mädchen selber fressen. Aber nicht aus Schlechtigkeit! Nein, es war eine böse Stunde – sie kann allen Geschöpfen auf der Welt zustoßen –, dann begehen sie eben schlechte Handlungen.
Auf der anderen Seite war der Wolf des Großvaters ein richtiger Wolf, der die Kimindenia durchstreifte und, als es Abend wurde, großen Hunger bekam. Er kam aus dem Wald heraus, durchquerte das Flußbett und gelangte zur Talmulde. Dort stand die Hütte der guten Alten, der Großmutter des Rotkäppchens. Der Wolf hielt an und überlegte: ›Soll ich die Großmutter fressen oder auf das Rotkäppchen warten, da es das süßere Fleisch hat?‹
Er hatte einen guten Geschmack und zog es vor zu warten. Aber es verging eine lange Zeit, und Rotkäppchen erschien nicht. Da hielt es der Wolf nicht mehr aus, und so machte er sich daran und fraß die Alte. Dann legte er sich in ihr Bett, deckte sich bis zum Halse zu und wartete auf das Mädchen. Er sagte: »Wenn sie kommt, wird sie glauben, es sei ihre Großmutter. Dann werde ich sie packen und sie fressen.«

Aber Rotkäppchen erschien an jenem Nachmittage nicht in dieser Gegend, erschien überhaupt nicht mehr. Die kleine Steineiche rettete sie, die vor der Hütte ihres Vaters stand. Sie waren sehr befreundet, die Steineiche und das Rotkäppchen. Sie sprachen täglich miteinander und sagten sich gegenseitig ihre Geheimnisse. Der kleine Baum erzählte dem Mädchen von seinen alten Vorfahren, von dem Großen Wald der Steineichen, der jenseits der Kimindenia lag. Er erzählte ihm von dem tiefen Schweigen, das unter seinen Zweigen herrschte, von der dichten Blätterdecke, die sich im Laufe der Jahre, Tausenden von Jahren, angehäuft hatte – bis sie eines Tages wieder Wasser und Erde, wieder von den Wurzeln aufgesogen, wieder Zweige und grüne Blätter würde. Keine Menschenseele kam je in jenes Reich der Steineichen. Sobald Menschen an seine Grenzen kamen, fingen die Bäume heftig an zu rauschen und gaben die Warnung der Gefahr an ihre Gefährten weiter, die anderen Steineichen des Waldes. Dann liefen alle herbei, furchtbar und unerbittlich, rammten ihre Stämme in den Boden und versperrten den Weg.

Als Rotkäppchen das hörte, wollte es so gern ins Reich des Großen Waldes ziehen und sagte dies seiner kleinen Freundin, der Steineiche. Die erwiderte: »Wenn du noch etwas größer bist, dann will ich dich hinbringen. Dich allein, Rotkäppchen!«

Das geschah jeden Tag, die Sonne ging oftmals auf und unter, bis der Baum schließlich fand, Rotkäppchen sei groß genug, da es nun fünf Jahre alt geworden war, und es sei an der Zeit, mit ihm die Reise anzutreten. Er nahm das Mädchen rittlings auf seine Äste; sie spannten Segel auf und fuhren durch die Luft, über die Kimindenia hinweg und kamen in das Reich der Steineichen. Kein Baum verwehrte ihnen den Eintritt, da alle das Rotkäppchen schon kannten und es erwarteten. Als dann die Wächter an den Grenzen die beiden Ankömmlinge sahen, riefen sie den Windhauch und ließen ihn in ihren Blättern raunen. Und

die Kunde drang durch den ganzen Wald. Alle Blätter fingen an zu raunen: »Das Rotkäppchen kommt, das Rotkäppchen kommt!«
Das Mädchen stieg vom Baum herab, strich sich das Gewand glatt und blickte erstaunt um sich. Die harten, starren Äste der Steineichen regten sich wie Hände über ihm und flehten, die Blätter zogen ihre besten Kleider an und fielen wie ein goldener Regen nieder, die Quellen sprudelten aus ihren unterirdischen Verstecken hervor und fingen an, die Weisen des Waldes zu murmeln – alle flehten sie an: »Bleibe bei uns, Rotkäppchen! In der Welt da drunten gibt es Wölfe und Menschen, die dich fressen werden! Bleib bei uns!«
Und das Rotkäppchen konnte nicht mehr anders. Die Kimindenia hatten es verzaubert. Es wurde ein Reh, das einzige Reh in jenem Walde, und es lebte noch viele, schöne Jahre im Reich der Steineichen . . .

Wieder regnete es. Aber diesmal war der Sommer bereits fortgeschritten. Die Früchte an den Bäumen und den Reben hatten angesetzt, das Korn stand schon hoch. Aller Augen wandten sich wieder zum Himmel, aber diesmal angefüllt von banger Sorge. Und das, was man befürchtete, geschah: die Sonne kam heraus. Eine starke Hitzewelle wälzte sich von den Kimindenia herab, breitete sich über das ganze Tal, die ganze Ebene aus. Die Blüte vieler Bäume wurde versengt. Der Schaden war sehr groß. Betrübt und wortlos saßen die Menschen da. Auf dem Hofe herrschte Schweigen. Keine Schritte erschallten, wie aus Furcht, das Leid zu stören.
Nur der Großvater blieb unverändert, blickte auf die Erde, die Kimindeniaberge und die Wolken. Er hatte einen Grad der Überlegenheit und Abklärung erreicht, der die Dinge dieser Welt nur als Auswirkung eines großen Gesetzes ansieht, das zu durchschauen dem Menschen nicht gegeben ist. Der Kampf um den Boden, sein ganzes langes Leben hindurch, die Enttäuschung

über so viel Regen, der nicht fiel, die Freude über so viel anderen, der zur rechten Zeit gekommen war und die Saat befruchtet hatte, hatten sich zu einer ruhigen Anschauung der Welt, zur Demut abgeklärt:
»Wenn Gott will, wird es regnen.«
»Wenn Gott nicht will, wird es nicht regnen. Gelobt sei sein Name.«
Was die Frucht betraf, die zugrunde ging – schon gut! Der Boden hatte so viel getragen in den vergangenen Jahren – er würde auch wieder tragen in den kommenden.

6

Manche Stunden verbrachte ich mit den Arbeitern auf dem Feld. Ich glaube, daß sie mich gerne hatten. Um mir eine Freude zu machen, entsannen sie sich alter Geschichten von Räubern auf den Bergen, von Korsaren, Geschichten von Fabelwesen und von Heiligen-Wundern.
Aus vielen Gegenden kamen sie, um auf unserem Boden zu arbeiten, Inselleute vom Ägäischen Meer und Landbewohner aus den fernen Gegenden von Anatolien. Die Inselleute erzählten von Schiffbrüchen, Seegespenstern und Piraten; ihre Geschichten waren wie von leichtem Wind getragen. Es waren Reisen in Phantasiebereiche von solcher Eindruckskraft, daß sie das Kind des Nachts im Traum fortsetzte. Die Leute vom Festland waren schwerer. Sie erzählten von Schmugglern, welche heimlich den Tabak im Dunkeln schweigsam auf Kamelkarawanen zur Küste brachten; sie erzählten vom Leben und den Taten des Tsakitis, eines mythischen Herrn von Kleinasien aus den letzten Jahren des achtzehnten Jahrhunderts. Vor allem erzählten sie die Lebens- und Wundergeschichten von Heiligen. Diese Heiligen waren Geschöpfe fern den Freuden dieser Welt, nackt, mager, schwarz und rachsüchtig. Sie segneten die guten Taten,

aber schlechte Taten konnten sie nicht verzeihen. Sie lockten die Sündigen nachts aus ihren Hütten, auf die Äcker, und riefen Gespenster und die Seelen der Verstorbenen als Rächer auf. Kurzum, es war ein großes Unglück, in die Klauen der Heiligen zu geraten . . .

Aber die wahre Weltgeschichte vernahm ich von den Reisenden, die vorüberkamen.

Der Gutshof lag am Durchgang jener großen Straße, welche die äolische Küste mit Pergamon und von dort mit Inner-Anatolien verbindet. Fast immer waren Reisende auf dieser großen Straße unterwegs. Es waren Juden, Armenier, Türken, Christen, Arme, Reiche, Händler, Kranke. Mit sich brachten sie ihre Schicksale, ihre Leiden, ihre Mißgeschicke, ihre Verdienste und ihre Verrücktheiten. Auf ihrem weiten Wege, immer unter der starken Sonne reisend, suchten sie ihre Erinnerungen hervor, lebten sie wieder und wieder durch, bis sie sich in den Runzeln des Gesichtes und in ihrem Blick abzeichneten. Wenn der Abend sie in unserer Nähe überraschte, kamen sie in den Hof, um einen Unterschlupf für die Nacht zu finden: Speise und Schutz vor wilden Tieren. Das große Hoftor stand bis zu dem Augenblick, wo es am Abend zugeriegelt wurde, für die Fremden offen. Ein Hausgehilfe führte sie in den Raum, der eigens für sie bestimmt war. Er zeigte ihnen den Schlafplatz für die Nacht, reichte ihnen von den kleinen Gästebroten, die für die durchreisenden Fremden eigens gebacken wurden, und sagte ihnen, wo sie sich Essen holen könnten. Die Reisenden wuschen sich, ruhten sich auch, wenn sie wollten, aus und setzten sich dann mit den Arbeitern zusammen, indem sie von ihren Mühsalen und Freuden berichteten und dabei eine Zigarette nach der anderen drehten.

Artemis, mit der Unruhe und Neugier, die sie besaß, war immer die erste, die von der Ankunft eines Fremden etwas hörte. Sie betrachtete ihn, fragte ihn aus, achtete auf die Kleider, die er trug, schließlich schaute sie ihm forschend in die Augen und ins Antlitz. Wenn sie so erkundet hatte, welcher Art er sei, kam sie zu uns gerannt, den andern Kindern, und rief: »Regen!« Dann wußten wir, daß ein Reisender gekommen sei, wie wir ihn wünschten, nämlich mit Geschichten, fremdartigen Kleidern, mit einem Spleen oder mit Trödlerwaren – Erreger unserer Phantasie und unserer Neugier, jungfräuliches Buch vom Schicksal dieser Welt. Dann rannten wir Kinder alle los und suchten den Fremden auf, sorgten für ihn, brachten ihm Milch und Eier und setzten uns, wenn wir ihn so mit Gaben bedacht hatten, um ihn herum und warteten.

Dann wandten sich des Buches Seiten ganz allmählich um. Wandten sich um, damit wir Kinder lernen sollten, daß jenseits aller äußeren Ähnlichkeiten, jenseits von Freude und von Schmerz, ein anderes Element, stark wie die Flamme, alle Menschen eint und ihr Geschick einander ähnlich macht: die Jagd der Leidenschaft, der Zwang, sich abzumühen.

Dann wandten sich des Buches Seiten um:

ALI, DER KAMELTREIBER

Er war ein Mann von fünfundvierzig Jahren, klein gebaut, ärmlich gekleidet, mit Pluderhosen, wie sie die Kameltreiber tragen. Seine Haare und sein Bart waren grau und bedeckten seinen Kopf und sein Gesicht in dichter Fülle. Doch es gab auch Licht in seinem Antlitz: es träufelte, leuchtete lind und süß aus seinen braunen Augen. Er hieß Ali. In der Schlucht, die hinter den Kimindenia liegt, etwa drei Tage weit entfernt, war seine Heimat. Dort lebten einfache, gute Menschen, die noch niemandem etwas zuleide getan hatten. Sie waren ein Stamm von Muselmanen, glaubten an Mohammed, glaubten aber auch an die Heiligen der Christen, vor allem an den heiligen Georg, den Reiter. Sie sagten: Der Mensch hier unten auf der Erde ist ohnmächtig. Die Heiligen der Christen leben in der Höhe, wo auch der Prophet wohnt. Unmöglich, daß sie keine Macht besitzen. Es kann nichts schaden, wenn ein armer Mann sich mit allen, die im Himmel wohnen, gut steht.

Die meisten von ihnen leben als Führer von Kamelkarawanen, eigenen und fremden. Sie bringen die Erzeugnisse vom Binnenland nach der Küste, indem sie selbst auf ihren Eseln reiten, hinter ihnen die männlichen, dann die weiblichen Kamele. Jedes Kamel hat seine Glocke, und jede Glocke hat ihren eigenen Klang. Die Kameltreiber durchpflügen gleichsam langsam ihren Weg, schauen sich nicht um, blicken immer abwärts: auf die Erde, wo die Sonne gleißt, oder auf die Eselsohren, die sich manchmal hin und her bewegen. Alles bleibt sich immer gleich, unveränderlich gleich. Das Tier unter ihren Schenkeln gibt ihrem Körper und ihrem Kopf die gleichförmige Bewegung – einmal nach vorne, einmal nach hinten. Ihr Hirn und ihr Körper gewöhnen sich an die Bewegung, die ihnen mit der Zeit so unentbehrlich wird wie Luft und Licht: sie betäubt den Menschen, so daß er nichts mehr begehrt und nichts erstrebt. So ist ihr Leben. Hinter ihnen spielen die Glocken, sechs, sieben, acht Stimmen – das ist für sie die ganze Welt. Der Klang vom ersten Kamel – die Glocke, die an seinem Sattel hängt –, ein feiner, jugendlicher Klang – sagt immer:

Ewlendirelim . . . Ewlendirelim
Ewlendirelim . . . Ewlendirelim

Der zweite Klang, vom zweiten Kamel, sagt etwas tiefer:

Nerdèn bulalúm . . . Nerdèn bulalúm
Nerdèn bulalúm . . . Nerdèn bulalúm

Und der dritte Klang, streng und langsam, gibt den beiden ersten voller Sicherheit die Antwort:

Surdàn . . . Burdán
Surdàn . . . Burdán

Nichts kann die strenge Disziplin dieser Klänge hinter dem Kameltreiber stören. Sie bestätigen die rechte Ordnung, die

Symphonie der Welt. Er hört, wie sie hinter ihm herkommen und ist ruhig und sicher, daß alles auf der Erde gut geht. Es kann vorkommen, daß einen Augenblick lang – einen winzigen Augenblick – ein Ton ausfällt. Dann ist mit einem Male die Harmonie gestört, und der Kameltreiber merkt, daß etwas in der Ordnung seiner Welt nicht stimmt. Nur dann bekommt sein Antlitz einen Ausdruck von Unruhe, er dreht sich um, um nachzuschauen. Er hält an, steigt von seinem Esel, geht hin und bindet in der Karawane dem Kamel die durchgerissene Leine wieder fest. Und die Symphonie beginnt von neuem.

Die Arbeiter des Gutshofes, alle um Ali versammelt, beobachteten, wie er schweigend eine Zigarette nach der anderen drehte.

»Ali, wo ist denn deine Karawane?«

»Ich habe keine Karawane. Ich bin nur mit einem Kamel gekommen.«

»Nur mit einem Kamel? Arbeitest du nicht mehr in Karawanen?«

»Nein, ich arbeite nicht mehr in Karawanen.«

»Und wo gehst du hin?«

Das Licht in den Augen Alis zitterte unruhig wie das eines ratlosen Kindes.

»Ich suche das Kamel mit dem weißen Kopf.«

Und ehe die Arbeiter noch etwas sagen konnten: »Habt ihr es vielleicht in einer Karawane gesehen? Habt ihr es irgendwo gesehen?« sagte die Stimme Alis und zitterte vor Bewegung. »Es ist ein kleines Kamel, etwa ein Jahr alt. Die Haare an seiner Stirn und an seinem Kopf sind weiß.«

Hatte man schon einmal gehört, daß es ein Kamel mit einem weißen Kopfe geben kann? Alle Arbeiter lachten laut auf, barsten fast vor Lachen und schauten den Ali spöttisch an:

»Wirklich? Das Kamel mit dem weißen Kopf? Das Kamel mit dem weißen Kopf? Da kannst du noch lange in Anatolien reisen, um das zu finden, Ali! Da kannst du noch lange reisen!«

Ali gab sich Mühe, seiner Erregung, die in seinen Augen zitterte, Herr zu bleiben und die Schläge seines Herzens anzuhalten, und kauerte sich auf seinem Platz zusammen wie ein verwundetes Tier.
»Lacht mich nicht aus«, sagte er demütig zu ihnen, und seine Stimme war warm und bebend. »*Ich besaß* einmal ein Kamel mit einem weißen Kopf. Ich hab es hergegeben und habs aus meinen Händen verloren, aber ich kann ohne das Kamel mit dem weißen Kopf nicht mehr leben. Ich ziehe umher, um es wiederzufinden. Lacht mich nicht aus.«
Langsam spürten die Leute unter der dichten Hülle den Schmerz, den die Gestalt des Ali ausströmte. Das Gelächter verlöschte, alle Augen sammelten sich auf denselben Punkt, um in dem dichten Rauch, der die Luft erfüllte, etwas zu erkennen, sich dem Schmerz zu nähern, der einem Kamel mit weißem Kopfe nachjagte, dem Kamel mit dem weißen Kopf, auf den Straßen Anatoliens.
Ali arbeitete von klein auf in den Karawanen. Kaum war es soweit, daß er das Leben begriff, als ihn der Klang der Glocken, von den Vorfahren überkommen und in seinem Blute gärend, weckte.
»Nimm mich mit mit den Kamelen, Vater!«
»Komm! Von morgen ab gehst du mit den Kamelen.«
Vom nächsten Tage an begann der kleine Ali, auf dem Hinterteil des Esels sitzend, die Straßen Anatoliens zu bereisen. Es waren nicht seine eigenen Kamele. Niemals hatte sein Vater eigene Kamele gehabt. Er arbeitete auf Rechnung eines anderen Herrn. Und als er starb, hinterließ er seinem Sohne nichts als nur die Leine mit den Glocken.
Ali brachte es zunächst nicht weiter als sein Vater. Als er erwachsen war, begann er selber mit fremden Kamelen zu arbeiten. Aber als die Zeit kam, wo Menschen sich verheiraten, da konnte er eine Frau finden und zu seiner eigenen machen.

Am Tage, nach dem sie geheiratet hatten, als Ali gerade mit seiner Karawane aufbrach, kam seine Frau aus ihrer Hütte, trat ihm in den Weg und sagte: »In neun Monaten werden wir ein Kind haben. Schau, daß du eigene Kamele verdienst, denn wir werden nun noch einen Mund mehr zu füttern haben.«

Als Ali das hörte, wurde er ernsthaft und begann zu sparen. Auf seinen Reisen auf den Straßen Anatoliens aß er trocken Brot, schlief nicht in Herbergen. So konnte er etwas Geld beiseitelegen.

Aber als die neun Monate voll waren, bekamen sie kein Kind.

»Gut, dann werden wir nächstes Jahr eins haben«, sagte die Frau. »Spar du nur weiter.«

So ging das viele Jahre. Ali machte Ersparnisse, und seine Frau bekam kein Kind. Denn sie war unfruchtbar. Als sie schließlich sicher waren, daß sie kein Kind bekommen würden, sagte die Frau:

»Ali, zähl doch einmal den Schatz, den du bis jetzt zusammengebracht hast! Können wir uns auf unsere alten Tage ein eigenes Kamel kaufen?«

Ali blieb an jenem Abend auf, und als in der Frühe die Sonne aufging, da hatte er seinen Schatz gezählt. Nein, es langte nicht, um ein Kamel zu kaufen. Nur ein halbes Kamel würden sie kaufen können.

Da setzten sie sich zusammen, Ali und seine Frau, blieben noch eine Nacht lang auf, um einen Weg zu finden, wie sie ein halbes Kamel kaufen könnten. Als wiederum die Sonne aufging, hatten sie es gefunden und waren sich darüber einig, was sie tun sollten.

Es gab einen anderen, zweiten Ali, einen Landsmann von ihnen, der in fremden Karawanen in der Gegend von Kas-Dag arbeitete, weit weg von ihrer Heimat. Sehr selten kam er heim zur Schlucht, wenn ihn seine Arbeit zufällig in jene Gegend brachte. Gerade in diesen Tagen befand er sich im Dorf.

Der erste Ali ging zu ihm und suchte ihn auf.
»Ali,« sagte er zu ihm, »soviel Jahre arbeitest du nun schon in fremden Karawanen und hast es noch nicht zu einem eigenen Kamel gebracht. Würdest du nicht gern eins haben?«
Der zweite Ali antwortete ihm: »Das würde ich sehr gern. Aber ich habe nicht genug Geld, mir ein eigenes Kamel zu kaufen.«
Der erste Ali: »Weißt du, wieviel du beisammen hast?«
»Ich weiß es.«
»Für wieviel reicht es?«
»Es reicht für ein halbes Kamel.«
»Auch ich habe soviel, wie für ein halbes Kamel reicht! Wollen wir nicht unser Geld zusammenlegen und gemeinschaftlich ein Kamel kaufen?«
Sie sprachen noch lange darüber und wurden sich schließlich einig. Sie kauften ein Kamel und ließen es in der Karawane des Ali arbeiten. Der zweite Ali ging wieder fort in die Gegend von Kas Dag. Jedesmal wenn er heimkäme, würden sie darüber abrechnen, was das Kamel mit seiner Arbeit abgeworfen hätte, und würden sich den Erlös teilen.
Da band Ali eine neue Glocke an den Hals ihres gemeinsamen Kamels, band dies Kamel als erstes in der Reihe gleich hinter seinem Esel fest und trat die große Reise mit der Karawane an. Er war sehr stolz und sicher für die Zukunft, und alle Augenblicke drehte er sich um, sich zu vergewissern, daß sein Kamel auch folgte, daß es noch da war.
Es verging ein Jahr, als sich etwas Bedeutsames ereignete. Das gemeinschaftliche Kamel gebar ein junges Kamelchen. Schon oftmals hatte Ali fremde Kamele, die er führte, gebären sehen. Aber diesmal, bei seinem eigenen, war er furchtbar aufgeregt.
»Schau,« sagte er zu seiner Frau, »jetzt haben wir auch ein Kind.«
Sie schauten hin. Und das, was sie sahen, bewegte ihre Herzen wie ein heftiger Wind. An dem kleinen Kamel war etwas Un-

glaubliches und Einzigartiges: Fell und Haare an seinem Kopf waren nicht kaffeefarben wie bei den anderen Kamelen. Sie waren weiß. Es war ein Kamelchen mit weißem Kopf: einzigartig in ganz Anatolien.
Die Neuigkeit verbreitete sich in ihrem Dorf, in den Nachbardörfern, die in der Schlucht lagen, bei allen, die auf der großen Straße, die zur Küste führt, vorüberkamen. Alle liefen hin, um das wunderbare, weiße Kamel zu sehen, und alle priesen Ali glücklich.
Und Ali lebte in wirklicher Glückseligkeit. Er liebte das junge Tier so sehr, wie er in seinem Leben noch nichts geliebt hatte. Er zog es mit Fürsorge und Zärtlichkeit auf, gab ihm Namen, die vom Himmel und der Natur geliehen waren – Namen von Bäumen und von Früchten –, er gab ihm nicht nur das Futter, das die anderen Kamele fraßen, er gab ihm auch Trauben und Zucker und vieles andere mehr.
Schließlich kaufte er eine neue Glocke, band himmelblaue und rote Glasperlen daran und machte sie am Hals des kleinen Tieres fest. Als das geschehen war, nahm er es mit sich auf die erste Reise nach der Küste. Das Kamelchen lief immer neben seiner Mutter her, und Ali drehte sich immer um und schaute es an. Aber es machte ihn müde, sich umzudrehen, denn er war es nicht gewohnt. Die große Sonne brannte heiß auf ihn herab, und Ali schloß die Augen. Der Weg war einsam, es war nichts zu hören; darum erhob sich in jener jungfräulichen Gegend die neue Symphonie klar und rein wie ein Gebet. Mit den alten, bekannten Klängen, den Klängen hinter ihm, die den Ali all die Jahre seines Lebens bis zum heutigen Tag begleitet hatten, vermengte sich ein neuer Klang, brachte die alte Harmonie aus der Ordnung, löschte die anderen Töne aus und blieb alleine übrig, der neue Klang allein. Wie schön war das! Wie schön war es, auf den Straßen Anatoliens zu reisen und zu wissen, daß es hinter ihm nicht einsam war, daß da nicht nur fremde Stimmen wa-

ren, nein, daß auch eine da war, die ihm gehörte, daß alle die Jahre der Mühe und der Anstrengung nun Klang geworden waren am Halse eines kleinen Kamels mit weißem Kopf...

Ali war glückselig und zufrieden. Sein Leben hatte Sinn und Bedeutung bekommen.

Aber die Kunde drang bis in die fernen Gegenden von Kas-Dag, wo der zweite Ali arbeitete. Da brach er auf und kam zu seinem Heimatdorfe.

»Willkommen, Kamerad«, sprach er zum Ali. »Was gibt es Neues?«

»Gute Neuigkeiten, Kamerad. Unser Kamel hat geworfen und jetzt haben wir auch ein kleines Kamel.«

»Das laß mich sehen!«

Er sah es, tat so, als ob er den weißen Kopf gar nicht beachtete.

Dann sagte der Ali von Kas-Dag: »Also, Kamerad, nun haben wir zwei Tiere. Ich möchte, daß wir nun unsere Gemeinschaft lösen. Du nimmst deinen Teil, ich meinen. Du kannst aussuchen, welchen du willst.«

Dieser Ali war dadurch, daß er so weit herumgekommen war, schlau und pfiffig geworden. Er dachte bei sich: ›Mein Kamerad wird das größere Kamel behalten. Wie sollte es anders gehen? Statt des halben, das ihm gehörte, wird er nun ein ganzes besitzen. So nehme ich mir das Kamel mit dem weißen Kopf, das werde ich nach Kas-Dag bringen und werde es dort auf der Straße verkaufen an Leute, die mit Affen und mit Bären herumziehen und damit Geld machen. So werde ich mehr daran verdienen, als was ein großes Kamel abwirft.‹

Der erste Ali blieb wieder eine Nacht lang mit seiner Frau auf, und sie berieten, was sie tun sollten. Die Frau sagte: »Klar wie die Sonne, Ali! Du mußt das große Kamel behalten. Wann werden wir wieder ein solches Glück haben, ein großes Kamel selbst zu besitzen?«

Dem Ali tat das weh, er konnte sich nicht vorstellen, wie er

sich von dem Kamel mit dem weißen Kopfe trennen sollte.
»Wird denn dies etwa nicht groß werden?« fragte er. »Laß uns doch dies behalten und großziehen!«
»Was sagst du da, daß wir dies behalten wollen!« schrie da seine Frau. »Was soll denn in der Zwischenzeit aus uns werden? Und wenn es unterdessen draufgeht?«
Schließlich erwies sich der praktische Sinn der Frau stärker als die Zärtlichkeit des Ali, stärker als sein kraftloser Wunsch.
Am anderen Morgen nahm Ali mit Augen, die von Schlaflosigkeit und von Kummer trüb waren, Abschied von seinem Kamel mit dem weißen Kopf. Er stand aufrecht da und schaute ihm nach, wie es fortging mit raschem, behendem Schritt wie ein Reh, bis es sich aus seinem Blick verlor. Da spürte Ali, wie ihm etwas aus seinem Herzen weggerissen wurde, da er keinen Gefährten mehr auf seinen langen Wegen hatte, da seine Zärtlichkeit, die so spät erwacht war und sich verausgaben wollte, kein Ziel mehr hatte.
Er wurde schwermütig und schweigsam. Er hatte keine Lust mehr zu essen und magerte von Tag zu Tag mehr ab. Hinter ihm, wenn er die Karawane führte, folgten ihm immer die Glokkenklänge. Unter diesen Klängen war auch sein eigenes Kamel, das jetzt ganz ihm gehörte. Aber für Ali waren diese Stimmen verstummt, die Klänge redeten nicht mehr. Denn an ihre Stelle war nun eine andere stärkere Stimme getreten, die Stimme, die jedem Menschen einmal begegnet, einmal nur und kein zweites Mal wieder, und dann jagt der Mensch ihr nach wie einem Schatten, der davonläuft, immer davonläuft ...
Ali verließ seine Frau in der Schlucht, verließ die fremden Kamele, denn er war kein guter Kameltreiber mehr, und man jagte ihn davon, er nahm sein eigenes Kamel und zog damit in die Gegend von Kas-Dag.
Er fand seinen alten Kameraden und sagte ihm: »Nimm mein Kamel, nimm meinen Esel, nimm auch die Hütte, die ich in der

Schlucht habe, nimm alles, was ich habe. Aber gib mir das Kamel mit dem weißen Kopfe wieder.«
»Ich besitze es nicht mehr, Ali«, antwortete sein Kamerad. »Ich hab es unterwegs verkauft.«
Seitdem zog Ali unentwegt umher. Kaum, daß es Tag wurde, machte er sich auf den großen Weg, und er schlief dort, wo es gerade Abend wurde. Sein Eselchen zog geduldig dahin und hinter ihm angebiunden, einsam und allein, folgte sein Kamel, mit dem Klang seiner Glocke das warme Schweigen der Erde durchbrechend. Die Leute lachten ihn aus und neckten ihn. Die Mitleidigeren sagten ihm, es sei Wahnsinn, er ziehe umsonst umher. Sie rieten ihm, in die Schlucht zurückzukehren und zu seiner Karawane. Aber Ali hörte nicht auf sie. Denn er konnte nicht glauben, wollte nicht glauben, daß das Kamel mit dem weißen Kopf verloren war, daß es in seinem Leben nicht mehr da sein sollte.

STEPHANOS, DER SATTLER

Stephanos war uns von der Stadt her schon bekannt. Er war ein alter Junggeselle, seines Zeichens Sattler. Seine Werkstatt hatte er beim Stadteingang, dicht beim heiligen Antonios. Dort begann der Weg zum Windmühlenhügel anzusteigen. Dort begann auch die große Karawanenstraße in das Innere Anatoliens. Rings um das Kirchlein wuchsen wilde Blumen, roch es stark nach Weihrauch. Es stand auch eine Zypresse dort. Jenseits der Zypresse lagen einige Brunnen, die das beste Wasser dieser Gegend gaben. Wenn es gegen Abend ging, flochten die Mädchen ihre Zöpfe, nahmen ihre Tonkrüge auf die Schultern und gingen in Gruppen vereint zum Wasserholen. Es war nicht wegen des Wassers. Sie wollten sehen und gesehen werden. Wenn sie zum heiligen Antonios kamen, ruhten sie sich aus. Dort banden sie an einen alten Ölbaum, der draußen vor dem Kirchlein stand, Weihgaben an, farbige Bänder und bunte Fetzen, in der Hoffnung, der Heilige möge, so bedacht, ihnen in der Nacht im Schlaf erscheinen und eine glückliche Zukunft verheißen. Der Lufthauch, der vom Meer her kam, blies in die Blätter, blies in die bunten Fetzen, und der alte Ölbaum sah einem Schiffe gleich, das sich zum Ankerlichten rüstet.

Stephanos wohnte dort beim heiligen Antonios sehr günstig. Er saß immer am Fenster seiner Werkstatt, nähte seine Sättel, nähte bunte Perlen daran fest, schaute nach den Mädchen. Im Sommer, wenn die Sonne unterging, ließ er seine Arbeit liegen, lief zu einer kleinen Anhöhe, die neben seiner Werkstatt lag, und nahm sich einen bunten Teppich mit. Den breitete er auf den Boden, rings umgeben von den Blumen, und rauchte dann in aller Ruhe seine Wasserpfeife. Er schaute nach dem Baume mit den farbigen Weihgeschenken, die im Winde wehten, ließ seine Augen lange dort verweilen und bewunderte den Baum. Wie schön das Leben war! . . . Wie schön es war, daß die Welt endete an einem Baume, der geschmückt war mit bunten Bändchen, gleich einem Schiff, das allezeit zum Auslaufen bereit ist, und doch niemals ausläuft! . . . »Der Mensch soll wohlgeborgen bleiben, wo er ist. Alles andere ist Unsinn!«

Stephanos hatte sich sehr abgemüht, in sich jene Neigung zum stillen Leben zu bewahren. Er hatte sich abgemüht, denn er lebte mitten in der Versuchung, umgeben von den verschrobensten Menschen dieser Welt, er lebte in einer Stadt von Irren. Seine Mitbürger waren die verwegensten Seefahrer und die kühnsten Schmuggler. Sie wagten sich auf weit entfernte Meere, in das Schwarze Meer, in die Gegenden, wo die Donau mündet. Viele von diesen Seeleuten kehrten nicht mehr heim. Nur zuweilen kam die Kunde, sie hätten Schiffbruch erlitten, seien in diesem oder jenem Meere umgekommen.

Stephanos sagte bei sich: Recht geschiehts ihnen! Haben wir denn nicht Meer genug in unserer Heimat? Ein zahmes Meer, wohlbehütet unter dem ›Tisch des Teufels‹, eine Freude Gottes . . . Gefällt dir, guter Mann, das Meer, so mach dir eine Fischerbarke, fang Aale und Sardellen hier im heimatlichen Sund! – Aber wie sollten sich damit die Seeschmuggler von Aiwali abfinden! Recht geschah es ihnen!

Was die anderen Mitbürger anging, die Schmuggler, jene verwegenen und durchtriebenen Gesellen, so hallte die Gegend jeden Tag von ihren Unternehmungen wider, von den unglaublichsten Heldentaten, von ihrem Blute, das vergossen wurde ohne Grund, aus Laune oder aus Ehrgeiz, von den Kämpfen, die sie mit der Obrigkeit bestanden.

Alle Augenblicke kam eine neue Kunde wie:

›Sie haben den und den getötet! Der und der ist umgekommen!‹

Recht geschiehts ihnen, sagte Stephanos, der Sattler, bei sich im stillen. Nichtsnutzige Leute! Warum bleiben sie auch nicht daheim?

Jenseits des Baumes mit den bunten Weihgaben, am Ende des ansteigenden Weges standen die Windmühlen. Dort wurde jeden Sonntag früh die Ouvertüre zu der Symphonie gespielt: Die Söhne der Schmuggler *spielten* Krieg mit Steinen. ›Spielten! . . .‹ Sie bereiteten sich vor fürs andere, das große Spiel, das sie spielen würden, wenn sie an der Reihe wären, die Plätze ihrer Väter einzunehmen, wenn auch sie Schmuggler werden würden.

Wenn diese Ouvertüre bei den Windmühlen gespielt wurde, dann standen die Mütter der Kinder an des Hügels Fuß, schwarz gekleidet, bleich vor banger Erwartung, und verfolgten unentwegt den Kampf. Sie blieben, bis die Sonne unterging. Dann war das Spiel zu Ende. Die beiden gegnerischen Gruppen der Jungens stiegen dann vom Hügel, jede auf einem eigenen Pfad herab. Die kräftigsten Burschen schritten voran, auf ihren Händen die Gefährten tragend, die getötet waren. Es gab immer ein bis zwei Tote bei jeder dieser Symphonien. Der Zug stieg langsam herab. Er näherte sich, kam ganz nahe. Dann hielten die

Mütter nicht mehr an sich, bissen sich auf die Lippen, bis es blutete, und stürzten sich auf den Zug, um etwas zu erfahren. Diejenigen, die das Los getroffen hatte, die Mütter der Getöteten, warfen sich wie von Sinnen über die toten Knabenkörper hin, küßten sie auf den Mund, rauften sich die Haare und zerfleischten sich mit den Nägeln ihre Wangen. Dann setzte der Zug sich wieder in Bewegung. Voran schritten immer die Burschen mit ihren getöteten Kameraden, dann folgten die Mütter der Getöteten. Dann die anderen Mütter, aus deren Augen wilde Freude funkelte, da das Los sie nicht, noch nicht, getroffen hatte. Hinterdrein die Menge. Keine Stimme ließ sich hören. Nur die Mütter jammerten auf in ihrer Totenklage und verfluchten die Stunde, wo sie als Frauen zur Welt gekommen waren.

Stephanos sah den Zug, der an ihm vorüberzog, und es schmerzte ihn. Aber er sagte bei sich: Wer ist dran schuld? Diese Lausbuben! Warum geben sie auch keine Ruhe? Recht geschieht es ihnen!

Bei alledem mied Stephanos, umgeben von Verrückten, in der Stadt der Leidenschaften lebend, die Versuchung und entfernte sich niemals von seinen Sätteln. Selbst dann, wenn der Hügel mit den Windmühlen einsam und verlassen war, selbst dann stieg er nicht bis dort hinauf, um das große Meer zu sehen, noch auch die Straße, die immerfort und ohne Ende ins große Anatolien führt. Sündiger Platz, dachte er bei sich über den Hügel. Straßen des Irrsinns, dachte er über das große Meer und über die Karawanenstraße. Die Welt ist so schön erschaffen, und sie endet auch so schön an dem Baume mit den aufgereihten bunten Bändern, Schiff zugleich und Meer und Ozean, die ganze Erde.

Und die Zeit verstrich, und der alte Ölbaum mit den immer aufgehängten Weihgaben rüstete sich stets zur Reise und lief doch niemals aus. Manchmal, in einsamen Stunden, in den Stunden ihres heimlichen Gespräches, fragte Stephanos den Ölbaum:

»Was meinst du, Kamerad? Werde auch ich einmal aufbrechen?«
»Du wirst«, antwortete ihm der Ölbaum rätselhaft.

Und Stephanos glaubte aus der einfachen Art, wie ihm der Ölbaum antwortete, zu wissen, welches für ihn selbst das Reiseziel sein werde, das Reiseziel, wie es für alle Stephans nun einmal vorbestimmt ist: irgendwann würde ihm ein Mädchen gefallen, die Tochter einer biederen Hausfrau, deren Mann kein Schmuggler wäre und deren Sohn die Symphonie bei den Windmühlen nicht mitspielte. Frischer Wind würde dann mitten in die Sättel unseres Stephanos blasen, die mit ihren himmelblauen Perlen um ihn aufgereiht nur darauf warteten. Dann würden Kinder kommen. Und dann nichts weiter.

»Darf ich zu den Windmühlen gehen?« würde ihn sein Sohn fragen.

Und Stephanos würde ihm barsch erwidern: »Nein! Auch dein Vater ist nicht zu den Mühlen gegangen. Nein!«

Aber Menschenschicksale zeichnen sich nicht so geradlinig ab. Sie zeichnen sich nicht immer so ab, selbst wenn diese Menschen Stephan heißen. Im Ägäischen Meer blasen vielerlei Winde, blasen alle Winde. Sie blasen ohne Ordnung, ohne Maß. Aus Windstille türmen sich plötzlich hohe Wogen auf, und dort, wo Wogen sind, wird plötzlich heitere Meeresstille. Es spielen die Winde, es spielen die Wolken, Gott spielt mit den Menschen.

So spielte er auch mit Stephanos, dem biederen Bürger und Sattler.

Stephanos kannte ein paar Buchstaben. Er war Abonnent der ›Amaltheia‹, der Zeitung der Großstadt Smyrna. Wer nicht zu den Seefahrern und Schmugglern gehörte, las die ›Amaltheia‹. So hatten auch sie gegenüber jenen Verkommenen eine Waffe, um sich dadurch von ihnen abzusondern. Die Verkommenen hörten zu, wie sie mit lauter Stimme die altehrwürdige Sprache des ›Leitartikels‹ lasen, sie verstanden kein Wort von jenen Geheimnissen und blickten voller Ehrfurcht auf ihre Mitbewohner, die Leser der ›Almatheia‹. Aus diesen Mysterien entstiegen

Nachrichten über das, was sich in der großen Welt ereignete, in Rußland, Japan, auf den Weltmeeren. Es kamen auch noch überraschendere Dinge zum Vorschein: Auskünfte darüber, wie das Wetter werden würde, ob die Winde blasen würden oder nicht und anderes Derartiges mehr. Die Schmuggler, die niemals sonst vor irgendeiner Gefahr erbebten, sie saßen schüchtern da, hörten zu wie bange Kinder, und ihre Augen füllten sich mit ratloser Verlegenheit.

Stephanos begann mit der ›Amaltheia‹. Vom Leitartikel ging er zu den Innenseiten über. Normannische Herzöge und Grafen duellierten sich dreimal in vierundzwanzig Stunden, der Unbekannte mit der Maske durchstach mit seinem Schwert die Widerspenstigen oder rettete die Ohnmächtigen, die Gulden und Dukaten rollten in Strömen dahin. Später schleppte Stephanos in seine Sattlerwerkstatt zwei Arme voll alter und vergilbter Bücher, die er auf dem Bazar erstanden hatte. Es waren Sammlungen von Heiligenlegenden, Biographien von Heiligen, die entweder Löwen in den Rachen geworfen wurden oder unter Leprakranken leben mußten, oder die man auf Scheiterhaufen verbrannte, und die all das überstanden, ohne dabei auch nur ein Härchen zu verlieren. Da waren auch andere Bücher: sie erzählten von Magiern, die ihr ganzes Leben lang in dunklen Zellen eingeschlossen lebten, um die Gesetze des Lebens zu ergründen oder den Tod zu besiegen – ein Gebräu aus trüben und geheimnisvollen Stoffen.

Stephanos stürzte sich mit Leidenschaft auf seinen Schatz. Er las alles.

Da regte sich sein eingeschlossenes, enges, entsagungsvolles Leben, jenes Leben, das gleichsam auf den Zentimeter abgezirkelt war, und rächte sich.

Er war damals an die vierzig Jahre. Sein Haar begann schon weiß zu werden. Aber Stephanos färbte es schwarz und salbte es mit Pomade. Seine Kleider waren voller Fadenfusseln und

Roßhaare von seiner Sattlerarbeit. Stephanos trug seine neuen Pluderhosen, und wenn die Sonne sank, ging er spazieren.
»Wohin gehst du?« fragte ihn der Ölbaum mit den bunten Weihgeschenken. »Zum ersten Male seh ich dich so. Zum ersten Male sehe ich, daß du ausgehst.«
»Ich tue, was ich will!« erwiderte Stephanos.
Und er erklärte dem Ölbaum, daß er nicht mehr immer nur die Sättel und die Krüge und die Flicken sehen könne. Daß er spazieren gehen wolle zum Strand, zum heiligen Dimitri. Dort war der eigenartigste Bezirk in dieser Stadt der Schmuggler. Dort lebten wirkliche Herren, Leute von großem Reichtum, die in Europa studiert hatten, weit herumgekommen waren, Arztphilosophen, Mädchen, die Chopin spielten, fremde Sprachen kannten, die bleich und schmächtig waren wie die Heiligengesichter, die Stephanos sich scheute anzusehen. Dort wohnten auch die Konsuln mit ihrer Dienerschaft, die Federn auf dem Kopfe trugen und Anzüge mit goldenen Knöpfen.
»Da will ich hingehn!« sagte Stephanos. »Jetzt bin ich gleich mit ihnen.«
Und er ging hin. Er suchte das Mädchen mit der weißen Haut, den goldenen Haaren und den blitzenden Zähnen, das Mädchen, das aus den Seiten der alten Bücher entschlüpft war, aus den Händen der Herzöge der Normandie entflohen, um zu ihm in das Ägäische Meer zu kommen. Er suchte und fand es. Sie war ein Traum, wie er in keinem seiner Träume sie gesehen hatte. Sie hieß Guta, Fräulein Guta.
Wieder und wieder ging Stephanos hinunter, wo das herrschaftliche Haus am Meer lag, wo Fräulein Guta wohnte. Vom frühen Morgen ab wartete er Tag für Tag nur darauf, daß es Abend würde, daß er dorthin gehen könne. Er ging unter dem herrschaftlichen Hause auf und ab, am Strand, wo sich die Wogen brachen; der ›Tisch des Teufels‹, der sagenhafte Berg in jener Landschaft, färbte sich in den verschiedensten Farben. Und

drinnen aus dem Hause war seltsame Musik zu hören. Sie ähnelte in nichts den Trommeln und den Dudelsäcken, wie sie bei den Schmugglern üblich waren. Eine unbekannte leise Stimme sang von Reisen, Schiffen, großen Städten, von Wäldern und vom Schnee. Stephanos blickte auf den ›Tisch des Teufels‹ und entdeckte, daß jene seltsame Musik von den Schatten sprach, die sich auf den einsamen Felsen am ›Tisch des Teufels‹ fortbewegten. Er blickte auf das Meer und fand, daß die Musik auch von dem Meere sprach. Die Sterne kamen nach und nach zum Vorschein. Stephanos blickte sie an, und während die Musik von den Sternen sang, murmelte er voll Unruhe und innerer Erregung: »Herr, was ist das? . . .«

›Es ist so, weil *sie* singt‹, dachte er dann bei sich selber und begann zu seufzen. Und er seufzte in einem fort, bis schließlich seine Seufzer an das Ohr des Fräulein Guta drangen.

Sie war verlobt mit dem Herrn Konsul des kaiserlichen Rußland. Eines Abends, als sie Gäste im Hause hatten, sprachen sie von Stephanos, dem Sattler, der verliebt war in das Fräulein. Alle hatten schon die Neuigkeit gehört.

»Wollt ihr ihn nicht einmal herbringen?« sagten alle. »Es wird ein Spaß werden!«

»Ich werde ihn euch bringen«, sagte das Fräulein. Und sie brachte ihn.

Stephanos bürstete sich seine Pluderhosen sorgfältig aus, tat sich Pomade auf die Haare und ging hin. Es waren viele Gäste da. Der abendliche Wind, der vom Balkon hereinkam, roch nach Meer, die Kleider der Damen dufteten stark nach Parfümen, die Lichter glänzten. Stephanos betrat den großen Saal mit überlegener Miene. Als aber aller Augen auf ihn fielen, ein neugieriges Geflüster von Mund zu Mund ging, dem dann ein leises Lachen folgte, verlor er plötzlich seine Fassung und geriet in Angst. Er blickte um sich wie ein verirrtes Wild, und das Fräulein trat zu ihm, um ihm Mut einzuflößen. Sie ging am Arm des jungen russischen Konsuls, der in seinem weißen Anzug strahlte und mit seiner Verlobten auf Französisch sprach.

Fräulein Guta sagte: »Der Herr Konsul ist hoch erfreut, daß Ihr gekommen seid. Er fragt, ob Ihr irgendeinen Wunsch habt, ob er Euch in irgend etwas nützlich sein kann.«

Stephanos machte einen devoten, tiefen Bückling, legte dabei seine rechte Hand an die Stirne nach der Art, wie es die Türken tun. Seine gefärbten Haare glänzten furchtbar: »Wir danken Seiner Exzellenz,« sagte er, »wir wünschen nichts.«

Fräulein Guta übersetzte dies mit leichtem Lächeln, dann sagte sie wieder: »Der Herr Konsul fragt, ob er Euch in irgend etwas in Eurer Arbeit helfen kann. Was für eine Arbeit tut Ihr?«

Es war der entscheidende Augenblick für seine ehrenwerten Sättel. Wenn er sie jetzt verleugnete, dann würde er sie für immer verleugnen. Denn wenn man einmal in seinem Leben die Sattlerei verleugnet hat, so gibt es kein Zurück. Es glänzte in diesem kritischen Augenblick die weiße Uniform des Konsuls des Zaren aller Reußen. Es glänzte das Fräulein wie eine Blüte aus einer anderen Welt, alles glänzte.

Und das Herz des Stephanos schlug heftig unter jenem Glanz, der ihn blind machte. Und er verleugnete: »Wir tun keine Arbeit mehr,« sagte er, »wir haben uns den Büchern und dem Spazierengehen hingegeben.« Es schien, daß diese Antwort sehr gefiel. Denn sie sagten etwas in ihrer fremden Sprache und nachher lachten sie.

»Und ich?« fragte Fräulein Guta mit süßem Blick. »Was kann ich Euch heut abend zu Gefallen tun?«

Stephanos sagte: »Laßt jenes Instrument spielen, das ich jeden Abend unter Eurem Fenster höre.« Er glaubte, daß es irgendeine Drehorgel oder ein Grammophon sein müsse.

»Aber das spiele ich selber!« sagte Fräulein Guta lächelnd, »ich will es für Euch spielen.«

Sie schaute ihn seltsam an, während eine Erregung durch seinen

ganzen Körper lief. »Ich werde es nur für Euch spielen,« sagte sie, »nur für Euch.«
Sie setzte sich ans Klavier und spielte. Allmählich gingen alle anderen rings um Stephanos fort und bildeten einen Kreis rund um das Mädchen am Klavier.
Es herrschte tiefe Stille. Allein in seiner Ecke blieb Stephanos, der Sattler, der seine Sätttel verleugnet hatte, er blieb allein und hörte, wie die Klänge sich erhoben und zu ihm redeten. Anfangs sprachen sie nur leise, und Stephanos versuchte, sich an die Schatten am ›Tisch des Teufels‹ zu erinnern, an das Meer, an das, was jene fremden Klänge ihm bisher gesagt hatten, als er sie unter dem Fenster hörte. Jetzt, wo er dicht bei ihnen war, jetzt, wo er sah, wie sie mit ihren Händen die Zaubertasten anschlug und wie die rätselhaften Töne dort entströmten – ein Strom, der immer stärker anschwoll –, jetzt sah der Stephanos nicht mehr die Schatten an dem Berg des Teufels, nicht die Wogen: in einem Wald mit hohen Fichten spielte leicht der Wind. Dort war der Turm. Das junge Mädchen saß darin und lauschte auf des Windes Stimme, wie er zu den Fichten sprach. Sie trug ein goldenes Kleid und rote Schuhe. Plötzlich ward tiefe Stille, kein Laut war zu hören, die Fichten standen wie verzaubert. Das Mädchen in dem Turm begriff, daß endlich ihre Stunde da sei, daß der Prinz komme, um sie mit sich fortzunehmen. Sie ging zum Fenster, schaute hinaus, und ihr Herz schlug heftig. Nein, sie hatte sich nicht getäuscht, die Fichten hatten nicht getrogen. Rittlings auf seinem Pferde sitzend, das schaumbedeckt die Erde voll Erregung stampfte, zog der Prinz, jung wie ein Engel, mit blitzender Rüstung angetan, sein Schwert und ließ es zum Zeichen seiner Ergebenheit unter ihrem Fenster auf die Erde fallen.
»Kommst du?« fragte er sie schüchtern.
»Ich komme«, antwortete sie. »Jahrelang habe ich auf dich gewartet.«
Und während das Mädchen vom Turm herabstieg, um die große

Reise, die sie so erwartet hatte, anzutreten, begann der Wind in den Fichten wieder sein Lied zu singen. Der Prinz sprang vom Pferde, nahm das Mädchen in seine Arme. Seine Waffen schlugen an seinen Eisenpanzer, blitzten in der Sonne.
»Meine Liebste«, flüsterte demütig der Prinz.
»Meine Liebste«, flüsterte Stephanos in seiner Versunkenheit, während von seinen gefärbten Haaren Schweiß, Pomade und Öl heruntertropften.
Die Musik war zu Ende. Fräulein Guta erhob sich. Alle klatschten Beifall. Ihr Verlobter küßte ihr voll schwärmerischer Verehrung die Hand. Sie selbst war sehr beglückt.
Alleine und in sich versunken stand in seiner Ecke Stephanos. Alle hatten ihn vergessen, vergessen hatte ihn selbst Fräulein Guta. Ein Diener bot Limonaden an. In den Limonadegläsern war ein Strohhalm. Stephanos sah, wie die andern den Strohhalm in den Mund taten. Er machte das mechanisch nach und blies nun in sein Limonadeglas. Die Limonade spritzte ihm ins Gesicht und auf die Haare. Aller Augen richteten sich auf ihn, aller Münder barsten fast vor Lachen. Das Zimmer ward zu lauter Mündern, lauter Mündern, die immer größer und größer wurden und schallend lachten.
»Was haben Sie angestellt?« sagte Fräulein Guta, zu ihm tretend, kaum ihr Lachen unterdrückend.
Eingeschüchtert, ganz verblüfft und blaß vor Scham, flüsterte er ihr zu: »Es ist nichts, gar nichts . . .«
Dann sagte der Konsul auf Französisch: »Es reicht jetzt, Alex! Laß ihn gehen.«
Fräulein Guta sagte: »Vielleicht ist Euch die Hitze lästig, vielleicht wollt Ihr gehen?«
Stephanos schlug seine Augen auf und blickte sie an. Da, mitten unter der verschütteten Limonade, mitten unter dem Schweiß und der Pomade, die herabtropften, sprang rein wie neues Metall der Blick der Leidenschaft auf.

»Ich gehe«, sagte er zu ihr. Sie begleitete ihn bis zur Türe. Dort sagte sie zu ihm: »Heut abend waren zu viel Leute da. Kommt morgen, da werde ich alleine sein. Ich erwarte Euch.«

Stephanos schlief an jenem Abend nicht. Er legte sich nicht einmal auf sein Lager nieder. Allein, die Augen immer auf den gleichen Punkt gerichtet, ließ er alles, was in dem Haus am Meere vorgefallen war, wieder und wieder an sich vorüberziehen. Um ihn herum blickten ihn schweigend, in einer Reihe aufgestellt, mit ihren blauen Perlen seine Sättel an, sie, die er einst mit soviel Sorglosigkeit und soviel Selbstvertrauen gefertigt hatte. Sie schauten ihn verbittert an, weil er sie verleugnet hatte. Draußen in der Nacht sah der Ölbaum mit den bunten Weihgaben, der Freund seiner Kinderjahre, das Licht, das nicht zur Ruhe gehen wollte, hörte die Schläge seines Herzens, die von drinnen kamen.

»Warum?« sagte er, »warum verläßt du uns?«

Aber Stephanos konnte die Stimme des Ölbaums nicht mehr hören. Er hatte schon den Vorrang, mit den einfachen Geschöpfen dieser Welt Zwiesprache zu halten, eingebüßt.

»Meine Herrin«, murmelte er. »Wie lang habe ich dich erwartet.«

Er ging den andern Abend hin. Das Fräulein war tatsächlich allein und erwartete ihn. Sie hatte den leichten ironischen Zug des gestrigen Abends abgelegt, war freundlicher und sprach mit ihm, wie man zu kranken Kindern spricht.

»Was wollt Ihr«, sagte sie, »von mir? Was soll ich tun?«

Da faßte er sich ein Herz, vergaß mit einmal alles, was er sich in der Nacht ausgedacht hatte, um es ihr zu sagen, schöne Redensarten, in der gehobenen Sprache der ›Amaltheia‹. Er sagte ihr ganz einfach, daß er nichts anderes wolle als dies: daß er kommen dürfe, dort in der Ecke sitzen und sie sehen dürfe; er wolle nichts zu ihr sagen, nur die seltsamen Klänge ihrer Musik wolle er hören.

»Wie soll das angehn?«, sagte Fräulein Guta. »Der Herr Konsul würde darüber böse werden und könnte Euch ein Leid antun. Er ist mein Verlobter.«

Stephanos erbleichte, denn er wußte noch nicht, daß der Konsul ihr Verlobter war. Er fragte ängstlich: »Und kann es, kann es möglich sein, daß Ihr einmal mit ihm fortgeht?«

»Gewiß doch! Einmal werde ich mit ihm fortgehen.«

Um Gottes willen! Nur das nicht! Der Stephanos könne zwar nicht hindern, daß der Konsul ihr Verlobter sei, aber fortgehen solle sie nicht. »Geh nicht fort«, sagte er zu ihr, und die Tränen rannen ihm herab. »Was soll dann aus mir werden?«

»Geh nicht fort«, bat er sie. Er werde, sagte er, die unerhörtesten Dinge für sie tun. Nur fortgehn solle sie nicht.

Da wandte Fräulein Guta es ins Scherzhafte.

»Und was würdet Ihr denn für mich tun können?« fragte sie ihn lächelnd.

Stephanos hatte das noch nicht bedacht. Aber er versprach es ihr. Er habe, sagte er, in seinem Hause alte Bücher. Sie berichteten von Zauberern, von weisen Menschen, die sich ihr ganzes Leben lang abmühten, die unglaublichsten Dinge zu erfinden: wie der Mensch fliegen könne, wie er es anfangen könne, nicht zu sterben ... Er werde diese alten Bücher lesen, sagte Srephanos, und er werde darin finden, was das Schwierigste sei von all dem, was die Menschen zu erfinden suchten, ohne es fertigzubringen. Und das werde *er* fertigbringen, ihr zu Gefallen.

»Gut,« sagte Fräulein Guta, »tut das und so werde ich bleiben. Und, falls ich schon weg sein sollte, werde ich wiederkehren, sowie ich höre, daß Ihr das erfunden habt.«

Das war die Ouvertüre zur ›Symphonie mit dem Perpetuum mobile‹, die der Stephanos spielte, die mit dem Stephanos spielte, dem biederen Bürger, der einstmals Sättel gemacht hatte.

Wo hatte er das Wort ›Perpetuum mobile‹ her? Irgendwo in seinen vergilbten Büchern muß er es gefunden haben. Es stach ihm sofort in die Augen wie ein Wunderding. ›Perpetuum mobile!‹ Ja! ... Ja! ... Von nun ab sollte sein ganzes Leben sich darum drehen, das Perpetuum mobile zu finden. Welch schönes Wort! Welch wunderbare Errungenschaft!

Fräulein Guta war schon fort. Sie war an einem äolischen Frühlingstage abgereist, weiß gekleidet. Auch ihr Mann war weiß gekleidet, der junge Konsul Seiner Kaiserlichen Hoheit. Stephanos hatte sie von einem Winkel der Mole aus, wo er nicht zu sehen war, mit Tränen in den Augen verfolgt. Als der Dampfer verschwunden war, sagte er: »Leb wohl, Liebste, leb wohl ... Niemand weiß es. Nur ich weiß, daß du wiederkehren wirst ...«

Wie anfangen, wenn man das Perpetuum mobile finden will? Stephanos plagte sich sehr ab, als er es darauf anlegte, ein Erfinder zu werden. Er blieb nächtelang ohne Schlaf, ging in seiner Werkstatt auf und ab, immerzu das magische Wort flüsternd: »Perpetuum mobile! ... Perpetuum mobile! ...« Wenn das Frührot kam, so fand es ihn mit geröteten Augen, zerschlagen und erschöpft. Wenn die Sonne aufging und ihr stilles Licht ins Fenster warf, dann baten ihn die schweigsamen Gefährten seiner unbekümmerten Tage, seine schlichten Sättel mit den blauen Perlen, die Zeugen seiner Qual und seiner Unrast: »Komm jetzt, leg dich schlafen. Am Abend kommt wiederum die Nacht und wieder wirst du anfangen ...«

Wiederum kam die Nacht, und wieder fing er an.

»Perpetuum mobile! Perpetuum mobile!« Wieder und wieder sprach er dieses magische Wort: Schatten regten sich in dem halbdunklen Raum, der nur von einem Öllämpchen erhellt war – ein Reifen dreht sich und dreht sich und hält niemals an, ein Baum beginnt zu wandern und zu wandern und hält niemals an, ein Stern fällt unentwegt und fällt und fällt, eine Woge schwillt an, türmt sich auf und beginnt dann ihren endlosen Weg durch die Weltmeere. Ganz oben auf der Woge, in dem Schaum, eine weiße Erscheinung. Es ist Fräulein Guta, die ihn bittet: ›Wirst du mich rufen?‹

»Ich werde dich rufen«, sagt er ihr. »Sei nur ruhig, ich werde dafür sorgen.«

»Perpetuum mobile!«

Bis der Gott der Klänge sich seiner erbarmte und ihm seine Hilfe lieh, ihm zeigte, wie er anfangen solle. Geistesabwesend, in seine Gedanken verloren, ging er eines Tages an einem Hause in der Nachbarschaft vorbei, als er eine süße Melodie hörte, die leise, von unbekanntem Instrument gespielt, aus dem Fenster zu ihm drang. Was war das? Er blieb stehen und hörte genau hin. Gewiß, es war nicht dieselbe, aber doch eine ähnliche Musik wie damals ... Ja, sie war wie jene damals ...

Gebannt ging er auf die Klänge zu und klopfte an die Türe. Es war eine alte Uhr, die im Fensterrahmen des Hauses stand. Zwei Satyrn, mit Goldbronze angestrichen, hielten sie. Auch das ganze Uhrgehäuse war golden angestrichen.

Stephanos näherte sich dem Fenster, als die Melodie aussetzte.

»Was ist das?« sagte er wie geblendet.

»Eine Uhr ist es, mein Herr Stephanos«, erwiderte ihm die Hausfrau.

»Wie kann sie Musik spielen?«

»Das ist so: man zieht sie auf und dann spielt sie. Es ist eine großartige Uhr!«

Stephanos vermochte seine Augen nicht mehr von den goldenen Satyrn loszureißen. Sein Gesicht begann sich mit Schweißtropfen zu bedecken. »Sie hört auf und beginnt dann wieder?« fragte er. »Hast du so gesagt?«

»Ja. Sie hört auf, man zieht sie auf und dann spielt sie wieder.«

Stephanos zögerte nicht mehr. In seinen Augen blitzte es: »Wieviel willst du dafür haben, Frau Kyriakula?«

Aber Frau Kyriakula wollte sie nicht verkaufen! Ihr Mann selig, der Seeschmuggler, hatte sie einstmals mitgebracht, als er seine Reise nach Rußland machte.

Da ergriff Stephanos leidenschaftlich ihre beiden Hände und bat sie inständig, ihm die Uhr doch zu verkaufen.

»Wenn ich sie nicht bekomme, bin ich verloren, restlos verloren!« sagte er ihr. Er schlug ihr einen so großen Preis vor, flehte sie so inständig an, daß Frau Kyriakula nachgab und schließlich einwilligte.

So verkaufte Stephanos viele Sättel mit blauen Perlen, kaufte sich dafür die Uhr und brachte sie in seine Werkstatt.

Jene erste Nacht ging ganz mit den Klängen der Uhr hin. Stephanos zog das Uhrwerk wieder und wieder auf, und die Klänge erhoben sich und füllten den kahlen Raum, wo vorher die Sättel gestanden hatten. Wie schön war das! ... Wind, der du über dem Ägäischen Meere wehst, Wind, der du wehst über den großen Bäumen Anatoliens, laß die Bären und die Wölfe in den schattigen Schluchten schweigen. Laß auch ruhen das Blut, das aus wilder Leidenschaft auf deiner Erde vergossen wird, trockne die Tränen in den Augen der Mütter, denen sie ihre toten Kinder von den Windmühlen brachten, hemme die Kraft, welche die Schmuggler soweit bringt, daß sie töten und getötet werden ... Wind, der du wehst, tue das alles heute abend, und dann hör zu. Hör die Klänge, die heute abend den Raum der Sättel füllen, nimm sie und bringe sie hinunter zu dem Mädchen an dem Meer. Sag ihr, wo sie auch sei, daß das, was kein Mensch in seinem Leben noch gewürdigt wurde zu vollbringen, daß *er* das vollbringen werde, der demütige Stephanos, der Sattler, ihr zu Gefallen, weil so die Liebe ist: er werde versuchen, die Klänge festzuhalten, die Symphonie endlos zu machen. Sein Blut und sein Herz und seine Nerven würden von nun an Eisen sein, das glühte, Irrsinn und Leidenschaft, die einem Wahngebilde nachjagten. Was bedeutete es, wenn am Ende die Klänge nicht blieben, wenn sie für immer fortgehen und verschwinden sollten? ...

Beim Morgengrauen endlich kam der Schlaf und schloß ihm seine Augen, die angefüllt waren von der Glückseligkeit eines Menschen, der endlich ein Ziel gefunden hat, für das sein Leben da ist.

Seit jener Zeit jagte Stephanos, der biedere Bürger, der seine

Sättel verleugnet hatte, dem ›Perpetuum mobile‹ nach, versuchte er die Klänge in der Uhr der Frau Kyriakula, der Uhr mit den goldenen Satyrn, so zu machen, daß sie nicht mehr endeten. Tag und Nacht studierte er unentwegt das Uhrwerk, montierte es ab, setzte es wieder zusammen, immer in der Hoffnung, sich seinem Ziele zu nähern, schließlich doch die geheime Schraube zu finden, mit der die Räder sich ohne Aufhören weiterdrehen würden. Seine Verrückheit verbreitete sich anfangs in der Nachbarschaft, dann drang die Kunde davon auch tiefer hinab bis zu den Schmugglern und den Gassenbuben.

»Der Stephanos ist verrückt geworden! Der Stephanos ist verrückt geworden!«

»Was sucht der verrückte Stephanos?«

Anfangs waren alle wie geblendet von dem mysteriösen Wort ›Perpetuum mobile‹. Sie konnten es nicht recht aussprechen. Nachher aber brachten sie es doch fertig. »Der Stephanos sucht das Perpetimmobile! Der Stephanos sucht das Perpetimmobile!«

»Perpetuum mobile, ihr Analphabeten!« berichtigte Stephanos, der, wo er ging und stand, seine Verrücktheit schon nicht mehr verbergen konnte. Wenn er ausging, so ließ er die magische Uhr niemals in seiner Sattlerei zurück. Denn jedesmal glaubte er, er sei bereits so fortgeschritten, sei der Lösung schon so nahe, daß er sich nicht mehr traute, sie allein zu lassen, aus Angst, die Leute könnten sie ihm stehlen oder zuschanden machen. Er steckte sie in einen Beutel aus festem buntem Tuch und trug sie voller Ehrfurcht unterm Arm. Die Gassenbuben liefen mit Gejohle hinter ihm her, wie hinter den anderen Verrückten aus der Stadt. Aber Stephanos tat so, als ob er es nicht merke. Er schritt selbstbewußt einher, mit erhobenem Blick, sicher, daß er über diese Welt erhaben sei.

Eines Abends feierten die Schmuggler draußen in den Tavernen bei der Heiligen Dreifaltigkeit. Es waren die Leute des Pagidas, des berühmtesten Schmugglers von Aiwali. Sie hatten von der

Früh an mit ihrem Anführer gezecht und nun, wo es Abend wurde, saßen sie halb hingestreckt, schwer und einsilbig da. Hin und wieder gossen sie ein Glas Rum hinunter und hörten dem strengen Rhythmus ihrer heimischen Musik zu, den Trommeln und den Dudelsäcken, welche ihre Leiber aufforderten, aufzuwachen und zu tanzen. In den Haustüren der umliegenden Häuser und an den Fenstern saßen die Mädchen, sprachen leise miteinander und betrachteten entflammt die Burschen ihrer Gegend.

Da erschien an einer Wegecke Stephanos. Hinter ihm her liefen die Lausbuben, warfen ihn mit Dreck und Pferdeäpfeln, und er selbst lief, um ihnen zu entkommen, wie ein aufgescheuchtes Wild. Da platzte er plötzlich in das Zechgelage der Schmuggler hinein. Kaum, daß er diese neue Gefahr wahrnahm, wandte er sich um und suchte zu entkommen. Aber schon war es zu spät. Hinter ihm standen wie eine Mauer die Lausbuben mit ihrem Lehm und ließen ihm keinen Platz zum Entweichen. Und vor ihm war die andere Mauer: die Trommeln, die Dudelsäcke und die Betrunkenen.

Stephanos hielt plötzlich inne. Er schaute um sich. Er sah, daß es keinen anderen Ausweg gab, er mußte vorwärts gehen. Er klemmte seine magische Uhr unter die Achsel, richtete sich gerade und stolz auf und ging voran.

Das Gejohle hinter ihm erhob sich wieder, schlug auf ihn ein wie eine Woge und trieb ihn vorwärts. »Der Stephanos, das Perpetimmobile! Der Stephanos, das Perpetimmobile!«

Er kam zur Gruppe der Palikaren. Die Trommeln und die Dudelsäcke schwiegen.

»Wie geht es dir, Stephanos?«, fragte einer der Burschen.

»Laßt ihn das Ding spielen, laßt ihn das Perpetimmobile spielen«, brüllte der Chor der Gassenjungen.

Da rührte sich Pagidas, der epische Führer der Schmuggler, etwas auf seinem Sitz, hob seine Hand und sagte ruhig zu einem von seinen Leuten:

»Sag ihnen, sie sollen das Maul halten.«
Und dann, als plötzlich Schweigen eingetreten war, sich zu Stephanos wendend:
»Komm, du, Sattler«, sagte er. »Zeig mir, was suchst du?«
Überrascht von dem feierlichen Schweigen, das sich – nach so viel Lärmen und Geschrei – um ihn verbreitet hatte, sah sich Stephanos plötzlich in die Rolle des ersten Schauspielers des Theaters jenes Sommerabends gedrängt. Die Rührung übermannte ihn, denn Zuschauer in diesem Theater war die ehrwürdigste Gestalt, von der alle Berge des Kas-Dag, alle Meere der Ägäis sangen: der Pagidas.
Mit zitternden Händen, voller Andacht, knüpfte er sein Bündel auf und holte die Uhr heraus. Er setzte sie auf den Tisch des Schmugglerführers neben die Gläser mit dem Rum. Die Augen der Palikaren blickten auf die goldnen Satyrn, blickten auf ihren Führer, der schweigend, ohne sichtbare Regung, ohne merkliche Neugier dem, was vorging, folgte.
»Hör!« flüsterte Stephanos. »Hör, Antonis Pagidas!«
Leise ergoß sich die Melodie über die feuchten Augen der Betrunkenen, über das Freilichttheater, das nach Weinbrand roch.
»Ich höre!« sagte die strenge Stimme des Schmugglers.
Er hörte ergriffen zu, in sich versunken. Antonis Pagidas hörte zu! Die Melodie war zu Ende.
»Das ist es«, flüsterte Stephanos wieder.
Der Pagidas: »Was ist das?«
Die ergriffene Stimme der Verrücktheit sprach dann und erzählte von dem Wahngebilde:
»Das ist es, Antonis Pagidas«, sagte er. »Eine Schraube fehlt mir noch. Nur eine Schraube, dann kann ich die Musik festhalten, daß sie nicht mehr aufhört. Die Räder drehen sich dann ohne anzuhalten . . . dann habe ich es gefunden . . . dann habe ich das Perpetuum mobile gefunden!«
Kaum konnte er dies große Wort aussprechen, als der wilde

Schrei eines Tieres, das man schlachtet, aus seinem Munde drang. Er sprang wie aufgezogen herum und rief: »Ich brenne! Ich brenne!«, während Geruch von verbranntem Stoff und Qualm aus seiner Pluderhose aufstiegen.

Es entstand ein panischer Aufruhr. Stephanos sprang in einem fort ganz außer sich herum, an sein Hinterteil, das brannte, greifend, um die Flamme auszulöschen. Seine Schreie erfüllten die Luft. Die Mädchen kreischten auf. Die Lausbuben lachten und johlten. Und der Trommler begann wie wild auf seine Trommel einzuschlagen.

Da erhob sich der Pagidas, stieß alle anderen beiseite und stürzte sich auf den Sattler. Er kniete vor ihm hin, umschlang seine Beine, griff mit seinen Handflächen hart in die Flammen, die sich in den Pluderhosen des Verrückten entzündet hatten, und preßte sie fest zu, um sie zu löschen. Nicht ein kleines Schmerzenszeichen durchfurchte seine Lippen.

Er war zu Ende! Pagidas erhob sich. Tiefes Schweigen. Auch der Verrückte, vom Schweigen angesteckt, hörte auf zu jammern. Langsam ließ Pagidas seine trüben Augen im Kreise umgehn.

»Wer hat das getan?« fragte er ruhig und streng.

Keine Antwort. Alle schauten ihn an.

Jetzt rief seine Stimme wild: »Welcher Hund hat das getan?«

Alle schauten ihm in die Augen. Nur Miltiades, der Barbier, hielt seinen Kopf gesenkt. Er war ein Wurm, obschon ein Riesenkerl, berüchtigt für seine Feigheit und Niedertracht. Wo ein Gelage der Schmuggler war, rannte er hin, bereit, die unwürdigsten Machenschaften zu vollbringen, um den Mächtigen zu gefallen. Er hatte im Glauben, damit dem Pagidas ein Vergnügen zu bereiten, im Augenblick, wo der Sattler, ganz seinem Wahne hingegeben, sagte, was er suche, ihm einen Knallfrosch in die Kleider gesetzt.

Pagidas blickte ihn lang und durchdringend an: »Du, Kerl?«

Mit einmal raffte er ein Rumglas vom Tische und warf es mit aller Kraft dem Barbier, der zu schreien anfing, in die Fresse. Dann ergriff er neben sich eine dicke Peitsche, gab sie dem Verrückten in die Hände und befahl ihm: »Schlagt ihn!«

Aber Stephanos konnte die Peitsche nicht richtig halten, seine Hände zitterten, er war bleich vor Schmerz. Er schlug ihn nur ganz leicht, als ob er ihn streicheln wolle. Da riß ihm der Pagidas ungestüm die Peitsche aus den Händen und begann nun selbst den Barbier, der wie ein Weib aufheulte, erbarmungslos zu peitschen.

Er war fertig, der Pagidas, wischte sich die Hände, holte tief Luft, nahm die Uhr und legte sie dem Verrückten in die Arme.

»Los, Sattler!« sagte er ihm. »Troll dich jetzt! Von jetzt ab wird dir niemand mehr was tun. Troll dich und such deine Schraube!«

Und als er sah, daß Stephanos vor Schmerzen nicht alleine gehen konnte, nahm er ihn am Arm und stützte ihn. Alle ringsum machten ihnen den Weg frei. Und in dem tiefen Schweigen, das entstand, sahen alle, die Frauen, die Gassenbuben, die Palikaren, von Staunen überwältigt, wie sie miteinander dahinschritten und sich langsam entfernten, einer den andern haltend, die beiden Menschen der Leidenschaften: der eine, der dem Blut und dem Tod, der andere, der den Klängen nachjagte.

Die späte Sonne stand drei Menschenlängen überm Horizonte, als er in der Ferne auftauchte, sich dem Gutshof nähernd. In seine Tracht gekleidet, schwarz wie ein Rabe, auf einem Esel thronend, kam Stephanos an. Der Esel hatte blaue Perlen am Halfter, statt eines gewöhnlichen Sattels trug er einen hochherrschaftlichen, was dem Reisenden eine offizielle Note gab.

Der erste Mensch, den Stephanos auf dem Gutshof traf, war der alte Joseph, der ihn nicht kannte.

»Ist hier der Hof des Jannakos Bibelas?« fragte der Fremde.

»Hier ist er.«

»Kann ein Reisender hier für eine Nacht bleiben?«

»Hier ist immer Platz für Reisende!« sagte der Greis aus Lemnos.

Stephanos stieg ab, versorgte seinen Esel, dann verlangte er sich zu waschen. Und dann bat er, ihn zum Jannakos Bibelas zu führen.

Wir Kinder waren alle um den Großvater versammelt und spielten, als Stephanos erschien. Er schritt überlegen daher, das Haupt erhoben, nur etwas schief gestellt, und seine Augen starrten geradeaus. Unter seiner Achsel trug er behutsam seinen bunten Sack mit der Uhr mit den goldenen Satyrn.

»Ach, Nachbar! Du bist es? Du bists, Stephanos?« sagte der Großvater gutherzig. »Was suchst du an den Kimindenia?«

Der Sattler machte eine tiefe Begrüßungsgeste mit seinem freien Arm.

»Ich bin es, Herr, dein gehorsamster Diener. Der Weg brachte mich in diese Gegend, und so bin ich gekommen.«

»Recht so, Stephanos. Hat man dir gezeigt, wo du schlafen kannst?«

Da verlor Stephanos sein überlegenes Gehabe, und Erregung verbreitete sich in seinen Augen.

»Man hat es mir gezeigt, mein Herr, aber ich fürchte ... Es sind auch andere Fremde dort drin.« Und mit leiserer Stimme fortfahrend: »Ich habe Angst deswegen«, sagte er und wies auf den Sack unter seiner Achsel.

Der Großvater hatte von dem plötzlichen Wahn gehört, der den Sattler befallen hatte. Weil er aber immer an den Kimindenia lebte, kannte er die Einzelheiten nicht.

»Was ist das?« sagte er erstaunt.

»Das? Ja hast du denn davon noch nicht gehört? Herr?«

Dann erzählte er ihm von dem ›Perpetuum mobile‹. Verworrenes, verdrehtes Zeug mit großen Phrasen aus der ›Amaltheia‹. Der Großvater verstand fast nichts.

»Willst du es nicht spielen lassen?« sagte er zu dem Verrückten.
»Nein, nicht jetzt!« bat Stephanos.
Nicht jetzt, sagte er. Die Nacht sei die Zeit, wo der Geist über der Maschine schwebe. Dann werde er sie spielen lassen. Inzwischen aber müsse man sie sicherstellen, müsse man seinen Schatz um Gottes willen sicherstellen!
Der Großvater dachte, er könne uns Kinder, könne auch die Großmutter etwas unterhalten.
Er sagte zum Stephanos: »Gut. Ich werde dir einen Ort zum Schlafen geben, wo du allein bist und nichts zu fürchten hast. Zur Sicherheit wirst du dort auch alle Waffen, die wir hier besitzen, bei dir haben.«
Und er ließ den Stephanos mit seiner Uhr ins ›Gelbe‹ Zimmer bringen. Er schickte ihm Essen von dem unsrigen und ließ ihn nach Tisch rufen.
Die ganze Familie war dort versammelt. Artemis konnte vor Ungeduld keinen Augenblick auf ihrem Platze sitzen. Die Großmutter lächelte diskret zu dem majestätischen Gehabe des Sattlers. Auch der Großvater lächelte.
»Laß es uns jetzt sehen«, sagte er.
Feierlich entstiegen die goldenen Satyrn ihrem Sack. Stephanos zog die Uhr auf. Und die Kimindenia, die zuhörten, hörten die Klänge.
»Bald hab ichs ... Bald hab ichs, mein Herr«, murmelte der Sattler. Bald werde er es haben. Nur jene kleine magische Schraube fehle ihm noch. Dann würde er das Perpetuum mobile gefunden haben. Er habe sich abgemüht und abgemüht, sagte er, bis er zu verzweifeln begann, als ihm eine Vision des Herrn im Schlaf erschienen sei. Das Traumgesicht sagte ihm: ›Was sitzest du hier, Stephanos, bei den Schmugglern? Hier wirst du dein Ziel nie erreichen.‹ Und während Stephanos auf die Kniee fiel und das Traumbild bat zu sprechen, sagte es ihm: ›Wandere auf der großen Karawanenstraße, die jenseits der Windmühlen liegt. Wan-

dere immer weiter, immer weiter! Und eines Tages wirst du an die Heiligen Stätten kommen, wo Jesus Christus, unser Herr, gelitten hat. Kaum daß du den Boden Jerusalems betrittst, im selben Augenblick wird sich das Geheimnis dir enthüllen: du wirst die Schraube finden, die du suchst, wirst die Klänge für immer festhalten können.‹

Mit solchen Worten etwa erklärte Stephanos seine Vision. Ein seltsamer Glanz breitete sich über seine müden Augen. Als er endete, wandte er sie im Kreise umher und schaute uns alle an. Welch große, traurige Augen waren das! Wie groß und traurig waren sie!

Der Großvater lächelte anfangs. Nachher erlosch das Lächeln auf seinen Lippen.

»Und deine Werkstatt, was hast du mit der gemacht, Meister Stephanos? Was hast du mit deinen Sätteln gemacht?« fragte er ihn.

Ach, die Werkstatt und die Sättel. Wer denkt jetzt noch daran!

»Und deine Verlobte, was ist aus ihr geworden?« fragte die Mutter, welche die Geschichte mit der Alexandra Guta kannte.

Seine Verlobte? Stephanos durchwühlte sein Gedächtnis. Ja, doch, einmal gab es ein Fräulein Guta. Es gab sie nicht mehr. Stephanos erinnerte sich nur noch ganz verschwommen. Denn sie hatte ihr Werk getan, hatte gegeben, was sie geben konnte, den Anstoß zu dem Wahngebilde, und war verschwunden. Die Klänge hatten sie aufgesogen, waren eins mit ihr geworden. Geblieben war allein die Jagd nach den Klängen.

»Mensch, Stephanos!« sagte der Großvater, und in seiner Stimme lag tiefes Mitleid. »Du warst ein guter Handwerker, Stephanos, und ein guter Hausherr. Kehr zurück zu deinen Sätteln!«

Er solle zu seinen Sätteln zurückkehren, riet er ihm. Wo er hin wolle und was für Schrauben das seien, die er suche; wisse er, wo die Heiligen Stätten, wo Jerusalem liege? Er müsse ganz Anatolien durchqueren, ganz Anatolien, um dorthin zu kommen . . .

»Ich werde ganz Anatolien durchqueren«, sagte wie ein Echo tief, ruhig und überzeugend die Stimme der Leidenschaft.

Als wir Kinder in jener Nacht schlafen gingen, erfüllten seltsame Gefühle unser Herz. Wir wollten den Verrückten auslachen, lachten etwas nervös und hielten plötzlich inne. Nur Artemis, das unruhigste Wild, das unter den Kimindenia lebte, schwieg unerklärlich. Schließlich begann die Müdigkeit unsere Augenlider schwerzumachen. Es herrschte tiefe Stille.

Da hörte ich in der Dunkelheit die Stimme der Artemis, die aus ihrem Bette ihre große Schwester fragte: »Anthippi, was ist das? Was ist Jerusalem?«

»Bist du noch immer wach«, sagte Anthippi vorwurfsvoll. »Schlaf jetzt!«

»Sag mir, was ist Jerusalem?« fragte wieder flehend die Stimme des Kindes.

»Dort lebte Christus. Schlaf jetzt, Artemis!«

Bald darauf, als es schien, daß alle anderen Kinder eingeschlafen seien, hörte ich das tiefe, unter den Leintüchern erstickte Schluchzen der kleinen Schwester, die nicht mehr an sich halten konnte.

»Warum weinst du, Artemis?«

Aber Artemis konnte nicht sagen, warum sie weinte, konnte nicht sagen, daß sie weinte, weil Jerusalem so weit entfernt war, weil es sein konnte, daß der verrückte Reisende mit seinen Klängen vielleicht nie dorthin gelangte.

Es verging eine geraume Weile, bis Artemis sich beruhigte. Da schwieg alles. Die Kimindenia draußen schwiegen, und die Schakale heulten nicht. Die Nacht blieb allein. Nein, sie blieb nicht allein. Plötzlich, mitten in dem tiefen Frieden, erhob sich leise und durchdringend aus dem ›Gelben‹ Zimmer und zerstreute sich wie ein Windhauch und ward eine leichteste Woge und verbreitete sich: die Symphonie der Leidenschaft. Stephanos, einsam, umgeben von den Schwertern und den Büchsen, ließ die Uhr mit den goldenen Satyrn spielen.

»Artemis! Artemis! Hörst du?«
Das Mädchen murmelte kaum, aus Furcht, die magische Symphonie zu stören: »Ja. Ja. Ich höre.«
Kurz darauf unterschied ich ein ganz feines Geräusch, das ihre Leintücher machten. Es war dunkel und ich sah nichts. Dennoch ahnte ich ihre Gestalt, wie sie sich aufrecht bewegte.
»Was machst du, Artemis?«
Sie tastete sich zu mir und flüsterte: »Ich gehe draußen vors ›Gelbe‹, um zu hören. Sag niemand was«, sprach ihre Stimme und zitterte.
»Du willst draußen vors ›Gelbe‹ gehen? Hast du keine Angst?«
»Ich fürchte mich nicht. Schlaf du nur.«
Ich hörte, wie sie auf ihren Zehenspitzen fortging.
Die Musik verstummte. Für eine kurze Zeit. Dann begann sie wieder. Und wieder. Nie, nie zuvor hatten die Kimindenia solch eine Musik gehört, drum erwachten sie, um jenen Augenblick zu erleben, wo sie ihnen beschert ward. Der Mond leuchtete einsam über den Schluchten und über den Steineichen. Aber als die Klänge aus dem ›Gelben‹ herausdrangen in die Nacht, begann sein dunstiges Licht zu beben wie ein junges Herz. Und Artemis war dort draußen, allein, und erlebte die auserwählte Stunde, sie, die niemals wiederkehren würde.
Ich öffnete die Türe vorsichtig, damit sie nicht knarrte, bemühte mich, kein Geräusch zu machen, und ging zu Artemis. Ihr halbnackter Körper ließ sich kaum erkennen, nahm einen winzigen Raum ein vor dem Zimmer mit den Schwertern. Sie kniete und hörte.
»Du bist es?« flüsterte sie, und ihre Stimme klang wie aus der Ferne, wie aus der Welt der Magie kommend. »Sprich nicht! Sprich nicht!« sagte sie wieder.
Ich streckte meine Hände aus, um sie zu finden. Meine Finger trafen auf ihre Brust, dort, wo rasch, ganz rasch ihr Herz klopfte. Sie kniete dort und zitterte. Auch ich kniete mich neben ihr hin,

nahm ihre Hand in meine Hand. Und so, eng verbunden, meine kleine Schwester und ich, knieten wir wie Bittflehende draußen vor dem Zimmer mit den Schwertern, das sich mit Klängen füllte, versenkten wir uns immer mehr in den Zauber, der nicht verstummen wollte. Der Verrückte drinnen blieb wach, zog die Uhr mit den goldenen Satyrn immer wieder von neuem auf und ließ sie spielen. Der Mond schien nicht mehr in die Schluchten, die Nacht hatte sich mit Schatten gefüllt. Die unterirdischen Wasseradern auf den Kimindenia erwachten, es erwachten die Steineichen, es erwachte das Rotkäppchen, das ein Reh geworden war, auch die Prinzessin erwachte. Blaue Blätter kamen dahergeritten, öffneten das große Hoftor, drangen durch die Fenster, zerteilten die Steine an den Wänden und drangen ein. Sie waren alle rings um uns herum, waren über uns, hörten den Klängen zu und leisteten uns Gesellschaft. Sie zitterten, zitterten so sehr, bis alle eins wurden, die Wasseradern und die Steineichen und die Rehe, bis sie zu einem einzigen Schatten wurden, der sich schwer auf unsere Augenlider senkte und sie ganz allmählich schloß, während die Klänge sich mehr und mehr entfernten.

Zwei geliebte Hände rüttelten mich, zogen mich, suchten mich hochzuziehen und aufzuwecken. Erschrockene Stimmen ließen sich über uns hören. Ich öffnete die Augen. Es war sehr früh, gerade nach Sonnenaufgang.

»Kinderchen! Meine Kinderchen!« sagte meine Mutter furchtbar aufgeregt.

Mit ihrer einen Hand hielt sie Artemis und mit der andern mich. Sie drückte uns an sich. Auch die Großmutter war da, die andere süße Erscheinung unserer Kinderjahre. Sie wußte nicht, was sie tun sollte, ließ ihre Augen, ließ ihre Hände bald hierhin bald dorthin gehen.

»Denk nur, sie haben hier draußen übernachtet!« sagte sie.

»Warum, meine Kinderchen? Warum?«

»Ach, der Verrückte da hat sie verzaubert!« sagte die Mutter. »Was mußten wir ihn auch in das ›Gelbe‹ legen, so nah zu den Kindern! Nur gut, daß kein schlimmeres Unglück geschehen ist.«
Dann kam alles ins Gedächtnis zurück. Die auserwählte Nacht der Klänge erwachte mit einem Mal. Artemis befreite ungestüm ihre Hand aus der Hand der Mutter und fragte voll Ungeduld: »Was ist aus dem fremden Mann geworden? Was ist aus ihm geworden, Mutter?«
Ach, Gottlob ist er schon weg, bestätigte die. Jetzt ist er schon weit weg. Er habe uns, sagte sie, als er aufwachte, zuerst gesehen, draußen vor seiner Türe, und Nachricht gegeben, daß man uns holen solle.
Artemis stürzte, auch ich stürzte zum großen Hoftor.
Drüben, fern auf der Karawanenstraße, regte sich ein schwarzer Fleck. Der verrückte Reisende mit seinem Eselchen ließ sich nicht mehr unterscheiden, er war nur noch ein schwarzer Fleck. Wortlos, mit weitoffenen, wehmütigen Blicken, verfolgten wir den Punkt, wie er verlöschte, sich auflöste im Staub der Straße, die hinführte zum fernen Jerusalem.
Bis er hinter den Kimindenia verschwand.

7

Die Tage unter den Kimindenia gingen auf und unter, und die Zeit verstrich.
Heuer wurde ich ein Junge von zehn Jahren. Was würde ich wohl in diesem Jahre von der Welt kennen lernen? Willkommen, was es auch sei ...
Eines Nachmittags kam, unerwartet, Tante Urania, die jüngere Schwester meiner Mutter, zu uns aufs Gut. Wenn sie nicht in der Stadt wohnte, verbrachte sie immer den Sommer fern von den Kimindeniabergen, auf den Gütern ihres Mannes. So hatten wir bislang keine Gelegenheit gehabt, je zusammen zu wohnen.

Den Großvater und die Großmutter schmerzte es immer, daß es sich nie traf, daß sie an den Kimindenia ihre beiden Töchter zusammen gastlich aufnehmen konnten. Für uns, die Kinder, wiederum war das vielleicht ein Grund dafür, daß Tante Urania uns ein etwas ferneres Wesen war, da auch in der Stadt die beiden Häuser, das ihrige und das unsrige, keinen sehr intimen Umgang miteinander pflegten. Tante Urania war ein sehr stolzes, überhebliches Mädchen. Sie war dann, was Aufsehen erregte, mit einem der schönsten und reichsten Männer der Gegend, einem vielgereisten Lebemann, eine Liebesheirat eingegangen, was ihr Geltungsbedürfnis noch mehr steigerte. Nach der Heirat bauten sie in der Stadt ein betont herrschaftliches Haus, mit großen Marmortreppen, mit schweren Möbeln und vielem Luxus ausgestattet. Fast jede Woche hatten sie Unterhaltung, Gesellschaft und Musik. Alle Augenblicke machten sie Reisen nach Konstantinopel. All das stand in krassem Gegensatz zu dem bescheidenen stillen Leben bei uns zu Hause. Sehr oft hörten wir Gespräche wie etwa dies:

Unser Vater sagte zu unserer Mutter: »Gestern abend hat der Theodoros wieder ein Vermögen verspielt im Klub.«

»Schon wieder? Um Gottes willen! Wohin soll das führen?« sagte erschrocken meine Mutter.

»Wohin das führen soll? Klar! Sie werden sich zugrunde richten.«

»Heilige Mutter Gottes! Was sollen wir da machen?«

»Was wir machen sollen? Ich sage, an all dem ist die Urania schuld. Sie könnte ihn, wenn sie nur wollte, von den Gesellschaften und den Spielklubs fernhalten. Aber sie denkt nicht daran!«

Meine Mutter machte sich dann auf und ging zu ihrer jüngeren Schwester, um sie heimlich zu beraten. Sie fand sie, kurz vor Mittag, noch zu Bette, erschöpft von der Nachtfête des vorigen Abends.

»Urania, mein Kind, was treibt ihr da? Wo soll das hingehen? Morgen, übermorgen werdet ihr Kinder haben. Sei vernünftig, mein Mädchen, halte deinen Mann vom schlechten Wege ab!«
Aber Tante Urania wollte nie die Stimme hören, die ihr zur Besonnenheit in ihrem Leben riet. Sie war eine wahrhaft schöne Frau, mit großen mandelförmigen Augen und von kräftigem Wuchs. Sie dachte nur daran, sich ihrer Jugend, so viel als möglich, zu erfreuen.
»Was kümmert mich, was morgen sein wird!« erwiderte sie auf die Vorhaltungen ihrer älteren Schwester. »Heute lebe ich und will mich freuen!«
»Aber so handeln die vernünftigen Menschen nicht! In wenigen Jahren wird kein Gut mehr euch gehören. Da werdet ihr alles verschleudert haben!«
»Ach, ärmste Schwester! In wenigen Jahren! . . . Was weißt du, was in wenigen Jahren geschehen wird!«
»Du willst also nicht hören?«
»Nein, ich will nicht hören! Laßt uns so leben, wie wir wollen! Und ich gebe dir mein Wort, wenn wir in einigen Jahren arm sind, werde ich nie kommen und an deine Türe klopfen!«
Die ältere Schwester kehrte dann nach Hause zurück und begann einen langen Brief an die Großmutter zu schreiben, um ihr alles bis ins kleinste zu sagen und um sie zu mahnen, für die Rettung ihrer jüngeren Schwester zu sorgen, die dem Verderben entgegengehe. Wenn der Brief an den Kimindenia ankam, las ihn die Großmutter heimlich vorm Großvater, um ihn nicht zu betrüben, weinte insgeheim untröstlich und begann mit Vorbereitungen für einen Brief, den sie an ihre jüngere Tochter schreiben wollte. Sie spitzte die Bleistifte, schärfte ihren Kopf, damit ihr die Redewendungen kommen möchten, ihre Augen waren vor Nachdenken und Aufregung in ständiger Bewegung.
Wenn der Großvater diese Vorbereitungen wahrnahm, lächelte er: »Worauf bereitest du dich vor, Frau?«

»Ach . . . auf . . . um einen Brief zu schreiben an unsere jüngere Tochter.«

Der Großvater wußte, was das für ein großes Vorhaben für die Großmutter war, und sagte wiederum lächelnd:

»Meinst du, daß du heut noch fertig wirst damit?«

»Nun, ich denke, ich werde bis zum Abend fertig sein.«

Und wenn sie dann allein war, begann sie nach und nach kindlich-große Buchstaben des Alphabets zu malen, rund, genau in einer Reihe, jeden einzelnen hingesetzt, wobei sie den Bleistift anfeuchtete, den Brief mit ihren Tränen netzte.

Wenn die Sonne unterging und der Brief fertig war, nahm sie ihn und legte ihn behutsam zu Füßen der Mutter Gottes, des dreiflügeligen Bildes, das die Kimindenia beschirmte, damit er dort die Nacht über bleiben sollte. Sie faltete demütig ihre Hände und sprach ihr Gebet. Dann trat die Mutter Gottes aus dem Bilde ganz heraus, stellte sich neben sie. Und indem sie den Boden mit ihren Tränen näßte, sprach die Großmutter mit ihr, wie eine Mutter zu einer Mutter redet.

»Behüte sie, meine Jüngere«, bat sie. »Sie ist auf schlechtem Weg und weiß nicht, was sie tut. Sie ist noch jung und unerfahren. Sie ist auch sehr schön. Bewahre sie vor Kummer und vor Tränen . . .«

So geheiligt ging der Brief der Großmutter am andern Tage ab. Tante Urania ärgerte sich sehr, wenn sie ihn empfing, nicht über ihre Mutter, sondern über ihre Schwester, die solche Nachrichten nach den Kimindenia sandte. Dies gab häufig genug Anlaß, daß die ältere und die jüngere Schwester einander kühl begegneten.

Unter diesen Umständen versetzte die unvorhergesehene und unerklärliche Ankunft der Tante Urania die friedliche Stille des Gutshofes in einen wahren Aufruhr. Der Großvater, die Großmutter, unsere Mutter, wir, alle rannten wir zum großen Hoftor, um sie zu empfangen und um zu erfahren, was geschehen sei. Sie stieg von ihrem zweirädrigen Wagen, der mit Decken dick belegt war, stolz wie immer. Aber das war nicht die Tante Urania, wie wir sie kannten! Ihr Gesicht, das sonst von blühender Gesundheit strahlte, war fahl und bleich, und ihre großen schwarzen Augen lagen matt und eingefallen in tiefen Höhlungen.

»Ach!« rief die Großmutter erschrocken bei ihrem Anblick aus. In dem allgemeinen Schweigen küßte Tante Urania ihrer Mutter die Hand, dann ihrem Vater, küßte sie ihre Schwester, uns alle. Sie schenkte uns Bananen, was für unsere Gegend ein seltenes Geschenk war. Sie tat alles mit mechanischen, geistesabwesenden Bewegungen, so als ob wir keine lebendigen Geschöpfe seien. Erst als sie fertig war, fiel sie, wie erschöpft, der Großmutter um den Hals und schluchzte.

»Was hast du, mein Kind?« sagte jene, ihr die Haare streichelnd. »Was ist dir zugestoßen?«

Wir erfuhren, was ihr zugestoßen war, erst, als wir alle hinaufgegangen waren und im Kreis um sie herum saßen. So viel ich aus ihren tränenerstickten Worten entnehmen konnte, war es, als geschähen seltsame Dinge im Hause der Tante Urania. Es schien, daß ein Gespenst plötzlich zwischen ihren Mann und sie getreten war und ihr Leben aus den Fugen brachte. Onkel Theodoros verbrachte die Nächte in einem eigenen Zimmer mit dem Gespenst; wildes Gelächter drang in der Nacht aus jenem Raum; so ward ihr Leben unerträglich. Sie sagte zu ihm: »Komm, Theodoros, es geht nicht, daß du nachts gesondert schläfst und mich alleine läßt.«

Er antwortete ihr: »Ich kann nicht. Ich muß alleine schlafen.« Und er wollte nicht die geringste Erklärung geben, nicht die geringste Auskunft darüber, was sich in jenem geschlossenen Raum abspiele.

»Ich kann es dir nicht sagen, Urania. Du darfst es nicht erfahren«, sagte er zu ihr und streichelte sie wie abwesend.

Als Tante Urania müde wurde ihn zu bitten, sagte sie ihm: »Ich gehe für ein paar Tage nach den Kimindenia, zu meinem Vater. Willst du nicht auch mitkommen, um etwas andere Luft zu atmen?«

»Geh nur«, sagte er ihr. »Ich komme in ein, zwei Tagen nach und bleibe dann bei den Kimindenia, solang ich kann.«

So erzählte Tante Urania. Und die Großmutter begann, als sie vernahm, was in dem Hause ihrer jüngeren Tochter vorging, am ganzen Körper zu zittern und sich zu bekreuzigen.

»Jesus und Mutter Gottes, was sagst du da, mein Kind! Und wer hat dir gesagt, daß es ein Gespenst ist?«

»Es ist ein Gespenst, Mutter! Die Tür meines Mannes wird jeden Abend zugeschlossen. Keine Menschenseele kommt da herein. Mit wem sollte er also reden und lachen?«

In der allgemeinen Aufregung und Überraschung hatte keiner von den Erwachsenen beachtet, daß auch wir, die Kinder, da waren und hörten, was über die Gespenster berichtet wurde. Schließlich merkte es meine Mutter und sagte, sich erschrocken zu unserer ältesten Schwester wendend: »Anthippi, nimm die Kinder, geht und spielt. Geht, meine Kinder.«

Wir gingen. Aber wessen unsere Phantasie bedurfte, das hatten wir bereits vernommen. Ein neues Spiel dieser Welt, dunkel und gefährlich und darum voller Anziehungskraft, sollte nach den Kimindenia kommen: Die Gespenster.

Bis dahin hatten wir nur von ihnen gehört, hatten die seltsamen Geschichten vernommen, welche die älteren Leute auf dem Gutshof zu erzählen wußten, bald gruselig, bald heiter, und unser Herz hüpfte hin und her. Würden auch wir je Gespenster zu sehen bekommen? Wir zitterten bei dem Gedanken, daß dies geschehen könne. Aber über diese Furcht hinaus war die Begierde, daß auch uns diese Segnung nicht verloren gehen möge, gewichtiger und stärker.

Kosmas Liwas, ein Tagelöhner aus den Gegenden von Pontos, seit vielen Jahren an den Kimindenia ansässig, war einer von den Begnadeten, die mit der Welt der Gespenster vertraut waren. An regnerischen Tagen oder spät abends vorm Schlafengehen erzählte er beim Schein der Öllampe, eine Zigarette nach der anderen rauchend, die Geschichte mit dem Neger. Er erzählte sie bei jeder Gelegenheit, die sich bot, gleichförmig, unverändert. Es war ihm zum Bedürfnis geworden, die Erinnerung daran immer einmal wieder zu durchleben, damit sein Leben eine Rechtfertigung fände, damit er selbst sich rechtfertige dafür, daß er sein Leben verpfuscht hatte. Er sah den Neger zum ersten Male, als er noch klein war, unter einem Baum. Da war eine Schlange, die, kaum daß sie das Kind gewahrte, sich an dem Baumstamm hochschlängelte und sich nachher an einen Ast hängte. Das Kind stand angsterfüllt und sprachlos da und wagte weder einen Schritt zu machen noch seine Augen von der beweglichen Silhouette abzuwenden, die im Winde schwang. Sie waren wie dorthin gebannt, auf den Kopf der Schlange und auf ihre Augen. Da verdunkelte sich der Himmel, die Sonne erlosch, und in der Finsternis, die eintrat, geschah das Wunder: Der feine Leib der Schlange begann sich aufzurichten und anzuschwellen, immer dicker zu werden, immer dicker, wie ein Baumstamm. Und aus diesem Stamm bildete sich nach und nach eine neue menschliche Gestalt, wie aus dehnbarem Gummistoff reckten sich zunächst zwei Arme heraus, danach formten sich die Füße, danach der Kopf. Es war ein schrecklicher schwarzer Kopf: ein Negerantlitz mit blitzenden Augen, aber mit geschlossenem Mund, am Bäume hängend, blickte das Kind ekstatisch an. Dies war das erste Mal, daß das Gespenst in das Leben des Kosmas Liwas eintrat. Seit der Zeit verfolgte es ihn bis in sein Jünglingsalter. Es erschien in den unglaublichsten Stunden, zumal in Stunden, wo sein Herz voller Freude war, und machte ihm das Blut erstarren. Wenn es wenigstens gesprochen hätte, ihm irgend etwas gesagt hätte! Aber nein, es sagte nichts! Der Neger stand schwer und streng da, und wenn er den Menschen mit seinen Augen gefangen hatte und merkte, daß er ihn nun in seiner Gewalt habe, hob er seine Hand und wies nach Westen. Kosmas Liwas quälte sich sehr ab, eine Erklärung für diese immer gleiche Bewegung zu finden, bis er schließlich glaubte, sie gefunden zu haben: das Gespenst zeigte ihm, daß er aufbrechen sollte, aufbrechen gen Westen. Dieser Gedanke setzte sich in seinem Kopfe fest, regte sich unaufhaltsam, verbreitete sich durch alle Fasern seines Körpers und brachte sein Blut in Wallung. So verschwand jegliche andere tätige Regung in ihm, er konnte sich keiner anderen Arbeit mehr hingeben, der panische Schrecken der Flucht hatte ihn überflutet. Bis er es nicht mehr aushalten konnte, aus seinem Dorfe aufbrach und nach Westen wanderte. Auf seiner Wanderung erschien ihm jede Nacht der Neger. Immer mit derselben unveränderten Handbewegung: nach Westen, nach Westen! Und jeden Morgen machte sich Kosmas Liwas gehorsam auf den Weg, immer nach Westen, weiter nach Westen. Erst als er an die Grenzen seiner Heimat, des fernen Pontos, kam, erst da, an dem Abend, wo er die Grenze überschritt, kam das Gespenst nicht wieder. Weder in der nächsten noch der folgenden Nacht, in keiner Nacht mehr. Da begriff Kosmas Liwas, daß dies sein Schicksal sei, daß die Erde seiner Heimat ihn nicht mehr haben wollte. Und er fügte sich darein. Er blickte zum letzten Male auf die Bäume, die in der Ferne auf der Erde seiner Vorfahren verschwanden, auf die Wolken, die dort hinüber, nach Osten, zogen, senkte seinen Blick und schlug dann mit Entschiedenheit den Weg in die Fremde ein, um sein Leben lang ohne ein Vorwärtskommen zu bleiben, ohne eigenen Grund und Boden.

»Also so leicht gibt man bei euch seine Heimat auf?« fragten die anderen Arbeiter den Kosmas Liwas.

»Mensch, Kosmas, es ist dir nur so vorgekommen, daß der Ne-

ger dir sagte, du sollest fortgehen! Und da bist du gegangen!«
Und Kosmas sagte, ohne den Mann anzuschauen, der zu ihm sprach: »Bist du je in deinem Leben einem Gespenst begegnet?«
»Nein, niemals.«
»Was redest du dann? Du kannst mich gar nicht beurteilen«, sagte Kosmas mit der ruhigen Miene eines Menschen, der Bescheid weiß.
»Und mit mir, der ich einem begegnet bin, wie steht es da?« sagte der Manolis Lyras von der Insel Tenedos. »Auch ich, der ich ein Gespenst gesehen habe, bin der gleichen Ansicht: Wie konntest du Angst haben und dein Leben so grundlos verpfuschen?«
»Hast du wirklich ein Gespenst gesehen?« fragte Kosmas.
»Ich sagte dir doch: ich bin einem Gespenst begegnet.«
»Und hast dich nicht gefürchtet?«
»Nein, ich habe mich nicht gefürchtet. In unserer Heimat, auf dem Meere, schrecken die Gespenster nicht. Man muß sie nur richtig anzureden wissen.«
Und der Insulaner Manolis Lyras erzählte dann seine Begegnung mit dem Gespenst. Es war zu einer bösen Stunde im Ägäischen Meere, das der Südwind und der Regen peitschten. Es war bis Sonnenuntergang noch eine ganze Weile, gleichwohl legten die tiefen Wolken so trübe Finsternis aufs Meer, daß man vom Heck zum Bug des Segelschiffes nichts mehr unterscheiden konnte. Das Schiff war nur klein; des Lyras Vater saß am Steuer. Manolis, damals ein Junge von zehn Jahren, machte seine erste Reise zusammen mit seinem Vater.
Von Minute zu Minute stand es schlimmer um das kleine Segelschiff aus Tenedos, das mit dem Tode rang. Der Kapitän ließ sich seinen Jungen aus dem Kielraum bringen, wo er ihn geborgen hatte. Mit flinken Bewegungen der einen Hand, ohne seine Augen von dem Segel und den Wogen vor ihm abzuwenden, band er das Kind mit dem gleichen Tau, mit dem er selber angebunden war, neben sich fest, damit das Meer es nicht wegreiße.

So würde sein Herz doch etwas ruhiger werden. Was auch geschehe, würde ihnen beiden zugleich zustoßen. Der Knabe kauerte sich dicht an seinen Vater. Der Sturm wurde immer stärker. Der Regen wurde zu Hagel und peitschte mit Gewalt die Hölzer und die Menschen. Die Wolken senkten sich immer tiefer, man konnte auf wenige Meter nichts mehr unterscheiden. Nur das furchtbare Brausen, das von hinten aus dem Nebel kam, bestätigte die Anwesenheit des Meeres, als eine riesige Woge das Schiff schlug und mit Wut über es hinwegging. Dann noch eine Woge. Der angebundene Knabe stieß ein, zwei, drei krampfhafte Schreie aus. Er heftete seine Augen auf seinen Vater, um dort Hilfe zu finden. Aber das einzige, was er unterscheiden konnte, war ein hartes, verzerrtes Gesicht, das damit rang, seinem Feind, der Woge, zuvorzukommen und auszuweichen, während das Wasser an ihm heruntertropfte und dies Gesicht wie durch eine trübe Masse von ihm getrennt erscheinen ließ. Da wollte der Knabe, in seiner Einsamkeit, wieder zu weinen und zu schreien anfangen. Aber er brachte nicht den leisesten Laut aus seiner Kehle. Denn die große Furcht hatte sein Herz übermannt. Und wenn die kommt, dann schreien die Menschen nicht mehr wie bei den kleinen Schmerzen und den kleinen Ängsten. Die Seeleute rannten, in den Sturm verwickelt, wie finstere Untiere von Heck zu Bug hin und her, um ein Segel einzuziehen, den Mast aufzurichten, Ballast über Bord zu werfen. Sie schrieen und brüllten. Aber als die entscheidende Stunde der Ägäis kam, die das Spiel des Todes mit dem Holz von Tenedos spielte, verstummten auch ihre Stimmen wie die Stimme des Knaben. Das Holz wurde in die Höhe geschleudert, auf den Gipfel der Woge, und war daran, sich wieder abwärts in das tobende Chaos zu stürzen, als etwas wie ein Geräusch im Brausen des Sturmes zu hören war. Und gleich darauf die brüllende Stimme des Kapitäns, der zu der Woge sprach: »Er lebt! Der große König lebt! Alexander der Große lebt!« Und wieder, voll Bangigkeit, während er mit der einen Hand den Griff des Steuers fest umspannt hielt und mit der anderen den Kopf seines Kindes an sich preßte, als wolle er ihn schützen: »Der große König lebt! Es lebt Alexander der Große!«

Das Knäblein, der kleine Manolis Lyras, erinnerte sich dann, wie er neben den Planken des Schiffes, in der trüben Finsternis des Wassers, einen Fisch, so dick wie ein Delphin, erblickte. Er glaubte einen grauen Körper zu sehen und zwei Augen, die wie Feuer leuchteten. Der Körper richtete sich auf, stand, für einen Augenblick, aufrecht auf dem Kamm der Woge, und tauchte dann mit dem Kopf urplötzlich wieder unter, um nicht mehr wieder zu erscheinen. Schwarze Haare wie Fangarme eines Tintenfisches spielten kurz im Wind, als das Haupt der Gorgone sich erhob. Und nachher hüllte der Schaum die Haare ein und nahm sie mit sich fort.

Plötzlich legte sich der Wind, der Sturm schwieg, und am Himmel verzogen sich die Regenwolken gegen Westen.

Der Abend kam. Die Sterne erschienen und das Ägäische Meer war wogenlos. Die Mannschaft des Schiffes ruhte sich, zerschlagen von dem Kampfe mit dem Tode, aus. Nur der Kapitän blieb wach. Aufgeregt wachte neben ihm auch sein Bub, der kleine Manolis Lyras.

»Merk dir das, was du gesehen hast, mein Sohn«, murmelte der Kapitän, und seine Augen blickten in ekstatischer Versunkenheit aufs Meer.

Wieder, nach einer Weile, wie um eine plötzliche Furcht zu verscheuchen: »Hast du es sehen können?« fragte er. »Was, hast du's nicht sehen können? ... Hast du's doch sehen können?«

»Was war das, Vater?« fragte der Knabe. »Es war wie ein Fisch, der Haare hatte ...«

»Es war das Gespenst unseres Meeres ... Es war die Gorgone«, sagte der Kapitän.

Und den Kopf des Kindes fassend, wie um ihn zu streicheln, mit der rauhen Zärtlichkeit der einfachen Menschen: »Merk es dir«, sagte er, »und hab es lieb. Es rettet die Seeleute, wenn ihnen beschieden ist, daß es ihnen erscheint . . .«

Und unter den Sternen, die in der friedlichen äolischen Nacht schienen, erzählte der Kapitän des Segelschiffes, das mit Holz vom Kas-Dag gezimmert war, seinem Sohn von der Herrin der Ägäis, seiner Herrin. Die Formen, die Farben, der Zauber der Sage kamen aus den alten Zeiten des griechischen Achipelagos, um in seinem Munde Bewegung und Schauer des Herzens zu werden:

Es lebte einmal im Land der Griechen ein junger König, Alexander der Große. Er hatte eine Schwester, die Gorgone hieß. Der Große Alexander zog in ferne Länder, über Berge und Meere, und als er heimkehrte, brachte er mit sich das Wasser der Unsterblichkeit. Das würde er trinken, wenn seine Stunde da sei, und er würde niemals sterben. Er würde alle die Burgen der Welt beherrschen und er würde regieren, soweit die Erde reicht. Aber er kam nicht dazu. Seine Schwester sah das Wasser der Unsterblichkeit und trank es, ohne zu ahnen, was es sei. Da ergrimmte der Große Alexander sehr, packte sie bei den Haaren und warf sie ins Meer. Seitdem lebt die Gorgone im Meer. Ihre Augen sind rund, sie hat Schlangen im Haar, ihre Hände sind aus Erz und an den Schultern hat sie goldene Flügel. Von der Hüfte abwärts ist sie Fisch, und alle die Fische des Meeres haben sie zur Königin. Immer gedenkt sie des Großen Königs, ihres Bruders, der so früh sterben mußte. Immer fragt sie die Seeleute die sie auf ihrem Wege trifft: »Lebt der Große Alexander noch?«

»Er lebt und herrscht«, antworten sie ihr.

Dann freut sich die Gorgone, wenn sie solches hört, und trägt den Wogen auf, das Segelboot durchzulassen. Wenn aber ein Seeman nicht Bescheid weiß und ihr sagt, der König sei gestorben, dann gibt es keine Rettung mehr für ihn: dann läßt sie eine Sturzwoge sich erheben und reißt den Seemann und sein Schiff mit sich hinunter in den Grund. Später kommt sie wieder an die Meeresoberfläche, um einen anderen Seemann zu treffen, der ihr bestätigen kann, daß ihr Bruder, der Große Alexander, lebt und nicht gestorben ist ...

Schließlich kam Onkel Theodoros nach zwei Tagen, die wir ihn erwartet hatten.
Er war ein kräftiger Mann, hochgewachsen, mit dunklen Haaren und zimtfarbenen Augen. Er stand im Rufe, einer der besten Reiter jener Gegend zu sein. Das ließ sich auch dem Pferde ansehn, das er ritt. Er liebte Pferde leidenschaftlich. Als einst sein weißer Hengst mit den grauen Flecken an der Stirne starb, blieb er drei Tage lang in seinem Zimmer eingeschlossen und rührte keine Speise an, um den Freund, der ihn verlassen hatte, zu betrauern.
Als er behend vom Pferde sprang mit seinen hohen Reitstiefeln, seiner ledernen Hose, der heiteren Miene, die ihm niemals fehlte, blickten sich alle, die am großen Hoftor auf ihn warteten, verwundert an. Sie waren darauf gefaßt, einen wortkargen Mann zu sehen mit mürrischer Miene, auf dessen Antlitz die Furcht vor den Gespenstern sich abzeichnete. Aber nichts dergleichen war zu sehen. Nur eine leichte Blässe und eine unerklärliche Müdigkeit in seinen Augen. Sonst nichts.
Er schien die Verwunderung in unser aller Ausdruck zu bemerken. Darum sah er Tante Urania an, lächelte und sagte dann, sich zum Großvater und der Großmutter wendend: »Wie ihr seht, geht es mir prächtig. Wie geht es euch?«
So wie die Dinge lagen, daß der Großvater seine beiden Kinder mit ihren Familien um sich hatte, hätte er diesem glücklichen Zusammentreffen gern eine festliche Note verliehen. Aber die Ungewißheit über den Zustand des Onkels Theodoros hatte ihn zurückgehalten. Als er ihn nun so guter Laune sah, glaubte er, daß alle schwarzen Wolken sich verzogen hätten. Er gab Weisung, ein ausgesuchtes Lamm zu schlachten, eine große Ta-

fel zu richten und alten Wein zu bringen. Dann war auf seinem Antlitz etwas wie ein Wunsch zu lesen, doch er fand die rechte Weise nicht, ihn auszusprechen. Schließlich fragte er, was seine guten Kleider, die er als Bräutigam getragen hatte, machten. Seit damals hatte er sie nur an den ganz großen Tagen angezogen, zum Auferstehungsfest an Ostern und an Neujahr.

»Willst du sie nicht ein wenig auspacken, Frau?« sagte er zögernd, wie aus Scheu, sich zu verraten. »Die Motten werden sonst darangehen.«

»Ja, ich werde sie auspacken, Jannakos!«

Dann sagte nach einer Weile die Großmutter, ohne ihn anzusehen, mit leichtem Lächeln: »Möchtest du . . . möchtest du sie nicht heute abend anziehn, Jannakos?«

»Was meinst du?«

»Ich meine, du solltest sie anziehen.«

»Gut, weil du es sagst, will ich sie anziehn«, sagte der Großvater. »Es ist so lange her, daß ich die ganze Familie um mich hatte.«

Er zog die Kleider seiner Jugend an. Auch die Großmutter, die sich nicht sagen lassen wollte, daß sie ihre Kinder nicht ehre, zog ihr schlichtes, mit zärtlicher Sorgfalt aufbewahrtes Brautkleid an. Es war ihr an der Hüfte etwas eng geworden, auch der hohe, schwarze Kragen beengte sie. Sie kämmte ihre weißen Haare schön und sah so mild und gütig aus.

Uns Kindern machte diese Feierlichkeit großen Eindruck. Agapi sagte zur Artemis: »Wie anders ist alles heute abend! Das wird wegen der Gespenster sein, die zu uns kamen.«

»Ja«, sagte Artemis. »Es wird wegen der Gespenster sein.«

Als wir alle bei Tische saßen, blickte der Großvater um sich. Wir waren alle da. Da erhob er sich. Seine tuchene, schwarze Weste ließ sein weißes Haupt stärker, ließ es seltsam leuchten. Er richtete sich auf wie ein Baumstamm, senkte die Augen und faltete seine Hände.

Langsam, mit klarer Stimme, begann er das Gebet: »Vater unser, der Du bist im Himmel. Dein Name werde geheiligt, Dein Reich komme, Dein Wille geschehe, wie im Himmel also auch auf Erden. Unser täglich Brot ...«
Wir machten alle unser Kreuz. Der Großvater setzte sich. Dann nahm er das große schwarze Gerstenbrot, brach es und gab allen davon. Dann sagte er: »Willkommen, meine Kinder, an den Kimindenia!«
Tante Urania, unsere Mutter und Onkel Theodoros sagten dann: »Allzeit alles Gute, Vater, an den Kimindenia! Allzeit alles Gute, Mutter! ...«
Und dann aßen wir.
Der Großvater behielt auf seinem Teller den Rücken des Lammes, reinigte den ›Kamm‹, aber schaute ihn, solange wir aßen, überhaupt nicht an. Erst als das Essen zu Ende war, nahm er den feinen Knochen des Tieres und hielt ihn gegen das Licht. Da entstand Schweigen. Zuerst wandten sich die Augen der Großmutter, dann aller Augen ernst zum Großvater. Es war die feierliche Stunde, wo der Mensch den Versuch macht, mit Gott zu reden, die Vorzeichen zu erkennen, sich vorzubereiten auf Ertrag oder Mißernte der Erde. Die Großmutter erinnerte sich an die Unruhe ihres Herzens, die sie jedesmal in jener Stunde überkam, solange Jahre sie an den Kimindenia lebte, wenn ihr Mann schweigend aus dem Knochen des geschlachteten Tieres die Himmelszeichen ablas. In ihrer Jugendzeit, in den schweren Jahren, war es nicht nur Unruhe, war es geradezu Angst. Darum murmelte sie damals, solange ihr Mann den Knochen prüfte, unfähig, etwas anderes zu seiner Hilfe zu tun, innerlich ihr Gebet, eine Anrufung an die Mutter Gottes, daß die Vorzeichen gut ausfallen möchten: »Heilige Mutter Gottes, unter Deinem Schutz und Schirm bitten wir Dich alle, die unwürdigen ...«
Heute abend ging es nicht um die Erde. Die Großmutter spürte, daß heut abend die Vorzeichen aus dem Knochen über etwas

anderes, Kostbareres und Gefährlicheres reden würden: über die Zukunft ihrer jüngeren Tochter, über das, was jene dunkle Macht, die Gespenster, die gekommen waren, gegen sie im Schilde führten. Darum betete die Großmutter jetzt wieder, ohnmächtig, wie in den Zeiten ihrer fernen Jugend, als sie mit der Erde rangen, dasselbe für ihr Kind: »Heilige Mutter Gottes, unter Deinem Schutz und Schirm . . .«

Es war deutlich, daß auch die anderen, Tante Urania und unsere Mutter, ebenso empfanden, daß der Knochen des Tieres heute über die Gespenster reden würde. Das schwere Klopfen ihres Herzens konnte keine Ruhe finden, spielte klar auf ihrem Antlitz. Auch der Großvater brauchte heute abend länger, schaute den Knochen ernst und eindringlich, sehr eindringlich an, als ob dort eine Kraft sei, die ihm widerstehe.

Bis schließlich sein Antlitz sich glättete. Er legte den Knochen ruhig hin, während er seine Augen senkte, als seien sie von der Anstrengung ermüdet.

»Alles wird gut gehn auch in diesem Jahr«, flüsterte er.

Und dann, langsam Tante Urania anblickend: »Alles wird gut gehn, kleine Tochter.«

Da verbreitete sich auf allen Gesichtern mildes Licht.

Man hob die Tafel auf. Wir blieben noch ein wenig.

Als auf ein Zeichen der Großmutter die Frauen und wir Kinder uns erhoben, sagte die Großmutter zu unserer älteren Schwester: »Anthippi, die Kinder müssen jetzt schlafen. Auch wir haben noch etwas Arbeit«, fügte sie hinzu, nahm ihre beiden Töchter und ging mit ihnen hinaus.

Es blieben nur die beiden Männer, der Großvater und Onkel Theodoros. Für eine kurze Weile herrschte Schweigen. Der Großvater legte die Hand an den Kopf, strich sich über seine weißen Haare und sagte dann, den jungen Mann anblickend, als ob er Mut fasse: »Hast du mir nichts zu sagen, mein Kind?«

Er glaubte, dies sei das einzige, was er tun, das einzige, was er

sagen könne. Zwei Männer können nicht auf andere Weise miteinander reden, haben sich nicht viel zu sagen, wenn die Kluft, die zwischen ihnen besteht und die gefüllt und überbrückt werden soll, eine unbekannte dunkle Welt ist.
Onkel Theodoros schaute geistesabwesend auf einen Punkt an der Wand: »Ich habe dir nichts zu sagen, Vater.«
Der Greis wieder: »Hast du nichts von mir zu bitten? Willst du nicht, daß ich dir in irgend etwas helfe?«
Die zimtfarbenen Augen des Onkels waren jetzt dunkler geworden, unverwandt auf den Punkt an der Wand geheftet. Ein flüchtiger Schleier bedeckte sie für einen Augenblick, sie schlossen sich und öffneten sich wieder. Dann zeichnete sich in seinem Gesicht Wille und Wunsch zur Unterwerfung ab, jener erstaunlichen Macht, welche die Menschen dazu zwingt, daß sie vor ihrer Qual und Pein nicht einmal mehr entfliehen wollen, da der Reiz des Schmerzes und des Leidens unbezwinglich und einzigartig ist.
»Ich habe nichts von dir zu bitten, Vater. Ich will nicht, daß du mir in irgend etwas hilfst.«
»Gut.«
Dann nach einer Weile: »Laß uns etwas tun, damit die Zeit vergeht«, sagte der Großvater. »Wollen wir Karten spielen?«
»Laß uns spielen.«
Sie riefen die Frauen herein und spielten ›Pastra‹. Das eine Paar war der Großvater und meine Mutter, das andere Onkel Theodoros und die Großmutter. Diese häusliche ›Pastra‹ war immer ein großes Vergnügen für Onkel Theodoros. Durch verschiedene Taschenspielereien stahl er sich die Buben und erhöhte dadurch immer seine Punkte. Der Großvater merkte nicht, was zu seinen Ungunsten geschah, aber die Großmutter war wachsam. Ihre Augen gingen unruhig hin und her, nach rechts und links, sie rückte ständig auf ihrem Platz, sie war der gute Geist, der auch in dieser Stunde ihren Mann beschirmte, um ihn vor böser

Tat zu schützen. Sobald sie irgendeine Mogelei bemerkte, wurde sie ganz rot und gab anfangs Onkel Theodoros Zeichen, als wolle sie ihm sagen: ›Schäm dich‹. Der Onkel amüsierte sich über diese kindliche Ehrlichkeit und fuhr fort zu mogeln. Die arme Großmutter konnte nicht mehr auf ihrem Stuhle sitzen bleiben. Als ob der Stuhl unter ihr brenne und ihr zu heiß würde, rückte sie in einem fort hin und her, bis ihr Protest sich schließlich hören ließ: »Aber Theodoros! Komm, mein Kind!«
Onkel Theodoros begann auch heute abend sich beim Spiel über die Großmutter zu amüsieren. Aber je weiter die Zeit vorrückte, um so zerstreuter wurde er. Er vergaß nicht nur seine Punkte zu mogeln, sondern sogar seine Karten auszuspielen. Die Großmutter, die es anders gewohnt war, warf ihm ratlose Blicke zu, so als ob ihr etwas fehle, als ob sie ihn anflehe, doch wieder seine Buben und Punkte zu mogeln, um sie zu necken. Sie witterte den Feind, der ihre alte Harmonie in Aufruhr brachte. Ob der böse Geist, der über ihrem Haupte schwebte, siegen werde oder nicht, sollte sich in den leuchtenden Farben eines gemogelten Buben ausdrücken.
Der böse Geist siegte.
Onkel Theodoros warf plötzlich seine Karten hin.
»Ich muß schlafen gehen«, sagte er. »Ich bin müde.«
Wir Kinder konnten, abgesondert in unserem Zimmer, keine Ruhe finden. Wir wußten, daß um uns, in der Luft, die in den Zimmern des Gutshofes bebte, daß in dieser Luft, die immer dichter wurde, etwas Neues lag. Es war mit dem Onkel angereist gekommen, ihn wie ein feiner Schleier umgebend, und jetzt war es da. Es war da und sollte sich enthüllen. Wie konnten wir da Ruhe finden?

Wir hörten die Stimmen der Erwachsenen aus dem anderen Zimmer schwach zu uns herüberdringen. Das erfüllte uns mit dem tröstlichen Gedanken, daß nichts Besonderes geschehen sei, das wir etwa versäumten. Aber wie langsam schleppte sich

die Zeit dahin, wie langsam! . . . Immer wieder senkte sich ein neuer Schleier auf meine Augen, die von Schlaflosigkeit und Aufregung ermüdet waren. Dann glaubte ich, daß Schatten sich im Dunkeln regten, Pferde und Schiffe und Bäume. Aber dann hob sich der Schleier wieder, und ich sah, daß es nichts gewesen war.
Schließlich hörten wir, wie Onkel Theodoros sich erhob und sagte: »Ich muß schlafen gehen. Ich bin müde.«
»Eure Betten sind bereitet«, sagte die Großmutter. »Wir haben euch, der Urania und dir, das Nordzimmer gegeben.«
Der Onkel zögerte etwas, dann wagte er zu fragen: »Gibt es hier kein Einzelzimmer?«
»Was willst du damit, mein Kind?« sagte die Großmutter ernst. »Wir haben dir ein Zimmer mit deiner Frau gegeben.«
»Gut.«
Wir hörten, wie sich die Türen öffneten und wieder schlossen. Danach ward es still. Es verging eine Weile. Alles auf dem Gutshof schien in Schlaf versunken. Die Menschen und die Dinge. Nur wir hielten uns wach und warteten. Selbst unsere ältere Schwester, die Anthippi. Es war das erste Mal, daß sie unsere bange Spannung miterlebte. Wir sahen im Hintergrunde, an den Ritzen des Nordzimmers, daß dort das Licht noch brannte. Was mochte dort geschehen? War das Gespenst vielleicht gekommen? Wir wagten kaum die Nase vorzustrecken, wagten nicht einer den anderen zu verlassen. Zusammengedrängt saßen wir an der Türe und schauten mit Augen voller Bangigkeit hinüber. Was mochte dort bei den hellen Ritzen im Hintergrund geschehen?
Bis Artemis des Wartens müde wurde, es nicht mehr aushielt.
»Komm!« flüsterte sie mir zu. »Komm mit mir bis dort.«
Sie zog mich mit, und wir gingen bis hinüber. Wir bückten uns an das Schlüsselloch und schauten hindurch: Onkel Theodoros saß an dem Tischchen dicht neben dem Bett. Die Lampe leuchtete neben ihm und hielt Wache. Er las ein Buch. Aber es war deut-

lich, daß seine Gedanken woanders waren. Alle Augenblicke hob er seine Augen von dem Buche auf und heftete sie ekstatisch auf den Schrank ihm gegenüber. So blickend, verweilte er eine ganze Zeit und senkte dann seinen Blick wieder auf das Buch. Seine Augen strahlten nicht ihr zimtfarbenes Licht aus, sein Antlitz war von Falten tief durchfurcht.

»Komm, Theodoros, komm jetzt«, sagte Tante Urania, die auf ihrem Bett halb ausgestreckt lag, in Abständen wieder und wieder. »Es ist schon sehr spät.«

Der Onkel rührte sich nicht einmal. Er verhielt sich, als habe er ihre Stimme nicht gehört.

»Komm jetzt«, flehte seine Frau. »Was hast du?«

Bis sie aufhörte, ihn zu bitten. Dann ward es still. Und dann hörte man leise und anhaltend das Schluchzen der Tante Urania, die wie ein Kind mit vorwurfsvoller Klage weinte. Das Klagen drang, so schien es, bis zum Onkel durch. So als ob er überrascht sei, als ob etwas geschehen sei, das er nicht erwartet habe. Er erhob sich nervös und ging zum Bette seiner jungen Frau. Er streichelte ihr die Haare.

»Was hast du, Kindchen?« sagte er. »Schlaf jetzt. Ich lese noch etwas.«

Und noch einmal, leiser als zuvor, kam seine Stimme aus der Tiefe seines Wesens: »Schlaf jetzt«, sagte er.

Wir kehrten in unser Zimmer zurück und sagten den anderen Kindern, die uns erwarteten, was in dem Nordzimmer vorgefallen war. Wir waren fast enttäuscht. Erschöpfung und Schläfrigkeit beschwerten uns schon sehr. Wir einigten uns darauf, daß wir uns in unsere Betten legen – aber nicht einschlafen wollten und daß wir nach einer Weile wieder hingehen und nachschauen wollten, ob etwas geschehe. Aber der tiefe Schlaf überkam uns, kaum daß wir uns hingelegt hatten. Und alle unsere Pläne blieben unausgeführt.

Am nächsten Morgen sah Onkel Theodoros furchtbar erschöpft aus. Es war offenkundig, daß er die ganze Nacht über wach geblieben war. Er sagte, er wolle einen großen Ausritt nach den Kimindenia machen, und blieb den ganzen Tag über fort. Er kam kurz vor Sonnenuntergang zurück, sagte, daß er sehr müde sei und sich gleich hinlegen wolle.

Er sagte zur Tante in einem Tone, der keinen Widerspruch vertrug: »Urania, du schläfst heute abend bei deiner Schwester. Es hat keinen Sinn, daß du wach bleibst, wenn ich keinen Schlaf finde.«

»Aber«, suchte seine Frau einzuwenden.

»Dann verlasse ich heute abend schon die Kimindenia!« sagte er ihr kurz angebunden.

»Schon gut, Theodoros, schon gut«, beschwichtigte seine Frau ihn unterwürfig, ihre Tränen unterdrückend. »Bleib allein.«

Wir waren bereits sicher, daß heute abend die große Stunde da sei, daß heut abend das Gespenst kommen werde. Das verriet uns eine geheime Vorahnung, verriet uns unser tiefer Wunsch. Alle zogen sich früh zum Schlafen zurück. Binnen kurzem waren die Zimmer in Schweigen versenkt. Dennoch ahnten wir in jener Ruhe einen Geist, der wach blieb. Wir ahnten, daß die Erwachsenen, geborgen hinter ihren Türen, wach blieben und warteten . . . Auch draußen die Nacht war ruhig. Die Kimindenia ruhten. Kein Wild war zu hören. Ein kühler Mond irrte einsam umher.

Im Nordzimmer wachte allein beim Schein der Lampe Onkel Theodoros. Keiner von uns wagte heute abend bis dorthin zu gehen. Unser Herz klopfte. Es ging gegen Mitternacht.

Als erste entschloß sich wieder Artemis.

»Kommst du mit?« fragte sie mich. »Ich gehe.«

Und ihre Stimme zitterte.

Hand in Hand mit der kleinen Schwester ging ich auf den Gang. Das Mondlicht drang durch ein Fenster, das auf den Hof schaute, herein. Plötzlich, unerwartet, zog eine schwarze Wolke unterm

Mond vorüber und verdeckte ihn. Alles ward ganz dunkel. Ich spürte in meiner Hand die Hand der Artemis zittern.
Ich war daran fortzulaufen, zu enteilen. Aber meine Füße versagten. Und diese Stille! Die furchtbare Stille, die uns umgab!... Um eine menschliche Stimme, um meine eigene Stimme zu hören, flüsterte ich: »Fürchte dich nicht, Artemis!«
»Ich fürchte mich nicht«, sagte sie leise.
Wir gingen zitternd voran. Wir kamen an die Türe des Nordzimmers. Wir bückten uns zum Schlüsselloch und schauten hindurch.
Onkel Theodoros saß in der gleichen Haltung wie gestern da, neben dem Tischchen, neben der Lampe, die Wache hielt. Das Buch lag auf seinen Knien und seine Augen waren auf den Schrank ihm gegenüber geheftet. Ich konnte sein Antlitz etwa zu drei Vierteln sehen. Nichts erinnerte an das strahlende, fröhliche, lächelnde Gesicht des Onkels, das wir kannten. Seine Augen sprangen wild aus ihren Höhlungen hervor in ihrer verzweifelten Anstrengung etwas zu sehen, etwas hervorzulocken. Während die Augen hervorquollen, waren die Wangen eingefallen. Hinter den fest geschlossenen Lippen schienen die Zähne aufeinander zu beißen, zu knirschen. Nur die krausen schwarzen Haare standen, reglos und unberührt, wie gleichgültig neben dem Sturme des Gesichtes.
Wild, ohne Unterbrechung, scharf wie eines Messers Schneide, hörte man jetzt von drinnen aus dem Zimmer ein Gelächter. Onkel Theodoros lachte aus vollen Leibeskräften, hielt nur inne, um Luft zu schöpfen, und lachte dann wieder, als ob man ihn unter den Füßen, unter den Achseln, am ganzen Körper kitzelte. Es ähnelte in nichts dem Lachen der Freude, es war, als ob er bersten wolle.
Die kleine Artemis hatte, am ganzen Leibe zitternd, meine Hand fahren lassen, legte ihre beiden Hände um das Schlüsselloch und schaute, schaute, unvermögend, ihre Augen abzuwenden, als

ob das Licht sie anziehe. Von derselben Macht gebannt, stieß ich sie plötzlich weg, bückte mich und schaute. Der Onkel saß immer in derselben Haltung da. Seine Hände über der Brust gefaltet, preßte er sie heftig, als wolle er etwas von dort drinnen am Entweichen hindern. Seine Augen blickten immer auf die gleiche Stelle, auf den alten Schrank. Und je länger sie dorthin blickten, um so mehr barst er vor Lachen. Auch ich wandte meinen Blick dorthin. Nichts! Ich konnte nichts sehen! Plötzlich aber entdeckte ich dies: die Schranktüren standen ganz offen! Waren sie auch vorhin schon offen gewesen, als ich zum ersten Mal schaute, ehe das Lachen begann? Nein, ich erinnerte mich gut, sie waren es nicht! Und Onkel Theodoros blickte unentwegt dorthin, mit einem Gesicht, das von Grimassen entstellt war, und lachte in einem fort, als ob er etwas unbeschreiblich Komisches sähe. Überwältigt von Furcht hatte sich mein ganzes kleines Wesen in meine Augen gedrängt, in den heißen Wunsch zu sehen. Aber ich sah nichts. Das Zimmer war von jedem anderen Körper frei. Nur ein Windhauch, der wohl durch das Fenster eindrang, regte sich ein wenig.

Und dennoch spürten wir, daß dort drinnen, daß in der Luft des Zimmers *etwas* war. Artemis machte sich bereit und bückte sich, um zu sehen, da die Reihe an ihr war. Ihr Gesicht lehnte sich an mein Gesicht. Es war eiskalt. Ich wollte mich eben zurückziehen, als plötzlich der Wind, der von den Kimindenia kam, von neuem blies. Er drang durch die Fensterläden, schlug auf das Licht der Lampe. Plötzlich entstand tiefes Dunkel, das Gelächter riß gewaltsam ab, wie mit einem Messer durchschnitten. Im gleichen Augenblick hörten wir Schritte auf dem Gang. Wir erkannten sie. Tastend kam der Großvater heran.

Ich packte plötzlich Artemis und zog sie an die Wand. Von dort schlüpften wir in unser Zimmer. Die anderen Kinder fielen über uns her und fragten uns voll banger Ungeduld: »Habt ihr es gesehen? Habt ihr es gesehen?«

Wir zitterten beide und konnten keine Antwort geben.
»Was habt ihr gesehen? Was habt ihr gesehen?«
»Nichts«, stammelte Artemis.
»Nichts«, stammelte auch ich.
»Und das Gelächter des Onkels? Was war das?«
»Wer weiß, was das war. Es war nichts.«
In der Tiefe des Ganges, im Nordzimmer, war einen Augenblick die Tür zu hören, die aufgeschlossen wurde, dann die Stimme des Großvaters, dann die Stimme des Onkels, der etwas sagte. Dann Schritte. Danach wurde es still.
Wir sanken in unsere Betten. Binnen kurzem hatte der Schlaf die anderen Kinder ergriffen. Nur Artemis blieb wach und ich. Unsere Betten standen dicht nebeneinander.
Ich hörte, wie ihre Stimme flüsterte: »Petros, bist du wach?«
»Ich bin wach.«
»Mich friert«, murmelte sie. »Soll ich zu dir kommen?«
»Komm, Artemis!«
Ich machte ihr Platz, und sie kam. Sie schmiegte sich eng an mich. Es tat ihr gut. Binnen kurzem war sie ruhiger.
»Hast du etwas gesehen? Hast du es gesehen?« fragte sie mich leise.
»Ach nein, Artemis! Ich habe nichts gesehen. Und du?«
»Nichts!« sagte sie verzweifelt. »Und doch . . . es ist dort gewesen . . .«
Nach einer Weile: »Ich sah, wie sich die Schranktüren von selber öffneten«, sagte sie. »Aber sonst nichts mehr.«
»Wirklich? Haben sich die Türen von selbst geöffnet?«
»Ganz von selbst.«
Die Erinnerung an diesen Augenblick machte sie wieder zittern. Ihre Zähne schlugen heftig aneinander. Aber ihr Körper war jetzt warm. In einem fort schmiegte er sich an meinen Körper. Ich öffnete meine Arme, um sie zu umfassen, damit sie merken sollte, daß ich sie liebte, daß ich bei ihr sei, daß sie nichts zu

fürchten brauche. Sie hatte ein dünnes Nachthemd an, das bis über ihre Knie heraufgerutscht war. Unwillkürlich schob ich meine Hand unter den Stoff, um das Fleisch, das zitternde, zu finden, um sie zu beruhigen. Wie warm es dort war! Wie warm es war . . . Ein seltsames, unbekanntes Gefühl drang bei der Berührung, von den Fingerspitzen ausgehend, bis zu den Adern vor, strömte mehr und mehr in sie ein, füllte sie mit dem ersten Erwachen, füllte sie mit Schauder.

»Geht es dir jetzt besser, Artemis?«

Ihr Körper schien jetzt ruhiger zu sein. Er zuckte nicht mehr.

»Ja«, murmelte sie.

»Soll ich . . . Soll ich meine Hand fortnehmen?«

Die neue unbekannte Welt, die dort in den Fingern, die unter den Falten an den glatten Körper faßten, rieselte, erwartete voll Ungeduld die Antwort: Ach, wenn Artemis doch nur ›nein‹ sagen wollte. Es war so süß . . .

»Nein«, flüsterte Artemis. »Halte mich so.«

So überkam uns, die Umschlungenen, in jener Großen Nacht der Schlaf. Der Wind strich draußen durch die Schluchten an den Kimindenia und heulte furchtbar. An einem entfernten Tümpel schauten die Frösche, dem Wasser entstiegen, mit starren Augen in die Nacht und quakten voller Liebesdrang. Am Körper einer Pflanze hing, vom Winde hergetragen, Blütenstaub und regte sich und zitterte, nach Vereinigung und Befruchtung drängend. – Der geschlossene Schrank im Nordzimmer öffnete sich wiederum von selber. Aber jetzt war ich vorbereitet, jetzt war ich imstande, das Gespenst zu sehen. Ein Pfäfflein, eine halbe Spanne groß, angetan mit aller Ausrüstung seines Zeichens, kam daraus hervor. Es hatte sein Bärtchen, seine schwarze Kutte, sein Käppchen, seine Schühchen, alles. Wie komisch war es! Wie komisch war es! Mit seinen Händen raffte es ein wenig seine Kutte und sprang aus dem Schrank heraus. Dann hob es seine Augen, schaute mich an und lächelte. Und

ich barst vor Lachen, zitterte vor Lachkrämpfen – wie Onkel Theodoros –, während das Pfäfflein lächelte. Weder sprach es ein Wort, noch tat es einen Schritt. Und ich wagte nicht mich zu regen. Ich grub meine Hände tief in die warme Masse, die ich hielt. Und ich zitterte, schrie vor Lachen.
Ein kräftiger Stoß, und alles war vorüber.
»Warum tust du mir so weh? Warum schreist du?« sagte Artemis, dem Weinen nahe. »Deine Nägel haben mich blutig gemacht.«
Verwirrt, vom Schweiße durchnäßt, wußte ich von nichts.
»Ich wollte dir nicht weh tun, Artemis.«

8

Des andern Tags ganz in der Frühe brach Onkel Theodoros mit der Tante auf. Ein unvorhergesehenes Ereignis rief sie auf ihr Gut zurück.
Artemis war nachdenklich; sie wollte keine Gesellschaft, nicht mit Schiffchen spielen. Auch ich mochte nur alleine unter den Bäumen ausgestreckt liegen. Die Luft war noch von den Gespenstern angefüllt. Alle redeten von der erstaunlichen Nacht, welche die Kimindenia erlebt hatten.
»Ob sie geblieben sind?«
»Ob sie mit Onkel Theodoros fortgegangen sind?«
Die Gespenster sind Geist und verflüchtigen sich. Sie hinterlassen von ihrem Besuche Spuren in uns, in der Tiefe jenes verschlossenen Bezirkes, der für die Welt der Wunder vorbestimmt ist, aber sie sind Geist und verflüchtigen sich. Doch in den Händen, welche die Artemis berührt hatten, in den Fingern, dort in den Spitzen, war lebendiger Stoff. Stumm regte sich ein Tropfen Blutes unter der Haut. Neugierig auf das, was er wahrgenommen hatte, hielt er inne und lauschte, um wiederum zu hören. ›Was war das?‹ Hinter ihm das andere Blut, die anderen Tropfen, auch sie hielten inne und schwiegen. ›Was war das?‹

Alle fragten, um etwas zu erfahren, und vor Aufregung fingen sie an zu beben. Ganz deutlich waren die Schläge unter der leichten Rinde, die das Blut umhüllt, unter der Haut zu hören. Bis die Pulsschläge sich von ihrer Quelle entfernten, um eine Kraft zu werden, die ihr eigenes unabhängiges Leben zu führen begann. Da zitterte die Haut, die Begierde zu erfahren und festzuhalten, regte sich auf ihr wie helles Licht.

Als die Nacht kam und die andern Kinder schliefen, rief ich leise: »Artemis! Bist du wach?«

Sie zögerte etwas mit der Antwort, dann flüsterte sie: »Ich bin wach.«

»Fürchtest du dich?«

Wieder eine kurze Pause, bis sie erwiderte: »Warum fragst du?«

»Ich frage, ob du dich fürchtest. Komm zu mir.«

»Nein!« sagte Artemis schroff. »Ich fürchte mich nicht.«

»Gut.«

Wie schade es war, daß Artemis nicht zu mir kommen wollte. Ich hätte sie wieder umarmt und gewärmt, wenn sie gefroren hätte. Aber warum wollte sie nicht kommen? Warum?

Artemis war schon dreizehn Jahre alt, und ich war jünger als sie.

Die Sonne spielte auf den Blättern des Ölwaldes. Das Licht wühlte sich als befruchtendes, unersättliches Wesen, von Neugierde erfüllt wie die Wasseradern, in das Innere der Erde, wie der Menschen Finger in das Fleisch des Leibes. Es schlüpfte zwischen den Blättern durch, strömte plötzlich in die Furchen des Stammes, durchforschte sie, fand kein Ziel, keine Erlösung. Wieder glitt es, diesmal tiefer, zur Erde. Jeder Sonnentropfen war ein Lebewesen, der sein Dasein unabhängig vom andern lebte – alleine wollte er den Zauber der Erde entdecken. Und er mußte sich eilen, ehe die Nacht käme und der sterben müsse. Es war ein schmerzlicher Kampf, vom Geiste des Schreckens erfüllt: Würde er es erfahren können? Würde er Zeit genug haben, um es zu erfahren?

Als der Wind etwas blies, nahm er ein Körnchen vom Blütenstaub, trug ihn etwas durch den bläulichen Luftraum weiter und ließ ihn dann fallen. Der befruchtende Samen fiel umsonst, fiel nutzlos zu Boden, wo ein Wurm daherkam und seinem Schicksal ein Ende machte. Die Würmer sind blind, sind Geschöpfe, die auf der Erde kriechen. Was aber kriecht, hat keinen Wissensdrang, ist nicht erfüllt von banger Ungeduld. Aber der Blütenstaub kam aus der Höhe, hatte den Wind erlebt und gehört, hatte den Lärm der Insekten und der Säfte gesehen und vernommen, hatte die Sterne und die Nacht geschaut. Er hätte noch viel von den Dingen der lichten Welt zu erfahren gehabt, aber sein Los war schon entschieden: er mußte in der Erde sterben. Aber selbst in diesem letzten Augenblick, da er sterben sollte, wollte er noch etwas erfahren, erfahren, was nur möglich war! Warum muß es Würmer geben, die auf der Erde kriechen? Warum gibt es überhaupt Kriechtiere?

Ich hatte mich vom Gutshof weit entfernt, hatte den Ölwald durchquert und war tief in das Reich der Eichen eingedrungen. Ich war müde geworden, legte mich rücklings unter einen Baum und hörte dem Flüstern der Blätter zu. Nach einer Weile kam auf einem andern Pfad auch Artemis.
»Auch du hier, Artemis? Wo streifst du herum?«
Artemis setzte sich hin, um auszuruhen. Sie streckte ihre Füße aus und blickte in den Himmel.
»Weißt du, was ein Wiedehopf ist?« sagte sie nach einer Weile.
»Nein, ich weiß es nicht.«
»Gewiß, wie solltest du's auch wissen!« sagte sie ironisch.
»Ich aber weiß es!«
Und sie erzählte mir von einem sonderbaren, schönen Vogel mit prächtigem Schopf, der am Kopf und an der Brust braun und gelb gefärbt ist und dessen Flügel schwarz mit weißen Streifen darin sind. Er fliegt niedrig, zu einsamen Felsen, läuft wie ver-

rückt nach rechts und links, fängt die Insekten und wirft sie in die Höhe, dann seinen Schnabel öffnend, um sie aufzuschnappen. Er ist wunderschön. Aber er singt niemals. Was er auf der Erde zu sagen hat, was er in seinem Leben zu tun hat, das gibt er mit seinen Farben. Darum hat Gott ihm die Stimme genommen – weil es ungerecht wäre gegen die anderen Vögel des Waldes, daß er alles auf einmal haben solle, die Stimme und die Farben ...

»Wer hat dir das erzählt, Artemis? Wo hast du all das über den seltsamen Vogel gehört?«

»Der Jäger mit den gelben Sternen hat es mir erzählt. Er kennt die Geschichte von allen Vögeln im Wald . . .«

Man hörte Pferdegetrappel. Wer mochte es sein? Wir sprangen beide in die Höhe, um zu sehen. Der kleingebaute Schimmel sprengte schaumbedeckt über das Laub dahin, das den Pfad wie eine grüne Wolke deckte. Kaum hatte uns der Jäger entdeckt, als er scharf am Zügel riß. Er war sonnenverbrannt, groß, an zwanzig Jahre alt. Er hatte ein weißes Tuch mit aufgestickten gelben Sternen um den Kopf geschlungen. Die Patronengurte waren über seiner Brust gekreuzt. Seltsam beleuchtete die Stunde seine Augen: die Farben des Waldes spielten darin.

»Was macht ihr hier?« sagte er, uns anblickend. »Was machst du, Rehlein?« sagte er mit Vertraulichkeit zu Artemis.

›Rehlein?‹ War er schon so gut bekannt mit Artemis? Und ich wußte nichts davon! Wie waren sie bekannt geworden? Es war keiner von unsern Leuten, er war von dem Gutshof am Meer. Artemis verstand sich also mit allen Menschen, mit allen fremden Jägern?

»Was machst du, Rehlein?«

Artemis sprang zu ihm hin. In ihren Augen spielten keine Zweige, keine Blätter wie bei den Leuten des Waldes. In ihnen spielten Delphine und Wellen, weil Artemis vom Ägäischen Meere kam. Dort auf dem engen Raum verflochten sich ihre Blicke, verflochten sich die Blätter mit den Wogen.

»Ich bin heut weit herumgestreift«, sagte Artemis. »Ich war tief drinnen im Eichenwald. Ich habe es gar nicht gemerkt . . .«

»Was hast du da gesucht?« fragte der Jäger erschrocken. »Hast du keine Angst.«

»Wovor soll ich Angst haben?« erwiderte Artemis stolz. »Ich suchte Wiedehopfe.«

»Du suchtest Wiedehopfe?«

»Ja. Hast du mir denn nicht von den Vögeln mit den bunten Flügeln erzählt? Ich wollte sie so gerne sehen.«

»Ach, ich hatte ganz vergessen, daß ich dir das sagte! Und hast du einen gefunden?«

»Nein, ich fand keinen.«

»Hm, dort wo du sie suchst, wirst du sie kaum finden!« sagte spöttisch der Jäger. »Die Wiedehopfe leben nicht im Wald. Sie fliegen draußen umher, auf den Weideplätzen, auf den kahlen Flächen.«

»Das wußte ich nicht«, flüsterte Artemis leicht errötend. »Das hattest du mir nicht gesagt. Morgen werde ich auf die Weideplätze gehn . . .«

»Hm . . . Und wiederum weiß ich nicht, ob du sie finden wirst!« sagte der Jäger.

»Denn jetzt«, sagte er, »haben die Wiedehopfe unser Land verlassen und sind fortgezogen. Sie kommen im Herbst wieder mit den ersten Regengüssen. Und dann werden sie wieder ihr sonderbares Wesen treiben, werden kreischen und Jagd auf die Insekten machen in den Höhlungen der Bäume und der Felsen.«

»Also?« sagte Artemis betrübt. »Also meinst du, ich werde keine Wiedehopfe sehen? Meinst du, daß keine mehr da sind, daß alle fortgegangen sind?«

»Einige wenige . . . finden sich immer. Wer weiß, warum sie nicht mit ihrem Schwarm fortfliegen«, erwiderte der Jäger. »Aber du, wo sollst du sie finden? Ich habe heut zwei aufgescheucht. Aber ich hab sie nicht geschossen.«

»Du hast sie nicht geschossen?«
»Nein, ich tat es nicht. Ich habe sie meiner jungen Herrin, die aus den fernen Ländern kommt, von den Inseln des Ozeans, zum Jagen gelassen.«
Wer war diese seine junge Herrin, die aus fernen Ländern kommen sollte? Artemis fragte ihn erstaunt: »Kommt irgendeine Herrin für dich von den Inseln des Ozeans?«
»Ja, sie kommt.«
»Kommt sie hier in unsere Gegend?«
»Ja, hier in unsere Gegend.«
»Wie heißt sie?«
»Wie hieß sie doch? Sie hatte einen fremden Namen.« Der Jäger mußte sich Mühe geben, bis er sich entsann.
»Sie heißt . . . Sie heißt Doris.«
»Doris? Was bedeutet Doris? Ist sie eine Christin?«
»Nein, eine Engländerin.«
»Und kommt hier an die Kimindenia? Was sucht sie hier?«
»Ach, weißt du das nicht? Sie heiratete den Sohn meines Herrn, der das Gut am Strande hat. Den Sohn Wilaras, der in der Fremde studiert hat.«
»Sie heißt Doris und kommt hierher?«
Der Jäger amüsierte sich über dies hartnäckige Verhör. Er lächelte.
»Sie heißt Doris und kommt hierher, Rehlein.«
»Und sie wird die Wiedehopfe unserer Gegend jagen?«
»So sagen sie. Sie soll ein guter Schütze sein. Sie wird die wilden Tiere auf den Kimindenia jagen. Sie wird auch auf die Wiedehopfe Jagd machen.«
»Und du . . . darum hast du sie nicht geschossen?«
»Darum schieße ich sie nicht. Damit sie sieht, daß es bei uns auch Wiedehopfe gibt . . .«
Leicht zitterte die Stimme, zitterten der Artemis Lippen.
»Hast du auch sonst heut nichts gejagt? Darum?«

Ach nein, nicht darum! Heute war er auf großer Jagd gewesen. Heute war er auf Wildschweinjagd gewesen. Er hatte drei zur Strecke gebracht. Er hatte sie droben im Wald gelassen. Die türkischen Knechte ihres Gutshofes würden sie später herunterbringen.

»Und jetzt müßt ihr gehen!« sagte plötzlich der Jäger in gebieterischem Ton. »Ihr müßt heimgehn, denn die Sonne sinkt schon.«

»Wir gehen schon.«

»Also los! Und such nicht mehr nach Wiedehopfen, Rehlein! . . .«

Der kleine Schimmel stürzte wieder die grüne Wolke hinab und verschwand. Eine Zeit lang war sein Hufschlag noch zu hören. Dann verschwand auch dieser Laut. Nur das Geflüster in den Bäumen blieb.

»Schämst du dich nicht, Artemis, mit fremden Menschen zu verkehren und zu reden?«

»Laß mich!« sagte Artemis schroff. »Warum soll ich mich schämen?«

Wirklich, warum sollte sie sich schämen? Es war ein törichtes Wort, das ich da gesagt hatte.

»Und außerdem ist er ein Jäger!« fügte Artemis hinzu. »Hast du gesehn, wie schön er ist!«

Wieder nach einer Weile, während ihre Augen, nach den Wolken droben blickend, strahlten, sagte sie: »Er ist ein Jäger! Ich liebe die Jäger, welche die Wildschweine auf den Kimindenia erlegen.«

Was für ein Wort war das? Wieviel Zeit, wieviel Jahre waren vergangen, seit wir zusammen geweint hatten, die Artemis und ich, seit wir für die hungernden Schakale des Waldes gebetet hatten? Sie war ein garstiges Geschöpf, die Artemis, daß sie jetzt die Jäger liebte, welche die Vögel und die Wildschweine töteten.

»Wie bringst du es fertig, jetzt die Jäger lieb zu haben?«

Artemis blickte mich von oben herab an.

»Das sagst du aus Bosheit!« sagte sie. »Weil du nie ein Jäger werden wirst! Nie wirst du das fertig bringen!«
»Ich *kann* kein Jäger werden?« Der Ärger erstickte mir fast die Stimme. »Ich *will* nicht!«
»Nein, du kannst nicht!« sagte Artemis beharrlich.
In meiner Tasche trug ich meine Gummischleuder. Ich hatte sie mir in der Stadt gemacht, weil auch die anderen Jungen welche hatten und damit Spatzen schossen. Aber ich hatte bis auf diesen Tag noch nie versucht, auf Vögel zu zielen. Nur auf Blätter hatte ich geschossen.
Meine Hände schoben sich in die Tasche, wo die Schleuder war. Sie streichelten den Gummi. Artemis hatte sich an eine Baumwurzel gelehnt und schaute wie versunken vor sich hin. Jenseits der Eichen, jenseits der Kimindenia, jenseits der Berge unserer Heimat, jenseits der Windmühlen zog das große Meer dahin. Dort war das dunkle Reich, das Ozean heißt. Dort lag immer dichter Nebel auf dem Wasser, dort gab es keine goldene Sonne, gab es keine blauen Wolken. Nur trüber Nebel war dort. Und von dort, aus dem Lande des Nebels, kam ganz langsam, feucht wie Regen, kam sie mitten aus dem Nebel immer näher und näher: das Mädchen von den fernen Inseln, das Mädchen vom Ozean. Sie hieß Doris. Was bedeutet Doris? Ihre Haare waren feucht, als hätten sie ihr Leben lang im Meer gelebt. Sie waren wie Wasserwellen. Und ihre Augen? Leuchteten ihre Augen wie die der strahlenden Mädchen der Ägäis? Hatten sie in sich Delphine und blaue Wogen?
Die Augen der Artemis mit den Delphinen und den blauen Wogen blickten lange Zeit unbeweglich vor sich hin. Dann fingen sie plötzlich zu spielen an, verloren ihre Ruhe. Als ob sie wieder zu sich komme, erhob sich Artemis ein wenig, ganz leicht, um keinen Lärm zu machen.
Was war es?
Auch ich wendete meinen Blick dahin, wo Artemis hinschaute:

ein Wiesel war es. Ein kleines blondes Tier, das an einem Baumstamm hochkletterte, wenige Meter weiter drüben. Es hielt kurz inne, als wittere es etwas in der Luft, als suche es etwas. Dann bewegte es sich wieder. Sein schmiegsamer Körper beschrieb am Baumstamm voller Behutsamkeit seine Bewegungen.

Meine Finger berührten fortwährend den Gummi der Schleuder, die in meiner Tasche versteckt war. Sie berührten ihn fortwährend. Stärker und stärker. Die Berührung ist eine bildsame Kraft, ist eine weiche Kraft. Aber plötzlich wird sie hart. Und dort dem blonden Körper des kleinen Tieres gegenüber lag sie auf der Lauer.

Langsam und ganz leise zog ich meine Schleuder heraus. Ohne mich zu rühren, ergriff ich einen Stein neben mir und legte ihn in die Schleuder. Jetzt erst wandte Artemis, durch den Schatten der Bewegung aufmerksam gemacht, ihre Augen zu mir her. In diesem kritischen Augenblick waren ihre Augen voll, nein übervoll von Verachtung, übervoll von der Gewißheit meines Unvermögens: »Du kannst es nicht. Niemals wirst du es können, wirst nie ein Jäger werden.«

Ich zog die Gummisehnen an und hielt auf das blonde Ziel. Anfangs zitterten meine Hände von der Anspannung, aber dann wurden sie fest. Ich ahnte über mir, neben mir die Augen der Artemis, wie sie immer mit der gleichen Verachtung fortfuhren zu sagen: ›Du kannst es nicht, wirst es nie können . . .‹ Der ganze Raum unter dem Laub der Bäume wurde zu Augen, alle die Zweige und alle die Blätter. ›Du kannst es nicht . . .‹

In einer letzten Anstrengung spannte ich die Gummisehnen meiner Schleuder. Der Stein flog davon. Ich erwartete nichts. Und doch, wie war in diesem winzigen Augenblick alles so klar, alles so durchsichtig! Im blauen Luftraum verfolgte ich die harte Masse, die meinen Händen entfloh und wie eine Kugel fortschoß. Mein Herz klopfte stark, zum Zerspringen stark. Bis seine Unruhe alles überschattete und ich die Augen schloß.

»Ach!«
Ich hörte die Stimme der Artemis, die diesen schmerzlichen Schrei ausstieß, ich hörte das Geräusch, das sie machte, um aufzustehen und hinzustürzen. Was war geschehen? Auch ich stürzte los und rannte auf den Baum zu wie Artemis. Was war geschehen?
Das kleine blonde Tier lag, am Kopf getroffen vom Steine meiner Schleuder, in seinen letzten Zuckungen am Boden. Etwas Blut lief aus der Wunde und gab dem Glanze seines Felles einen seltsamen Ton. Ich begriff es anfangs nicht, konnte es nicht glauben und erwarten. Aber kaum war die Überraschung des ersten Augenblicks vorüber, fühlte ich in mir eine Woge anschwellen, spürte ich die wilde Freude auszurufen: »Siehst du nun, daß ich ein Jäger bin! Ich hab es getötet! . . . Ich hab es getötet!«
Da stürzte sich Artemis auf mich. Nie war sie so wild gewesen. Mit ihren Nägeln zerkratzte sie mein Gesicht, schlug mich mit ihren Fäusten, ganz außer sich, und heulte immer: »Elender! Elender!«
Ich begriff nichts, suchte mich zu wehren und zu schützen, indem ich rief: »Was willst du? Siehst du, daß ich ein Jäger bin! Siehst du, wie ich das Wiesel getötet habe!«
»Elender! Elender!« heulte sie in einem fort. In einem fort heulte sie: »Das arme Tierchen . . . das arme . . . das da saß und nichts ahnte.«
Bis ich alle meine Kraft zusammennahm und sie so heftig zur Seite stieß, daß sie zu Boden fiel. Sie machte keine Anstrengung sich zu erheben, blieb, wie sie gefallen war. Ihr Gesicht legte sie an die Erde, neben den Platz, wo das Wiesel lag, das schon verendet war und nicht mehr zuckte. Das Blut lief langsam aus dem kleinen Loch und tropfte auf die Erde, Tropfen um Tropfen. Tropfen um Tropfen rannen auch die Tränen der Artemis und begossen das Erdreich.
Es verging eine ganze Weile. Artemis regte sich nicht. Und ich

saß etwas abseits und schaute anderswohin. Schließlich breitete Artemis ihre Hand über das tote Tier, streichelte es leicht, als fürchte sie, es zu wecken. Sie schaute es an.Dann begann sie mit ihren Nägeln die Erde aufzuscharren. Es war zuerst eine Schicht fauler Blätter, die den Platz feucht hielten. Artemis entfernte die Blätter und begann dann, als sie frisches Erdreich fand, mit ihren Nägeln zu graben. Bis eine Mulde von geringer Tiefe entstand. Artemis ergriff mit ihren beiden Händen den blonden Körper und legte ihn in sein Grab. Dann nahm sie frische, grüne Blätter, Blätter von Alpenveilchen, und deckte ihn damit zu. Dann warf sie feuchte Erde darauf.

Die Sonne war untergegangen. Es begann zu dunkeln. Wortlos erhob sich Artemis und schlug den Pfad nach Hause ein. Sie beschleunigte ihre Schritte und binnen kurzem rannte sie, rannte was sie konnte. Die Schatten verdichteten sich um uns, als wollten sie uns mit sich nehmen. Auch ich rannte hinter Artemis her.

Als wir am Gutshof anlangten, war es schon Nacht geworden und alle hatten schon begonnen, sich um uns zu sorgen. Als meine Mutter das Blut und die Kratzer in meinem Gesicht sah, fragte sie, was mir zugestoßen sei.

Ich sagte ihr, daß ich an einem Felsen hochgeklettert sei, um Eier in den Vogelnestern zu finden, und daß ich dabei ausgerutscht sei. Es sei nichts.

ZWEITER TEIL

SYMPHONIE DES MORGENROTES

I

Winter 1850. Nacht. In Schottland, im Gebiet von Loch-Lomond kam der Sturm vom Nördlichen Eismeer und stürzte sich in Stößen auf die Bäume und das Land. In dieser Nacht des Sturmes war kein Lichtlein wach geblieben, um zu zeigen, daß lebendige Wesen in jener Gegend leben. Die Menschen kauerten sich unter ihre windgepeitschten Dächer. Von Finsternis umringt, hörten sie draußen den Sturm heulen, während die Furcht, jene uralte Gottheit unserer Erde, über ihnen stand und die Geschicke ihrer Seelen lenkte.

Dennoch, ein Licht, ein einziges Licht war in der Gegend von Loch-Lomond in jener Nacht des Sturmes nicht verlöscht. Sir Arthur Castibal wachte einsam in der Bibliothek des Schlosses seiner Ahnen. Auf einem Lehnstuhl sitzend, vor dem großen Kamin, folgte er mit seinem Blick den Schatten, die aus dem Feuer stiegen und an den Wänden tanzten. Die Jahre lasteten auf seinem weißen Haupt. Auch die Schatten lasteten darauf. Das einzige Mittel, sich die winterlich einsamen Stunden zu erleichtern, sie erträglicher zu machen, waren die Erinnerungen. Es waren nicht Erinnerungen an die äußere Welt, an erlebte Dinge. Sie begleiteten vielmehr eine Reise, die sich ganz in einem unveränderlichen Raum abspielte: in den vier Wänden seines Schlosses.

Er war hier als kränkliches, schwächliches Kind zur Welt gekommen, und hier hatte ihn im zwanzigsten Jahr die Lähmung befallen, die ihn seither an seinen Lehnstuhl fesselte. Aber in diesem kranken Körper regte sich eine Kraft, die von der Reglosigkeit des Körpers noch genährt, mit der Zeit wie die Woge des Ozeans anschwoll. Es war das Blut seiner Rasse und seiner Vorfahren, das in seinen Adern wallte, der tiefe Hang zu Abenteuern, zu Reisen, zu schwierigen Situationen im Leben. Da sie keinen anderen Ausweg fand, stürzte sich diese unbezähmbare

Kraft auf die Bücher, Reiseberichte, Korsarengeschichten, denkwürdige Beschreibungen fremder Länder, Tagebücher von Entdeckern. Der gelähmte Herr lernte allmählich in fremden Geschichten wie in seinen eigenen zu leben, da er in der Lage war, sie in ihrem eigentlichen Wesen zu empfinden: als Leidenschaft. So verstand sich jener schwächliche Körper, an seinen Lehnstuhl in Schottland gebannt, vorzüglich mit Magellan, mit Marco Polo, mit Behring und mit Vasco da Gama. Er erlebte in seiner Phantasie die Reisen auf allen Ozeanen, alle Abenteuer, alle Entdekkungen sagenhafter Inseln nach. Er durchlebte alle die Korsarenabenteuer des britischen Weltreiches, durchquerte Indien oder das Rote Meer, zog noch tiefer hinab, machte eine Rundfahrt um Afrika, um das Kap der guten Hoffnung herum. Er war an der Meerenge von Gibraltar angekommen, war nahe daran, an seine Heimfahrt zu denken, als die Versuchung ihn noch einmal fortzog: er bog ins Mittelmeer ein. Nach allem, was er erlebt hatte, nach dem Erlebnis der Ozeane, war dies Meer für ihn wie ein Binnensee, fast wie ein Spiel. Er wollte nur etwas seine Luft einatmen und dann wieder die Meerengen verlassen, ohne sich besonders mit ihm abzugeben. Aber im Mittelmeer wehen allerlei Winde durcheinander, wirken starke Strömungen. Die zogen ihn weiter hinab, immer weiter hinab. Bis sie ihn in die Gegend des Ägäischen Meeres brachten, in das Land der Sage.

Leser, der du fragst, welche Beziehung diese phantastischen Reisen eines gelähmten schottischen Lords mit der Geschichte der Äolischen Erde haben, mit dieser einfachen Geschichte, die erzählt von einer Gegend, die vom Ägäischen Meer bespült wird, du wirst nun den Faden gewahr werden, der nach und nach den Fremden einspinnt. Jener Mensch gelangte nach Griechenland, und als er in die Gegend der Götter und der Satyrn, in das Land der Nacktheit und der Himmelsbläue kam, konnte er von dort nicht mehr loskommen. Er hatte so viele Ozeane bereist und konnte sich von allen Gegenden trennen, die er be-

sucht hatte. Weil sie alle etwas hatten, das nicht vollständig, nicht vollkommen war. Aber Griechenland ließ keinen Raum zur unerfüllten Sehnsucht. Griechenland selbst war die Erfüllung.
Sir Arthur Castibal lebte seit jener Zeit mit Griechenland. Er lernte alle seine Sagen und alle die Inseln des Archipelagos kennen. Wo er am meisten reiste, fast jede Nacht, das waren die Inseln der Kykladen. Der Seewind nahm ihn mit sich, mit sich nahmen ihn die Wogen. Er lauschte gespannt und hörte aus der Tiefe Stimmen kommen. Aus der Tiefe der Zeit, aus der Tiefe der Sage. Sie erzählten von Nymphen und von Satyrn, von Göttern mit ihren Leidenschaften und Schwächen, mit ihren Ängsten und Listen – von den einzigen wirklichen Göttern, die auf die Erde gekommen waren und die Menschen verstanden, weil sie selbst sehr menschlich waren. Sie machten sich die Natur zum Freunde – den Donner und den Regen und den Blitz und den Wind – als nützliche Gefährten in ihren Leiden und in ihren Freuden, nicht als Waffe zur Unterwerfung des Menschengeschlechtes.
So erzählten die Wogen ...
Ein Diener, der in jener Stunde eintrat, scheuchte ihn aus seinen Gedanken auf.
»Der junge Herr fragt, ob er kommen darf«, sagte er und wartete auf Antwort.
Im Antlitz des gelähmten Greises glimmte die Glut lebendiger auf.
»Er möge kommen«, sagte er.
Der ›junge Herr‹, der kam, war an die fünfzehn Jahre alt, blond, hochgewachsen.
»Werden wir heute abend fortfahren, Onkel?« fragte er, nachdem er gegrüßt hatte.
»Setz dich neben mich, Robert.«
Der Knabe setzte sich auf den Boden vor die Füße des Onkels. Er lehnte seinen blonden Kopf mit den krausen Locken an den

Sessel. Dann legten sich die Hände des Greises auf den jungen Kopf und streichelten ihn schweigend.

»Laß uns mit unserer Reise in Griechenland fortfahren«, sagte er.

Und während draußen der Sturm heulte und die Wogen auf dem Ozean schäumten und die Bäume vom Blitzstrahl getroffen umsanken, zog friedliche Stille, aus den alten Zeiten der ägäischen Welt emporsteigend, in dem windgepeitschten Turm von Schottland ein und füllte ihn mit Licht und Dichtung.

Dies quälende Leid, ich sage es, klage es laut,
Dies schwere, gellende, tränentreibende Weh –
O weh mir, weh!
Mit Klagegeschrei so ehre ich mich,
Die lebende, wie es den Toten ziemt.
Dich, apischer Hügel, flehe ich an
– Die fremde Sprache, du kennst sie ja,
O Erde – siehe, ich greife oft
Mit der Hand ins sidonische Schleiertuch
Und reiße entzwei das Gewebe.

(Äschylos, Die Schutzflehenden, 112–121)

Allmählich legte sich draußen der Sturm, verlöschte der Wind, heulten die Bäume nicht mehr. Die Stille drang durch die Türen, durch die Wände, kam und blieb. Und aus dieser Stille stiegen Schatten auf und begannen sich im halberhellten Raum zu regen. Es waren Frauen. Es waren Mädchen, angetan mit gelben Gewändern, die bis auf ihre Füße reichten. Ihre schwarzen Haare fielen aufgelöst um ihren Leib herab, während die Wüste reglos, undurchdringlich, langsam hinter ihnen herschritt. Aber auf ihren Gesichtern hatte der Kampf des Flehens durch die Dauer der Zeit, durch die Dichtung, die er durchlaufen hatte, seine schmerzliche Verzerrung verloren, war er Geist geworden, ohne harte Linien, war er nur noch Licht. Und die Wogen des hellenischen Archipelagos glitten gerührt neben der Wüste Ägyptens

hin, dann fluteten sie über die Wüste Ägyptens hinweg – und alles wurde Bläue.
Die Lektüre dauerte eine ganze Weile, bis der Knabe ermüdete und schwieg. Die Flehenden zogen davon, lösten sich langsam auf.
Wieder setzte der Sturm ein, wieder war das Brausen des Windes, der draußen im Walde heulte, zu hören.
»Wie seltsam das alles ist«, flüsterte der Knabe. »Wie seltsam sind diese Sagen.«
Und dann nach einer Weile: »Ob dieses Land denn wohl noch lebt?« fragte er, als spräche er mit sich selber.
Die Hand des schottischen Greises begann wieder in den Haaren des Knaben zu spielen.
»Es lebt, mein Kind,« sagte er, »dies Land stirbt nicht.«
»Lebt es so . . . so, wie eine Sage?«
»So lebt es. Wie eine Sage.«
Und dann nach einer Weile: »Lord Byron«, sagte der Greis. »Lord Byron ging hin, um dort zu sterben.«
»Wenn ein Engländer«, sagte er, »seine Insel verläßt, um in ein anderes Land zu gehen, um dort zu sterben, nur um dorthin zu gehen, um zu sterben – ein solcher Zauber kann nicht anders als leben . . .«
Wieder schwieg er. Und dann: »Du wirst einmal dorthin gehen, Robert«, sagte er. »Dein Schicksal ist es, hinzugehen. Nur meines war anders.«
Und in dem tiefen Schweigen des Schlosses in Schottland nahm der gelähmte Schloßherr, seine Augen schließend, den Knaben mit sich auf Reisen und beschrieb ihm die Reise auf den Kykladen so, als ob er sie mit seinen Augen sähe. Das Meer des Archipelagos ist kein stilles, ausdrucksloses Meer. Der Seewind bläst dort immer stark. Das blaue Wasser trinkt Licht aus der Höhe, vom Himmel, der leuchtet, von der Sonne, die strahlt. Und um dies Licht zu verteilen, um ihm Regung und Bewegung, Harmonie zu geben, ruft das Meer den Wind herbei. Und so ent-

stehen die Wogen. Keine stummen großen Wogen, wie auf dem Ozean, finstere Geschöpfe, die auf kein Ziel hintreiben. Nein, kleine Wogen, in den Maßen der Landschaft, so groß, wie notwendig ist, damit aus ihnen die strengen, nackten, steil abfallenden Felsen der Inseln herausragen und ihnen die Waage halten können. Das Licht schlägt auf die Felsen, macht sie beben. Es beben auch die Wogen, und die Delphine steigen froh herauf und spielen mit dem Schaum, bis es Abend wird. Dann geht die Sonne hinter den Bergen der Inseln schlafen. Wenn sie gesunken ist, beginnen aus der Ferne mit unglaublicher Durchsichtigkeit die einzelnen Schichten der Massive aufzutauchen. Dort, wo vorher nur eine Linie, nur ein Berg zu sehen war, zeichnen sich jetzt, einer hinter dem andern, die Umrisse der Berge ab. Der erste ist von tiefdunkler Farbe, während die anderen in der Ferne noch erleuchtet sind. So, als wolle für sie die Sonne nicht untergehen. Als ginge sie mitten unter ihnen unter, als zöge sie sich in ihre Schluchten zurück, um dort zu schlafen.
»Du wirst einmal dorthin gehen, Robert«, flüsterte bewegt der Greis aus Schottland.

2

Sommer 1866. Der junge Mann aus jener winterlichen Nacht in Schottland sitzt auf einem Felsen der Insel Mykonos. Er betrachtet verzaubert den Sonnenuntergang auf den Kykladen, den ihm sechzehn Jahre zuvor der gelähmte, nun verstorbene Schloßherr so hellsichtig beschrieben hatte. Gegenüber lag Delos.
Delos ... Hera jagte von Zorn erfüllt Leto, die Zeus geliebt hatte, die im Begriffe war, nach jenem ungesetzlichen Liebesbunde Mutter zu werden. Was unternahm der König der Götter und der Menschen, um seiner Freundin zu helfen, damit sie ihr Kind in Ruhe zur Welt bringen könne? In welches Land könnte er sie führen? Hera hatte ihre Beobachter auf der ganzen Erde.

Da dachte Zeus: ›Wenn ich eine unbekannte Insel fände, ein Inselchen – nur zu dem einen Zweck, daß Leto dort niederkommen könne, daß dort meine ungesetzlichen Kinder gefahrlos geboren werden könnten ...‹ So sprach er und bat seinen Freund, den Poseidon, ihm zu helfen. Poseidon dachte nach. Er erinnerte sich jener kleinen Insel, die von Sizilien abgerissen war und seitdem auf den Wassern trieb. Er bat die Wogen, den Wanderer anzuhalten. Und sie hielten ihn an. Und die Insel, die zuvor unsichtbar gewesen war, wurde sichtbar, wurde Delos, die ›Sichtbare‹. Und Leto ging hin und gebar dort den Apollon, den Gott des Lichtes.

Delos ... Eine Insel, geschaffen für die Liebe eines Gottes. Der Fremde hörte hinter sich Schritte. Ein kleiner Pfad ging dort vorbei, der zu einer nahen Quelle führte. Robert drehte sich um und schaute. In dem goldenen Licht schritt sein Schicksal dahin, sein Schicksal, das seltsame Verbindungen herbeiführen, die Wogen des Ägäischen Meeres mit denen außerhalb der Ägäis, mit denen des Ozeans vereinen sollte. Eine kräftige, sonnenverbrannte, von der Salzluft des Meeres gebräunte jugendliche Gestalt schritt vorüber. Ein Mädchen der Ägäis war es, mit braunen Augen. Auf ihren Schultern trug sie einen Krug und ging, um ihn zu füllen.

Robert blickte ihr wie geblendet nach. Was da herankam im goldigen Lichte, war eine uralte Gestalt dieser heiligen Erde, wieder auferstanden von den alten Vasen, die der Boden nun schon Tausende von Jahren in sich barg. Und nun schritt sie dort dahin ... schritt sie dahin und kam auf ihn zu, eingehüllt vom Meer und vom bläulichen Licht.

Sie kam heran, war da, drehte sich um und schaute den Fremden an. Sie blickte ihm tief und stark in die Augen. Gewiß ihrer fernen Herkunft, gewiß ihrer Vergangenheit, blickte sie ihn furchtlos an. Dann lächelte sie ihn an.

»Guten Abend«, sagte sie zu ihm.

»Guten Abend«, antwortete er ihr.
Das Mädchen verschwand mit schnellen Schritten auf dem Pfad zur Quelle.
Der Fremde wartete auf ihre Rückkehr. Was war das, das plötzlich wie ein leichtes Lüftchen kam, wie der Windhauch, der in den Buchten der Inseln der Ägäis weht und der aus Meeresstille Wogen werden läßt? Delos ... die kleine Insel, die dahintrieb ... Zeus, der Leto, die er liebte, helfen wollte, hielt die Insel an auf ihrer Reise, machte sie sichtbar, dort gegenüber ...
Die Schatten verdichteten sich immer mehr mit dem Abend, der heraufzog ... Der Fremde wartete. Er wartete ... bis er ihren Schritt vernahm. Es konnte keine andere sein! Jetzt würde er diese Schritte schon von allen anderen auf der Erde unterscheiden können.
»Gute Nacht«, sagte er.
Aber er konnte schon nicht mehr unterscheiden, ob sie lächelte.
»Gute Nacht«, antwortete sie ihm.
In jener Nacht blieb Robert schlaflos auf und wartete auf das Morgengrauen. Als der Morgen kam, machte er sich auf und strich den ganzen Tag forschend umher, und gegen Abend hatte er gefunden, wo das Haus des Mädchens der Ägäis war.
Er ging zu ihrem Vater, einem Fischer aus Mykonos. Er traf ihn, wie er seine Netze reinigte, und sagte zu ihm: »Ich bin ein Fremder, stamme von den Inseln Englands und besitze dort großen Reichtum. Ich möchte deine Tochter zur Frau haben.«
Der Fischer aus Mykonos ließ erschrocken seine Netze fallen und fragte ihn: »Wo hast du meine Tochter gesehen? Woher kennst du sie?«
»Gestern sah ich sie. Ging sie nicht gestern gegen Sonnenuntergang den Pfad zur Quelle hinab zum Wasserholen?«
Der Fischer kratzte sich am Kopfe. Alle Verschlagenheit und alles Mißtrauen seiner Vorfahren auf dem Meere erwachten in ihm.
»Wo hast du, Fremder, unsere Sprache gelernt? Und wie kann

ich wissen, was für ein Mensch du bist? Wie kann ich dir meine Tochter geben, daß du sie in ein fernes Land mitnimmst? Laß mich das noch überlegen.«
»Ich werde sie nehmen, koste es was es wolle!« sagte der Engländer mit der Hartnäckigkeit seiner Rasse. »Überleg es dir jedoch, wenn du magst. Ich komme morgen wieder.«
Des anderen Tages früh am Morgen kam der Engländer wieder und traf den Fischer an.
»Was hast du beschlossen?« fragte er ihn, und seine Augen waren rot vor Schlaflosigkeit.
»Noch nichts. Ich weiß nichts«, sagte der Fischer, indem er einer klaren Antwort auszuweichen suchte.
»Wo ist das Mädchen, daß ich es sehe?« sagte der Fremde.
»Sie ist jetzt nicht hier. Du kannst sie nicht sehen. Komm morgen.«
Der Fremde ging am nächsten Morgen hin. Aber des Fischers Hütte war verschlossen. Keine Seele war zu finden. Eine Nachbarin, die ihn erblickte, sagte ihm: »Sie sind weit fort zu einem Fischzug in der Ferne! Mit der Tochter.«
»Sie sind weit fort zu einem fernen Fischzug? Ist das hier so üblich?«
»Gewiß, so ist es üblich: auf unseren Inseln bleiben die Fischer nicht immer am selben Platz. Sie ziehen bald hier-, bald dorthin, je nach der Jahreszeit, je nach der Wanderzeit der Schwärme, je nach den Rastplätzen der Fische. Auch mein Mann ist zur Zeit fort ... Ich glaube, daß er in den kretischen Gewässern fischt.«
Die Frau aus Mykonos schwätzte viel daher und blickte den Fremden verschmitzt an, als wolle sie ihn zum besten halten.
»Sag mir, gute Frau«, sprach jener und packte ungestüm ihre beiden Hände. »Sag mir: hast du vielleicht gehört, welches der erste Platz ist, wo der Fischer und seine Tochter auf Fischfang gehen wollen? Da, nimm das –« und er legte ihr ein Goldstück in die Hand.

»Mein Junge, was ist dir?« sagte die Frau aus Mykonos, und ihr spöttischer Ausdruck war mit einem Mal erloschen.
»Was ist dir?« sagte sie und gewahrte jetzt mit Zittern und mit Mitleid die Leidenschaft, die in des Fremden Augen brannte.
Und nach einem Zaudern, das nur einen Augenblick lang währte: »Ich hörte, daß sie nach Syra gehen wollten«, sagte sie in vertraulichem Ton. »Nimm dein Goldstück zurück. Leb wohl und alles Gute!«
Robert ließ der Frau aus Mykonos zwei Goldstücke da und machte sich auf die Jagd nach dem Fischer und seiner Tochter, von Insel zu Insel reisend, alle die Kykladen hindurch. Der Fischer hielt sich nirgends auf, um seine Tochter vor dem vermeintlichen Unheil zu retten. Nicht nur der Fremde trieb ihn. Es trieben ihn alle die Erinnerungen der uralten Bevölkerung des Ägäischen Meeres, wie sie mündlich von Geschlecht zu Geschlecht weitergegeben worden waren. Erinnerungen an Korsaren, die ihre Inseln ausgeplündert, die Männer getötet oder zur Fronarbeit auf den Galeeren gezwungen hatten, welche die Mädchen raubten, sie nach den Gegenden Anatoliens oder nach Arabien brachten und sie in die Sklaverei verkauften. Die Erinnerungen vermischten sich, die Zeitalter kamen durcheinander. Ein Fremder von Gott weiß woher kam plötzlich daher und sagte: »Ich werde deine Tochter nehmen, das Licht deines Lebens. Ich werde sie auf den Ozean mitnehmen. Du wirst sie nicht mehr wiedersehen.« War das nicht dasselbe wie damals mit den Korsaren? Er sei, sagte er, Engländer. Um so schlimmer! Wie sollte sich ein armer Fischer von Mykonos mit England messen?
Unentwegt eilte der Fischer von einem Hafen zum andern fort, damit der ›Korsar‹ seine Spur verlieren möge. Der aber folgte ihm mit Hartnäckigkeit, mit brennenden Augen, mit einem Herzen voller Aufruhr, folgte ihm ununterbrochen. Der Fischer beschloß, einen Sprung zu machen, das Meer zu durchqueren,

an die gegenüberliegende Küste, nach Anatolien, zu fahren. Er durchquerte das Meer und gelangte zu den Moschonisia, den alten Hekatonisia der Äolis. Dort holte ihn der ›Korsar‹ endlich ein. Der Fischer war allein, in fremdem Land. Er war am Ende seiner Kräfte. In einem Kirchlein auf den Moschonisia fand die Hochzeit statt. Der Engländer nahm das Mädchen und sie zogen fort nach Schottland.

Seit jener Zeit hatte man viel zu erzählen von dem Leben, von dem tiefen Glück, das jene beiden Menschen, der Fremde aus Schottland und das Mädchen der Ägäis, miteinander teilten. Sie lebten in gegenseitiger Liebe, die in der ganzen Gegend von Loch-Lomond Legende wurde. Er wollte ihr nichts entziehen von dem Zauber und der Anmut, die sie mit sich brachte aus ihrem lichten Vaterlande. Er ließ sie weder lesen und schreiben lernen, noch was sonst zur Zivilisation gehört. So blieb sie einfach und natürlich, wie sie aus der ägäischen Welt gekommen war. Aber, wie man sagte, trug sie in sich soviel Würde, war sie so erstaunlich schön, daß sie alle um sich her bezauberte. Man nahm sie wie eine Göttin, die aus dem Land der Sage gekommen war.

Sie gebar einen Sohn und eine Tochter. Als der Sohn erwachsen war und heiratete, bekam er wieder eine Tochter. Diese Tochter hatte blonde Haare und braune Augen, die Augen der Kinder Griechenlands. Sie liebte Pferde sehr und ritt den ganzen Tag im Wald umher.

Eines Tages kam ein Fremder in die Gegenden von Loch-Lomond. Er war zum Studieren nach England gekommen, und jetzt im Sommer war er in den Wäldern um den See mit seinen Freunden zur Jagd gegangen.

Er traf die junge Reiterin.

»Guten Tag«, sagte er zu ihr.

»Guten Tag«, antwortete sie ihm. »Sind Sie ein Fremder?« fragte sie ihn, als sie seine schwarzen Haare und sein dunkles Antlitz sah.

»Ja, ich bin ein Fremder, bin aus Griechenland. Ich heiße Wilaras.«
»Ah, aus Griechenland!« rief das Mädchen freudig. »Sehen Sie die braune Farbe in meinen Augen? Sie ist aus Griechenland! Ich kann auch griechisch sprechen! Ich heiße Doris.«

Die Ägäis ist nicht nur Licht und Meer. Sie dringt ins Herz der Menschen ein, wird zuerst ein Schlag, dann wieder einer, bis sie zu allen Schlägen des Herzens wird. Sie dringt in die Adern ein und wird zu Blut. Das Blut brennt. Sie dringt in die Erinnerung ein, und bis zur Stunde des Todes vermag nichts mehr sie auszulöschen. Die Ägäis ruft ohn Unterlaß.
So ging es auch jenem Fischermädchen aus Mykonos, das nach Schottland fortgezogen war: als Jahre vergangen waren, sandte sie den Wassern der Ägäis, die sie riefen, sandte sie der äolischen Erde – um ihren Platz nicht leer zu lassen – ein anderes Mädchen von ihrem Blut zurück: die Doris Wilaras.

3

Es kamen die heißen Sommertage. Die Sonne sandte Ströme von Licht auf die Kimindenia, auf das Laub der Ölbäume herab. Ich wollte immer nur draußen bleiben, nah der Erde, unbeaufsichtigt, in den Mittagsstunden. In den Stunden, da die Sonne brannte, da die Jahreszeit ihren höchsten Augenblick erlebte. Nicht nur des Morgens oder des Abends, wenn es kühl war. Nein, des Mittags. So spürte ich, daß ich den Sommer tief erlebte, daß ich eins mit ihm wurde. Ein winziges Teilchen von der Masse, von der Erde, von den Blättern, von den Steinen, die unvermögend, all das Licht in sich zu saugen, es widerstrahlten mit einem Zittern, das auf ihrer Oberfläche spielte.
Ich erlebte mit den Ameisen die großen Stunden des Sommers. Mit der Nase dicht am Boden liegend, mit dem Mund in den

schwarzen Boden Anatoliens beißend, um ihn zu kauen, beobachtete ich sie dicht bei ihrem Ameishaufen in ihrer eintönigen Arbeit. Ein Falke, im Himmelsblau wie festgenagelt, beäugte die grüne Eidechse, den Salamander; doch der Arglose ahnte noch nichts von der Reise, die er in die Höhe machen sollte. Ein Frosch quakte irgendwo in der Ferne und verstummte wieder. Eine Kamelkarawane zog vorbei. Ein paar Laute hallten herüber und verstummten. Alles vollzog sich in langsam-schwerem Rhythmus unterhalb der Kimindenia. Der Sommer ist das Klima Anatoliens. Ich blieb so eine Weile und drehte dann den Kopf zur Seite. Irgend etwas war los. Artemis war es, die herankam. Sie hatte mich nicht bemerkt, wie ich halbnackt dalag, eins mit dem Boden. Sie kam vorsichtig aus dem großen Hoftor, blickte um sich, so als ob sie etwas Heimliches im Sinne habe. Und dann fing sie an zu laufen.

Ich sprang auf und rannte hinter ihr her: »Halt!«

Erschrocken wollte sie zuerst fortlaufen, aber plötzlich hielt sie inne. Sie trug ihr gutes Kleid, das blaue mit den weißen Tupfen. Sie hatte eine rote Schleife im Haar. Sie war schön.

»Wo gehst du hin?«

Sie zögerte etwas, wie um sich eine Lüge zurechtzulegen, die sie mir sagen wollte. Aber rasch fand sie den ganzen stolzen Ausdruck wieder, den ihr Gesicht hatte, der sie von allen anderen Kindern unterschied.

»Heute kommt sie,« sagte sie, »ich gehe, um sie zu sehen.«

»Sie kommt? Wer kommt?«

»Sie kommt,« sagte sie, »die junge Herrin vom Gutshof am Meer. Jenes Mädchen vom Ozean mit dem sonderbaren Namen. Wie hieß sie doch? Doris hat er sie genannt.«

»Ach ja? Kommt die? Und wie hast du das erfahren?«

»Der Jäger hat es mir gesagt. Ich traf ihn heute morgen auf dem Pfad im Eichwald. Er war seit nachts unterwegs, für sie auf der Jagd.«

»Und du, was willst du da?«

»Ich will hingehen!« sagte Artemis mit Entschiedenheit.
»Wissen sie im Hause, daß du fortgehst?«
Nein, sie wußten es nicht. Sie hätten sie nicht fortgelassen. Sie war heimlich weggelaufen.
»Und wenn er dich zum besten hielt? Wenn er dir etwas aufgebunden hat?«
Artemis stampfte heftig mit dem Fuß auf den Boden. Er, der Jäger mit den gelben Sternen, würde ihr niemals eine Lüge sagen, würde sie nicht zum besten halten.
»Komm, Rehlein«, hatte er ihr gesagt. Es wird ein Fest sein heute, drunten in unserem Gutshof. Ich werde dich auf die Arme nehmen, damit du sehen kannst . . .«
»Und wenn der Großvater es erfährt? Wenn die Mutter es erfährt, daß du allein fortgegangen bist, was werden sie dann mit dir machen?« sagte ich, um sie einzuschüchtern.
Sie kam an mich heran und schaute mir in die Augen. Wie schön waren die Augen meiner kleinen Schwester, so wild und so entschlossen!
»Wirst du es ihnen sagen?« fragte sie mich. »Wirst du das fertigbringen?«
»Warum soll ich das nicht fertigbringen? Ich werde es sagen!«
»Sag es doch! Sag es ihnen doch! Elender!« rief Artemis wütend und drehte mir den Rücken zu. »Ich gehe jedenfalls hin!«
Artemis würde hingehen. Wie sollte sie anders handeln? Er hatte sie doch eingeladen. Er würde sie auf seine Arme nehmen, hatte er gesagt. Komm, Rehlein, hatte er gesagt.
Ich sah, wie sie sich mit flinken Sprüngen auf dem Pfad verlor, der zu dem Gutshof nach dem Meere führte.
»Ungezogenes Mädchen!«
Sollte ich nach Hause gehen, um es dort zu sagen? Die Stunden vergingen. Die Sonne senkte sich. Der Falke äugte nicht mehr, und der Salamander hatte in der Höhe seinen Lebenskreis beschlossen. Am ersten Tage, als er geboren war unter dem war-

men Felsen auf den Kimindenia, hatte seine Mutter – der große Salamander – ihm gesagt: ›Lerne, nicht in die Luft zu gucken, nicht zu träumen. Schau immer auf die Erde. Die Erde ist dein Schicksal.‹ ›Warum hat sie mir das gesagt?‹ dachte bei sich der kleine Salamander. ›Dürfen die Salamander denn nicht träumen? Sind sie Wesen, die nur kriechen können, und müssen sie immer so bleiben?‹ Und dennoch, heute war seine Stunde gekommen. Und der kleine Salamander beschloß seinen Lebenslauf in der Höhe, hell erleuchtet von der Sonne und dem Blau des Äthers, und beschrieb, indem er im Schnabel des Falken emporstieg, eine zappelnde Linie.

Es wurde Abend. Niemand hatte noch nach Artemis gefragt. Der Großvater und die Großmutter kamen nach ihrer täglichen Gewohnheit heraus und setzten sich auf ihre Bank unter der Eiche am großen Hoftor. Abendstille senkte sich hernieder, kam langsam mit den Schatten von den Kimindenia herab, tropfte auf die Erde und die Bäume.

Plötzlich durchbrachen ferne Klänge diese Stille.

»Hör nur!« sagte die Großmutter zum Großvater. »Woher kommt das?« Er spitzte sein geübtes Ohr, um aus der Luft die Richtung des Schalles zu entnehmen.

»Von drunten kommt es«, sagte er. »Vom Meere. Was mag es sein?«

Man hörte heitere Stimmen, Stimmen von Leuten, die beim Feiern sind. Jetzt konnte man Tamburine hören. Plötzlich schoß drunten über den Klängen eine Rakete in die Höhe, leuchtend, unbändig, wie von wilder Leidenschaft getrieben.

»Oh«, sagte der Großvater. »Das ist ein großes Fest!«

Und, als komme ihm eine plötzliche Eingebung, sagte er: »Das wird es sein! Der junge Wilaras wird mit seiner Frau aus der Fremde gekommen sein! Das wird es sein!«

»Ach, meinst du, daß sie da sind? Willkommen!« sagte die Großmutter. »Mögen die guten Menschen glücklich werden!«

Und wie sie sich ihrer so erinnerten, riefen sie sich ins Gedächtnis, was die Familie Wilaras mit ihrer eigenen Erde nachbarlich verband.

»Wir haben viel Schweiß auf unserer Erde vergossen«, sagte der Großvater. »Aber auch der alte Wilaras! . . . Erinnerst du dich, wie die Erde war, die er kaufte, dort drunten, als er aus Griechenland kam? Wasser, nichts als Wasser. Und doch, sie haben sie trocken bekommen!«

Vor vielen Jahren war Wilaras als junger Mann aus Griechenland gekommen. Alle wußten damals, daß er ein Sohn aus einem großen reichen Hause war, das sich im Freiheitskampfe ausgezeichnet hatte. Er hatte in Europa Landwirtschaft studiert, und als er von dort heimkam, hatte sein Vater ihm gesagt: »Ich habe dir die Mittel gegeben, Mensch zu werden. Du hast Landwirtschaft studiert. Geh nach Anatolien, bau dir dort dein Leben auf. Es gibt dort Griechentum. Du wirst so für dich selber und für Griechenland Nützliches leisten können. Geh und lehre dort die Christen, was du in der Fremde lerntest.«

Der junge Wilaras kam zufällig in unsere Gegend. Um einen großen Hof zu gründen, um den Boden mit den Errungenschaften seiner Wissenschaft zu bearbeiten, hätte er von vielen Eigentümern Land kaufen müssen. Es hätte viel gekostet, aber er hätte leichte Arbeit gehabt. Dem Wilaras gefiel das nicht. Er hatte in sich eine Leidenschaft sich abzumühen, sich durchzukämpfen. Ihr folgte er. Er kaufte zu nichtigen Preisen alle die unfruchtbaren Sumpfstreifen, die unterhalb der Kimindenia an der Küste lagen. Jahrelang hatte er zu kämpfen. Seine Haare wurden weiß darüber. Aber sein Gut gedieh. Es wurde das reichste, herrschaftlichste, größte Gut in der Umgebung. Ein ganzes kleines Dorf wurde für die Leute errichtet, die das Jahr über auf dem Gute arbeiteten. Am Ende des Dorfes, inmitten eines großen Gartens, der von hohen Pappeln umgeben war, wurde das Herrenhaus der Wilaras erbaut. Er ließ es errichten, als er die Absicht hatte, eine Frau zu nehmen. Er holte sich seine

Frau aus seiner Heimat, aus Athen – ein Mädchen von edler und vornehmer Abstammung, aus phanariotischer Familie, die Thisbe Wilaras. Anfangs, als sie auf den Gutshof kam, litt sie anscheinend unter der Einsamkeit, bis sie sich daran gewöhnte. Die Arbeiter hörten sie stundenlang das seltsame Instrument mit den weißen Tasten spielen, aus dem eine so eigenartige Musik ertönte. Die Leute Anatoliens verstanden nichts von diesen Klängen, aber im Unbewußten spürten sie, daß sie voll Leidenschaft und Sehnsucht waren. An den Sommertagen sah man sie nachmittags oft ganze Stunden auf der großen Veranda sitzen, das Meer betrachtend und die sanften Linien von Lesbos gegenüber.
»Als ob sie mit dem Meere spräche«, sagten die Leute. »Was mag sie ihm zu sagen haben?«
Andere Male saß sie dort unendlich lange über ihr Buch gebückt und las.
»Was mag sie nur aus dem Buche lernen?« fragten sich die Bauern. »Können Papiere einem Menschen denn so viel zu sagen haben?«
Einmal kam ein kleines französisches Kriegsschiff und ging dort vor Anker. Im Gutshaus der Wilaras gab man ein großes Fest für die französischen Offiziere. Des anderen Tages sagten die Arbeiter alle voller Bewunderung: »Habt ihr es schon gehört? Unsere Herrin hat mit den Fremden in ihrer Sprache gesprochen. Denkt einmal an!«
Im nächsten Jahr kam ein englisches Schiff. Wieder war bei den Wilaras ein Empfang für die englischen Offiziere.
Die ganze Umgebung war in Aufruhr.
»Was ist das? Auch mit den Engländern hat sie in ihrer Sprache gesprochen. Wie ist es möglich, daß eine Frau soviel versteht!..«
Dann kam ihr einziges Kind, ihr Sohn. Seit damals war die fremdartige Musik nur noch viel seltener zu hören. Schließlich tat auch die Zeit das ihrige dazu.
Thisbe Wilaras hatte sich eingewöhnt.

»Das liegt den Wilaras anscheinend im Blute,« sagte der Großvater, »daß sie ihre Frauen von auswärts holen.«
»Woher kommt denn die Schwiegertochter?« fragte die Großmutter.
»Von weither, sagt man: Aus England. Ich frage mich nur, wie ...«
»Was willst du sagen?«
»Wie sich das Mädchen hier eingewöhnen soll, das aus einem so fremden Lande kommt? ... Wie soll sie sich bei uns hier eingewöhnen?«
»Die Thisbe Wilaras wird es ihr schon beibringen«, sagte die Großmutter. »Es ist nun einmal unser Frauenlos, daß wir uns eingewöhnen müssen. Es genügt ...«
Sie zögerte einen Augenblick, ehe sie fortfuhr: »Es genügt, daß sie ihn liebt ...«, sagte sie und blickte dem Großvater sanft und voller Süße in die Augen, so als habe sie ihr eigenstes Geheimnis preisgegeben.
»Ja, Despina«, sagte jener und streichelte ihr die Hand. »Es genügt, daß sie ihn liebt.«
Es war bereits die Stunde, da ihr abendlicher Ausflug zu Ende ging. Es war die Stunde, da alle in den Gutshof kamen, da das große Tor sich schloß.
Ich war in ihrer Nähe, sah, wie sie sich erhoben, und mein Herz klopfte. Was würde nun mit Artemis werden? Was war aus ihr geworden?
Der Großvater ging auf das Tor zu. Er hielt inne. Die Großmutter ging hinein. Der Großvater blieb noch eine Zeit allein dort stehen. Es war die Stunde seines stummen Gebetes: für die Menschen, für die Erde, für die Tiere, für den Segen, den dieser Tag, der nun zu Ende war, gespendet hatte. Er war fertig. Jetzt machte er sich daran, abzuschließen und den Riegel vorzuschieben. Ich hörte, wie er mit lauter Stimme fragte, unsere Namen aufrief, die Namen aller Kinder, wie er es zu tun pflegte, solange wir auf dem Gute wohnten.

»Anthippi! Lena! Agapi! Petros! Artemis!«
Alle antworteten.
»Hier sind wir, Großvater, hier!«
»Artemis!«
Artemis allein antwortete nicht.
»Artemis! Artemis!«
»Wo ist Artemis?« fragte unruhig unsere Mutter. »Hat sie keins von euch gesehen?«
»Wo ist die Artemis?« fragte die Großmutter.
»Wo ist die Artemis?«
Da sprang ich auf und rief: »Ich, ich weiß, wo sie ist! Sie hat sich in eine kleine Höhle gelegt, auf dem Pfad zum Meer. Dort will sie warten, daß eine Nachtigall singt . . .«
Und ehe sie mich noch etwas anderes fragen konnten, stürmte ich aus dem Tor davon.
»Ich laufe, um sie zu rufen! Sie ist hier in der Nähe.«
Ich lief den Pfad zum Meer hinab. Die Sterne funkelten schon. Es war eine klare, ganz klare Nacht. Es war etwas kühl, aber mein Körper brannte. Dort drinnen, tief drinnen schnürte etwas mein Herz zusammen und störte die Ruhe, den regelmäßigen Pulsschlag. Die Schatten, die Bäume, die Einsamkeit . . . Ich fürchtete mich. Wo lief ich hin? Würde ich bis zum Hof am Meere kommen? Er war so weit entfernt! Erst einmal war ich schon bis dort gegangen.
»Artemis! Artemis!«
Ein Schakal heulte in der Ferne, auf den Kimindenia. Eine Nachtigall schlug in der Nähe und verstummte.
»Artemis! Artemis!«
Ich sagte ihren Namen anfangs innerlich vor mich hin, dann rief ich ihn leise aus, dann lauter, um nur eine Stimme zu hören, um meine eigene Stimme zu hören, um nicht allein zu sein. Und meine Stimme wurde immer stärker, wurde schließlich ein von panischer Furcht erfülltes Brüllen.

»Artemis! Artemis! Komm, Artemis!«

»Komm, Artemis. Ein andermal, das verspreche ich dir, werde ich dich nicht alleine lassen in der Nacht. Ich werde mit dir gehen, wohin du willst, wohin dich der Jäger mit den gelben Sternen gehen heißt. Ich werde dich nicht mehr allein lassen, Artemis. Wenn dir nur jetzt nichts zugestoßen ist . . . Nur, jetzt, komm . . .« Waren es Menschenschritte, die ich hörte? Ich hielt an und lauschte. Von drunten, vom Meer her, kamen Schritte. Wer war es wohl? Ob es Artemis war? Und wenn es ein Räuber wäre oder ein Neger oder ein Gespenst? Mein Herz klopfte ganz stark. Instinktiv verließ ich den Pfad ein wenig, machte ein paar Schritte seitwärts in die Erdschollen, in die kleinen Wellen, die die Ackerfurchen bildeten. Ich kniete nieder. Und dort, dicht am Boden, mit weit aufgerissenen Augen suchte ich die Schatten, die sich regten, zu unterscheiden, während die Schritte immer näher kamen.

Kaum daß ich die Laufende erkannte, sprang ich hoch.

»Ach!« stieß eine erschrockene Stimme aus.

»Artemis, Artemis! Bist du es?«

Ich umarmte sie und küßte sie leidenschaftlich auf den Kopf. Ihr Herz zuckte, wie das eines verwundeten Vogels.

»Um Gottes willen! Lauf!« sagte ich zu ihr. »Alle sind außer sich. Was hast du so lang gemacht?«

Sie antwortete mir nichts. Sie begann nur zu laufen. Ich lief neben ihr her. Im grünlichen Schimmer des Sternenlichtes ahnte ich, daß ihr Gesicht unglaublich stumm war, verschlossen gegen die äußere Welt, verschlossen auch gegen mich und gegen die Sterne.

»Warum hast du dich so verspätet? Was hast du drunten gesehen?«

Ich versuchte ihr ein Wort zu entreißen. Umsonst. Sie lief weiter, ohne zu antworten.

Schon waren die bläulichen Mauern des Gutshofes zu unter-

scheiden. Wir langten an. Die große Eiche zeichnete sich gegen den Himmel ab.
»Ich erzählte ihnen, du seist wegen der Nachtigall fort . . .«, sagte ich ihr. »Sie wissen von nichts.«
»Wegen was für einer Nachtigall?« fragte Artemis außer Atem.
»Wegen irgendeiner. Du seist fortgelaufen, um sie zu hören.«
Sie hielt plötzlich an, faßte mich bei der Hand und schaute mir in die Augen.
»Wirklich, hast du ihnen nichts gesagt? Wirklich, hast du ihnen das von der Nachtigall erzählt?«
»Ja, Artemis, nur von der Nachtigall.«
Es war, als ob sie etwas sagen wolle. Ich spürte, daß sie daran war, sich auf mich zu stürzen, um mich zu umarmen. Aber sie tat es nicht. Sie fing nur wieder an zu laufen.
Am Eingang des Hofes, am großen Tore, standen alle und warteten. Der Großvater, die Großmutter, unsere Mutter und unsere Geschwister. Artemis hielt einen Augenblick vor dieser Mauer, ohne ein Wort zu sagen, und machte dann Miene, das Hindernis zu durchbrechen.
»Wo bist du gewesen? Wo bist du gewesen?« riefen viele erregte Stimmen durcheinander.
»Hab ich es euch nicht gesagt?« rief ich laut. »Sie hat der Nachtigall zugehört.«
»Ungezogenes Mädchen!« sagte die Mutter. »Daß der Großvater und die Großmutter um die Zeit hier auf dich warten müssen! . . . Schämst du dich nicht?«
Sie stand da, süß, verwirrt, unvermögend sich zu wehren, stand da und biß sich auf die Lippen, um ja nicht zu weinen. Wie schön sie war, weil sie gesehen, gelebt, gelitten hatte . . . Weil sie von dem außergewöhnlichen Ereignis auf dem Gut am Strande kam, wohin seine Stimme sie gerufen hatte – umfangen von den Sternen, dem Schauder der Nacht, der Stimme der Nachtigall.
Die Mutter redete unaufhörlich auf sie ein: »Und mit deinem

blauen Kleid! Und mit der guten Schleife in den Haaren! Darum hast du sie angezogen, um bei Nacht in den Höhlen zu liegen und den Nachtigallen zuzuhören?«

»Schon gut, schon gut. Es reicht jetzt«, sagte die Großmutter zur Mutter mit begütigender Stimme. »Komm, Artemis, komm, mein Kindchen.«

Sie nahm sie an der Hand. Dann änderte sie ihre Meinung, ließ die Hand los und legte ihren Arm um des Mädchens Schultern. Langsam gingen sie voran, die beiden, eng umschlungen. Der Chor folgte ihnen schweigend.

»Sei nur ruhig, mein Kind«, sagte die Großmutter und streichelte ihr leicht die Schulter.

Und dann, als ob sie etwas ahne: »Fang nur nicht zu weinen an, wenn du allein bist!« sagte sie. »Morgen kannst du zu mir kommen und bei mir weinen.«

Die Stimmung bei Tische war an jenem Abend gar nicht heiter. Alle waren schweigsam. Vor allem der Großvater. Artemis fehlte. Sie erklärte, sie habe keinen Hunger, und man ließ sie schlafen gehen.

Als der Großvater und die Großmutter alleine waren, sagte er nachdenklich: »Was mag das Kind nur haben? Weißt du, was es hat?«

»Sie ist schon dreizehn Jahre alt«, erwiderte die Großmutter. »Ich glaube, ich weiß.«

Nach einer Weile sagte er wieder. »Wir müssen ihr helfen. Du mußt ihr helfen«, verbesserte er sich bald darauf.

»Laß uns nicht mehr davon reden«, sagte sie.

Artemis lag ausgestreckt in unserem Zimmer, ohne Licht, und ließ die auserlesenen Stunden, die sie erlebt hatte, noch einmal an sich vorüberziehen. Als sie auf dem Gutshof am Meere ankam, fand sie ihn voll regen Lebens. Die ganze Bevölkerung des Dorfes, alle die Arbeiter und Arbeiterinnen und ihre Kinder waren im großen Garten versammelt, standen in Gruppen beieinander und unterhielten sich. Sie trugen ihre guten Kleider, die Frauen Röcke mit leuchtenden Farben, gelben und roten, und die Kinder machten einen furchtbaren Lärm. Die Mädchen, von der Sonne und der salzigen Meeresluft gebräunt, liefen hin und her, deckten die Tische, richteten die Speisen an, taten so, als ob sie die Neckereien der jungen Burschen überhörten, und entflammten doch von dem, was sie gehört hatten.

»Sind sie noch nicht da?«

»Nur Geduld, sie werden schon kommen.«

Thisbe Wilaras ging von Zeit zu Zeit auf die große Veranda hinaus, stieg zu den Tischen hinab und warf einen Blick auf die Vorbereitungen. Ihre weißen Haare, mit Kunst und Sorgfalt frisiert, kränzten ihr Gesicht und erhellten es.

Die Mädchen sagten: »So muß die Königin aussehen. Wie unsere Herrin!« Und sie bewunderten sie.

»Ob sie denn noch nicht kommen?« fragte Thisbe Wilaras, indem sie ungeduldig ihre Hände faltete.

»Ich habe unsern Jäger auf die Pappelallee geschickt. Sobald sie dort ankommen, wird er uns ein Zeichen geben«, sagte der alte Wilaras.

»Habt ihr es gehört?« sagten die Mädchen. »Mit den Jungvermählten werden auch die Burschen des Antonis Pagidas kommen! Die Schmuggler von Aiwali werden kommen!«

»Warum werden die Palikaren von Aiwali kommen?«

»Um unsere Herrschaft zu ehren, die ihnen wohlgesinnt ist. Sie geleiten seinen Sohn und seine Schwiegertochter.«

Artemis versteckte sich, um nicht gesehen und erkannt zu werden, und suchte mit ihren Augen den Jäger ausfindig zu machen. Schließlich galoppierte er auf seinem kleinen Schimmel heran, indem er rief: »Sie sind schon zu sehen! Sie sind schon auf der Pappelallee zu sehen!«

Da entstand ein großer Lärm. Alle Leute des Gutshofes rannten zu dem Gartentor. Der alte Wilaras in seinem schwarzen Frack und Thisbe Wilaras gingen auf die Veranda hinaus. In diesem Anzug hatten sie ein fremdartiges Aussehen unter der Menschenmenge, von der die Männer ihre schwarzen tuchenen Pluderhosen trugen, die Frauen ihre bunten Röcke. Die beiden Wilaras standen unbeweglich, einer neben dem andern, mit sanftem Lächeln.

Dann verstummten die Stimmen in der Menge.

»Da sind sie!«

Der Zug bog in die große Pappelallee ein.

An der Spitze ritt auf ihren Pferden die Bande des Pagidas, die besten Palikaren unter den Schmugglern von Aiwali, die Patronengurte umgebunden, die in der Sonne blitzenden Gewehre um die Schultern gehängt, mit schwarzen Samtkäppchen, die mit bunten Tüchern umschlungen waren. Sie hielten die Pferde scharf am Zügel. Die bäumten sich schäumend auf, ehe sie sich dieser brutalen Gewalt, die sie im Zaum hielt, unterwarfen. Es waren an die fünfzehn Reiter. Hinter ihnen, in einigem Abstand, kamen die Neuvermählten. Er ritt auf einem Pferd mit grauem Fell und sie auf einem Schimmel. Ihre blonden Haare fielen ihr auf die Schultern, in offenen Locken, und ihr Antlitz strahlte. Hinter ihnen ritt auf einem Fuchs Pagidas. Wortlos, ernst, er allein ohne Waffen, ein Tuch um das Haupt geschlungen, blickte er langsam bald nach rechts und bald nach links. Und dahinter folgte die Karawane der Kamele, die mit der Aussteuer der Neuankömmlinge beladen waren. Das erste Kamel, mit Perlen und gläsernen Glocken geschmückt, war von gewaltiger Größe, schäumte aus dem Munde, während alle seine Glocken spielten. Auch die Glocken der anderen Kamele spielten. Die ganze Gegend füllte sich mit ihren Klängen.

Die Schmuggler ritten in einer Doppelreihe zur steinernen Treppe des Gutshauses heran. Als sie dort anlangten, teilten sie sich, und die Hälfte stellte sich auf der einen, die Hälfte auf der anderen Seite auf. Es war ein richtiges Gewoge von Palikaren und von Pferden, die wieherten und schäumten. Durch dies Gewoge ritten die beiden jungen Leute hindurch. Er sprang zuerst vom Pferd und half seiner jungen Frau beim Absteigen. Er nahm sie bei der Hand, und sie schritten bis zur Treppe. Pagidas streckte seine Hand schweigend nach einem Palikaren neben ihm aus. Der reichte ihm sein Gewehr. Auch die anderen Palikaren nahmen ihre Gewehre von den Schultern. Der alte Wilaras umarmte seinen Sohn. Die junge Frau verneigte sich zunächst vor Thisbe Wilaras und küßte ihr die Hand. Dann stürzte sie ihr in die Arme. Dann küßte sie die Hand des alten Wilaras, und er küßte sie auf die Stirn.

»Willkommen«, sagte er, »auf unserer Erde und in unserem Lande! . . . Willkommen, meine Kinder!«

Eine Dienerin, die daneben stand, hielt ein großes silbernes Tablett, auf dem ein Granatapfel lag. Der alte Wilaras nahm ihn und warf ihn kräftig auf den Boden. Der Granatapfel platzte. Große rote Granatapfelkerne zerstreuten sich ringsum. Im gleichen Augenblick feuerten Pagidas und seine Palikaren ihre Gewehre ab, den Lauf zum Himmel gerichtet. Die Luft war angefüllt vom Knall der Büchsen und von den erschrockenen Frauenstimmen.

»Seid stark und einig wie die Kerne dieses Granatapfels, der von unserer Erde stammt!« sagte der alte Wilaras feierlich.

Dann, seinen Sohn und seine Tochter neben sich, wandte er sich hinab zur Menge. Es entstand tiefe Stille.

»Ich danke Gott, daß er mich gewürdigt hat, diese Stunde zu erleben«, sagte er. »Ich danke auch euch allen, die ihr an der Freude meines Hauses teilnehmt. Eßt und trinkt von meinem Hab und Gut drei Tage und drei Nächte. Den Mädchen unter euch, die in diesem Jahr heiraten, werde ich die Mitgift geben. Und ich werde den Burschen, die sie nehmen, je ein Pferd zu eigen machen. Möge er gesegnet sein, dieser heutige Sommertag!«

Das ganze Volk, die Mädchen und die Männer und die Kinder riefen da laut aus: »Mögest du tausend Jahre leben, Herr! Schön hast du deine Kinder empfangen! Schön hast du sie empfangen!«
Man lud zu Tische, und man begann zu essen und zu trinken.
Artemis streifte wie verloren hier und dort in der Menge umher, um den Jäger zu finden. Sie fand ihn schließlich in einem Winkel, wie er sein Gewehr gerade lud. Der leichte Flaum, der seine Oberlippe beschattete, war feucht von Schweiß. Es war, als ob er zitterte. Seine Augen blitzten.
»Ach, du bist es, Rehlein«, sagte er. »Bist du wirklich gekommen?«
»Du siehst, ich bin gekommen.«
»Bist du alleine gekommen?«
»Ganz allein.«
»Hast du sehen können? Hast du sie gesehen?«
Seine Augen sprühten Flammen.
»Ich habe sie gesehen«, sagte Artemis.
»Hast du gesehen, wie schön sie ist? Wie die Engel auf den Heiligenbildern! Und wie gut sie reiten kann!«
Seine Augen leuchteten.
»Auch ich werde reiten lernen«, sagte Artemis. »Es ist nichts dabei!«
Der Jäger packte sie mit den Händen um die Hüfte und hob sie ungestüm empor.
»Oh, oh, wie willst du jetzt reiten lernen! Wie sie wirst du es doch nie können!«
Artemis strampelte heftig mit ihren Füßen, schüttelte ihren Körper, entglitt ihm und fiel zu Boden.
»Laß mich!« sagte sie ihm, »ich muß jetzt fort!«
»Du willst schon fort? Noch hast du ja nichts gesehen! Bleib noch etwas, damit du siehst, wie die Burschen tanzen! Bleib noch, damit du siehst, wie die Kamele kämpfen! Bleib noch, damit du siehst, wie . . .«

Oben auf der obersten Stufe erschien wiederum Doris. Hinter ihr kam ihr Mann und hinter ihnen die alten Wilaras. Doris hatte sich umgezogen. Sie trug jetzt ein weißes Kleid, das bis auf ihre Füße fiel. Ihre Haare waren feucht und glänzten.
»Schau sie an!« sagte leise der Jäger, von dem weißen Zauber in der Ferne geblendet. »Schau, Rehlein, wie sie aussieht!«
So sprach er und stürzte vor auf die Veranda, wo Doris stand. Er drängte sich durch die feiernden Menschen hindurch, hielt seine Büchse in der Hand, und sein Tuch mit den gelben Sternen flatterte ihm um den Kopf. Er hielt keuchend an der untersten Treppenstufe an. Er stellte sich auf, drehte sich herum und blickte um sich. Am Eingang des Gartens, hochgerankt an einer Pappel, stand ein sehr großer Rosenstock. Er hatte weiße Blüten. Eine Blüte, die größte, hing ganz hoch, als flehe sie darum, gepflückt, als bitte sie darum, verschenkt zu werden. Der Jäger erhob seine Büchse. Er zielte nach dem feinen Stiel. Doris schaute neugierig hin; alle schauten hin. Die Büchse ließ ihren hellen Knall ertönen. Das Geschoß stürmte mit Sicherheit, wie vom Schicksal gelenkt, davon. Die Rosenblüte fiel, am Stiel getroffen, herab. Die Frauen kreischten, als der Tod über ihre Köpfe wegflog. Ringsum wurden Stimmen der Bewunderung laut.
»Bravo!« sagte Pagidas ohne irgendeinen Ausdruck in seinem strengen Antlitz.
Der Jäger stürmte davon, holte die Rosenblüte, lief zurück und legte sie in Doris' Hände, seine Augen niederschlagend.
»Danke schön«, sagte jene und lächelte ihm zu.
»Danke schön«, sagte sie auf griechisch, nur daß die Aussprache etwas anders in ihrem Munde klang, wie die eines kleinen Kindes, das sprechen lernt.
Doris schritt die Stufen hinab und ging an allen Tischen vorbei. Die Trommeln und die Dudelsäcke begannen die strengen Tanzweisen jener Gegend zu spielen. Die Luft erzitterte von den Klängen der Leidenschaft und Wehmut. Als Doris vorbeiging,

erhoben sich alle und tranken auf ihr Wohl. Sie lächelte ihnen zu. Sie kam am Tisch der Schmuggler an. Ihr Führer erhob sich, allein. Er wollte ihr in die Augen schauen und sie begrüßen. Und auch sie schaute ihm mit Ausdauer gerade in die Augen. Antonis Pagidas machte Miene, sich mit ihrem Blick zu messen. Da gewahrten alle ringsum mit Bestürzung, daß er, der Antonis Pagidas, es nicht vermochte. Er senkte seinen Blick auf ihre Hände. Er erhob sein Glas. Und sie ergriff ein anderes. Sie stießen mit den Gläsern an und tranken. Die Palikaren feuerten mit ihren Büchsen fröhlich in die Luft.

Der alte Wilaras ordnete an: »Der Kampf der Kamele soll beginnen.«

Da schrie die ganze Menge: »Die Kamele werden kämpfen! Die Kamele werden kämpfen!«

Alle rannten zu dem großen freien Platz, der neben dem Gutshof lag. Die Wilaras und Doris gingen ebenfalls hin und setzten sich in die erste Reihe. Hinter ihnen standen aufrecht die Palikaren des Pagidas. Und ringsherum im improvisierten Freilichttheater leuchteten die bunten Farben der Menschenmenge.

»Das, was Ihr sehen werdet, habt Ihr gewiß noch nicht gesehen!« sagte der alte Wilaras zu Doris.

»Ich will Euch darauf vorbereiten, mein Kind«, sagte Thisbe Wilaras mit der Miene eines Menschen, dem diese Sache lästig war. »Es ist ein barbarisches Spiel, was Ihr da sehen werdet.«

»Ich komme aus einem rauhen Lande,« sagte Doris, »das gewohnt ist, den Dingen ins Gesicht zu sehen. Ist es echt anatolisch, was ich sehen werde?«

»Hundert Prozent«, sagte der alte Wilaras. »Darum wünschte ich, daß Ihr es sehen sollt.«

In der Mitte des Theaters begannen die Trommeln dumpf und langsam zu schlagen unter den Händen der türkischen Musikanten, die kurze Pluderhosen trugen. Im Hintergrund erschien das erste Kamel. Ein Kameltreiber hielt es am Zügel und begann es im Kreise einmal im Theater herumzuführen. Es war ein mächtiges Tier, ganz frisch gestriegelt. Sein Fell glänzte in der Sonne, die am Sinken war. Am Halse trug es ein rotes Amulett, an dem kleine Glocken hingen, die in allen Klängen tönten. Man hatte ihm einen kostbaren Sattel aufgelegt, der mit bunten Perlen bestickt war. Es schritt langsam und feierlich daher. Aus seinem Maul kam Schaum. Von der andern Seite kam jetzt das andere Kamel, der Gegner, mit dem es zu kämpfen hatte. Sie führten auch dies einmal im Kreis herum. Als die beiden Kamele sich nahe waren, hielten die Kameltreiber, die sie führten, einen Augenblick inne. Die stolzen männlichen Tiere schauten sich, eins dem anderen, kräftig in die Augen. Ein dumpfes Brüllen kam mit dem Schaum zugleich aus ihrem Munde und ihre Köpfe schüttelten sich erregt. Die Trommeln wirbelten. Die Runde rings um das Theater wiederholte sich. Dann hielten sie die Kamele fest, das eine am einen Ende des Kreises, das andere am entgegengesetzten Ende.

Dann führten sie das weibliche Kamel heraus. Verglichen mit den männlichen Kamelen sah das weibliche sehr häßlich und armselig aus. Dennoch sollte ihm zuliebe der Kampf ausgetragen werden. Sie führten es zuerst dicht an das eine männliche Kamel heran und ließen es einen Augenblick beschnuppern. Das männliche Tier stampfte aufgeregt mit den Füßen und schüttelte den Kopf. Dann nahmen sie das weibliche und brachten es zum andern männlichen hinüber. Dasselbe. Dann noch einmal beim ersten und noch einmal beim zweiten. Die finstere tiefe Kraft drang in die Adern, drang ins Blut, drang in die Haut, die zitterte. Dann stellten sie das weibliche Tier in die Mitte der Bühne und führten die beiden männlichen, von der einen Seite das eine, von der anderen das andere, heran. Alle drei wurden an ihren Zügeln fest zurückgehalten. Die männlichen wandten alle Kraft auf, um sich loszumachen und aufeinander zu stürzen. Die Trommeln wirbelten unheimlich

Dum! Dum! Dum! Dum!
Dum! Dum!

Die finstere Stimme hatte ihre äußerste Grenze erreicht. Sie war nicht mehr zu halten. Der Schaum lief unentwegt aus dem Maul der männlichen Kamele. Trommelwirbel ertönten. Ein letztes Mal reizten sie die männlichen Kamele, indem sie das weibliche dem einen vor die Nase brachten und es dann plötzlich fortzogen, um es zum anderen zu führen, während das erste brüllte. Wiederum Trommelwirbel.

Da zerrten sie plötzlich das weibliche Kamel aus der Mitte weg. Sie zogen es weg und versteckten es. Die Trommeln schwiegen unvermittelt. Tiefe Stille trat ein. Die beiden männlichen Kamele wurden freigelassen, das eine gegen das andere. Sie blickten sich an. Und dann stürzten sie sich mit Gewalt, mit Wut, mit Leidenschaft das eine auf das andere. Es war ein furchtbares und wildes Ringen. Es war der aufs äußerste gesteigerte Instinkt, der stöhnt und wütet, die finstere Gottheit Anatoliens, die kein Maß kennt, die nur die Leidenschaft kennt, die im Blute gärt und schäumt.

Am ganzen Leibe blutend, am ganzen Leib zerschunden, aber immer noch wild, als der Tod schon beinahe kam, um die Leidenschaft endgültig zum Schweigen zu bringen, rissen sie die männlichen Kamele auseinander, die gekämpft hatten, die ihr Blut vergossen hatten und die nicht befriedigt wurden.

»Ich habe Euch darauf vorbereitet«, sagte Thisbe Wilaras zu Doris. »Es ist ein barbarisches Schauspiel.«

Aber die braunen Augen der jungen Frau vom Ozean funkelten wild. Sie strahlte übers ganze Gesicht.

»Es hat mir sehr gefallen«, sagte sie.

Es begann dunkel zu werden. Alle brachen auf, um zu den gedeckten Tischen und zum Fest zurückzukehren. Die Wangen der Mädchen waren entflammt und die Burschen schauten sie mit dunklen Augen an. Die Trommeln und die Dudelsäcke er-

klangen von neuem in atemberaubendem Wirbel. Furchtbarer Lärm tobte unter dem Laub der Bäume, wo große Laternen mit farbigen Gläsern aufgehängt waren.
Wo war der Jäger mit den gelben Sternen?
Artemis suchte ihn, fremd, einsam und aufgeregt, umsonst.
Plötzlich hörte man eine helle schmetternde Stimme aus der Höhe. Sie brachte alle anderen Stimmen, den ganzen anderen Lärm, zum Schweigen. Alle wandten die Augen nach oben.
»Wer ist das? Was ist das?«
Nur Artemis hatte die Stimme sofort erkannt. Aber wo war sie? Von wo kam sie?
Sie kam von oben, von der höchsten Pappel des Gartens. Warm und lodernd drang sie durch das Laub und durch die Luft mitten unter die Menschen, um ihnen eine Botschaft zu verkünden. Aber diese Botschaft war nicht für Artemis bestimmt. Sie war es nicht.
»Für meine junge Herrin, die aus der Fremde gekommen ist!« rief die Stimme aus der Höhe.
Und auf einmal zündete er die erste Rakete an und ließ sie von dort oben steigen. Es war eine rasende Flammenlinie, die aus dem Baume hochfuhr, den Sternen entgegen.
»Bravo!« brüllte von unten die begeisterte Menge.
»Noch einmal für meine Herrin, die aus der Fremde kam!« ließ sich die Stimme aus der Pappel hören, und eine zweite Rakete schoß empor.
Mit scheuen Schritten, wie ein Schatten, der sich verlieren will, mit einem kleinen Herzen, das zitterte, schlich sich Artemis aus dem Lärm der Menge weg und schlug, einsam inmitten der Nacht, den Pfad nach Hause ein, während sich hinter ihr, während sich über ihr die Raketen mit den Sternen vereinten.

Als wir Kinder an jenem Abend schlafen gingen, fanden wir Artemis reglos liegen. Sie schien eingeschlafen zu sein. Ich fiel in mein Bett, das neben dem ihrigen war, und schloß die Augen. Aber der Schlaf überkam mich nicht. Was mochte Artemis da drunten nur getan, was mochte sie gesehen haben, was mochte man mit ihr angestellt haben? Eine starke Wut überkam mich und beherrschte mich ganz. Meine Nägel krallten sich in die Handballen. Ich haßte alle Jäger der Welt.

So verging eine geraume Zeit. Alle Kinder waren eingeschlafen.

Da hörte ich ein ganz leises Geräusch, das aus dem Bett der Artemis kam. Es war halb dunkel. Eine kleine Kerze brannte vor dem dreiflügeligen Bild der Muttergottes mit dem Kinde, das in unserem Zimmer stand, um uns zu beschirmen. Artemis erhob sich ganz leise, kam auf Zehenspitzen auf mich zu. Sie glaubte, ich schliefe. Ich hörte ihren Atem.

Sie bückte sich über mich und küßte mich auf die Stirn.

Da streckte ich meine Hand aus und ergriff die ihrige.

Sie erschrak.

»Ach! du bist noch wach?« sagte sie.

»Was ist denn, Artemis?«

»Nichts«, sagte sie. »Nichts. Ich wollte dir nur sagen, daß ... daß du, Petrakis, du allein mich lieb hast.«

4

Agapi war heuer fünfzehn Jahre alt. Im Winter in der Stadt ging sie in die Oberklasse der Mädchenschule. Sie war hager, hatte ein blasses Gesicht und dunkle Haare in Zöpfe geflochten. Sie war gescheit. Stundenlang saß sie allein und las und löste Aufgaben. Es war heuer das erste Jahr, wo sie Weltkunde und Algebra trieb. Die Zahlen wurden ihre Leidenschaft. Von klein auf hatte sie es nicht geliebt, mit uns zu spielen. Aber je größer sie wurde, desto mehr ging sie uns aus dem Wege. Sie wollte nicht mit Puppen spielen. Sie spielte auch nicht mit Rindenschiffchen. Sie war ein verschlossenes, melancholisches Mädchen. Sie hatte große, schwarze, verträumte Augen. Immer schon hatte sie gern die Sterne betrachtet. Aber jetzt, wo sie in der Weltkunde gelernt hatte, die Sterne aufs Papier zu bringen und ihre Abstände zu messen, bildete sie sich viel darauf ein. Ich sagte zu ihr: »Siehst du, was ich da gebracht habe? Es sind Eier aus einem Falkennest. Kannst du auf den Kimindenia ein Falkennest finden? Und hast du den Mut, die Eier da herauszuholen?«

Artemis sagte: »Was sagst du ihr das? Sie kann es doch nicht! Sie kann überhaupt nichts!«

Ich stieg die Anhöhe hinauf, dem Bett des Schakalflusses, der von den Kimindenia herabkommt, folgend. Ich wußte, wo das Reich der Schildkröten war, wo sie hingingen, um Futter zu finden, wo sie ihre Jungen hatten.

Ich suchte eine kleine Schildkröte mit einem glänzenden gelben Schilde aus und brachte es der Agapi.

»Da hast du was!«

»Laß mich in Ruhe!« sagte sie ärgerlich, »Lausbub! Was willst du damit machen?«

Sie wußte wohl, was ich damit machen wollte. Ich wollte sie im Winter mit in unser Stadthaus nehmen. Ich würde sie umdrehen, auf den Boden legen und einen Stein darauf tun. Das kleine schutzlose Geschöpf ahnte den furchtbaren Tod, der es erwartete, streckte sein Köpfchen, streckte auch seine Füße aus seiner Schale heraus und regte sie in der Luft. Aber wer sollte sich seiner erbarmen? Ich begann in das Alter einzutreten, in dem Kinder kein Mitleid haben, kein Erbarmen, wenn sie die Spuren der Welt, die sie umgibt, verfolgen.

»Morgen werde ich es in die Wildschweinhöhle bringen! Dort wird es sterben«, sagte ich.

Ich folgte den Hasenfährten. Ich wußte sie zu finden. Eines Tages stieß ich auf ein Hasennest. Ich kehrte triumphierend heim. Ich hatte ein kleines Häschen gefunden und brachte es mit.

»Sieh nur!« rief ich der Agapi zu. »Das bringen selbst große Jäger kaum fertig.«
Agapi, die doch viel größer war als ich und sich nicht um mich, der noch so klein war, hätte zu kümmern brauchen, setzte sich zur Wehr. Sie wollte ihr Ansehen wahren und sagte zum Großvater:
»Weißt du, Großvater, wieviel Sterne am Himmel stehen?«
»Wer soll das wissen, mein Kindchen? Ich . . . weiß es nicht.«
»Ich weiß es aber!« sagte Agapi, und ihre schwarzen Augen wurden noch größer.
»Du weißt es? Wie kannst du das wissen?« sagte er lächelnd.
»Ich habe es aus meinen Büchern gelernt! Hör, Großvater . . .«
Und sie begann vor ihm ihre Berechnungen anzustellen. Sie sagte ihm: Soviel Sterne sind es. So viele.
Das Lächeln auf den Lippen des Greises wurde sanft herablassend. Die Ironie war kaum zu merken.
»Warum sollen es nicht so viele sein?« sagte er. »Da die Agapi es so will, wird es schon so sein . . .«
»Und weißt du vielleicht, Großvater, welches der Nordstern ist?« fragte Agapi über den Polarstern. »Du mußt es doch wissen . . .«
Jannakos Bibelas kannte den Nordstern. Viele, viele Nächte seines Lebens an den Kimindenia hatte er die Sterne befragt. Hatte sie befragt um Regen oder Wind. Hatte sie befragt, um ihre Vorbedeutung zu erahnen, ob man für die Obsternte der Bäume gutes oder schlechtes Wetter haben werde.
»Weißt du aber, Großvater, wie weit der Nordstern von der Erde entfernt ist?«
»Nein, Agapi. Das weiß ich nicht. Wer soll das wissen?«
»Ich weiß es!« sagte das Mädchen wieder mit strahlenden Augen. »Ich kann es finden!«
Wieder stellte sie ihre Berechnungen an, die Formeln ihrer Weltkunde, und wiederum fand sie eine Zahl.
»So viel ist es!«

Der Großvater lächelte wieder nachsichtig. Aber bei sich dachte er – denn er war zwar einfach, der Schrift unkundig, aber weise: Weshalb lernen die Kinder sich von der Erde zu entfernen? Weshalb lernen sie sich in den Wolken zu verlieren? Und wenn die Stunde kommt, wo es not tut, daß sie von dort oben zurückfinden? . . .

»Ich«, sagte Artemis, »möchte ein gelbes Seidenkleid haben. Wenn ich groß bin, werde ich immer gelbe Farben tragen. Nein, nicht gelbe, sondern kanarienfarbene. Ich werde Korbweidenblüten in den Haaren tragen. Meine Haare sind lockig. Ich werde in die Locken Blüten stecken. Wenn ich heirate, nehme ich meinen Mann, und wir gehen zusammen nach den griechischen Inseln. Dort werde ich eines Tages ins Meer fallen, so wie ich bin, mit den gelben Farben und den Blumen. Mein Mann wird sich gleich hinterherstürzen und mich aus dem Meer ziehen. Aber die Blüten werden nicht mehr in meinen Haaren sein, sie werden auf den Wogen schwimmen . . .«

»Warum soll ich auf die griechischen Inseln gehen und dort ins Wasser fallen?« fragte Lena, die Kleinste von uns allen. »Ich werde hierbleiben und hier heiraten. Ich werde den Großvater bitten, daß er uns das Land gibt, das neben dem Schakalfluß liegt. Die Erde dort ist rot. Dort geht die Sonne früher unter, wenn sie hinter dem Berg verschwindet. Es ist dort sehr kühl. Ich werde lernen, Brot zu kneten, das gut geht. Und wir wollen viele Kaninchen und viele Tauben und Pferde haben. Ich möchte wie die Großmutter werden.«

Lena sprach von ihren Träumen, und ihre roten Backen wurden noch voller in ihrer strahlenden Gesundheit.

»Ich reise noch über die Inseln Griechenlands hinaus«, sagte Artemis. »Ich werde auf die Meere gehen, wo, wie man sagt, der Nebel immer liegt. Ich werde in die Länder gehen, wo es viele Hirsche gibt. Dort werde ich mit meinem Mann die Hirsche jagen . . .«

»Was für einen Beruf wird dein Mann haben?« fragte Lena. »Meiner soll Landwirt sein, er soll den Samen so gut säen können wie kein anderer weit und breit. Er soll die Bäume so gut pfropfen können wie Barba Joseph und soll machen können, daß die Wildoliven und die wilden Birnen gute Früchte tragen. Und was wird deiner machen?«

»Er wird ein Jäger sein«, sagte Artemis.

»Bleib doch bei uns, Artemis«, bat die kleine Lena. »Weshalb willst du von hier weggehen? Weshalb willst du in das Land der Hirsche gehen? Hier an den Kimindenia gibt es Wildschweine ...«

»Ich kann nicht anders, Lenaki«, sagte Artemis, und ihre Augen blickten in die Ferne auf das Meer hin. »Ich werde auf die Inseln des Ozeans gehen, um zu sehen, was das für ein Land ist, aus dem sie kam.«

Sie konnte nicht anders. Sie mußte hingehen, um zu sehen, was für ein Land das war, wo die Haare der Mädchen wie lichte Wellen werden, der Mädchen, welche die Jäger mit den gelben Sternen dazu bringen, mit ihrem Gewehr Rosen zu pflücken und sie ihnen zu geben, auf die hohen Pappeln zu steigen und Raketen in die Nacht zu jagen.

»Von wem sagst du, daß er gekommen ist?« fragte Lena erstaunt.

»Ach du, du weißt es doch nicht!« antwortete ihr Artemis. »Du bist ja, Ärmste, noch so klein.«

Außer Atem vom Laufen platzte ich plötzlich in ihren Kreis hinein, wie sie – die Lena, die Agapi und die Artemis – von ihren Zukunftsträumen sprachen. Es war noch nicht Mittag. Artemis quälte eine Zikade, die sie gefangen und der sie einen Flügel ausgerissen hatte. Sie kitzelte sie am Bauch, und die Zikade zirpte in einem fort. Lena knetete Lehm, machte davon Brötchen und steckte sie in ihren kleinen irdenen Ofen. Agapi schrieb mit dem Bleistift Zahlen auf ein Papier.

»Ich habe sie gesehen!« rief ich mit triumphierender Stimme und mit funkelnden Augen. »Ich habe sie gesehen, sage ich euch!«

Artemis allein ahnte es. Artemis allein fühlte es. Sie drehte sich rasch um und blickte mich forschend an. Sie war die erste, die mich fragte: »Was hast du gesehen?«

»Ich habe sie gesehen! Sie, die aus der Fremde gekommen ist! Wie schön sie ist.«

»Wo hast du sie gesehen?«

Ich erzählte ihnen in Eile: Sie kehrten auf dem Steineichenpfad heim. Sie hatten anscheinend auf den Kimindenia gejagt. Sie war seltsam angezogen, wie ein Mann. Sie trug eine lederne Hose und eine rote Lederjacke. Um ihre Hüfte waren Patronengurte geschlungen. Sie ritt einen Schimmel und hielt in der Hand mit dem Zügel ihren Karabiner. Auf ihrem Kopfe trug sie einen weißen steifen Hut mit breiter Krempe. Ihre blonden Haare fielen über ihre Wangen herab.

»Und wie kennt sie die Schlupfwinkel in unseren Bergen?« fragte Artemis. »Seit wann kennt sie den Pfad im Eichwalde?«

»Sie war doch nicht allein, Artemis! Mit ihr . . .«

»Mit ihr . . .«, murmelte das Mädchen, und ihre weit aufgerissenen Augen zitterten vor banger Ungeduld.

»Gewiß! Mit ihr war Er! Der Jäger mit dem gelben Kopftuch.«

Artemis' Hände erschlafften, öffneten sich. Die gefangene Zikade machte mit dem einen Flügel, der ihr geblieben war, große Anstrengungen zu fliegen, konnte es aber nicht und kroch auf dem Boden davon.

Lena hörte auf, ihre Lehmbrötchen zu backen, und fragte: »Wirklich, ist sie schön, Petros?«

»Oh, wie soll ich euch das beschreiben! . . .«

»Ich möchte sie gerne sehen«, sagte Lena gleichgültig und beugte sich wieder über ihr Hausfrauenspiel.

»Sie werden schon eines Tages kommen und uns Besuch machen«, sagte Agapi im selben gleichgültigen Ton. »Wenn es geht, werde ich ihr meine Aufgaben zeigen.«
Und sie bückte sich wieder auf ihr Papier und ihre Zahlen.
»Sie wird viel Lust dazu haben!« sagte Lena spöttisch.
Nur Artemis schwieg. Sie schaute ihre Finger an, die geöffnet waren und leer, ohne ihre Zikade. Wie traurig sahen ihre Augen aus . . . Ich war enttäuscht über den geringen Eindruck, den meine Neuigkeit ihnen gemacht hatte. Aber meine Wangen brannten.
»Und . . . Wißt ihr? Ich habe mich versteckt und gesehen, was sie gemacht haben! . . .«
»Laß uns in Ruhe, Petros!« sagte Lena wütend, weil ihr ein Brötchen in der Hand zerbrochen und zerkrümelt war.
»Was haben sie gemacht?« fragte Artemis.
Ich erzählte es ihr. Daß ich mich kaum, als ich sie sah, versteckte. Ich wußte nicht warum. Ich war gerade an der Stelle, wo das Grab des Wiesels war, das ich getötet hatte – ob Artemis sich daran erinnerte? Als sie dicht bei mir waren, sagte sie: »Laß uns hier etwas rasten. Es ist so schön.« Ich hörte ihre Stimme. Ich verstand ihre Worte, aber sie sprach fremdartig, sehr fremdartig. Der Jäger sprang von seinem Pferd. Er lief hinzu und faßte sie bei beiden Händen. Er half ihr beim Absteigen. Sie nahm ihren Hut mit der breiten Krempe ab und legte sich flach hin. Sie schloß ihre Augen. Der Jäger saß neben ihr mit gekreuzten Beinen, und die ganze Zeit über ließ er sie nicht aus den Augen. Auf einmal begannen ihre Hände unwillkürlich im Boden zu scharren. Ich war daran, ihr zuzurufen: »Aber dort, dort liegt das Wiesel, das Artemis begraben hat!« Aber sie sprachen kein Wort miteinander, und ich fürchtete mich sogar tief zu atmen, damit sie mich nicht ertappen sollten. So verging eine kurze Weile. »Gehen wir«, sagte sie und erhob sich. Er wollte ihr beim Aufsteigen helfen, aber sie sagte ihm: »Laß das. Ich kenne

mich so gut mit Pferden aus wie du.« Sie saßen auf und sprengten davon. Wie schön sie ritt! Wie schön sie war!
»Bin ich nicht schöner, Petrakis?« fragte Lena. »Schau meine Backen an!« und sie lachte kindlich.
»Ach, wie dumm«, sagte Agapi. Und gleich darauf sagte sie, da sie kein anderes Opfer fand, dem sie ihre Weisheit in diesem Augenblick hätte zeigen können: »Hört, was ich euch sage! Es ist wie ein Rätsel! Könnt ihr die Lösung finden?«
»Nehmen wir an,« sagte sie, »hier wären Schakale und Wildenten um uns versammelt. Sie hätten alle zusammen 23 Köpfe und alle zusammen 56 Füße. Ob wir das würden finden können, die Artemis, die Lena und ich, wieviel Schakale und wieviel Wildenten das seien?«
Lena hörte sich das Rätsel zuerst befremdet an, machte sich ans Nachdenken, wurde aber auf einmal schwindlig. Sie hatte einen komisch-guten Ausdruck im Gesicht. Sie nannte aufs Geratewohl eine Zahl. Dann noch eine. Aber Agapi wies ihr nach, daß die Köpfe und die Füße mit den Zahlen, die sie nannte, nicht übereinstimmten.
»Warte und sieh, wie ich es herausbekommen werde!« sagte Agapi begeistert darüber, daß sie ein staunendes Publikum hatte.
Sie begann auf ihr Papier seltsame Zeichen zu schreiben, die Weisheit der wenigen Jahre, die sie uns voraus war, eine einfache algebraische Gleichung. Sie schrieb, indem sie mit lauter Stimme ihre Überlegung aussprach.

$$x = \text{Wildenten}$$

$$23 - x = \text{Schakale}$$

$$(23 - x \cdot 4 + 2x = 56$$

$$92 - 4x + 2x = 56$$

Agapi hielt einen Augenblick inne, um nachzudenken. Sie wiederholte es noch einmal, in ihre Rechnung vertieft, mit lauter Stimme:
92 minus 4x plus 2x ist gleich . . . 92 minus 4x . . .

Da sprang Artemis auf und stürzte sich auf sie. Sie riß ihr das Papier aus der Hand, zerknüllte es in ihrer Faust und warf es wütend auf den Boden. Nie hatte ich sie so außer sich gesehen.
»Wie albern! Wie albern!« schrie sie die Agapi wütend an.
Und dann rannte sie, um den Tränen, die sie spürte, zuvorzukommen, auf dem Pfad zum Steineichenwald davon.
Lena hatte ihre Händchen sinken lassen und schaute, ihre guten Augen voller Bestürzung, der Schwester, die davonlief, nach.
Auch ich schaute ihr reglos nach.
»Was hat die Artemis?« fragte Lena mit plötzlichem Ernst.
»Ungezogenes Mädchen!« rief Agapi wütend. »Ein Raubtier bist du, und ein Raubtier wirst du bleiben!«
»Was hat nur die Artemis?« murmelte die Lena vor sich hin, nicht fähig, es zu erahnen.
»Sie ist neidisch auf mich!« rief Agapi. »Verstehst du das nicht?«
Sie las ihr zerknülltes Papier vom Boden auf, faltete es auseinander und strich es wieder glatt.
»Komm, Lenaki, komm du und sieh.«
Und sie begann dann in der Rechnung fortzufahren, mit lauter Stimme die unverständlichen Formeln sprechend:

$$-4x + 2x = 56 - 92$$
$$-2x = -36$$
$$2x = 36$$
$$x = \frac{36}{2} = 18$$

»Das ist es!« rief Agapi triumphierend. »18 Wildenten sind es, die 36 Füße haben! Und 5 Schakale sind es, die die restlichen 20 Füße haben. Hast du das verstanden, Lenaki? Hast du das verstanden, Petros?«
»Ach, laß mich in Ruhe!« sagte ich von dort, wo ich saß, und schaute in die Luft, die in der Sonne zitterte.
». . . Hast du es verstanden, Lenaki?«
Aber Lena hatte ihre Augen auf die Kimindenia geheftet, als

versuche sie von der unbekannten Welt, die sie eben erst im Unbewußten zu ahnen begann, soviel als möglich zu begreifen. »Was hat die Artemis?« murmelte sie in einem fort. »Was hat die Artemis?«
Agapis Stimme, leiser und einsamer als zuvor, fiel jetzt ins Leere: »x gleich . . .«

Nachts heulten die Schakale. Die wilde Gottheit unserer Berge – ihre wohlbekannte Stimme – drang von der Höhe herab. Erinnerungen und Ängste hüllten mich ein und bedrängten mich. Mit wem sollte ich sprechen? Artemis schlief neben mir. Sollte ich sie wie sonst immer zu Rate ziehen? »Artemis, hör nur! Sie kommen! Die Stimmen kommen. Schütze mich! Komm zu mir. Komm zu mir, daß ich dich schütze. Immer hat einer von uns dem andern geholfen.«
Das wollte ich ihr eigentlich sagen. Aber ich sagte es nicht. Was war nur in mir los? Artemis verlor sich, wurde Luft für mich . . . Sie trug in ihren Haaren einen Kranz von blühenden Korbweiden und von Wasserlilien unseres Strandes. Und so ging sie weg. Die Stimmen nahmen sie mit, das Geheul der Schakale. Nein, heute abend konnte ich Artemis nicht aufhalten, konnte sie nicht davon abhalten wegzugehen. Der Kopf mit den Korbweidenblüten löste sich allmählich in meinen trüben Augen auf. Und dort, wo vorher die Strandlilien waren, sah ich jetzt offene Haarwellen.
»An dich erinnere ich mich. An dich, die du aus der Fremde kamst. Geh nicht allein auf die Kimindenia. Hör auf mich! . . . Dort gibt es Schakale, die heulen. Es gibt viele Raubtiere in unserer Gegend. Sie könnten dich zerreißen. Sie könnten es merken, daß du fremd und hilflos bist, und könnten dich zerreißen! Was sollen dir die Jäger helfen? Geh nicht alleine auf die Kimindenia, gehe nicht mit ihnen. Nimm mich mit dir, mich . . .«

Beim Schein der Kerze sah ich über mir Anthippi stehen. Plötzlich aufgeschreckt rieb ich mir die Augen.
»Mit wem sprichst du?« fragte meine große Schwester.
»Ich spreche mit jemandem?«
»Komm, es war ein Traum, mein Junge. Dreh dich auf die andere Seite. Hab keine Angst.«
»Ich habe keine Angst, Anthippi . . .«
»Gut, mein Junge.«

Der Großvater hatte seine Pluderhosen aus dem teuren Tuche an, und die Großmutter trug ihr schwarzes seidenes Kleid mit dem hohen Kragen. Sie hatte ihre Haare sorgfältig und kunstvoll frisiert, mit kleinen Löckchen über der Stirne.
»Warum haben der Großvater und die Großmutter ihre guten Kleider an?«
»Sie gehen zum Gutshof am Meere. Sie gehen, um die Neuvermählten zu begrüßen und zu beglückwünschen.«
Sie hatten ihr Geschenk vorausgeschickt. Ein kleines, braungeflecktes Kälbchen. Um den Hals hatten sie ihm ein Band mit blauen Perlen gehängt und als Amulett ein Herz, das mit Perlen bestickt war, an der Stirne befestigt. Sie hatten auch einen Korb mit Früchten geschickt und einen Blumentopf mit Basilikum.
Sie spannten die besten Schimmel vor den Wagen und legten ihn mit dicken Teppichen aus. Zuerst stieg der Großvater ein, dann die Großmutter. Der Zweispänner mit den weißen Schimmeln setzte sich in Bewegung. Wir Kinder standen alle unter dem großen Hoftor und gaben ihnen ein Stück weit das Geleite.
Als sie wieder daheim waren, sagte die Großmutter zur Mutter:
»Das arme Mädchen! Ihr Mann ist schon abgereist.«
»Ihr Mann ist abgereist? Wohin?«
»Nach Griechenland. Er muß dort seinen Militärdienst machen.

Das Mädchen muß sich nun allein in unseren Bergen eingewöhnen.«
»Die Ärmste!« sagte da die jüngere der beiden Frauen.
»Die Ärmste!« sagte auch die andere.

5

Ich brach in aller Frühe auf, schlug den Fußpfad ein und drang tief ins Reich der Wildsteineichen vor. Hier wollte ich Halt machen. Von hier aus konnte ich im Sitzen mit meiner Schleuder Vögel schießen. Über mir strahlte der blaue Himmel. Der Boden war trocken, von roter Farbe, mit Eicheln und Blättern bestreut. Ich machte mich daran, ihn etwas aufzuscharren. Meine Nägel kratzten scharf und hartnäckig, gruben, bis sie Kühle fanden. Jetzt zielte ich auf einen Vogel, der vorbeiflog. Das Gummiband meiner Schleuder schnellte den Stein davon. Aber der Vogel flog weg, und der Stein verlor sich in der blauen Höhe. Ich schaute ihm nach, bis er verschwand. Das war doch das schönste Spiel! ... Ohne Ziel Steine in die blaue Tiefe zu schleudern und dann zu messen, welcher Stein weiter flog, so wie wenn wir Steinchen auf dem Meere hüpfen ließen.
»Ob sie wohl heut vorbeikommt?«
Stunden gingen vorüber. Wenn in diesem Jahr der Winter käme und wir in die Stadt zurückkehrten, würde ich meinen Vater in seinem Arbeitszimmer aufsuchen, wo er sich des Abends einschloß, um zu studieren.
»Bin ich nicht groß geworden, Vater?«
»Gewiß, Petros, du bist groß geworden, bist schon zehn Jahre alt!«
»Also, Vater! Ich brauche ein Gewehr. Ich muß Jäger werden.«
Er würde mich überrascht anschauen. Er hatte blaue Augen und trug immer eine goldene Brille. Ich hatte Angst vor Menschen, deren Augen Brillen trugen. Man konnte nicht klar in sie hineinsehen.

»So, du willst ein Jäger werden? Das hatte ich noch gar nicht gemerkt!«
»Ja, Vater, das hast du noch nicht gemerkt. Aber es ist so. Auch ich habe es nicht gewußt. Aber ich *muß* Jäger werden.« –
Ob sie wohl heut vorüberkommt?
Ich hörte den Hufschlag zweier Pferde. Mein Herz begann zu klopfen. Warum das? Einen Augenblick lang kam mir der Gedanke, mich zu verstecken. Aber ich schaffte es nicht mehr. Sie überraschten mich dort, wo ich saß, mit dem Gummi meiner Schleuder in der Hand.
Die Fremde sagte zum Jäger: »Was ist das für ein Kind? Was sucht es hier allein?«
»Es ist vom Nachbargutshof,« sagte der, »es ist ein Enkelkind des Jannakos Bibelas.«
Und dann sich zu mir wendend: »Sag meiner Herrin guten Tag!« herrschte er mich im Befehlston an.
Das war ich nicht gewohnt von solchen fremden Jägern, daß sie so mit mir sprachen. Ich preßte grollend meine Schleuder in die Faust und blickte hartnäckig zu Boden.
Doris machte mit ihrem Pferde einige Schritte zu mir her.
»Was für eine schöne Schleuder!« sagte sie. »Hast du schon Vögel getroffen?«
Da blickte ich zum ersten Male auf und schaute ihr ins Gesicht. Das blaue Licht unseres Himmels, das ihren Kopf umhüllte, zerfloß. An seiner Stelle blieb nur blondes Licht.
»Nein«, sagte ich ihr verlegen. »Heut hab ich nicht gejagt.«
»Also bist du wirklich ein Jäger?«
»Ich kann Vögel schießen,« sagte ich ihr, immer mehr Mut fassend, »und einmal . . .«
»Und einmal . . .?«
»Es ist noch nicht lange her, da habe ich ein Wiesel getötet!«
»Wiesel?« fragte Doris, unwissend, was dies Wort bedeutet. »Ist das ein wildes Tier?«

Der Jäger lachte aus vollem Herzen, und ich merkte, wie in mir die Woge des Hasses wieder gegen ihn aufbrauste.
»Es ist kein wildes Tier,« sagte ich ihr, »aber es lebt auch im Wald.«
»So, so, und all das bringst du mit deiner Schleuder fertig? Hast du kein Gewehr?«
Was sollte ich ihr sagen? Sollte ich ihr sagen, daß, wenn der Winter käme, ich zu meinem Vater gehen wolle, dort, wo er in seinem Arbeitszimmer eingeschlossen sitze, und ihn dann bitten wolle: »Schau, wie groß ich geworden bin.«
»Gehn wir, Herrin«, sagte der Jäger zu Doris, um unserer kleinen Begegnung ein Ende zu machen.
Da durchdrang der Stolz mein Blut wie das Licht die Luft, und ich rief: »Ich habe kein Gewehr. Aber ich kann dir in den Kimindenia die Adlerhorste zeigen, die der da nicht kennt. Der kann nur Wildschweine erlegen. Willst du, daß ich dir die Adlerhorste zeige?«
Und ehe sie lachen konnte, ehe sie beide lachen konnten, sagte ich zu ihr: »Nimm mich mit, und du wirst sehen!«
In meinen Augen schien Feuer zu lodern. Doris liebte solche lodernden Augen. Sie schaute mich überrascht an.
»Wirklich, Bübchen? Kennst du die Adlerhorste in unseren Bergen?«
»Nimm mich mit«, sagte ich flehend. »Nimm mich mit, und du wirst sehen.«
»Komm!« sagte Doris.
Und sich zum Jäger wendend: »Nimm ihn auf dein Pferd!« befahl sie ihm.
»Nein, auf dessen Pferd, auf dessen Pferd steige ich nicht! Ich laufe zu Fuß voran. Ich kann laufen wie ein Hase.«
»Was für ein sonderbares Kind«, sagte Doris. »Komm! Steig auf meines!«
Ich kletterte auf ihr Pferd und setzte mich rittlings auf den Sat-

tel vor ihr. Vor mir waren ihre Hände, die die Zügel hielten, etwas weiter war der Kopf des Pferdes, noch etwas weiter das grüne Meer der Wildsteineichen. Und hinter mir, ganz dicht an meiner Schulter, war ihr warmer Körper, umgürtet von Patronengurten. Ganz langsam kam es: es war ein Prickeln, das von einem zum anderen Körper überströmte, es überlief mich, durchdrang mich, alles bewegte sich, alles wankte – ein Pferdekopf, zwei Hände, ein grünes Meer ...

»Halt dich gut fest!« rief Doris und trieb ihr Pferd an, indem sie ihm die Zügel schießen ließ.

Anfangs lief das Pferd nur langsam, aber plötzlich raste es wie ein Blitz dahin. Ich krallte mich mit meinen Händen in der Mähne fest. Der warme Wind schlug mein Gesicht, die Bäume verschwanden. Die Umrisse und die Dinge selber – alles ward zu Wogen. Auch hinter mir die Haare der Doris, die im Winde wehten, waren Wogen.

Mit Wogen von Wolken füllte sich plötzlich auch der Himmel. Sie stürzten hinter den Kimindenia hervor, stumm und dicht geballt. Der Himmel ward schwarz. Es kam ein Sturm! Die Sommerstürme auf den Kimindenia waren furchtbar. Alle Vögel eilten erschreckt davon, um einen Unterschlupf zu finden in den Felshöhlen, in ihren Nestern. Ihr Kreischen war kaum hörbar bei dem heftigen Donner, der den Blitzen oben in den Bergen folgte.

»Laßt uns umkehren! Laßt uns umkehren!« rief der Jäger, »ehe der Sturm losbricht.«

Ich spürte, wie Doris' Herz klopfte. Sein Schlag schlug in meiner Schulter, drang in meinen Körper ein. Einen Augenblick lang drehte ich mich um und schaute sie an, während wir wie besessen dahinrasten. Wilde Freude leuchtete aus ihren Augen. Der Blitz, der sich in den Kimindenia brach, leuchtete aus ihren Augen.

»Ich weiß, wo wir unterschlüpfen können!« rief ich ihr zu. »In den Felsen, wo die Adlerhorste sind. Halt nicht an!«

Doris hielt nicht an, und der Jäger, ob er wollte oder nicht, ritt hinter uns her. Doris würde sagen: ›Wo mag dieser Bub hinwollen in dieser Stunde des Sturmes? Zu den Horsten der wilden Adler, die dort brüten?‹ So würde sie sagen, da sie es selbst nicht wußte. Sie wußte nicht, daß mir plötzlich der Gedanke kam, ihr etwas zu zeigen, was bestimmt weder sie noch der Jäger je gesehen hatte.

»Noch schneller! Noch schneller!« rief ich ihr wie außer mir zu. »Noch schneller, damit wir dem großen Adler zuvorkommen!«

Der Wind nahm meine Stimme weg und zerwehte sie, machte sie zu unverständlichem Klang.

»Was sagst du? Was sagst du, Bub?« hörte ich hinter mir die Stimme der Doris, die sich Mühe gab, mich zu verstehen.

»Noch schneller! Noch schneller! Du wirst schon sehen!«

Die dunklen Wolken wälzten sich von der Höhe immer tiefer herab, von den Kimindenia auf uns zu. Aber noch waren wir nicht da. Ich ahnte den Regen, der wie ein Sturzbach droben die Berge peitschte. Aber über uns war der Himmel noch klar. Bald, bald würden die Wolken auch bei uns sein.

›Ob es schon zu spät ist?‹

Um uns flogen immer wieder wilde Vögel erschrocken auf und eilten kreischend davon, in ganzen Schwärmen, um einen Unterschlupf zu finden.

›Wird es schon zu spät sein?‹

Noch schneller! Noch schneller!

Wir bogen in einen Pfad ein. Jetzt sah man die beiden gewaltigen Felsen, dort, wohin ich sie führte, dort beim Adlerhorst. Das Pferd war ins Keuchen gekommen und verlangsamte seinen Schritt. Ich hob voll Ungeduld die Augen zum Himmel auf. Über den beiden Felsen war der Himmel noch klar. Er würde es nur noch kurze Zeit lang sein. Würden wir zurechtkommen? Meine Augen hefteten sich hartnäckig, ganz hartnäckig auf die Spitze der Felsen, dort, wo ich wußte, daß die Adlerhorste waren. Es war noch eine gute Strecke weg von uns, es war dort oben, kaum daß ichs unterscheiden konnte.

Mit einem Mal umklammerten meine Hände heftig die Hände der Doris, ich riß mit aller meiner Kraft am Zügel. Das Pferd, so hart angepackt, blieb vor Schmerz auf der Stelle stehen.

»Sieh!« rief ich Doris triumphierend zu, indem ich mit meiner Hand nach den Felsen zeigte. »Sieh nur!«

Bald schaute ich ihr in die Augen, bald schaute ich auf die Felsen. Ihre Augen brannten vom scharfen Wind, ihre Augen waren nicht mehr braun, sie waren golden.

»Was ist? Was ist?« rief sie, da sie nichts verstand.

»Siehst du nicht? Siehst du nicht den großen Adler, wie er in die Höhe stürmt über die Wolken in der Stunde des Sturms?«

Stolz, majestätisch, senkrecht entfernte sich ein schwarzer Punkt immer mehr von den Felsen, immer weiter stieg er, wie ein Geschoß vorm tiefen Grund des Berges, in die Höhe.

»Was sagst du?« fragte Doris ratlos.

»Siehst du, daß du es nicht weißt!« rief ich außer mir, »aber ich weiß es! Ich habe es gesehn!«

Ich versuchte es ihr in aller Eile zu erklären. Es war das außergewöhnliche, einzigartige Spiel des großen Adlers. Wenn die anderen Vögel den Sturm wittern, dann stürzen sie aufgeschreckt davon, um in der Erde, in den Höhlen oder in den Bäumen Unterschlupf zu finden. Der große Adler, er allein, verläßt seine Behausung und begibt sich in die Höhe. Will er dort etwa mit den Blitzen und mit dem Sturme kämpfen? Als ich das bei einem anderen Frühlingssturm zum ersten Male sah, als ich die Adler beobachtete, da hatte ich so gedacht. Aber ich fragte den Barba Joseph, den erfahrenen Alten auf dem Gutshof. »Hast du das gesehen?« sagte er mir voller Bewunderung, »hast du den großen Adler in dieser Stunde gesehen?« und er strich mir über den Kopf, als ob er mich segnen wolle. »Ich habe nur davon gehört. Nein, mein Bub, er will nicht mit den Blitzen kämpfen.

Er begibt sich über die Wolken, die ihr Wasser verschütten, dorthin, wo die Sonne immer scheint. Die Adler lieben die Sonne sagt man.«

Ich versuchte, das der Doris zu erklären, die mich strahlend anhörte, dann drehte ich mich plötzlich zu dem Jäger mit den gelben Sternen um, außer mir vor Freude, gleichsam als ob alle Poren meines Leibes riefen: ›Hast du das gewußt? Hast du das gewußt?‹

Jetzt schaute ihn auch Doris an.

»Hast du's gewußt?« fragte auch sie ihn und gleich wendete sie wieder ihre Augen weg und richtete sie auf den schwarzen Punkt in der Höhe, der jetzt immer kleiner wurde, sich immer weiter in der Höhe verlor, während der Sturm heranbrauste.

»Nein«, sagte der Jäger. »Zum ersten Male höre ich das. Welcher Jäger setzt sich auch hin und schaut zu, was die Adler machen, wenn ein Unwetter kommt!«

So sprach er, und seine Stimme klang verachtungsvoll und gleichgültig.

»Also, du hast es nicht gewußt?« sagte wiederum Doris, während ihre Augen, auf dem schwarzen Punkte in der Höhe haftend, blitzten.

»Nein, ich habe es nicht gewußt!«

Da faßte Doris voller Leidenschaft mit ihren beiden Händen meinen Kopf, schaute mir in die Augen und küßte mich plötzlich auf die Backe.

»Wirst du mir noch mehr solche Sachen zeigen, Bübchen?« fragte sie.

Ich war ganz rot geworden, rot vor Scham. Eine seltsame Unruhe, eine seltsame Wärme ...

»Ich weiß nichts«, murmelte ich. »Was ich in den Bergen weiß, das will ich dir zeigen ...«

Doris lachte kräftig und voll Freude. Die ersten Regentropfen peitschten auf uns ein. Der Jäger blickte sich um. Es schien, er war noch nie in dieser wilden Gegend gewesen. Hier war allein das Reich der Adler. Er jagte nur das Wild, die Bären und die Wildschweine.

»Gehn wir unter irgendeinen großen Baum!« sagte er.

»Nein!« rief ich. »Ich weiß schon! Ich weiß, wo wir unterschlüpfen!« Und ich trieb das Pferd mit den Zügeln an.

Wir stiegen bis zum Fuße der Felsen hinan. Der Pfad hatte aufgehört. Die Pferde kamen nur mühsam vorwärts. Sie rannten nicht mehr. Der Sturm wurde stärker. Blitze zerrissen die Wolken und ließen furchtbare Donner folgen, die, wenn sie auf die Abhänge und die Felsen fielen, noch furchtbarer wurden und endlos widerhallten. Aber ich spürte, daß alles in meinem kleinen Körper warm war, daß alles ruhig war. Noch ein wenig, noch ein wenig ...

Die Natur um uns war nackt und wild, baumlos, bedeckt von schwarzen Wolken. Keine Seele ließ sich hören, keines Vogels Schrei. Wir waren allein, zu Pferde, Doris und ich. Und der große Adler war über den Wolken und sah uns nicht.

Das Pferd hielt, von den Zügeln gebremst, vor den beiden schroffen, gewaltigen Felsen. Dort, an der Felsen Wurzel, war die große Wölbung einer Höhle. Der Sturm peitschte uns nun mit unglaublicher Gewalt.

»Hier!« rief ich Doris zu, während der Regen mich durchnäßte. »Hier können wir unterschlüpfen!« Wir sprangen ab und zogen die Pferde hastig in die Höhle. Es war gut dort. Es war dunkel. Der Donner rollte entsetzlich in der Höhle. Unsere Augen, die in dem Loch der Höhle umherwanderten, konnten nichts unterscheiden. Nur draußen die Wand von trübem Wasser, das herabkam. Ich zitterte vor Kälte. Ich hielt meine Hände unter die Pferdenüstern. Vielleicht würden sie so etwas wärmer werden.

»Wenn wir nur Feuer hätten!« sagte Doris.

Der Jäger blickte ihr immer in die Augen wie ein treuer Hund. Er stand auf und ging zum Höhlenausgang. Er schaute etwas hinaus in den dichten Vorhang des Regengusses. Dann stürzte er hinaus in den Sturm.

Nach einer Weile kam er wieder, schleppte Zweige und Steineichengestrüpp heran, vom Wasser tropfend.

»Das wird nicht anbrennen!« sagte ich ärgerlich, weil er etwas für Doris getan hatte, woran ich nicht gedacht hatte. Wie naß er war ...

»Sei du nur still!« sagte der Jäger. »Sie werden schon angehen!«

Es dauerte eine Weile, aber das Feuer ging doch an.

»Danke«, sagte Doris und kauerte sich auf den Boden.

Neben ihr saßen wir, auf der einen Seite der Jäger, auf der anderen ich, und schürten das Feuer. Die Flamme beleuchtete seltsam ihr Gesicht. Ihre Haare, die blonden, waren jetzt rot. Sie waren wie Wogen von Blut, wie Herbstlaub.

»Ich kenne nur die Seeadler«, sagte Doris. »Bei uns daheim gibt es viele davon.«

»Gibt es auch Seeadler?«

»Gewiß doch!« sagte Doris. »Auch sie lieben die Sonne. Kaum, daß ihre Kleinen geboren werden, nehmen die großen Adler sie und lassen sie der Sonne in die Augen sehen. Welches Adlerjunge das nicht aushält, wessen Augen vom Lichte tränen, das bringen sie um. Es sind wilde Vögel. Sie lassen sich sogar mit einem Rinde ein. Sie tauchen im Meer und gehen dann, von Wasser triefend, an den Strand, wälzen sich dort, bis ihr Gefieder von Kieseln und von Sand bedeckt ist. Dann stürzen sie sich auf das Rind, streuen ihm den Sand in die Augen, hacken wild auf es ein und verwunden es mit ihrem Schnabel. Das Rind rennt brüllend davon, der Seeadler hackt immer auf es ein und macht es blind, bis es erschöpft zusammenbricht.«

Unersättlich hörte ich ihr zu. Mit Augen, die wie gebannt waren, hörte ich von den Adlern des Landes, aus dem Doris stammte.

»Wirklich? Das machen die Adler bei euch?«

»Unsere Fischer«, sagte Doris, »sahen oftmals im Meer die Adler mit den Robben kämpfen. Sie stürzen sich wütend von oben auf sie und schlagen ihre Krallen so tief in ihren Körper, daß sie nicht mehr auskommen können. Dann taucht die Robbe ins Wasser und zieht mit sich in einen feuchten Tod den Vogel, der an ihrem Körper hängt . . .«

Wie seltsam war das alles!

Doris hatte ihren Blick auf die Wölbung der Höhle gerichtet, reglos, wie verloren. Sie war jetzt wie ein Kind, das voller Sehnsucht träumt.

»Ich wollte, ich hätte einen kleinen Adler, um ihn großzuziehen«, sagte Doris, als ob sie mit sich selber spräche.

»Möchtest du nicht ein kleines, schwarzes Bärchen von unseren Bergen haben?« fragte der Jäger und hing an ihren Lippen. »Ich kenne das Versteck der großen Bärin in den Kimindenia. Jetzt muß sie grad geworfen haben. Ich werde sie erlegen und dir das Kleine bringen.«

»Nein«, sagte Doris. »Ich möchte keinen Bären. Ich müßte ihm eine Kette durch die Nase machen und ihn hinter mir herziehen. Mir gefallen diese angeketteten Tiere nicht. Ich möchte einen Adler, dessen Auge nicht tränt, wenn er in die Sonne blickt. Ich werde ihn nicht in einen Käfig sperren. Ich werde ihn lehren, mich zu begleiten, über meinen Haaren fliegend.«

Wirklich? Wollte Doris ein Adlerjunges haben? Mein Herz klopfte. Was mochte aus den Eiern geworden sein, die dort oben das Adlerweibchen in ihrem Nest ausbrütete? Ich wußte, daß dies in letzter Zeit in ihrem Nest geschah. Ich hatte den großen Adler allein über dem Neste ohne das Weibchen kreisen sehen. Ich sagte das dem Barba Joseph. Und der sagte mir, das sei der Fall, wenn das Weibchen brütet. Aber jetzt war es schon Tage her, daß ich nicht mehr hier gewesen war. Waren die Adlerjungen inzwischen ausgeschlüpft? Wenn sie ausgeschlüpft waren . . . dann . . .

Der Sturm verlor sich mehr und mehr. Die schwarzen Wolken,

die über uns hinweggebraust waren, zogen jetzt nach Westen ab. Der Regen ließ nach.
Der Jäger stand auf und schüttelte seine Arme, um die eingeschlafenen Glieder wieder zu beleben.
»Ich bleibe etwas aus«, sagte er und ging aus der Höhle.
Doris blieb immer noch zusammengekauert sitzen, neben dem Feuer, ihre Augen auf die Wölbung der Höhle gerichtet. Sie hatte ihre Jacke an der Brust etwas aufgeknöpft, weil es ihr zu warm wurde. Das Licht drang durch die aufgelockerten Wolken, durch die Regentropfen, ließ sich auf ihrer Haut nieder. Es war ein seltsames Licht von Regen und von Blut. Doris sollte hier sitzen, geschützt vor Wasser und Wind, und dürfte keine Wünsche haben ... Was sie sich wünschte, das sollte hierherkommen, zwischen sie und die Flamme, sie sollte bloß die Hand auszustrecken brauchen, um es in Empfang zu nehmen. Selbst wenn es ein kleines Adlerjunges sein sollte, das du aus dem Horst des Adlers, aus den Klauen der Mutter rauben müßtest ...
Ich stand auf, machte einige Schritte auf den Ausgang der Höhle zu und schaute in die Höhe. Nichts war zu sehen. Würde der große Adler aus den Wolken noch nicht zurück sein? Wer konnte es wissen? Vielleicht war auch das Weibchen fort? Einige Regentropfen fielen mir in die Augen. Ich bekreuzigte mich. Jetzt, jetzt war die beste Zeit!
Ich begann an dem gewaltigen Felsen aufwärts zu klettern. Ich zog mich an den Zweigen des Gestrüppes hoch, das hier und dort herabhing, aus dem Herzen des Felsens wuchs, und stieg immer höher. Immer hatte ich Angst vor der Höhe gehabt. Ich drehte mich nicht um und blickte nicht nach unten, damit mich nicht der Schwindel packte. Ich hörte hinter mir, fern im Westen, den Donner rollen, der sich immer mehr entfernte. Die Zweige, die ich anfaßte, waren naß und glitschig. Sie hatten scharfe Dornen. Meine Hände bluteten. Und Doris, die würde noch unten sitzen neben dem Feuer und würde nicht wissen ...

Ich stieg immer höher. Ihre Augen würden überrascht aufleuchten, und sie würde mich auf die Backe küssen. »Ich danke dir, Bub«, würde sie mir sagen und das Adlerjunge nehmen, das ich ihr brächte. Immer höher stieg ich. Ob das Weibchen im Nest wäre? Ob es nicht dort wäre? Würde mir der andere Adler zuvorkommen, aus den Wolken niederstoßend? Würde er mir nicht zuvorkommen? ...

Welch seltsame Stille war das, die mich langsam hier umfing, je mehr sich der Augenblick des Gipfels näherte, je dichter die Gefahr herankam ... Der Regen hatte aufgehört. In der Ferne sah man es noch blitzen, den Donner hörte man nicht mehr. Die Zweige, die unter meinen Füßen abbrachen, und die Steine, die hinunterrollten, fielen lautlos in die Tiefe wie in einem Reich des Schweigens. Immer höher stieg ich. Was für eine seltsame Ruhe war das ... Nichts war mehr da. Selbst die Haare der Doris und ihre Augen, die vom Regen und von der Flamme erleuchtet waren – auch sie verlöschten ... Einen Augenblick, einen Augenblick nur, drehte ich meinen Kopf nach oben und blickte in die Höhe. Plötzlich zerriß die Ruhe durch das heftige Klopfen meines Herzens. Dort! Wenige Meter noch von hier, dort war es! Das Ziel! Das Nest! Ich raffte alle meine Kraft zusammen, klammerte mich mit meinen beiden Händen am Felsen fest und machte eine letzte Anstrengung. Noch ein wenig! Noch ein wenig!

»Ach!«

Wie von ganz fern her, ganz aus der Tiefe, ertönte ein zerreißender Schrei. War das nicht Doris' Stimme, die da rief?

Ich kam nicht mehr dazu, mich umzudrehen, um hinabzublikken. Über mir spürte ich ein heftiges Rauschen: es war ein Schlagen, ein furchtbarer Schatten, der herankam.

»Bewege dich nicht! Bewege dich nicht!« hörte ich die verzweifelte Stimme der Doris aus der Tiefe rufen. Im gleichen Augenblick vernahm ich über mir ein wildes Krächzen, fast wie

eines Hundes Bellen, die bekannte Stimme des Adlers. Eine dunkle Wolke zog rasch vor meinen Augen vorbei, plötzlich begann alles zu zittern, alles ward dunkel. Ich wußte nichts mehr. Nichts hielt mich mehr. Kaum, daß ich in diesem dunklen Chaos noch den metallenen Klang eines Büchsenschusses vernahm – eines Schusses, den, mit meinem Leben spielend, Doris auf den Adler abgab, wenige Finger über meinem Kopf hinzielend. Dann fühlte ich, wie ich herabkollerte, wie ich stürzte, stürzte.
Unten war alles schwarz.

Eine ganze Weile später, als ich die Augen öffnete, sah ich, daß ich am Fuße des Felsens lag. Über mir stand aufrecht der Jäger, und Doris kniete neben mir. Sie machte immer wieder ihr Taschentuch naß und kühlte mir damit die Stirne. Ich spürte einen starken Schmerz an der Stirne. Ich wollte meine Hand dorthin führen, spürte aber, daß mein Kopf verbunden war. Ein anderes Taschentuch lag daneben voll Blut. Ich fürchtete mich vor Blut.
»Es ist nichts«, sagte Doris, die meinen Blick verfolgt hatte. »Du hast dich etwas aufgeschlagen. Aber schau mal dort . . .«
Ich blickte in die Richtung, die sie mir wies. Der getroffene Vogel der Höhe lag da neben mir, reglos, die gewaltigen Schwingen ausgebreitet. Als die Stunde des Sturmes kam, war er den Spuren seiner Vorfahren gefolgt, war in die Höhe gestürmt, er allein, der große Adler, von allen Vögeln und Raubvögeln. Damit ihm nicht später die anderen Geschöpfe der Wildnis sagen könnten, er habe sich von den Wolken besiegen lassen, er habe die Sonne nicht finden können, als die Erde sie verlor. So konnte er dort, umhüllt von Licht und von Triumph, in aller Ruhe liegen. Wenn die anderen Adler auf den Kimindenia das erführen, würden sie sagen, daß er wie ein Adler starb.
»Was hast du da im Adlerhorst zu suchen und uns einen solchen Schrecken einzujagen?« rief der Jäger zornig. »Und dazu, als ich

weg war, und meine Herrin alleine war ... Und wenn sie dich nicht gesehen hätte? Und wenn sie falsch gezielt hätte und den Adler nicht mit dem ersten Schuß erlegt hätte? Und wenn sie dich getroffen hätte?«

Doris drehte sich um, schaute ihn streng an und gab ihm ein Zeichen, daß er schweigen solle. Ich erwachte eben erst aus meiner Ohnmacht. Langsam kam mir die Erinnerung wieder. Die Stunde auf dem Felsen lebte wieder in mir auf ... Ich begann zu begreifen, was geschehen war.

»Geht es dir besser, Bub?« fragte Doris, und ihre Stimme klang so anders, klang so zärtlich. »Wirst du reiten können?«

»Ja,« sagte ich ihr, »ich kann ...«

»Wir müssen schnell heimkehren«, sagte Doris. »Hab keine Angst. Du hast dir etwas den Kopf angeschlagen, als du fielst. Du bist ins Weiche gefallen. Ich werde schon dafür sorgen.«

»Daß du dich nicht totgestürzt hast aus solcher Höhe!« meinte der Jäger.

Das Pferd lief wie besessen auf dem Heimweg zu dem Hof am Meer. Jetzt schien die Sonne wieder. Die nasse Erde duftete stark. Etwas kühler Wind schlug mir ins Gesicht. Alles wurde klar. Alles wurde schön. Doris war hinter mir. Als ob sie mich umarmte, so hielt sie ihre Zügel vor meiner Brust.

Ich werde es dir sagen, ich werde es dir sagen, Mädchen, die du aus der Fremde kamst: »Ich wollte dir den kleinen Adler bringen, den du dir gewünscht hast ...«

Der Wind trug meine Stimme davon. Es konnte sein, daß sie es gehört hatte, es konnte sein, daß sie es nicht gehört hatte. Aber ich konnte es nicht noch einmal sagen. Ihre Arme umschlossen mich noch fester. Und der Wind, der uns umhüllte, begann zu singen.

Auf dem Gutshof am Meere bekamen die Leute des Wilaras einen Schrecken, als sie uns sahen. Das Blut war durch das Taschentuch auf meiner Stirne durchgesickert. Doris nahm mich

rasch in ihr Zimmer, legte mich aufs Sofa, machte den Verband auf, wusch die Wunde gut aus, tat Jod darauf und legte Gaze auf. »Ruh dich etwas aus«, sagte sie mir und ging fort. Nach einer Weile kam sie wieder.
»Fühlst du dich jetzt besser?«
»Ja«, sagte ich. »Ich muß jetzt nach Hause gehen. Ich muß jetzt zu meiner Mutter.«
»Ich werde dich hinbringen«, sagte Doris.
Sie stieg wieder aufs Pferd, nahm mich wieder zu sich und brachte mich zu unserem Hof. Es war schon Mittag, und man war dort bereits unruhig geworden.
Meine Mutter stieß einen Schrei aus, als sie mich mit dem Verband erblickte. Alle meine Geschwister rannten herbei. Auch der Großvater und die Großmutter kamen angelaufen.
»Um Himmels willen! Was ist geschehen?« riefen sie. »Ist er schwer verletzt?«
Alle sahen Doris zum ersten Male in ihrer Männerkleidung. In ihren Augen spiegelte sich Ungeduld und Überraschung.
»Was ist geschehen, um Gottes willen! Was ist geschehen, meine Tochter?«
»Nichts! Nichts!« beruhigte Doris sie. »Er ist ausgerutscht und etwas hingefallen. Wo ist sein Bett?«
Sie fragte mit Bestimmtheit und ging voll Sicherheit als erste voran, mich am Arme haltend, bis zu dem Platz, den man ihr zeigte. Alle anderen folgten ihr, als ob sie hier zu bestimmen hätte.
Sie suchte sich meine große Schwester aus, die Anthippi.
»Ich habe euch Verbandstoff und Gaze mitgebracht«, sagte sie. »Es kann sein, daß ihr nichts da habt. Damit wechselt ihm den Verband! Laßt ihn jetzt schlafen!«
Ich schaute sie noch einmal an, bevor sie fortging. Auch sie schaute mich an. Ich sah, wie sie zu mir kam, sich über mich beugte und mich vor allen anderen auf die Stirne küßte.

Am selben Abend noch kam der Jäger. Man brachte ihn in die Kammer, wo ich lag.

»Meine junge Herrin schickt dir dieses«, sagte er. »Du darfst es behalten.«

Es war ein kleines Kindergewehr, ein Flobert. Es befand sich noch im Gutshof am Meere aus der Zeit, wo der Sohn Wilaras, der Mann der Doris, ein Kind war. So berichtete der Jäger. –

Auf die Felsen, auf die Kimindenia, senkte die Nacht sich nieder. Göttlichkeit des Schweigens! Die Sterne kamen hervor. Neben dem großen Adler, der dort reglos mit ausgebreiteten Schwingen lag, regte sich das vergossene Blut, sein Blut. Die Erde hatte davon aufgesogen, was sie konnte, zusammen mit dem Regenwasser. Aber ein Tropfen, der sich auf einem Blatt bewahrt hatte, blieb draußen. Draußen blieb auch ein anderer Tropfen von dem Blut des Knaben, das in der Stunde des Sturmes vergossen worden war. Der Leib des toten Adlers trennte die beiden Tropfen mit seinen Schwingen, die nun Ruhe fanden. Als die Nacht hereinbrach, wachten die Tropfen auf.

»Komm«, sagte der erste – vom Blut des Adlers. »Komm, laß uns zusammen in die Erde gehen.«

»Nein«, sagte der zweite – vom Blut des Knaben. »Ich erwarte das Morgenrot. Dann wird die wilde Biene kommen und mich mitnehmen oder der Wiedehopf. Ich möchte hoch hinauf zur Sonne steigen.«

»Ich«, sagte das Blut des Adlers, »habe die Stunde der Sonne erlebt. Ich trage die Sonne in mir. Ich will in die Erde zurückkehren.«

»Wir werden uns irgendwann einmal wieder treffen,« sagte das Blut des Knaben, »aber jetzt noch nicht. Jetzt ist meine Stunde noch nicht da. Ich warte auf das Morgenrot.«

6

Der Jäger galoppierte mit seinem Pferd dahin, als Artemis sich ihm entgegenwarf.

»Halt!« rief sie ihm zu.

Das Pferd hielt auf der Stelle. Das Gesicht des Jägers hatte seine frühere Ruhe verloren. Es war so blaß und fahl geworden wie die gelben Sterne auf seinem Tuche.

»Du bist es?« sagte er wütend. »Was willst du?«

»Nimm mich aufs Pferd«, sagte Artemis. »Ich will zu deiner Herrin!«

Und ehe der Jäger etwas erwidern konnte, umschlang Artemis den Hals des Pferdes und schwang sich wie ein Raubtier hinauf.

Der Jäger rückte etwas, daß sie vor ihm sitzen konnte.

Das Pferd stob wieder davon. Es rannte wie besessen.

»Was willst du von meiner Herrin«, hörte sie hinter sich die Stimme des Jägers fragen. »Wirst du von den Deinen geschickt?«

»Nein, ich bin nicht von den Meinen geschickt.«

»Was willst du also von ihr?«

Der Sommerwind, die Brise, die vom Meer her wehte, blies heftig.

»Was sie mit meinem Bruder gemacht hat?« rief Artemis in den Wind. »Was mit meinem Bruder geschehen ist, will ich sie fragen!«

»Und weshalb fragst du nicht mich?« sagte der Jäger. »Ich war auch dabei!«

Artemis zog unvermittelt an den Zügeln.

»Ach, du warst auch dabei? Warst du wiederum mit ihr zusammen?«

Sie schaute ihm eindringlich, wild und hart in die Augen. Er, der Jäger, er, der die Wildschweine und die schwarzen Bären auf der Kimindenia erlegte, spürte eine so furchtbare Schwere in sich, daß er dem Blick des Mädchens, daß er dem Blick der Artemis nicht standhalten konnte.

Er senkte seine Augen.
»Alle Tage bin ich mit ihr zusammen«, sagte er. »Alle Tage streife ich mit ihr auf unseren Bergen umher . . .«
Und plötzlich packte er die Zügel und trat dem Pferde heftig in die Weichen, um es anzutreiben.
Wieder gab es nichts als den Wind, der mit seiner Salzluft ihre Gesichter schlug.
»Was ist mit meinem Bruder geschehen?« hörte man wieder die wilde Stimme der Artemis fragen.
»Den hätte fast der Adler gepackt und getötet!« sagte der Jäger.
»Den hätte fast der Adler gepackt und getötet? Was für ein Adler?«
»Dein Bruder wollte den Horst des Adlers betreten. Meine Herrin hat den Adler getötet. Was sie getan hat, das hätte in unserem Lande keine andere Frau fertiggebracht. Hätte sie nur um ein Haarbreit fehlgeschossen, hätte sie deinen Bruder getötet.«
Die Sonne ging unter. Die Stimme des Jägers hatte einen fremdartigen tiefen Ton. Artemis ahnte, daß seine Augen in jenem Augenblick in demselben tiefen Ton funkeln müßten. Aber sie wollte sich nicht umdrehen, um sie nicht so zu sehen. Sie hätte sein Gesicht mit ihren Nägeln zerkratzen mögen, damit dieser Ausdruck verschwände.
Sie kamen durch die Pappelallee.
»Wir sind da!« sagte der Jäger und sprang ab.
Er half Artemis beim Absteigen.
»Wirst du zu ihr gehen?« fragte er sie.
»Ja, ich gehe.«
Sie gingen ein Stück voran. Unter den Pappeln herrschte tiefe Stille. Nur das Geräusch des Meeres, nur das Rauschen der Wogen war zu hören. Sie mußten schaumbedeckt sein bei dem Winde, der sie schlug. Sie mußten trübe sein. Sie würden die Nacht erwarten, die sie vom Wind befreite und ihnen beim Morgenrot das bläuliche Licht der Ägäis brächte.

Plötzlich hielt der Jäger an.
»Hör nur!« sagte er zu Artemis und faßte sie fest bei den Händen. »Sie ist es . . .«
Schwach und leise mit seltsamen Pausen, dann heftig und hart kamen die Klänge herüber. Doris spielte Klavier.
»Sie ist es! . . .« sagte der Jäger, und seine Augen waren trüb wie die Wogen, während seine Finger, die Artemis hielten, die Hand des Mädchens fest zusammenpreßten.
»Immer um diese Stunde spielt sie so«, sagte der Jäger wieder. »Wenn sie nicht auf den Kimindenia herumstreift, spielt sie auf ihrem Instrument. Um diese Zeit ist sie für niemand zu sprechen, will sie allein sein.« Und dann: »Du mußt noch warten«, sagte er zu Artemis.
Sie gingen lautlos unter das Fenster, aus dem die Klänge kamen, und setzten sich auf eine Baumwurzel. Was war das für eine Musik? Es war, als ob keuchende Pferde vorbeiliefen, als ob Bäume entwurzelt würden, als ob Menschen, die am Ertrinken sind, um Hilfe riefen. Dann kam alles durcheinander: die Pferde, die Bäume, die Wogen. Und plötzlich verschwand alles. Es blieb allein das leichte Geräusch des Windes, der vorbeistrich.
Hast du gehört? . . . sagte der Jäger mit Augen, die voller Verzückung waren.
Artemis verstand diese fremde Musik nicht, sie empfand sie nicht, sie haßte sie.
»Warum tust du so«, sagte sie, »als ob du verzaubert wärest!«
»Das fehlte noch, daß dir die Musik meiner Herrin nicht gefällt!« warf der Jäger hin.
Die Wut, die da in Artemis hochstieg, hätte sie fast erstickt und färbte ihr Gesicht ganz rot.
»Liebst du am Ende diese Musik?« rief sie. »Wie kannst du, ein Jäger von den Kimindenia, an so fremden Dingen Gefallen finden?«
Und dann, etwas in die Höhe, auf das Laub des Baumes blikkend, sagte Artemis: »Mir gefallen nur die Weisen unserer Ge-

gend. Mir gefallen die Klarinetten und Trommeln und Dudelsäcke. Mir gefällt es, wenn die Schmuggler tanzen, die Palikaren von Aiwali . . .«

»Schweig jetzt!« sagte der Jäger wütend. »Schweig jetzt und hör zu . . .«

Artemis war nicht gewohnt, daß man zu ihr in solchem Tone sprach. Sie sprang plötzlich auf.

»Ich gehe hinein und unterbreche sie! Ich bin keine Magd, daß ich warten müßte. Sie soll mir sagen, was mit meinem Bruder geschehen ist! Sie soll mir sagen, was mit meinem Bruder geschehen ist!«

Aber auch der Jäger fuhr entschlossen auf.

»Ich werde nicht dulden, daß du meine Herrin ärgerst. Eher soll die Welt untergehen! Schweig und schrei nicht so! Schweig«, sagte er ihr barsch und zog sie an den Händen von dort weg.

»Du sagst mir das? Du sprichst so mit mir?« rief Artemis zitternd vor Wut, und war daran zu weinen.

»Laß das jetzt! Komm!«

Und immer weiter zerrte er sie weg mit raschen Schritten, bis sie an den Eingang des Gartens kamen.

»Du mußt jetzt fortgehen!« sagte er ihr kurz angebunden. »Bald wird es Nacht!«

Er ließ ihre Hände fahren, stellte sich mit gespreizten Beinen vor die Pforte, entschlossen, sie nicht wieder hereinzulassen.

Artemis biß sich auf ihre Lippen, die zitterten, schlug, unfähig ihre Tränen länger anzuhalten, dem Jäger kräftig ins Gesicht und stürmte auf dem Pfad nach Hause davon.

Das Fieber schüttelte mich. Ich hatte mich, scheint es, bei dem Regenguß erkältet.

Lena wollte nicht von meiner Seite weichen. Sie saß bei mir und pflegte mich. Sie las mir meine Wünsche von den Augen ab. Sie

deckte mich gut zu und netzte mir alle Augenblicke die Stirn mit Wasser.
»Lenaki, willst du heute nicht mit deinem Backofen spielen?«
»Ach ... Ich spiele ja auch hier«, sagte sie. »Magst du das nicht?«
»Doch, sehr.«
Sie sagte das so einfach und doch so wahr. Lena spielte hier ihr schönstes Spiel, das sie, wie es schien, ihr ganzes Leben hindurch spielen sollte, zu schenken, sich hinzugeben, für andere zu sorgen.
»Gib mir mein Gewehr, Lena.«
Ich streichelte den feinen schwarzen Lauf, studierte die Buchstaben, die fremdartigen Buchstaben der Firma, die dort standen. Ich konnte sie nicht lesen.
»Wie kam es, daß du dich gestoßen hast?« fragte Lena, die aus dem, was sie gehört hatte, noch nicht begriff, was vorgefallen war. »Was ist während des Sturmes geschehen?«
»Nichts, Lena.«
»Wir sind nicht mehr gut miteinander«, sagte das Mädchen. »Immer spielst du mit Artemis. Habt ihr keine Angst, wenn ihr nach den Kimindenia geht?«
»Seit Tagen bin ich nicht mehr mit Artemis gegangen. Wir sind böse miteinander.«
»Ihr seid böse miteinander. Warum?«
»Nur so.«
»Wir beide wollen uns nicht verzanken«, sagte Lena. »Wenn die Zeit des Dreschens kommt, dann gehen wir, wenn du willst, und bauen uns eine Strohhütte auf der großen Tenne. Dort wollen wir Großvater und Großmutter spielen. Ich bin die Großmutter und werde dich vor der Hütte erwarten. Wenn du kommst, dann werde ich aufstehen und du wirst mir die Haare streicheln.«
»Nein, Lena, ich will nicht, daß wir Großvater und Großmutter spielen. Ich will keine Strohhütte haben. Ich will wieder gesund

werden und auf die Kimindenia gehen. Ich will zur Höhle gehen, wo sich die Wildschweine zurückziehen, wenn sie alt werden und ans Sterben kommen. Dort habe ich eine kleine Schildkröte und eine grüne Eidechse. Ich habe sie mit meiner Schleuder getroffen und gefangen und an einem Kreuz aus Schilfrohr aufgehängt. So wie sie den Herrn Jesus Christus gekreuzigt haben. Dort ist auch eine Fledermaus, die ich mit Artemis gefangen habe. All das haben wir dort, damit es sterben soll. Das will ich ihr zeigen.«

»Wie kannst du in Höhlen gehen, wo die Wildschweine sterben, und dich nicht fürchten? Wie kannst du kleine Schildkröten und Fledermäuse und grüne Eidechsen töten?«

»Aber ich bin doch schon groß geworden, Lenaki. Siehst du's nicht? Alle großen Leute tun das: sie töten . . .«

»Du hast gesagt, du willst das alles zeigen. Wem denn?«

»Der Fremden, die aus dem fernen Lande kam . . .«

»Was will die, daß sie wie ein Mann auf den Kimindenia herumstreift? Der Großvater hat sie nicht gern. Auch die Großmutter mag sie nicht. Gestern sagten sie, daß das seltsame Sitten seien. Die Frauen in unserer Gegend, sagten sie, bleiben zu Hause und bekommen Kinder und backen Brot.«

Wie häßlich war das vom Großvater und der Großmutter, daß sie so schlecht über Doris sprachen! Aber was wußten sie schon! . . . Waren sie vielleicht schon einmal in einer Höhle neben ihr gesessen, in der Stunde des Sturmes, während Doris ausgestreckt lag und die Flammen von den Zweigen ihr Gesicht beleuchteten? Da wird man entschlossen, dem Mädchen der Flammen jeden Wunsch zu erfüllen. Da wird man entschlossen, den Adler nicht zu fürchten und hinzugehen, um das Adlerjunge zu holen. Und im kritischen Augenblick zittert die Hand der Doris nicht; wenn dieser Schuß nicht sitzt, bist du verloren. Doris zielt und fehlt nicht. Welch anderes Geschöpf auf den Kimindenia außer mir hat eine solche Stunde schon erlebt?

Ich streichelte meinen kleinen Flobert.
»Warum machst du solche Augen?« fragte Lena überrascht, »als ob du etwas Lebendiges streicheltest.«
Über ihr kleines, rundes, gütiges Gesicht huschte eine unergründbare Sorge. Es erinnerte mich an das Gesicht der Großmutter oder der Mutter, wenn es von mütterlicher Fürsorge gezeichnet war.
»Höre«, sagte Lena nachdenklich. »Hast du den Geruch des Weihrauchs gern? Hast du ihn nicht gern? Sag es mir ...«
»Ich mag ihn gern. Warum fragst du?«
Lena ging weg, blieb eine Weile aus und kam dann wieder. Sie hielt das Weihrauchfäßchen der Großmutter, das aus gelbem Kupfer gemacht war. Ein, zwei Stückchen glimmender Kohle lagen darin. In ihrer Hand hielt sie Blätter von den Christblumen, – trockene Rosenblätter und Weihrauch. Sie warf die Blätter auf die Kohlen. Dann beschrieb ihre Hand mit dem Weihrauchfäßchen Kreise über meinem Kopf. Der Rauch zog bläuliche Kreise, während Lenas Gesicht stumm und konzentriert war. So sah auch das Gesicht der Großmutter aus, wenn sie fürchtete, daß der böse Blick uns befallen habe, und wenn sie uns beweihräucherte, um ihn zu vertreiben. Dann regten sich ihre Lippen zu einem rätselhaften Gebet, einem geheimen Zauber, der den dunklen Dämon vertreiben sollte, und der Friede Gottes kehrte dann wieder in uns ein. Keiner von uns konnte je ein Wort oder auch nur einen Ton von jenem seltsamen Gebet erhaschen. »Was sagst du da, Großmutter?« fragte ich sie das erste Mal, als sie mich weihräucherte. »St ... St«, machte sie erschrocken und schloß mir den Mund mit ihren Fingern. »Die Kinder dürfen nicht wissen, was die Großmutter in diesem Gebet sagt. Keiner darf in dieser Stunde die Großmutter hören, wie sie mit Gott spricht.« Es war eine Beschwörungsformel, die aus den urältesten Zeiten stammte, von Geschlecht zu Geschlecht vererbt. Wenn für die Großmutter die Stunde ihres

Sterbens käme, dann würde sie noch ihren Letzten Willen und ihre Gebete sprechen und dann würde sie bitten, mit ihrer ältesten Tochter allein zu bleiben. Ihr allein von allen ihren Kindern und Kindeskindern würde sie die geheime Beschwörungsformel – jene dunklen Worte – weitergeben, so wie sie selbst sie einst von ihrer Mutter erhalten hatte. Später würde meine eigene Mutter, wenn ihre Stunde käme, es auf die gleiche Weise ihrem ältesten Kinde, dem Siegelbewahrer der Familie, weitergeben. So bildete jene geheimnisvolle Stimme das unsichtbarste und zugleich das festeste Band zwischen den Geschlechtern meiner Vorfahren und jenen, die noch kommen würden, ein Klang, der bestehen bleibt, wenn die Erinnerung der Menschen selber längst erloschen sein wird.

Die bläulichen Kreise füllten das Zimmer. Ich sog mit Wonne den wunderbaren Geruch der trockenen Rosenblätter und des Weihrauchs ein, welche den Leib Christi zuvor geschmückt hatten. Lena setzte das Weihrauchfäßchen aus gelbem Kupfer auf das kleine Tischchen. Auf ihrem Gesicht lag noch die feierliche Stimmung. Sie war so schön in ihrem kindlichen Ernst!

»Was hast du da gemurmelt, Lena, als du den Weihrauch schwenktest? Kennst du das Gebet der Großmutter?«

»St . . . St . . .«, machte das Mädchen. »Das ist nichts für Kinder!« sagte sie mit wirklichem Ernst, da nun schon das Spiel, das sie spielte, das Spiel der Großmutter, das Spiel mit dem Weihrauch wie Wirklichkeit in sie eingedrungen war. Das Reich der Phantasie und das der Tatsachen hatten sich miteinander vermengt.

7

Der Jäger mit den gelben Sternen stieg am nächsten Morgen draußen vor dem großen Tor vom Pferd. Artemis erwartete ihn dort. Ihre Vorahnungen hatten ihr gesagt, daß er kommen werde. Sein sonnenverbranntes Gesicht war nachdenklich und seine Augen waren gerötet. Er schien die Nacht nicht geschlafen zu haben.

»Warum bist du gekommen?« fragte ihn Artemis und blickte ihm tief in die Augen.

»Ach, hier bist du?« fragte der Jäger. »Meine Herrin hat mich geschickt, um zu erfahren, wie es deinem Bruder geht.«

»Ach, darum . . .«

Der Jäger schickte sich an, ins große Tor zu gehen.

»Du brauchst nicht hereinzukommen!« sagte Artemis und hielt ihn an. »Meinem Bruder geht es gut. Der Großvater und die Großmutter und ich wünschen nicht, daß man sich um meinen Bruder kümmert!«

»Haben die Alten dir aufgetragen, dies zu sagen?«

»Ja!« sagte Artemis, indem sie log.

»Gut!«

Der Jäger war daran aufzubrechen, als Artemis zu ihm hinlief und ihn bat:

»Nimm mich mit dir«, sagte sie. »Gehst du auf die Kimindenia?«

»Ich gehe mit meiner Herrin auf die Kimindenia!« antwortete er ihr. »Ich werde sie in die Höhle der Wildschweine führen! Du, was willst du da mit uns machen?«

Sie würden in die Höhle der Wildschweine gehen? . . . In die Höhle der Wildschweine! . . . Eine Woge von Wut rötete das Gesicht der Artemis.

»Du wirst sie nicht hinführen! Du wirst sie nicht hinführen!« rief sie wütend. »Diese Höhle gehört mir allein. Mir allein! Dort bewahre ich mit meinem Bruder unsere Schildkröten und unsere Eidechsen auf und die Eier, die wir aus den Vogelnestern holen. Dort . . .«

Aber der Jäger hörte nicht mehr, was sein unvernünftiges Rehlein sagte. Er sprengte im Galopp davon.

Artemis lief zum Stall und holte sich das Pferd des Großvaters.

Sie war gut Freund mit dem Pferde. Jeden Tag gab sie ihm Zucker. Sie schwang sich auf seinen Rücken, ohne es zu satteln, und stürmte mit ihm auf den Pfad, der den Tsakal-Dere, den Schakalfluß, begleitete.

Die Sonne brannte. Weit in der Ferne, am Ende der großen Straße, zogen die Kamelkarawanen langsam dahin. Kein Lüftchen wehte. Eine Frucht löste sich vom Baum und fiel zu Boden. Alles bewegte sich in langsamem Rhythmus. Nur Artemis raste mit offenen Haaren auf dem Rücken des Pferdes wie besessen dahin. Ihre Haare waren nicht mit Korbweidenblüten bekränzt. Sie flogen im Licht und wirbelten nach hinten, als wolle das Licht sie mit sich nehmen. Sie langte an der Quelle des Schakalflusses an, durchquerte den wilden Hain, durchquerte die große Schlucht. Schließlich kam sie atemlos an der Höhle der Wildschweine an. Sie sprang vom Pferde, blickte unruhig um sich, schaute in die Höhle.

Sie atmete tief auf.

»Ach!«

Keine Seele weit und breit. Gott sei Dank! Sie waren noch nicht da.

Artemis nahm ihr Haar etwas zusammen und band ihr rotes Tuch darum. Die Farbe ihres tief geröteten Gesichtes kam fast der ihres roten Kopftuchs gleich. Ihre Augen waren wild. Sie setzte sich auf die Erde. Keine Seele war zu hören.

Da konnten die Erinnerungen aufsteigen.

Wieviel Zeit war seitdem vergangen? Es war erst in diesem Frühjahr gewesen. Artemis war damals eines Tages in der Schlucht Brombeeren sammeln gegangen. Dort hatte sie der Jäger mit den gelben Sternen getroffen. Dort zum ersten Male.

»Gib mir Brombeeren zu essen, Rehlein. Ich habe Hunger«, hatte er gesagt. Sie pflückte frische Brombeeren, füllte ihre Hände damit und gab sie ihm.

»Da, iß.«

Auch sie aß davon. Und dann:
»Ich habe Durst«, sagte sie ihm. »Hast du eine Feldflasche mit Wasser bei dir? Die Quelle ist weit weg von hier.«
»Ich werde dir zeigen, wo du ganz in der Nähe Wasser trinken kannst«, sagte der Jäger. »Ich werde dich in die Höhle der Wildschweine führen.«
»Ich bin noch nie in dieser Höhle gewesen. Ich kenne sie nicht. Ist sie weit von hier?«
»Ach, du kennst die Höhle der Wildschweine nicht? Komm, ich will sie dir zeigen!«
Er nahm sie auf sein Pferd, und sie ritten zur Höhle. Tiefes Dunkel war dort drinnen. Der Jäger schnitt einen trockenen Steineichenzweig ab, schlug Funken mit seinem Feuerstein und zündete ihn an. So, begleitet von der Flamme, drangen sie tief in die Höhle ein. Über ihnen hingen dicke Tropfsteine gleich einer Anrufung der Wölbung an die Erde, sie zu sich zu nehmen.
»Horch! . . .« flüsterte der Jäger.
Staunend schwieg das Mädchen und horchte. Es war ein ganz feines, fließendes, anhaltendes, einsames Geräusch.
»Die Kimindenia sind es. Die Kimindenia schwitzen und tropfen«, murmelte der Jäger.
Dort, wo das Wasser tropfte, war der Felsen weich. Durch diesen Vorgang in der Wölbung, der sich seit uralten Zeiten vollzog, hatte sich auf dem Boden im Felsen eine kleine Mulde gebildet. Wenn das Wasser, das herabtropfte, sie füllte, lief sie über und ergoß sich langsam nach dem Höhlenausgang hin. Die Tropfen, die viele Jahre im Herzen des Berges geruht hatten, begannen nun ängstlich ihre Reise nach dem Licht, die Reise ihrer Vollendung, anzutreten. Sie liefen etwas vor, hielten inne, liefen und hielten wieder. So war der Platz außer von der großen Mulde noch mit kleineren Mulden angefüllt, Merkmalen der Furcht und des Zauderns. Von Geschlecht zu Geschlecht waren die Tropfen, die herabkamen, den Spuren ihrer Vorfahren ge-

folgt. Sie hielten immer so lange, wie jene es getan hatten. Und wenn die Zeit voll war, wenn die folgenden Tropfen fielen und Platz suchten, dann machten sich die ersten auf den Weg. Über ihnen die Tropfsteine, jene Stein gewordene Stimme des Berges, wünschten ihnen eine gute Reise und segneten sie für das, was sie in ihrem Leben getan hatten, für die Zärtlichkeit, die sie ihrer großen Mutter, den Kimindenia, gegeben hatten: ›Alles Gute! . . . Alles Gute! . . .‹ Ein Wiedehopf strich vorüber und trank den einen Tropfen. Ein Wildschwein kam vorüber und trank den nächsten. Ein anderer kam weiter herab auf seiner Reise. Er gelangte bis zu der Wurzel eines Brombeerstrauches, dicht bei den Ufern des Schakalflusses, und ging in die Brombeere ein, die eines Tages ein Mädchen pflücken sollte, um sie in ihrer Hand dem Jäger zu reichen. Und ein anderer Tropfen kam bis ins Flußbett selber, wurde eins mit dem Regenwasser und gelangte so ins Meer. Dort fand ihn ein verliebter Aal und verschluckte ihn.

Die Flamme des Steineichenzweiges wurde schwächer. Die feuchte Erde der Höhle zeigte jetzt ihre Farbe besser. Sie war grün. Die Flamme fiel ins grüne Wasser, glimmte dort noch etwas weiter und wurde dann auch grün.

»Sieh hier!« hatte der Jäger gesagt und Artemis nach links hinübergezogen.

Und gleich darauf sagte er: »Gib acht!«

Sie standen am Rande einer unterirdischen Schlucht. Der Jäger senkte den brennenden Zweig nach der Tiefe hin. Nur dunkles Schweigen kam, wie eine dichte Masse, von dort herauf. Die Finger des Mädchens zitterten in des Jägers Händen.

»Hier ist ihr Platz«, sagte er. Seine Stimme hatte einen tiefen Klang, als ob er eine heilige Handlung vollziehe. Hierher kommen die Wildschweine, wenn sie alt werden und den Tod wittern. Hierher kommen sie, um zu sterben.«

»Hast du sie einmal kommen sehen?« fragte das Mädchen verzaubert.

»Nein! Ich habe es noch nicht gesehen! Ich bin noch jung, aber mein Vater und mein Großvater sahen es. Alle die alten Jäger auf den Kimindenia wissen es. Hierher kam, wie man sagt, zum Sterben auch der graue Hirsch, der einzige Hirsch, der vor vielen Jahren auf den Kimindenia gelebt hat.«
»Warum hat man den Tieren damals nicht aufgelauert, um sie zu töten, wie es die Jäger sonst tun?« fragte Artemis.
Die andere Stimme kam mitten aus der Dunkelheit noch tiefer und mit noch größerer Feierlichkeit: »Kein Jäger tötet ein Wild, wenn er weiß, daß es sich zurückzieht, um zu sterben«, sagte er.
»Warum?«
»Wer das tut, der muß im gleichen Jahr selbst sterben«, sagte der Jäger.

Aus der Schlucht hörte man Pferdegetrappel. Artemis begriff, daß sie kamen. Ihr Herz klopfte stark. Sie erhob sich und ging ein wenig vor bis zum Eingang der Höhle. Sie achtete darauf, daß sie in der Mitte des Eingangs stand. Dort blieb sie aufrecht stehen und wartete.
Doris trug nicht mehr den weißen steifen Hut wie in der ersten Zeit nach ihrer Ankunft. Sie trug um ihre Haare ein Kopftuch wie die Frauen jener Gegend, ein Kopftuch mit blauen Blumen.
»Was suchst denn du hier?« sagte der Jäger überrascht zu Artemis. »Wann bist du gekommen?«
»Was geht das dich an?« erwiderte sie ihm keck, ihm in die Augen blickend. »Hier ist mein Reich!«
»Wer ist das?« fragte Doris. Und sich unmittelbar an Artemis wendend: »Wie heißt du, Mädelchen?«
Die Augen der Artemis richteten sich jetzt wild und hart auf sie.
»Ich bin kein Mädelchen! Ich bin von diesem Land hier! Die Kimindenia sind unsere Berge!«
Doris sprang vom Pferde und ging auf Artemis zu.

»Warum redest du in diesem Ton mit mir?« sagte sie. »Was habe ich dir getan?«
»Was suchst du auf den Kimindenia?« sagte Artemis und biß sich auf die Lippen. »Was suchst du mit dem Jäger? Hier bin sonst ich allein herumgestreift mit meinem Bruder und dem Jäger.«
»Ach! Wirklich?« sagte Doris. »Das wußte ich nicht!«
»Was hast du mit meinem Bruder gemacht?« fragte Artemis und der Zorn färbte ihre Wangen immer röter. »Warum wollte er es mit dem großen Adler aufnehmen? Mein Bruder ist ein ängstliches Kind. Was hast du mit ihm gemacht, daß er hinging, um sich mit dem großen Adler zu schlagen?«
Doris begann sich zu belustigen. Sie lächelte leicht und ging einen Schritt auf Artemis zu.
»Ach! Der Bub ist dein Bruder?« sagte sie.
»Er ist mein Bruder.«
Und dann, immer in hartem Ton: »Was hast du mit ihm gemacht?« sagte sie.
Das Lächeln auf dem Munde der Doris nahm nun einen ironischen Zug an. Sie sagte in halb komischem, halb ernstem Ton: »Begreifst du das nicht? Ich habe ihn verhext!«
»Halte mich nicht zum besten!« rief Artemis aufgebracht und fuchtelte mit ihren Händen. »Mich hält man nicht zum besten. Du hast die Wahrheit gesagt. Du hast meinen Bruder verhext! Und den da auch«, sagte sie, indem sie auf den Jäger deutete. Aber sie konnte ihren Satz nicht beenden.
»Was fällt dir ein, so zu reden?« rief da der Jäger, der nicht mehr an sich halten konnte. »Was fällt dir ein, so mit meiner Herrin zu reden?« Und sich zu Doris wendend: »Gehen wir«, sagte er. »Gehen wir in die Höhle.«
Da hob Artemis, so wie sie im Eingang der Höhle stand, ihre Arme und breitete sie aus. Sie sah aus wie ein Raubvogel, der seine Flügel spannt.

»Nein! Nein!« brüllte sie Doris an. »In diese Höhle gehst du nicht hinein!«
»Warum?« fragte die andere, sich immer mehr wundernd. »Warum soll ich nicht hineingehen?«
»Du gehst nicht!« rief Artemis. »Du gehst nicht!«
Und in einem fort stieß sie wirre und unsinnige Worte aus.
»Hierher kommen«, sagte sie, »die alten Wildschweine unseres Berges, wenn sie sterben wollen! Hier ist der heimliche Friedhof, den ich mit meinem Bruder habe. Hier sind unsere Eidechsen und unsere Fledermäuse und unsere Schildkröten. Hier! . . .«
Sie hielt plötzlich inne. Und dann sprach sie weiter.
»Hierher bin ich zum ersten Male mit ihm gekommen!« rief sie und zeigte auf den Jäger. »Hier darf kein anderer hinein! Kein Fremder! Keine Frau!«
Doris blickte tief und forschend in das Gesicht des Mädchens, das von Verzweiflung geschlagen war. Dann blickte sie dem Jäger in die Augen.
»Ah, ich begreife«, sagte sie.
Und sofort darauf wurde ihr Gesicht mit unglaublicher Härte von einem bösen Ausdruck überschattet. Ihre Unterlippe zitterte leicht.
»Scher dich beiseite!« herrschte sie Artemis an. »Laß mich durch!«
»Du kommst nicht durch! Du kommst nicht durch!« heulte das Mädchen. »Hier ist unser Heiligtum!«
Doris war daran, sie zu packen und wegzuziehen. Aber sie hielt inne. Sie wandte sich zum Jäger. Ihre Augen waren jetzt noch härter und noch wilder.
»Schaff sie aus dem Weg!« befahl sie ihm, indem sie ihm eindringlich ins Gesicht sah.
Wie gebannt schritt er auf das Mädchen zu. Auch Artemis hatte jetzt ihre Augen auf ihn geheftet. Tiefe Bangigkeit, etwas furchtbar Fragendes erfüllte sie. Würde er das tun, was die Fremde

von ihm verlangte? Würde er ihr das antun? Seinem Rehlein? ... Eine Woge von flehentlicher Angst überkam sie. Würde er es fertigbringen, das zu tun? ... Es spielte der Augenblick, das Licht spielte, spielte mit dem ersten Wahn, mit den ersten Träumen eines kleinen Mädchens, das lernen sollte, ob gewinnt oder verliert, wer viel schenkt, viel träumt.

Das Zögern des Jägers dauerte nur so lange, wie nötig ist, um eine Büchse abzufeuern. Dann ging er entschlossen auf Artemis zu.

»Scher dich davon!« sagte er ihr barsch.

Die Entschlossenheit in seinen Augen war wie glühendes Eisen. Artemis war auf diesen Schlag nicht vorbereitet, hatte ihn nicht erwartet. Ihre Füße zitterten. Die Tränen kamen hinter ihren langen Augenwimpern zum Vorschein und waren daran loszubrechen.

»Du?« stammelte sie. »Du ... treibst mich von hier weg?«

»Komm, komm!« rief der Jäger nervös. »Geh beiseite!«

Die Tränen hatten jetzt die Augenlider, die erregt zitterten, schon naß gemacht. Es waren die Erinnerungen, die in diesen Augen spielten. Sie spielten auch für eine Sekunde in den Augen des Jägers. War das sein Rehlein, das ihn immer begleitete, wohin er auch ging, das ihn immer wie ein treuer Hund ansah, das er selbst zum ersten Male hier in das Reich der Wildschweine gebracht hatte? Und jetzt sollte er es aus seinem Heiligtum vertreiben? ... Der Jäger senkte für einen Augenblick die Augen

»Kommt, beeilt euch!« rief jetzt Doris und ging auf den Eingang der Höhle zu.

Artemis stürzte sich auf sie, um sie an den Haaren, an den offenen Locken, zu packen. Aber sie kam nicht so weit. Der Jäger faßte sie mit beiden Händen und warf sie wie ein lebloses Ding beiseite. Das Mädchen fiel zu Boden. Ein spitzer Stein ritzte ihre Wange. Sie begann zu bluten. Doris und der Jäger gingen in die Höhle.

Artemis, noch unfähig, sich an den Schlag, den sie empfangen hatte, zu gewöhnen, blieb reglos liegen, wo sie lag. Nur ihr

Herz schlug, immer heftiger. Ganz langsam stand sie auf. Wärmer als Feuer brannte etwas auf ihrer Backe. Langsam führte sie ihre Finger dorthin. Sie wurden blutig.
Drinnen aus der Tiefe der Höhle war nichts zu hören. Das Mädchen spitzte seine Ohren und lauschte. Nichts. Es war, als ob der Friedhof der Wildschweine sie verschlungen hätte, Doris und den Jäger. Von fernher kam ein Summen. Das mußten die Zikaden sein, drunten im Ölwald. Ein paar Klänge: eine Kamelkarawane, die auf der großen Straße Anatoliens vorüberzog.
Eine Eidechse ließ ihre graue Silhouette sehen und lief rasch der Sonne zu. Sie erblickte Artemis und huschte davon. Das Gestrüpp raschelte, und sie war verschwunden. ›Jetzt wird *die* unsere tote Eidechse ansehen, jetzt wird *die* unsere aufgespießte Fledermaus berühren. Jetzt wird *die* unser Heiligtum entweihen. Jetzt wird *die* und der Jäger . . .‹ Ihr Herz klopfte rasch und heftig. Ein Blitz zuckte in ihren Augen, in ihrem Gesicht. Der Blitz blieb haften. Er ließ eine tiefe Furche im Gesicht zurück. ›Ach, wenn sie nur sterben würde! . . . Wenn sie nur sterben würde und nicht mehr zurückkehren, sie, die mir die Höhle, die mir den Jäger, die mir den kleinen Bruder genommen hat . . .‹ Das Pferd der Doris stampfte in der Nähe mit seinem Huf den Boden. Es hatte anscheinend Durst. Unwillkürlich wandten sich die Augen der Artemis nach dort. Sie sah die Farbe des Pferdes, seinen Sattel, den Bauchgurt, der den Sattel des Tieres festhielt. Die Furche, die sich in ihr Gesicht eingegraben hatte, ward noch tiefer. Sie zog ihr kleines Messer mit dem Griff aus weißem Bein heraus und näherte sich dem Pferd. Sie streichelte es. Sie wußte mit Pferden umzugehen. Dann bückte sie sich unter seinen Bauch und begann den Bauchgurt zu durchschneiden. Sie ließ nur einen kleinen schmalen Streifen, einen halben Finger breit, stehen.
Sie blickte sich um. Keine Menschenseele! Voller Furcht, bebend vor dem Tode, den Doris in der Schlucht finden würde, wenn der Sattel risse und sie von dem durchgehenden Pferde

auf die Felsen geschleudert würde, bestieg Artemis ihr Pferd und jagte wie der Blitz davon.

Die Aale im Schakalfluß begriffen, daß die Stunde ihrer großen Liebesreise da sei. Sie waren in der Ferne, in der Tiefe des Ozeans, geboren, dort, wohin die Aale der ganzen Welt zum Laichen gehen. Als sie zwei Jahre alt waren, verließen sie ihre Wiege in der Tiefe des Ozeans und schlugen den Weg ihrer Vorfahren ein. Sie durchquerten alle die Meere und kamen in einer Winternacht an den Schakalfluß. Der Mond schien über den Kimindenia. Es herrschte Stille. Nur hin und wieder heulte ein Schakal im Wald. Aber die Aale fühlten sich sicher im Wasser und fürchteten sich nicht. Sie waren erstaunt von der strengen Stille der äolischen Erde, von der Einsamkeit des Mondes. »Wie schön ist die Heimat unserer Vorfahren«, sagten sie. »Wie schön ist unsere Heimat . . .« Sie blieben und lebten dort eine heitere Zeit, sechs Jahre lang. Als wiederum eine Nacht anbrach. Der Mond leuchtete in der Höhe. Die Schakale heulten, und ein junges Mädchen, das Artemis hieß, ein Kind der heimischen Berge, erlebte das erste Abenteuer seines Herzens, das erste ernste, in der Höhle der Wildschweine. Geheimnisvoll, aus der Tiefe ihres Wesens, rief die Aale des Schakalflusses eine innere Stimme. Eine seltsame Stimme, die sie hieß aufzubrechen, den Fluß hinabzusteigen bis zum Meer. Da erwachten alle Aale, hörten die Weisung der Stimme und stiegen im Fluß hernieder bis zum Meer. Ein sonderbares Raunen trafen sie dort an den Küsten der Ägäis an. Sie blickten im Wasser um sich und sahen voll Erstaunen: alle Aale aus den Flüssen Anatoliens hatten sich dort versammelt.
»Wie kommt ihr hierher, Gefährten?« fragten sie. Die anderen antworteten:
»Eine innere Stimme hat uns gerufen. Wir machen uns auf die große Reise.«

»Ach! Auch ihr? Auch wir gehen auf dieselbe Reise. Auch uns hat die Stimme gerufen.«

So unterhielten sich fröhlich die Aale der Flüsse Anatoliens und machten Bekanntschaft miteinander. Nur ein Aal, mit einer sonderbaren silbernen Haut bekleidet, rührte sich nicht von seinem Fleck. Er wollte keine Bekanntschaften machen, wollte kein Geschwätz, sondern wünschte nur allein zu bleiben mit der tiefen Zufriedenheit, die ihn erfüllte. Ihn sah, wie er so alleine war, ein anderer Aal mit glänzender Haut, die auch begonnen hatte sich silbern zu färben, und glaubte, er sei bekümmert.

»Was hast du,« fragte er, »und warum bist du allein? Hast du irgendeinen geheimen Kummer, der dich plagt?«

»Woher kommst du?« fragte der einsame Aal.

»Ich komme vom Mäander. So nennen sie den großen Fluß, in dem ich lebte.«

»Komm zu mir,« sagte da der andere Aal, »du, der aus dem großen Flusse kommt, lehne dich auf mich. Hörst du?«

Da legte sich der Aal vom Mäander auf den Aal vom Schakalfluß und horchte.

»Was ist das, das in dir ruft?« fragte er erstaunt.

»Es ist die Stimme unseres Berges«, antwortete der Aal mit der silbernen Farbe, der die Einsamkeit liebte. »Sie hat heute der Fluß herabgebracht. Es ist ein Tropfen aus der Höhle der Wildschweine. Den habe ich getrunken. Jetzt wird er mit mir reisen. Jetzt trage ich in mir die Stimme unserer Heimat. Komm mit mir.«

So geschah es, und die beiden Aale machten sich zusammen auf den Weg, dicht beisammen, zogen mit ihrem Schwarme und gelangten in die Tiefe des fernen Ozeans. Viel Gefährten verloren sie unterwegs in Kämpfen, die sie mit anderen Fischen zu bestehen hatten. Aber die beiden Gefährten kamen durch, weil einer dem anderen half. Als sie hinabgestiegen waren an den Platz, wo sie laichen wollten, in die Tiefe, suchten sie sich eine

Stelle aus in der Wurzel einer Koralle und machten dort ihr Nest. Die anderen Aale des Schwarmes begannen dort ihre Haut zu wechseln und eine silberne Haut anzuziehen – ihr Hochzeitskleid. Die beiden Gefährten in der Koralle aber brauchten nicht mehr zu warten. Sie waren schon vom Beginn der Reise an bereit gewesen. Sie liebten sich innig, und als sie dessen müde wurden, warteten sie in der Stille auf die Kinder, die kommen würden. Der männliche Aal lehnte sich von Zeit zu Zeit an den Leib des Weibchens, und als er darin ein Pochen hörte, fragte er voll Ungeduld:

»Sind sie schon da? Sind das unsere Kinder?«

»Nein«, sagte sie. »Noch nicht. Das ist nur jenes Klopfen, die Stimme unserer Heimat.«

Und als die Kinder wirklich kamen, vermengten sich die Schläge miteinander, und auch sie selber konnten sie von nun ab nicht mehr unterscheiden.

Artemis wich nicht von meiner Seite in dem Zimmer, wo ich lag. Sie saß mit Lena bei mir und leistete mir Gesellschaft. Sie sprach kein Wort, schien wie geistesabwesend und war sehr blaß.

»Bist du krank, Artemis?« fragte Lena alle Augenblicke. »Soll ich es der Mutter sagen?«

»Es fehlt mir nichts«, sagte Artemis.

»Soll ich dich . . . soll ich dich vielleicht weihräuchern?« fragte Lena in komisch ernster Weise. »Frag nur den Petros.«

»Ach! Laß mich, Kleine!«

Und alle Augenblicke drehte sie sich um und schaute ängstlich nach der Tür, so als ob man stündlich nach ihr forschen, als ob man sie zu einem Verhör zitieren könnte.

»Weißt du was, Artemis?« flüsterte ich ihr einmal zu. »Unsere Fledermaus in der Höhle der Wildschweine. Wir müssen gehen und ihre Knöchlein holen und sie uns umhängen. Dann werden alle uns liebhaben. Wenn ich erst gesund bin.«

Artemis hörte die Höhle nennen und erschauderte. Sie wollte irgend etwas sagen. Aber in diesem Augenblick öffnete sich plötzlich die Türe. Es war Anthippi, die große Schwester, und hinter ihr der Jäger mit den gelben Sternen. Sein Gesicht leuchtete von seltsamer Freude, als ob etwas Außergewöhnliches ihm beschieden sei, als ob er etwas Wunderbares empfangen habe.
Anthippi sagte zu mir: »Die Fremde vom Meere schickt den Jäger wieder, um zu fragen, wie es dir geht. Sie hat ihm aufgetragen, daß er nach dir sehen soll. Sag ihm, daß es dir gut geht.«
»Es geht mir gut«, sagte ich froh. »In wenigen Tagen wird man mich aufstehen lassen.« Der Jäger ging auf Artemis zu, die neben meinem Bette hingekauert saß und vor Erregung zitterte.
»Und dir schickt sie dies!« sagte der Jäger und gab ihr das Kopftuch, das Doris in der Höhle der Wildschweine getragen hatte.
Artemis verlor die Fassung. Sie lispelte: »Ist also . . . Ist also gestern nichts passiert?«
Der Jäger schaute sie lächelnd an.
»Nichts«, sagte er. »Nur als wir am Schakalfluß vorbeiritten, riß der Bauchgurt ihres Sattels. Aber es war nichts. Das Pferd lief in jenem Augenblick auf Sand in der trockenen Flußsohle. Es lief langsam. Meine Herrin hat nicht einmal einen Kratzer abbekommen. Gute Nacht.«
Lautlos stand Artemis da, während tief in ihrem Innern entgegengesetzte Wogen aufeinanderprallten, einmal von hier, einmal von dort, und während die Farben des Tuches, das Doris geschickt hatte, sich vergeblich auf ihren erstarrten Fingern zu regen suchten.

8

Jenseits des Buchenwaldes, am Ende der Schlucht, wo der unwegsamste Teil der Kimindenia liegt, hatte die große Bärin zwischen zwei Felsblöcken ihr Lager gebaut. Sie legte es mit trockenen Laubzweigen aus und verrammelte mit anderen Ästen die Öffnung. Als ihr kleiner Sohn geboren wurde, zu Beginn des Sommers, war sie ausgegangen, hatte wildes Gestrüpp entwurzelt und damit ihr Lager noch mehr verschanzt. So glaubte sie vor den Augen des Menschen geborgen zu sein.

Das kleine Bärchen konnte jetzt schon viele Dinge begreifen. Es merkte, daß der Honig, den ihm die Mutter brachte und der aus den Stöcken der wilden Bienen gestohlen war, besser schmeckte als die Eicheln und die Würmer. Es erkannte, daß außerhalb ihres Nestes, wo es seit der Zeit, da es geboren wurde, eingeschlossen war, eine andere, seltsame Welt voll schöner und furchtbarer Dinge liegen müsse – voller Bäume und Flüsse, voller Hunde und Menschen. Aber noch hatte es sie nie gesehen. Und jeden Tag, jetzt wo es heranwuchs, bat es die große Bärin, seine Mutter: »Nimm mich mit dir ... Wann darf ich mit dir kommen, um das zu sehen?«

»Warte noch ein Weilchen«, antwortete sie. »Noch ein Weilchen, bis du groß bist, mein Sohn.«

Nur wenn mondhelle Nächte kamen, dann faßte die große Bärin Mut und brachte ihr Kleines an die Öffnung ihrer Höhle. Dann saßen sie dort, vom grünlichen Lichte eingehüllt, oben über der großen Schlucht, und die Bärin erzählte ihrem Kleinen die Geschichte ihrer Vorfahren.

Sie wohnten, sagte sie, in den alten Zeiten in den Bergen des Libanon. Sie lebten dort in Frieden, als die Herden der Menschen sie witterten und sie zu töten begannen. Jeden Tag erscholl die Totenklage, und ihr Volk wurde weniger und weniger. Mit bitterem Herzen sagten da die Bären, die geblieben waren: »Die Berge des Libanon sind nicht mehr für uns, wir müssen unsere Heimat verlassen.« So sprachen sie. Sie verabschiedeten sich von der Stätte ihrer Geburt und schlugen den Weg nach Westen ein. Sie wanderten immer des Nachts und zogen immer weiter nach Westen. Da merkten sie aus dem Hauch des Windes, daß der Winter nahte. In den guten Zeiten am Libanon, da hatten sie sich, wenn sie diese Ankündigung der Jahreszeit erhielten, in ihre dunklen Nester gelegt und waren wohlgeborgen in ihren langen Winterschlaf gefallen. Jetzt, wo der Winter sie auf der Wanderschaft, auf der Flucht antraf, ohne Nest, da baten sie den weißen Schnee: »Beschirme du uns,« sagten sie, »wir sind einsam und ohne Nest.«

Der Schnee erhörte ihre Bitte und fiel in jenem Jahr ganz tief und deckte sie zu. Sie schliefen ein und erwachten erst, als der Frühling kam. Wieder machten sie sich auf den Weg, weiter hinab, immer weiter weg von den Menschen des Libanon. Sie durchquerten die Berge des Kas-Dag, als sie eines Morgens plötzlich von einem hohen Gipfel in der Tiefe vor sich einen großen Wall aus Wasser ausgebreitet sahen.

»Wie sollen wir da durchkommen?« sagten sie.

Sie stiegen bis hinab zum Meer, an einen einsamen Strand, bewunderten die Wogen und sagten wieder: »Wie sollen wir da durchkommen?«

Weiße Vögel flogen über ihnen hin. Sie fragten sie, und die Möwen antworteten: »Nein, da könnt ihr nicht durchkommen! Eure Reise ist zu Ende!«

Da kehrten die Bären vom Libanon in die Schluchten des Kas-Dag zurück und machten sie zu ihrer neuen Heimat. Eine Zeit lang lebten sie dort in Frieden, bis wiederum der Mensch ihren Weg kreuzte. Es waren Tscherkessen und derlei Volk, welche die großen Bären erlegten, um ihre Jungen zu holen, ihnen Ketten durch die Nasen zu ziehen und sie tanzen zu lehren.

Da hielt wieder häufige Totenklage unter ihnen Einzug. Die einen Bären sagten: »Laßt uns aufbrechen! Laßt uns fortgehen von hier! Laßt uns wiederum den Weg der Flucht einschlagen! . . .«

»Nein, tausendmal nein!« sagten die anderen. »Wie sollen wir wieder die neue Heimat aufgeben, die wir gefunden haben? Wir können nicht mehr! Mag geschehen, was will! . . .«

So blieben viele Bären in den Bergen des Kas-Dag und starben von der Hand des Menschen. Einige wenige, vor allem diejenigen, die trächtig waren, machten sich wieder auf den Weg und wanderten nach Osten. Auf ihrem Wege gelangten sie zu den Kimindeniabergen. Dort blieben sie.

Das erzählte die große Bärin ihrem kleinen Bärchen in der mondhellen Nacht, hoch auf den Kimindenia, als die Geschichte ihres Volkes. Das Kleine hörte mit staunenden Augen zu und gab sich Mühe, den Sinn des Weltgeschehens zu begreifen.

»Was ist aus den anderen Bären unseres Volkes geworden, die nach den Kimindenia kamen?« fragte es.

Seine Mutter schüttelte traurig den Kopf.

»Auch hier hat uns der Mensch entdeckt. Sie sind alle von des Menschen Hand gestorben«, antwortete sie.

»Und mein Vater? Was ist aus meinem Vater geworden?«

Die große Bärin wollte ihr Kind, das noch so klein war, nicht gerne traurig machen. Aber es ging nicht anders. Es mußte jetzt schon beginnen, die Welt kennenzulernen und sein Schicksal zu erfassen:

»Es war zu der Zeit, wo der Schnee schon geschmolzen ist und die wilden Bienen ihre Stöcke verlassen und von Baum zu Baum fliegen, um Futter zu finden. Er war ausgegangen, um uns eine Honigwabe aus einem Stock zu bringen, denn ich hatte dich gerade geboren und war unfähig dazu. Er ist nicht zurückgekehrt.«

»Warum?« fragte das Bärchen.

»Der Mensch«, sagte seine Mutter. »Er wird mit einem Menschen zusammengetroffen sein!«

Was für ein furchtbares Ungeheuer muß das sein, ›der Mensch!‹ dachte das Bärchen bei sich. Daß er sich überall findet, daß er die Erde überschwemmt hat: vom Libanon bis zum Kas-Dag und zu den Kimindenia!

»Was hat der Mensch gegen uns? Was hat er gegen unser Volk?«
»Wir sind ihm ähnlich«, sagte die große Bärin. »Wir können auf beiden Beinen stehen wie er. Wir können aufrecht tanzen wie er. Wir können Ketten tragen wie er . . . Wir sind ihm ähnlich.«
»Und?«
»Er verfolgt diejenigen, die ihm ähnlich sind«, sagte wiederum die große Bärin. »Er pflegt diejenigen zu töten, die ihm gleichen.«
»Ach«, seufzte das Bärchen, und es war der erste Seufzer, der auf dieser Welt aus seinem Munde kam. »Wie schön wäre es, wenn es keine Menschen gäbe . . .«
»Wie schön wäre das, mein Kleines«, sagte die große Bärin.

9

Es begann zu tagen. Silbernes Licht lag auf den Bergen, auf den Bäumen und nahm von ihnen Abschied. Einsam leuchtete der Morgenstern. Alle anderen Sterne waren schon verschwunden. Er stand allein am Himmel und sann darüber nach, was sich auf den Kimindenia während der Stunden des Tages, der eben anbrach, wohl ereignen werde.
Der Jäger mit den gelben Sternen ritt allein auf seinem Pferd dahin, durchquerte den Steineichenwald und schlug den Pfad zur großen Schlucht ein. Schon am Abend hatte er sein Gewehr geölt, seine Patronen geprüft. Jetzt pfiff er heiter vor sich hin. Keinerlei Vorahnung, keinerlei Unruhe. Er war ein junger Bursche, der die Furcht nicht kannte. Dennoch spürte er jedesmal, wenn er sich anschickte, auf eine schwierige Jagd auszuziehen, in einsamen Stunden sein Herz anders, etwas schneller als sonst schlagen. Um diesen Dämon zu bezwingen, warf er sich anfangs ohne Sattel auf seinen Schimmel und überließ sich einem hemmungslosen Galopp über Gräben und Felsen. Der Wind peitschte dann sein Gesicht und das seltsame Klopfen in seiner Brust verstummte. Aber später, mit der Zeit, als er der

erste Schütze seiner Gegend wurde, als er gelernt hatte, Rosen auf hundert Meter Entfernung vom Stiel zu schießen, hatte er es nicht mehr nötig, tollkühne Galoppaden anzustellen und sich vom Wind peitschen zu lassen. Mit der festen, unfehlbaren Sicherheit seiner Hand war das Angstgefühl verschwunden.

Der Jäger ritt auf seinem Pferd den Pfad der Schlucht empor zur Höhe. Er pfiff eine alte Weise der Palikaren von Aiwali vor sich hin, eine wehmütige Melodie wie alle Weisen Anatoliens:

›Alle sagen mir, flieg doch,
Aber ich hab keine Flügel . . .‹

Das Pfeifen verband sich mit dem Gezwitscher der Vögel, die erwachten und über seinem Kopfe hastig hin und her flatterten, Wildtauben, Wachteln und Wiedehopfe. Der Jäger blickte sie freundschaftlich an, wenn sie vorbeiflogen, und war guter Laune. Er pfiff eine wehmütige Weise und war doch froh gelaunt. Die Weisen Anatoliens klingen traurig nur für die Fremden, die sie hören, für diejenigen, die nicht aus Anatolien sind. Für die Menschen jener Gegend sind sie voll heiteren Friedens, weil sie in ihrer Natur, in ihrem Klima entstanden sind, weil sie eins mit ihnen sind wie das Licht mit der Flamme.

Der Jäger pfiff seine wehmütige Weise und war doch fröhlich. Er nahm eine Patrone aus dem Gurt. Er schaute sie an und seine Augen strahlten. »Um dir eine Freude zu machen . . .«, sagte er, als ob er mit jemandem spräche, der ganz nahe wäre, der gar nicht anders als nahe bei ihm sein könnte, da er seiner so stark gedachte.

Dann biß er mit seinen kräftigen Zähnen auf die Patrone. Er nahm sein Gewehr von der Schulter und lud es mit der Patrone, auf die er gebissen hatte. Er schaute in die Höhe. Der Morgenstern zitterte gerade noch, war am Verlöschen. Aus der Ferne, von der großen Straße her, die das Innere Anatoliens mit der Küste verbindet, kamen Klänge. Die Kamelkarawanen waren erwacht und begannen ihre langsame Reise.

»Ich muß mich eilen«, sagte der Jäger und trieb sein Pferd an. »Ich muß der großen Bärin zuvorkommen, ehe sie aus ihrem Nest geht. Ich muß da sein, bevor der Wind aufkommt.«
Er wußte genau, wo ihr Lager war. Er kannte ihre Gewohnheiten gut. Er wußte wohl, daß sie ihn nicht wittern dürfte mit dem furchtbaren Geruchsinn, der ihr eigen ist. Es blies indessen kein Wind, an den Bäumen regte sich kein Blatt. Der Jäger hielt das Pferd an, holte seinen Tabaksbeutel hervor, drehte sich eine Zigarette und zündete sie an. Er beobachtete die Richtung des Rauches. Er wich ein ganz klein wenig nach Norden ab und löste sich dann auf.
›Gut,‹ dachte der Jäger bei sich, ›da muß ich also den hohen Felsen von Norden her erklimmen.‹
Er stieg immer höher hinan. Auf die fernen Berge in der Tiefe, im Osten, sandte die Sonne schon ihre Vorankündigung, ihr goldenes Licht. Je einsamer und wilder der Aufstieg wurde, desto häufiger zogen die Wiedehopfe hin und wieder, trieben ihr Spiel mit dem Licht. Ein verspäteter Hase sprang aus dem Wald, heftete seine überraschten Augen auf den Menschen, der da heraufkam, und verschwand im Nu. Hinter ihm in der Tiefe ruhte noch das Meer, auf die Wogen wartend, die es wecken sollten. Der Jäger blickte auf das Meer. Er sah die hohen Pappeln ihres Gutshofes. Sie schienen ihm wie Schiffsmasten. Wirklich, es war ein Schiff. Ein weißes Schiff, eines von denen, die ein einziges großes Segel aufspannen, das schönste von allen, die unser Meer durchfuhren. Im Vergleich mit ihm sind die anderen Segelschiffe wie Diener vor dem König. Das Meer dort unten regte sich nicht, das Schiff regte sich nicht, denn auf seinem Bug schlief die junge Herrin, die aus der Fremde gekommen war. Sie würde fragen, wenn sie aufwachte:
›Wo ist der Jäger, mit dem ich auf Wachteljagd gehen wollte? Gestern haben wir die männliche Wachtel erlegt. Aber das Weibchen kam uns aus und streift nun heute einsam umher. Wo

ist der Jäger, mit dem ich die weibliche Wachtel suchen wollte, die darauf wartet, daß wir sie erlegen, weil sie nur so ihren Gefährten wiedersehen und Ruhe finden kann?‹
›Ach, der ist schon vor Tagesanbruch fortgegangen!‹ würde man der Doris sagen.
Dann würde sie unwillig werden.
›Wirklich, ist er schon vor Tagesanbruch aufgebrochen? Warum hat er mir das nicht gesagt? Warum hat er mich nicht gefragt?‹
Keiner würde in der Lage sein, ihr darauf zu antworten, da der Jäger niemand sein Geheimnis verraten hatte. Nein, ein richtiger Jäger sagt niemals einem anderen etwas, zumal wenn es um das Ziel ging, das er sich heute vorgenommen hatte. Was würde wohl die Doris sagen, wenn er ihr das kleine Bärchen in die Arme legte?
›Aber habe ich dir nicht erklärt,‹ würde sie sagen, ›daß mir die Bären nicht gefallen, daß ich die wilden Tiere, die man an Ketten zieht, nicht liebe?‹
›Sieh es nur an!‹ würde er ihr antworten. ›Es ist das schönste kleine Raubtier, das sich heute auf den Kimindenia befindet! Ich wollte, daß du von mir das Schönste, was unsere Berge besitzen, bekommst! Ich bin fortgegangen, um es dir zu bringen.‹
Da würde Doris das kleine Bärchen, sein schwarzes Fell, streicheln, würde seine kleinen Augen ansehen und würde vor Freude außer sich sein.
›Wir werden ihm aber keine Kette anlegen!‹ würde sie ihm sagen.
›Nein, wir werden ihm keine Kette geben. Wir werden es lehren, wie ein Hund hinter dir herzulaufen. Dich allein wird es kennen. Was den Adler angeht, den du haben wolltest, was willst du damit machen? In unseren Gegenden lieben wir die Adler nicht. In unseren Bergen ist der Bär der König. Ich bin ausgezogen und habe dir sein Junges gebracht.‹

Der Jäger stieg immer weiter auf dem Pfad aufwärts. Jetzt müßte er den Buchenwald durchqueren. Wenn er auch den hinter sich hätte, würde er sich am Rand der Schlucht befinden.
Es herrschte tiefe Stille. Die Töne der Welt, die Glockenklänge der Kamele – nichts reichte bis hier herauf. Auch das Meer war nicht mehr sichtbar. Der Jäger wußte, daß er hier in die Einöde kam. Des Menschen Fuß verirrte sich nicht hierher. Von hier ab würde er allein sein. Er schaute die Bäume an, hörte das Geräusch, das das Pferd mit seinen Tritten auf dem Boden machte. Hier würde man mit den Kimindenia Zwiesprache halten können, und keiner würde je erfahren, was gesprochen wurde. Hier...
Plötzlich hörte der Jäger neben sich ein Knacken. Es kam aus einem dichten Gestrüpp zu seiner Rechten. Er dachte sofort an die große Bärin oder an ein Wildschwein, obwohl das Pferd nicht wieherte. Er riß die Büchse von der Schulter, als aus dem Gestrüpp drei Männer heraustraten. Sie trugen gekreuzte Patronengurte, in den Händen Waffen, in den Gürteln Dolche. Es waren Türken! Was für Leute mochten es sein? Die Türken jener Gegend waren brave Leute, Kameltreiber, die immer unbewaffnet gingen. Was waren die hier und was wollten sie? Der Jäger hielt sein Pferd an und legte instinktiv den Finger an den Abzugsbügel des Gewehrs.
Der eine von den dreien grüßte in gleichgültigem Ton: »Merhabar!«
»Merhabar!«
»Wo gehst du hin?«
»Auf die Jagd. Ich bin aus dieser Gegend! Und ihr, wo geht ihr hin?«
»Wir haben den Weg verloren«, sagte der Türke. »Wo ist der Pfad, der zum Meer hinabführt?«
Der Jäger zeigte ihn, dann fragte er: »Was sucht ihr am Meer?«
»Nichts.«
»Gut.«

»Allaá simarladik!«
»Ogurola!«
Die drei Türken schlugen den Weg ein, den er ihnen gewiesen hatte. Ehe sie verschwanden, drehte sich der eine noch einmal um und rief: »Kommen noch andere Jäger hinter dir?«
Der Jäger wußte, daß kein anderer kommen würde. Er wußte, daß er hier allein sei. Dennoch sagte er von einem inneren Zwang getrieben, um nicht allein zu scheinen: »Ja, es kommen hinter mir noch andere!«
Und er tauchte im Wald unter. Eine Zeit lang drehte und wendete er es immer wieder in seinem Kopf herum: Wer sind sie? Was suchen sie? Was wollen sie so bewaffnet in unseren Bergen? Aber binnen kurzem war er am Rand des Buchenwaldes angekommen. Er stieg ab, band sein Pferd an einen Baum, nahm seine Büchse und ging zu Fuß weiter.
»Alles Gute«, sagten ihm die Buchen. »Hier beginnt die große Schlucht. Auf dem Kamm der großen Schlucht ist das Bärenlager. Von hier ab gibt es nicht mehr die Frau, der zuliebe du heute in unsere Gegend kamst, gibt es nicht mehr die bewaffneten Türken. Hier gibt es nur noch dich und die Bärin.« Und der Jäger spürte, daß es so war. Sie waren jetzt allein, die Bärin und er. Alles andere war erloschen, versunken. Nur der Jäger in seiner entscheidenden Stunde war geblieben.
Mit seinem geübten Auge suchte er die Schlupfwinkel ab. Wieder schaute er auf ein Blatt, um die Windrichtung zu prüfen. Es war immer noch Südwind. Der Jäger maß mit den Augen den Weg ab, den er machen müßte, um den Wind gegen sich zu haben. Er begann langsam hochzuklettern, sich an das Lager anzuschleichen. Von dort würde binnen kurzem die große Bärin kommen, um sich Honig aus den wilden Bienenstöcken und Eicheln zum Futter zu holen. Der Jäger kannte ihre Stunden. Mit seinen Händen umklammerte er fest die Büchse.
In seinem Gewehr lag ein Stückchen Blei. Das hatte ein Neger-

sklave aus den Eingeweiden der afrikanischen Erde hervorgeholt. Er hatte es bearbeitet und zu reinem Metall gemacht in der Flamme, die mit Kohlen genährt war, die aus den Tiefen der Erde von Wales stammte. Das Blei war später zur äolischen Erde gereist und war dort in die Hände eines Jägers gefallen, der auf seinem Kopfe ein Tuch mit gelben Sternen trug. Eines Sommermorgens bissen die Zähne des Jägers, der vor Freude strahlte, auf das Blei. Und dies Stück Blei sollte davonfliegen, um den Lebenslauf einer großen Bärin vom Libanon zu beenden, einem Mädchen zuliebe, das in Schottland geboren war, das die braunen Augen der Mädchen der Ägäis hatte und das eine Stunde in der Höhle der Wildschweine erlebt hatte.

10

Denselben Morgen, als sich der Jäger droben in der großen Schlucht befand, streifte auch ich, um ein Jäger zu werden, mit meinem kleinen Flobert im Steineichenwald umher. Es war der dritte Tag nach meiner Krankheit, den man mich aufstehen ließ. Ich streifte umher, um vielleicht einen Wiedehopf zu schießen.

Das erste Mal, als meine Mutter mich mit dem Gewehr bereit zum Aufbruch sah, hatte sie mir gesagt: »Geh nicht weit weg. Geh nicht über die Grenzen unseres Gutes hinaus. Du bist noch nicht ganz gesund. Was willst du mit dem Gewehr?«

»Ach, Mutter, laß mich. Ich will ganz artig sein. Laß mir das Gewehr!«

»Laß den Jungen«, sagte auch der Großvater. »Auch ich habe in diesem Alter angefangen.«

»Nun gut«, räumte sie ein. »Aber du gehst nicht über den Weinberg hinaus.«

Ich setzte mich hinter einen Rebstock und lauerte den Amseln auf, die kamen, um sich Beeren abzupicken. Es waren so viele, daß es mir gelang, eine zu treffen. Nach einer Zeit kam meine

Mutter und fand mich dort. Ihre Miene verfinsterte sich, als sie den erlegten Vogel sah, weil ihr dies Spiel durchaus nicht gefiel.
»Deine Stunde war noch nicht da ...«, murmelte sie vor sich hin, als ob sie mit sich selber spräche. »Sie hätten dir dies Geschenk nicht schicken sollen ...«
Sie begriff, daß die Versuchung bereits in mir war. Nachdem ich es fertig gebracht hatte, einen Vogel zu erlegen, wie würde sie mich da noch zurückhalten können, zumal ja auch der Großvater wollte, daß ich ein Jäger würde.
Sie dachte etwas nach und sagte mir dann: »Die großen Jäger schießen niemals einen Vogel, wenn er sitzt. Hast du das je bei einem Jäger unserer Gegend gesehen? Das ist nicht ritterlich! Man muß sie im Fliegen treffen!«
So sagte sie mir im Glauben, daß es unmöglich sei, daß ich mit dem Flobert einen Vogel im Fliegen treffen könne. Und so würde mir vielleicht die Lust daran vergehen, würde die Versuchung mich verlassen.
»Und was sollen wir jetzt mit der Amsel machen, die du getötet hast?« sagte die Mutter. »Die werden wir dir zum Abendessen braten.«
Ich sagte ihr: »Ich kann es ihr noch nicht bis da drunten hinbringen, ich kann noch nicht so weit laufen. Darf ich es ihr schicken? ...«
»Wem denn?« fragte sie erstaunt.
»Der Fremden, Mutter, die mir das Gewehr geschenkt hat ...«
Sie kam zu mir, legte ihre Hände auf meine Schultern und schaute mich mit ihrem süßen Lächeln an.
»Du bist ein guter Junge, daß du daran gedacht hast ...«
Ich konnte ihren Blick nicht aushalten, wie sie mich so ansah, und senkte meine Augen. Das ließ ihr einen ersten Verdacht aufkommen. Weshalb senkte ich meine Augen, wie wenn ich etwas Böses getan hätte oder etwas verheimlichen wollte? Ich spürte, wie ihre Finger auf meiner Schulter lagen, wie sie sich

leicht einpreßten, als wollten sie den kleinen Körper aufgraben, um seine tiefsten Geheimnisse daraus hervorzuholen.

»Warum schaust du mich nicht an?« fragte die Mutter.

Nur zögernd wagte ich meine Augen wieder aufzuschlagen und sie anzublicken. Sie lächelte nicht mehr. Sie hatte einen anderen Ausdruck im Gesicht, so als ob ihr tiefer Instinkt sie ahnen ließe, so als ob sie es dennoch nicht für möglich halten wollte, daß bei diesem Bübchen, das sie gestern noch auf ihrem Arm gewiegt, mit dem sie gestern noch gespielt hatte, schon die ersten Anzeichen zu kommen begannen . . .

»Willst du der Fremden gerne einen Gefallen tun?« fragte sie mich. »Gewiß willst du es! Willst du es sehr gerne tun?«

Ich glaubte, daß sie mit mir einverstanden wäre, faßte Mut und antwortete lebhaft: »Ja doch, Mutter! Ich möchte es sehr gerne! Das Gewehr ist von ihr! Ich möchte ihr den ersten Vogel schikken, den ich geschossen habe! Da ich ihr nicht den kleinen Adler bringen konnte.«

Überraschung und Bestürzung prägten sich auf ihrem Antlitz ab.

»Adler hast du gesagt? Ein Adlerjunges wolltest du ihr bringen?«

Ich hatte vergessen, daß ich ihr von dem Abenteuer bei dem Sturm gar nichts berichtet hatte. Aber jetzt war es zu spät. Wenn meine Mutter mich so forschend ansah, konnte ich nicht lügen. Denn ich wußte, daß sie das durchschauen würde.

»Aber . . . Es war nichts«, murmelte ich rot werdend, wie wenn ich ein großes Unrecht begangen hätte. »An jenem Tage, wo ich hinfiel und mich aufgeschlagen habe . . .«

»Nun? Was hast du an jenem Tage gemacht?«

»Ja . . . da ging ich, um ihr aus dem Adlernest ein Adlerjunges zu bringen.«

»Jesus und Maria!« rief da meine Mutter entsetzt aus und schloß mich fest in ihre Arme. »Wirklich, hast du das getan und keine Angst gehabt? Wirklich, hast du das getan?«

Ich sah ihr Gesicht nicht. Aber ich ahnte, daß sie zornig war.
»Ach! Wie konnte sie dich so etwas tun lassen?«
»Aber sie hat ja nichts davon gewußt, Mutter! Sie hat nichts gewußt! Ich bin allein gegangen . . .«
»Du kannst nichts dafür. Da kannst nichts dafür«, murmelte die Mutter, wie wenn sie mit sich selber spräche. »Warum haben wir dich von klein auf so weit herumstreifen lassen über unser Gut hinaus? Oh, wie furchtbar wäre das für mich gewesen! Ein andermal . . .«
Und dann: »Komm jetzt, laß uns gehen! Du hast für heute genug gejagt.«
»Wollen wir es ihr schicken?« wagte ich zu fragen, indem ich meine Amsel nahm.
»Was sagst du?« fragte sie, die noch ganz in ihrem Schrecken befangen war.
»Den Vogel, den ich geschossen habe, sollen wir ihr den schikken?« bat ich sie.
»Nein!« sagte sie barsch. Und dann, als ahne sie das Unheil, das sie angerichtet hatte: »Es geht nicht, daß wir ihr einen Vogel schicken, den du getroffen hast, wie er auf den Reben saß«, sagte sie. »Wenn du größer bist und die Vögel im Fluge triffst, dann darfst du ihr einen schicken . . .«
Des anderen Tages ließen sie mich nur mit großen Schwierigkeiten wieder in den Weinberg auf die Jagd. Es kamen wieder die Amseln, fraßen von den Beeren, und wenn sie wegflogen, schoß ich ihnen nach. Aber ich traf keine. Da sah ich plötzlich einen wunderbaren Vogel mit roten und grünen Federn über mir wegfliegen, einen Wiedehopf. Mein Herz klopfte heftig. Ach! Wenn ich den Wiedehopf schießen könnte! . . . Wenn ein Wiedehopf der erste Vogel wäre, den ich im Fluge traf, daß wir ihn ihr schicken könnten . . .
Aber der Wiedehopf flog ganz dicht über mir weg und ich sah so deutlich seine Farben, daß sie mich blendeten. Sicher war es

darum, daß meine Hände zitterten und ich nicht einmal dazu kam, mit meinem Gewehr zu zielen.

Als ich es später meiner Mutter erzählte, daß ein Wiedehopf vorbeigeflogen sei, ich ihn aber nicht getroffen hätte, da hielt sie es anscheinend für ein gutes Zeichen, daß meine Jägerlaune mir vergehen würde. Sie gab mir Krapfen mit Honig, weil ich den Vogel nicht getötet hatte. Und ich fand die Krapfen überaus süß, viel süßer als jedes andere Mal zuvor.

Aber als einige Zeit vergangen war, als der Mittag und der Nachmittag kamen, da begann mich der Wiedehopf, der mir entkommen war, doch sehr zu ärgern. Wie schön wäre es gewesen! Wie schön wäre es gewesen, hätte ich ihr einen Wiedehopf schicken können.

Ich nahm mein Gewehr und schlich mich heimlich hinaus. Ich ging über die Grenzen unseres Gutes und drang tief in den Eichwald ein. Ich sah viele Vögel, aber ich hatte es auf Wiedehopfe abgesehen. Ich irrte in der Stille des Waldes umher. Dann ward ich müde, legte mich auf die trockene Erde – so konnte ich die Stimme der Bäume besser hören. Die Sonne begann zu sinken, da wurde das Geflüster noch geheimnisvoller und klarer. Die Abendschatten begannen von den dichten Bäumen herabzuwogen. Ich versank darin, sie anzuschauen, und war dessen sicher, daß ich sie ganz deutlich der Reihe nach unterscheiden konnte, wie sie gleich Schleiern, einer nach dem andern, herabkamen. Als ich plötzlich begriff, daß die Schatten mich umringt hatten, daß sie daran waren, mich zu ersticken. Erschrocken fuhr ich auf und rannte wie besessen, um aus dem Eichenwald herauszukommen. Ich kam aufs offene Feld und sah den Tag noch bläulich über ihm hängen. Im gleichen Augenblick flog ein Wiedehopf vorbei. Aber ich war noch so verängstigt von den Schatten, daß ich nicht einmal daran dachte, mein Gewehr zu heben.

Wenn mich jemand fragen sollte, würde ich ihm sagen, daß die

Wiedehopfe unsere Gegend schon verlassen hätten, daß sie von den Kimindenia fortgezogen seien.

Und trotzdem. Wieder schwärmte ich frühmorgens aus, ob ich vielleicht einen Wiedehopf treffen würde, als plötzlich vor mir auf dem Pfad Doris zu Pferd herankam.

Obwohl sie abends zuvor ihrem Jäger nicht hatte ausrichten lassen, daß sie heute auf die Jagd gehen wollten, hatte sie heute morgen doch, als sie aufwachte, gleich nach seiner Hütte schikken lassen, um ihm zu bestellen, daß er die Pferde satteln solle.

»Er ist nicht da«, hatte man ihr gesagt. »Seine Hütte ist verschlossen.«

Doris war nicht gewöhnt, daß ihre Bedienten etwas nach Gutdünken machten, ohne sie zu fragen. Und der Jäger stand ausschließlich ihr zu Diensten. Jetzt vor allem konnte er nicht anders, mußte er sich allein zu ihrer Verfügung halten.

Was war aus dem Jäger geworden?

Doris bestieg ihr Pferd und ritt allein in den Steineichenwald. Sie streifte auf den bekannten Plätzen herum. Der Jäger war nirgends zu finden. Ihr Gesicht hatte einen seltsamen Ausdruck. Ihre Oberlippe zitterte leicht und ihre Sporen peinigten das Pferd. Da traf sie unerwartet mich.

Ich hatte sie an den drei letzten Tagen, da ich auf Jagd war, nicht getroffen, hatte sie seit dem Tage des Sommersturmes mit den Adlern nicht mehr gesehen.

Voller Freude lief ich auf sie zu. Ich dachte, sie würde mich hochheben und in ihre Arme schließen. Aber ihr umwölktes Gesicht hielt mich zurück und machte mich erstarren.

»Du bist es?« sagte sie kühl, als sei ihr Sinn bei etwas anderem. »Sag mir: hast du heut meinen Jäger hier gesehen?«

»Nein, ich hab ihn nicht gesehen! Er ist hier nicht vorbeigekommen!«

Und dann sagte ich ihr, etwas Mut fassend: »Weißt du ... Ich gehe jetzt schon drei Tage mit meinem Gewehr auf die Jagd. Ich möchte einen Wiedehopf schießen . . .«

Aber Doris paßte nicht auf, hörte nicht hin. Was hatte sie nur?

»Und deine kleine Schwester«, fragte sie mich. »Wie heißt sie doch?«

»Ich habe viele Schwestern.«

»Nein, die meine ich, die mit dem Jäger befreundet ist.«

»Ach so, die Artemis!«

»Ja, die! Wo ist sie jetzt?«

»Ich habe sie an dem großen Nußbaum gelassen, drin im Gut. Sie spielte mit einer Zikade.«

»So? Gut!«

Und ohne noch ein Wort zu sagen, ohne sich von mir zu verabschieden, gab sie ihrem Pferd die Sporen und sprengte auf dem Pfade nach dem Meer davon.

Was war aus dem Jäger geworden?

Doris kehrte zu ihrem Gutshof heim und fragte den ersten Menschen, den sie traf, einen Arbeiter aus Lemnos: »Ist mein Jäger aufgetaucht?«

»Nein! Wir haben ihn nicht gesehen!«

Sie nahm ihre Reitpeitsche und schlug damit heftig in die Luft.

»Sobald er erscheint, soll man es mir melden! Hörst du?«

Sie ging und schloß sich in ihr Zimmer ein, bis sie kurz darauf im Hofe mit den Pappeln einen großen Lärm vernahm. Männer riefen, Frauen kreischten auf.

Ihre Türe öffnete sich und der Lemnier trat erschrocken mit Gebärden des Entsetzens ein: »Lauf schnell, Herrin! Das Pferd des Jägers ist allein zurückgekommen! Es ist zurückgekommen.«

Doris stürzte hinaus. Sie lief auf die versammelte Menge zu, die im Kreis um irgend etwas herumstand und durcheinander rief. Sie drängte die Leute stürmisch auseinander.

Alle Stimmen verstummten, und Doris sah erstaunt:

Inmitten des Kreises stand keuchend das Pferd des Jägers. Schweiß troff aus seinem glänzenden Fell, das zitterte. Es hatte keinen Sattel. Aber es trug einen langen Mantelsack, der weit über den Bauch herabhing. Aus der einen Tasche des Sackes aber streckte ein kleines schwarzes Tier verängstigt seine Schnauze heraus. War es ein Hund?

Nein, es war kein Hund. Es war ein kleiner Bär! Es war ein Bärchen! Die Frauen begannen wieder zu kreischen: »Ein Unglück muß ihm zugestoßen sein! Er hat das Bärchen aus seinem Nest geholt!«

Auch der alte Wilaras, den man verständigt hatte, kam in diesem Augenblicke an. Sein Gesicht war unruhig.

»Sicher«, sagte er. »Irgendein Unglück muß ihm zugestoßen sein ...«

»Die große Bärin muß ihn zerrissen haben ... Sie muß ihn zerrissen haben«, jammerte eine Frau auf.

»Nein!« überlegte der alte Wilaras. »So kann es nicht gewesen sein. Wenn die Bärin ihn zerrissen hätte, dann hätte sie ihr Junges befreit. Nein! Sicherlich hatte der Jäger zuerst die alte Bärin erlegt.«

»Er wird in irgendeiner Schlucht vom Pferd gestürzt sein!« rief ein Arbeiter.

»Was sagst du?« widersprach ein anderer. »Der? Ein solcher Reiter soll vom Pferde fallen? ... Nichts unmöglicher als das!«

»Und dann?«

»Und dann?«

Was war aus dem Jäger geworden?

»Und wenn man ihn umgebracht hat? ...«

Dieser Verdacht, der über die Gesichter huschte, machte sie erschauern.

»Wer soll ihn getötet haben. Und warum?«

Doris hörte zu. Sie schaute wie verloren auf das kleine Bärchen, das sein Schnäuzchen aus der Tasche steckte. Sie ging zu ihm hin. Mit Vorsicht nahm sie es heraus. Seine Pfoten waren, zwei und zwei, mit einem dicken Strick zusammengebunden. Sie war sehr blaß. »Soll ich dir das Junge von der schwarzen Bärin bringen? ... Soll ich? ...«

Die Worte des Jägers umkreisten und umringten sie. Damals am Tag des Sturmes, droben im Adlerhorst ... »Soll ich dir das Junge der schwarzen Bärin bringen, die auf den Kimindenia lebt? ...«

Doris wandte sich mit plötzlicher Entschlossenheit zur Menge: »Wer von euch weiß, wo das Lager der Bärin ist?«

Keiner wußte es. Keiner antwortete. Doris geriet außer sich.

»Ihr Wichte!« rief sie wütend und schaute sie wild an. »Wie könnt ihr auf den Bergen leben und ihre Schlupfwinkel nicht kennen? Wie ist das möglich?«

»Beruhige dich, mein Kind«, sagte der alte Wilaras. »Sprich nicht so mit ihnen. Es sind Arbeiter, diese Leute, die den ganzen Tag das Feld bestellen. Es sind keine Jäger ...«

»Was soll jetzt geschehen? Wohin sollen wir gehen, um ihn zu suchen?« rief Doris, ohne sich Mühe zu geben, ihre Aufregung zu verbergen.

»Hat er zu keinem von euch gesagt, wohin er gehen wollte?« fragte Wilaras seine Leute.

Keiner antwortete.

»Dann bleibt uns nichts übrig, als Leute hier- und dorthin auf die Bergpfade auf Suche zu schicken«, sagte Wilaras.

Da durchzuckte Doris ein Gedanke wie ein Blitz: »Schnell! Schnell!« rief sie. »Bringt mir mein Pferd! Bringt mir meinen Karabiner!«

»Um Gottes willen! Was hast du im Sinn«, rief der alte Wilaras, lief zu ihr hin und faßte sie an der Hand.

»Laßt mich nur, Vater. Ich weiß! Ich weiß, wie wir ihn finden werden! ...«

»Aber geh du nicht, laß uns Leute schicken!« bat er sie.

»Nein, nein! Es geht nicht, Vater! Aber laß die Leute mit mir gehen!« Und sich im Kreise umblickend: »Du!« sagte sie zum einen. »Und du! Und du! Schnell, holt eure Pferde, holt eure Gewehre!«

Doris schwang sich auf ihr Pferd und stürmte ungestüm der Höhe zu. Hinter ihr bemühten sich die drei bewaffneten Männer des Gutshofes, sie einzuholen. Wortlos, unfähig sich zu widersetzen, umringt vom schweigenden Erstaunen seiner Leute, vom Staube, den die Pferde aufwirbelten, eingehüllt, blieb der alte Wilaras zurück.

Doris kam im Galopp zum großen Tor unseres Gutes hereingesprengt und hielt im Hof.

»Artemis! Artemis!«

So begann sie zu rufen, indem sie nach oben auf die hölzernen Treppen und die Fenster blickte.

»Artemis! Artemis!«

Zwei, drei überraschte Gesichter erschienen an den Fenstern und verschwanden wieder.

»Artemis! Artemis!«

Sie rief immer lebhafter und wärmer und ihre Stimme füllte sich immer mehr mit banger Angst.

Schließlich drang die Stimme bis zu Artemis, fand sie und erfüllte sie mit Ratlosigkeit. Wie war es möglich, daß *diese* Stimme sie rief und mit so warmem Ton?

»Artemis! Artemis!«

Artemis rannte die Stufen hinab. Kaum daß Doris sie erblickte, sprang sie vom Pferde und stürmte auf sie zu. Sie packte sie heftig bei den Schultern und sah sie an. Ihre Hände zitterten auf den Schultern des Mädchens.

»Hat er dir jemals vom Lager der Bärin gesprochen? Weißt du, wo das Lager der Bärin ist? In Gottes Namen, sag es mir, Artemis!«

Die Augen des Mädchens wollten einen wilden Ausdruck annehmen. Aber Doris ließ es nicht dazu kommen.

»Es geht um sein Leben! Es geht um sein Leben!« rief sie. »Sag mir, kennst du es?«
»Es geht um sein Leben?! Es geht um sein Leben?«
»Ja doch, wie ich dir sage, Artemis! Er ist in Gefahr! . . . Kennst du es?«
Plötzlich überwältigt von dem zerreißenden Klang der Stimme, die sie anflehte, von der Todesfurcht, murmelte das Mädchen: »Ich kenne es. Ich kenne das Lager der großen Bärin. Bevor du gekommen bist, hat er mir gesagt, daß er sie töten wolle, hat er mir gesagt, daß er das Junge holen und mir bringen wolle.«
»Weißt du wirklich, wo das Lager ist? Hat er dir gesagt, wo das Lager ist?« zitterte die Stimme der Doris.
»Ich weiß, wo es ist. Er hat es mir gezeigt. Es ist in der großen Schlucht. Es ist jenseits des Buchenwaldes.«
»Komm rasch auf mein Pferd! Schnell! Schnell! Steig auf mein Pferd!«
In diesem Augenblick kamen, durch den Lärm aufmerksam gemacht, der Großvater und die Mutter die hölzerne Treppe herab. Sie gingen eilig auf die Reiter zu und sahen mit Erstaunen, wie Artemis auf das Pferd der Doris stieg.
»Was gibt es, Frau«, sagte der Großvater. »Was ist los?«
»Nichts! Nichts!« rief Doris hastig. »Ich bitte um Verzeihung! Ich habe das Mädchen mitgenommen, um etwas mit ihm auszureiten!«
Und ehe sie ihr noch etwas anderes erwidern konnten, gab sie ihrem Pferd die Sporen und verschwand, während die Reiter ihr folgten.
»Was sind das für Sachen! Was sind das für Sachen!« murmelte der Großvater erzürnt. »Wie kann der alte Wilaras das nicht merken? Ein andermal gehen unsere Kinder nicht mit ihr!«

Der Jäger lag, mit einer Kugel im Herzen, dort wo der Buchenwald endet, auf dem Pfad, der zu der großen Schlucht hinabführt. Das Pferd, auf dem Doris und Artemis ritten, ging voran, die anderen folgten. So stieß es als erstes auf den Leichnam, der mitten auf dem Pfade ausgestreckt lag.

»Ach!« stieß Artemis mit lauter Stimme aus und klammerte sich an Doris, als wolle sie sich vor dem Tode schützen.

Doris sprang ab und lief zum Jäger hin. Sie faßte seine Arme und bewegte sie heftig. Sie knöpfte ihn mit hastigen Bewegungen an der Brust auf. Der kleine Quell, der sich geöffnet hatte, hatte sein Blut vergossen, hatte die Brust mit Blut überschwemmt. Doris legte ihr Ohr an und lauschte, ob sie es klopfen höre. Über ihr standen schweigend die drei Männer und Artemis in banger Erwartung. Doris erhob sich. Ihr Gesicht war bleich, und ihre Lippen waren weiß.

»Er ist nicht mehr«, sagte sie. »Er ist tot.«

Dann kam die Reihe an Artemis, sich auf den Jäger zu stürzen. Sie grub ihre Finger anfangs schüchtern, dann verzweifelt in seine Haare, streichelte ihm das Gesicht und rief jammernd:

»Warum hast du das getan? Warum hast du das getan? Warum bist du gestorben?«

Das Tuch mit den gelben Sternen umgab seine Haare nicht mehr. Es war vom Kopf herabgerutscht und hing zerknüllt um den Hals.

»Man hat ihn ermordet!« sagte einer der Arbeiter. »Siehst du irgendwo sein Gewehr?«

»Nein!« sagte der andere, ringsum suchend. »Ich finde es nirgends.«

»Man hat ihn ermordet!« sagte der dritte Arbeiter. »Wer hat das getan? Warum?«

Artemis hörte dieses furchtbare Wort, wie es über ihr Kreise zog, sie spürte, wie das Rätsel, das sein Klang in sich barg, sie immer mehr umhüllte. »Man hat ihn ermordet.« Der Tod wurde nun in ihren Augen noch furchtbarer und schwerer. Rings um den reglosen Körper begann Finsternis herabzufluten.

Erschreckt von dieser Finsternis, ließ Artemis des Jägers Haare fahren und zog ihre Finger zurück, um ihn nicht mehr zu berühren.
Langsam stand sie auf.
»Man hat ihn ermordet? Man hat ihn ermordet, sagtest du? Warum hat man ihn ermordet?«
Ihre Augen wandten sich von den drei Männern ab. Sie hefteten sich jetzt dorthin, von wo sie eine Antwort erhalten, eine Antwort fordern zu müssen meinte.
»Wer hat ihn ermordet?« sagte sie zu Doris. »Wer hat ihn ermordet? . . .«
Und gleich darauf zog diese Frage die andere Ungewißheit nach sich: »Wie wußtest du,« fragte sie, »daß wir ihn auf dem Pfade finden würden, der zum Lager der Bärin führt? Wie konntest du wissen, daß er zum Lager der Bärin gegangen war?«
Während des tollen Rittes, den sie im Galopp gemacht hatten, um hierher zu kommen, war es ihr nicht in den Sinn gekommen, das zu fragen, hatte sie nicht daran gedacht.
»Woher wußtest du das?« sagte sie wieder noch wilder zu Doris, während jene mit bleichem Antlitz schwieg.
»Gibt es da etwas zu fragen?« sagte der eine Arbeiter, »wo doch das Pferd mit dem kleinen Bärchen in der Packtasche zurückkam! . . . Da war es sonnenklar, daß er zum Lager der Bärin gegangen war!«
»Was?« sagte von Erstaunen und Zerknirschung geschlagen das Mädchen. »Ist das Pferd mit dem kleinen Bärchen zurückgekommen? . . . Hat er das kleine Bärchen geholt?«
Und plötzlich begann sie wieder zu heulen und zu jammern.
»Du hast ihn ermordet! Du hast ihn ermordet!« rief sie der Doris schluchzend zu. »Für dich ist er gegangen, um das Bärchen zu holen! Du hast ihn geschickt!«
Doris war unfähig, sich zu verteidigen. Sie war nicht gewohnt, Rechenschaft zu geben. Sie nahm ihre ganze Kraft zusammen,

um entschlossen zu bleiben und ihre Kaltblütigkeit nicht zu verlieren. Sie biß sich in die Hand.
»Schweig!« sagte sie streng zu Artemis. »Schweig!« sagte sie noch heftiger.
Und dann befahl sie, sich zu den Männern wendend: »Bindet ihn auf ein Pferd! Wir wollen ihn hinunterbringen.«
Sie banden ihn rücklings auf ein Pferd. Sie bedeckten sein Gesicht und seine Haare mit dem Tuch mit den gelben Sternen. Was sollten diese Augen noch von den Buchen und von den Kimindenia sehen? . . . Was hatten sie noch zu sehen von den goldenen Haaren der Doris und von den Augen der Artemis!
Sie traten den Heimweg an. Ganz langsam, um den toten Körper nicht zu stören, um die Haare nicht im Winde wehen zu lassen. Voraus ritten zwei Reiter. Hinter ihnen kam zu Fuß der Mann, der das Pferd mit dem Jäger an den Zügeln führte. Dahinter folgte das Pferd der Doris mit den beiden jungen Frauen, die eng umschlungen beieinander saßen.
Der Abend senkte sich herab. Die Buchen erhielten die Kunde, flüsterten sie ihren Blättern zu, gaben sie von Baum zu Baum weiter, den ganzen Buchenwald hindurch: »Habt ihr es gehört? Der Jäger ist ermordet! Der Jäger wird nicht mehr unter eurem Schatten wandern!«
Weiter drunten hörten es die Wildsteineichen und flüsterten es den Wiedehopfen und den Wildtauben zu, die vorüberflogen.
»Habt ihr es gehört? Der Jäger ist ermordet!«
»Welcher Jäger ist ermordet?«
»Er, der keine Wiedehopfe und Wildtauben gejagt hat. Er, der die Wildschweine in der großen Schlucht gejagt hat.«
»Hat er vielleicht ein altes Tier geschossen, das in die Wildschweinhöhle zum Sterben ging?«
»Ach nein! Er hat nie ein Wild geschossen, das zum Sterben ging! Nie hat er einen Vogel geschossen, wenn er Wasser trank. Er war ein echter Jäger!«

»Dann? Warum ist er dann gestorben?« fragten ratlos die Wiedehopfe und die Wildtauben.
»Aus Liebe«, sagten die Eichen.
Die Vögel nahmen das seltsame Wort in ihren Mund und trugen es zum Schakalfluß. Der Fluß nahm es, trug es hinab bis dorthin, wo er sich mit dem Meer vereint, und sandte es hinaus auf die Wogen der Ägäis, damit es eine Woge würde.

Der Zug setzte Artemis auf unserem Gutshof ab und zog dann weiter bis zum Hof am Meer.
Von Artemis, der bleichen und verweinten, erfuhren wir, was vorgefallen war.
»Man hat ihn ermordet gefunden, sagtest du?« begann voller Unruhe der Großvater zu fragen. »Hast du ihn gesehen?«
»Ich habe ihn gesehen, Großvater! Da wir ihn doch aufs Pferd gebunden von dort oben herunterbrachten . . .«
»Jesus, Maria! Jesus, Maria!« begann da die Großmutter und meine Mutter zu rufen und sich zu bekreuzigen. »Was hast du, mein Kindchen, dabei zu suchen? . . . Was hattest du dort zu suchen?«
Aber jetzt war eine der Stunden, wo der Großvater sein sonst so mildes Lächeln auf seinem Gesicht verlor. An seine Stelle trat der strenge Ausdruck eines Menschen, dem alle zu gehorchen haben.
»Schweigt!« gebot er den Frauen.
Sofort trat tiefe Stille um ihn ein.
»Man soll rasch mein Pferd satteln«, befahl er einem Knecht.
Der Großvater ritt zum Gutshof am Meere, um mit dem alten Wilaras zu sprechen.
Er kam von dort zurück, als die Sonne schon nahe am Untergehen war. Sein Antlitz war noch finsterer und umwölkter. Er schloß sich in seinem Zimmer ein und ließ seinen Aufseher rufen. Was er dort unten erfahren hatte, war ein unerklärliches

Rätsel. Es war nicht nur der Jäger, den man ermordet hatte. Am gleichen Tage hatte man in einer anderen Gegend der Kimindenia auf einen anderen Christen, einen Mann des Wilaras, geschossen. Aber man hatte ihn nur verwundet. Er war entkommen und brachte selbst die Kunde. Was für Leute waren das, die da schossen? Es waren bewaffnete Türken. Warum waren diese Türken bewaffnet und warum schossen sie auf die Christen? Wollten sie damit den Wilaras treffen? Warum? Waren es etwa Räuber? Nein, das konnte nicht sein. Was hätten sie damit gewonnen, arme Leute zu erschießen, einen Jäger und einen Arbeiter?

Also?

»Heute abend«, befahl der Großvater dem Aufseher, »wird das große Tor zeitig geschlossen. Alle Leute des Gehöftes müssen beizeiten daheim sein. Wenn Fremde kommen, die hier nächtigen wollen, so werden wir sie nicht draußen lassen. Aber ich selber möchte sie, jeden einzelnen, visitieren. Wenn sie Waffen bei sich haben, wirst du sie an dich nehmen und sie ihnen morgens beim Aufbruch wiedergeben. Drei Leute von uns, die du aussuchst, werden heute nacht hinter dem großen Tore Wache halten. Du wirst dir die Gewehre und Patronen aus dem ›Gelben‹ holen.«

Dann rief er die Großmutter und die Mutter herein. Auch wir, alle die Kinder, rannten mit.

»Es ist nichts«, sagte der Großvater, indem er sich Mühe gab, einen ruhigen Ausdruck auf seinem Gesichte zu zeigen. »Dennoch, von heute ab wird keiner von euch« – und dabei sah er uns Kinder an – »sich aus dem großen Hoftor entfernen. Habt ihr gehört? Keiner von euch!«

»Was ist los, Großvater? Was ist los, Großvater?«

»Nichts! Habt keine Angst.«

Erst später, als die Großmutter ihn fragte: »Was soll aus uns werden?« sagte er: »Wir haben unsere Maßnahmen ergriffen.

Wilaras wird den Pagidas rufen. Pagidas mit seinen Palikaren wird kommen.«

Des Nachts, als wir in unserem Zimmer zum Schlafen gingen, waren wir ganz Unruhe und Erregung. Über unseren Häuptern kreiste das Geheimnis und die Furcht. Aber es waren auch noch viele andere Dinge, die da kreisten.

»Los«, sagte unsere große Schwester, die Anthippi, nachdem sie uns beaufsichtigt hatte, wie wir in unsere Betten stiegen. »Schlaft jetzt! schlaft ruhig!«

Sie sagte ›ruhig‹, aber ihr Gesicht verriet auch sie. Damit wir ihr keine verfänglichen Fragen stellen könnten, verließ sie uns rasch, rascher als sie es sonst gewohnt war.

Draußen herrschte tiefe Stille. Die Nacht ruhte auf den Kimindenia, die heute so viel erlebt hatten. Die Kerze vor dem dreiflügligen Bild der Muttergottes mit dem Kinde, das uns beschirmte, gab einen schwachen Schein.

»Artemis«, sagte als erste aus ihrem Bett die Lena, und ihre Stimme zitterte. »Hast du ihn also gesehen? Wirklich gesehen? . . .«

Artemis gab keine Antwort. Aber Lena war ein unwissendes, gutmütiges Geschöpf wie die Großmutter und wollte es erfahren.

»Wie sieht ein Toter aus, Artemis? Sieht er wild aus?«

Artemis begann zu weinen. Ich hörte ihr Schluchzen dort neben mir und ahnte, wie es ihr das Herz zerreißen müßte.

»St!« herrschte ich Lena an, da ich der einzige Bub, der einzige Mann dort war. »Kümmere du dich um deinen Backofen! Schlaf jetzt!«

So sagte ich. Und dennoch wollte auch ich so gerne wissen, wie ein Toter aussieht.

Da mischte sich die Agapi ein, die ihre Rache nehmen wollte.

»Recht geschieht es dir!« sagte sie zu Artemis. »Was mußtest du auch immer wie ein Raubtier auf den Bergen herumstreifen! Jetzt wirst du den Toten immer im Traume sehen! Er wird dich jagen. Er wird dich jagen.«

Dieser furchtbare Ausspruch erfüllte mich mit Schaudern und mit Zittern. Wirklich, würde Artemis von nun ab immer den Toten im Traume sehen? Arme Artemis! Arme Artemis!

»Und haben deine Hände vielleicht sein Blut berührt?« fuhr Agapi mit unglaublicher Bosheit fort. »Dann wird er nie von dir lassen! Nie!«

Das Schluchzen verstummte in Artemis Munde, die nun von panischem Schrecken befallen wurde.

»Sei still! Sei still!« rief sie aus der Tiefe ihres Wesens der Agapi zu. »Böses Geschöpf! Sei still!«

»An deinen Händen wird immer Blut kleben. An deinen Händen wird immer sein Blut kleben«, fuhr die Stimme des älteren Mädchens unerbittlich fort. »Warum willst du auch nicht, daß ich dir Zahlen beibringe? An deinen Händen wird immer Blut kleben. Aber meine schreiben von den Sternen . . .«

»Sei still! Sei doch still«, murmelte jetzt noch flehender, noch leiser die Stimme der Artemis.

»Liebe, sei still«, bat auch die süße Stimme der Lena, die gerührt war von dem Schmerz der Artemis, den sie ahnte.

»Hast du kein Mitleid mit ihr? Sei still!«

Auch ich wollte mich ins Mittel werfen, als mein Ohr plötzlich ein leichtes Geräusch vernahm. Die Erinnerungen unserer ersten Kinderjahre erwachten mit einem Male, drangen und strömten auf uns ein, ausgelöst von dem Geheimnis und der Furcht, die uns umgaben.

»Hört nur!« flüsterte ich leise. »Hört!«

»Was gibt es?« fragte Agapi erstaunt.

»Hört nur! Etwas regt sich nebenan. Im ›Gelben‹ . . .«

Die leichten Klänge, sie blieben, verdichteten sich, nahmen wieder ab. Der Schauder unserer Kindheitsängste war wieder da und hüllte uns ein.

»Die Schwerter wachen auf«, flüsterte Lena leise. »Die Schwerter wachen auf.«

»Was sagst du da!« widersprach Agapi, indem sie versuchte, mit der Logik ihrer Zahlen dem Gruseln zu begegnen, das sie selbst beherrschte. »Können die Schwerter je aufwachen? Wir sind doch keine Kinder mehr.«

So sprach sie. Aber die Klänge blieben, wichen nicht. Sie vermischten sich mit Schritten von Menschen. Sie waren wie Menschen. Und die Stimme der Agapi zitterte, während sie sich vergeblich Mühe gab, zu überzeugen.

»Die Schwerter, sage ich euch, wachen nicht auf. Schlaft jetzt!«

Ein ermordeter Jäger, ein Bärennest, die einsamen Kimindenia, Blut und die Schwerter, die erwachten . . . Ich wickelte mich tief in meine Decken ein, um die Klänge nicht mehr zu hören, um sicher zu sein, daß sie mich nicht holen würden.

Es verging eine Weile. Ich faßte Mut und streckte meinen Kopf vorsichtig aus dem Leintuch heraus.

»Artemis! Hörst du etwas?«

Artemis antwortete nicht. Aber auch die Klänge waren verstummt. Lena und Agapi waren eingeschlafen.

Da ließ sich wild und hart die Gottheit unserer Berge in der Ferne hören: die Stimme der hungernden Schakale, die heulten.

»Artemis, hast du Angst?« flüsterte ich ihr zu. »Komm zu mir.«

Ich hörte das leichte Rascheln, das ihr Körper auf ihrem Lager machte, dann sah ich ihre Gestalt mit dem weißen Nachthemd auf mich zukommen. Sie legte sich neben mich. Wir wickelten uns ein und ich umschlang sie fest. Ihr kleiner Körper zuckte noch vor Furcht und ihre Zähne schlugen aufeinander und klapperten.

»Beruhige dich, Artemis«, bat ich sie. »Nun werden wir wieder immer zusammen sein, du und ich. Fürchte dich nicht.«

Finster und unbewußt, in der Tiefe des Reiches, der Magie und Furcht ist, war es, als ob die Tage, die kommen sollten, es uns verkünden wollten: als ob sie uns mitteilen wollten, daß die Symphonie des Morgenrotes zu Ende sei, sowohl für Artemis wie für mich, mit einem Schuß, der auf den Kimindenia fiel, dort im Buchenwald, auf dem Pfad, der von dem Nest der großen Bärin herabführt. Der Schuß hatte den Jäger mit sich genommen, hatte ihn der Artemis genommen. Er riß auch mich aus der Verzauberung mit den offenen blonden Locken heraus. Die Symphonie war zu Ende.

Keiner wußte noch an jenem Abend, was jener Schuß bedeutete, der an dem Sommermorgen von 1914 in unserer Schlucht gefallen war. Keiner konnte ahnen, wie viele andere, so zahllos wie der Sand am Meer, ihm folgen würden. Darum schliefen alle an jenem Abend ein. Nur zwei Kinder, die Artemis und ich, weinten eng umschlungen, während die Schakale heulten, weil unsere Symphonie zu Ende war. Die Botschaft des Endes brachten uns weit aus der Höhe über uns dichte Wolken, weit aus der Tiefe in uns dunkle Wogen. So waren wir die ersten Geschöpfe, die, ohne es zu wissen, im Sommer 1914 das Leid der Welt beweinten.

Und Artemis träumte in jener Nacht, als der Schlaf sie endlich überkam und sich die Augen schlossen, nicht. Nicht mehr. Sie wollte nicht mehr auf ferne Meere, in das Reich des Ozeans ziehen. Warum sollte sie? Sie wollte nichts mehr wissen von dem Land, wo die Haare der Mädchen den Meereswellen gleichen, der Mädchen, die die Jäger mit den gelben Sternen dazu bringen, mit ihrem Gewehr Rosen zu pflücken und sie ihnen zu schenken. Sie wollte nicht mehr auf die griechischen Inseln gehen und ins Meer fallen, bekränzt mit Korbweidenblüten. Nein, sie wollte Korbweidenblüten an den Ufern des Schakalflusses pflücken, nicht um sie in ihren Haaren zu tragen, sondern um sie an den Platz zu bringen, wo er in der Erde ruhte, damit sie ihm sagen sollten, daß Artemis seiner dachte und um ihn weinte.

Des anderen Tages in der Frühe kam ein Mann vom Gutshof am Meere. Er trug vorsichtig auf seinen Armen das Bärchen und fragte nach Artemis.

»Meine junge Herrin, die aus der Fremde kam, sagt, du sollest das nehmen, sollest es behalten und es großziehen.«
Die Großmutter und die Mutter schrien auf: »Um Gottes willen! Was ist das wieder? Sollen wir nun noch ein Ungeheuer auf dem Halse haben?«
Aber Artemis stürzte auf den Großvater zu und flehte ihn weinend an: »Großvater, mein gutes Großväterchen, sag nicht nein! Laß es uns behalten!«
Der Großvater schwieg, in Gedanken versunken. Dennoch bemerkte er das verzweifelte Flehen des kleinen Mädchens.
»Bindet es fest!« sagte er zu einem seiner Leute. »Gebt ihm Milch zu trinken!«
Artemis lief zu ihm hin und küßte ihm die Hände. Dann ging sie auf das kleine Tier zu. Ihre Hände legten sich furchtsam auf das schwarze Fell. Sie blieben dort, blieben ...
»Wenn einmal wieder Bärenführer vorbeikommen, werden wir es ihnen mitgeben«, sagte später der Großvater zur Großmutter.

DRITTER TEIL

MENSCHEN

I

Auf dem ›Tisch des Teufels‹ – dem mythischen Berg von Aiwali – kam die Nacht mit leisen Schritten herab. Sie blickte gen Süden und sah die Wogen der Ägäis, die sich an den Felsen brachen. Sie blickte gen Norden und sah die Kimindenia, sah Anatolien. Da sprach die Nacht:

»Laß mich die Wogen fragen, um etwas von den Schmugglern zu erfahren. Laß mich die Berge Anatoliens fragen, ob sie wissen, wo meine Palikaren sind.«

Sie rief den Wind von der Ägäis, rief ihn von den Bergen der äolischen Erde und fragte ihn:

»Was machen die Palikaren meiner Gegend, meine Schützlinge? Was machen die Schmuggler?«

»Sie leben und sind guter Dinge«, erwiderten die Winde. »Sei unbesorgt.«

»Ist ihr Herz noch immer hart wie Stahl und sind sie immer noch bereit zum Tod, dem ständigen Gefährten ihres Lebens?«

»Noch immer.«

In ihnen lebte ein Dämon, brannte die Leidenschaft nach Blut und nach Gefahr. Sie spielten jeden Tag mit ihrem Leben, teilten Schläge aus, empfingen Schläge. Es war ein Spiel mit dem Feuer und mit dem Tode, ein Spiel, das nicht verrückt und unüberlegt genug gespielt werden konnte, wenn es einen Sinn haben, eine kleine Befriedigung geben, wenigstens für kurze Zeit das heiße Eisen abkühlen sollte. Sie waren sehr verschwenderische Menschen. Nie behielt ein Schmuggler Gold von seinem unermeßlichen Gewinn bei sich. Sie verschleuderten es in glänzenden Gelagen, die tagelang dauerten, gaben es an Mädchen aus, verteilten es an arme Frauen. So bewahrte das Spiel mit dem Feuer seine reine Gestalt, ohne praktischen Zweck. Es war ein innerer Zwang. Je toller die Verrücktheit wurde, desto uner-

reichbarer wurde die Sehnsucht nach Befriedigung. Das heiße Eisen glühte unentwegt, verlöschte nicht, fand Ruhe nur im Grabe.
Von dieser unstillbaren Leidenschaft war auf den Gesichtern der Schmuggler nichts zu lesen. Sie waren ernst und wortkarg, und wenn sie sich zwischen den Frauen und Kindern in der Stadt bewegten, machten sie den Eindruck kindlicher Schüchternheit und Unbeholfenheit. Nie taten sie einem wehrlosen Menschen etwas zu Leide, nie beleidigten sie eine Frau, und das heiligste Gefühl von allen, das in ihnen lebte, war die Freundschaft. Für die Frau, für das Kind, für den guten Ruf seines Freundes mußte sich der Schmuggler auf Tod und Leben schlagen. Es gab keinen anderen Weg.
Niemals stahlen sie, noch verziehen sie den Diebstahl. Darum konnte ein Dieb in ihrem Bereich nicht aufkommen. Die Schmuggler hätten ihn beseitigt. Sie achteten indessen den Mord. Niemals forschten sie nach, aus welchem Anlaß ein Mord geschehen war, ob aus gerechtem oder ungerechtem. Einen Mord begangen zu haben, hieß für sie, daß es keinen anderen Ausweg gab: daß es hatte sein müssen. Es hieß, daß der Mörder selbst auf eine Kugel gefaßt sein mußte, daß er einer von denen war, die mit einer Kugel rechnen mußten. Und das hieß, daß er mehr oder weniger einer der Ihrigen war, daß sein Schicksal ihr Schicksal war. Darum war der Mörder Schutzflehender in ihrem Heiligtum. Sein Leben hatte es nötig, Zuflucht zu finden. Alle, die einen Mord begangen hatten, Christen oder Türken aus der ganzen Umgebung Anatoliens, wußten, daß, wenn sie Aiwali betraten, sie die heilige Stadt des Mordes betreten hatten. Sie hatten dort nichts mehr zu fürchten. Die Schmuggler würden für sie sorgen, würden sie vor der Obrigkeit verstecken, und später würden sie unter ihrem Schutz auf Segelbooten das Meer durchqueren, zu den Inseln der Ägäis, in fremde Gegenden, nach Griechenland.
Die Schmuggler brachten mit den Karawanen den geschmuggel-

ten Tabak aus Aounia, aus der Gegend von Balikesher, um ihn in der Stadt zu verkaufen oder ihn auf ihren Segelschiffen weiterzubefördern. Auf ihrem ganzen Wege lauerte die Gefahr in jedem Augenblick auf sie. Sie wanderten von Nacht zu Nacht, um der Gendarmerie zu entgehen, den anderen Palikaren der Gegend, die sich in der Verfolgung des Schmugglertums betätigten. Aber das Spiel vollzog sich auf diese Weise in der Stille, und der Dämon in den Menschen, die mit dem Feuer spielten, rief:
›Nein, nicht so! Die Palikaren von Aiwali wandern nicht so in der Stille!‹
Auf diese Weise gelangten die Schmuggler auf die höchste Stufe der Bewährung. Kaum daß sie sich mit ihrer Karawane der Umgebung der Stadt näherten, sandten sie eine Nachricht an die Obrigkeit:
›Heute abend, nach Mitternacht, werden wir auf dem und dem Weg hinabkommen!‹
Von Mund zu Mund wurde die Nachricht weitergetragen und verbreitete sich in der ganzen Stadt. Bis die festgesetzte Stunde da war, fragten die Leute:
»Wird man den Schmugglern zu Leibe rücken? Wird man es nicht tun?«
»Wird man sich mit ihnen schlagen? Wird man sich nicht mit ihnen schlagen?«
Die Mädchen zitterten vor Aufregung und innerer Bewegung. Sie sagten das nicht. Aber, im Blute aufgewachsen, witterten sie unaufhörlich in der Luft den Blutgeruch, den sie sehnlichst herbeiwünschten. Sie gingen zu den Frauen und den Bräuten der Schmuggler, die an der Unternehmung teilnahmen. Sie fanden sie bleich und stumm, mit trüben Augen, angespannten Nerven.
»Angela . . . heut abend?«
Angela schaute draußen auf die Wolken, die vorbeizogen, und antwortete mit eisiger Stimme:
»Heut abend.«

Sie strich sich mit der Hand über ihre bleichen Lippen, während ihre Nüstern spielten. Nein, Angela war nicht unglücklich. Sie hatte von klein auf von ihrer Mutter, von der Mutter ihrer Mutter, von allen Angelas gelernt, die große Stunde zu erwarten. Sie wußte es und erwartete sie. Sie wußte, daß die Augen aller Frauen sich auf sie richten würden, auf sie allein, daß in der großen Stunde sie das angesehenste Geschöpf unter allen Frauen der Welt sein würde. Sie würden sie anschauen, sie beobachten, sie beneiden, weil es ihr beschieden war, so hoch erhöht zu werden, erhöht zu werden und zu leiden.
Schließlich brach die festgesetzte Stunde an. Hinter den Fensterläden verborgen warteten Frauen, Kinder, Greise. In der Ferne hörte man, zunächst nur schwach, das Getrappel der Pferde, den Hufschlag auf dem Straßenpflaster, hörte ihn hart aufschlagen zum Zeichen, daß die kritische Stunde da war. Auf den Pferden ritten in ihre Pelze gehüllt, die Gewehre in der Hand, die Schmuggler und umgaben die Kamelkarawane, die lautlos dahinzog. Glocken gab es bei den Kamelen dieser Karawanen nicht. Sie hatten keine nötig. Mit Schmuggelwaren beladen, zogen sie schweigend durch die Nacht, Gespenstern gleich. Die Eskorte ritt voran. Das Pferdegetrappel wurde nun härter und lauter. Daraus schlossen die Leute hinter den Fensterläden, daß die Stunde da war. Sie ahnten, wie die Augen der Reiter blitzen müßten in ihrem Bemühen, die Dunkelheit zu durchdringen, um den Feind, der an jeder Wegbiegung auf sie lauern konnte, zu wittern.
Da gellte ungestüm durch die Nacht die Stimme des Todes. Karabiner und Gewehre gaben Feuer, Pferde sprengten wie besessen dahin, Kamele hielten mit einem Schlag. Sie hielten und machten Kehrt. Entsprechend ihrem Plane nahm eine Truppe der Schmuggler die Kamele mit dem Tabak mit sich, auf einem Seitenweg verschwindend. Die anderen blieben, um die Gendarmen aufzuhalten, um die Flucht der Karawane zu decken.

In der Finsternis hörte man Stimmen, Leiber, die getroffen von den Pferden sanken, Kamele, die aufschrien, wenn sie gewaltsam angetrieben wurden.
Dann ward alles still. – Alles außer dem leidenschaftlichen Blute das auf den Steinen der Straße vergossen war und schrie.
Das rote Segelschiff, das berühmte Schmugglerschiff des Antonis Pagidas, verließ, begünstigt von kräftigem Nordwind, die ›Nackte‹ – die einsame Insel, die außerhalb der Bucht von Aiwali liegt –, das Heck gerade auf die Küste gegenüber, auf den Strand von Aiwali gerichtet, wo der Gutshof des Wilaras lag. Im Laderaum trug es diesmal nicht Tabak. Es waren Waffen. Sie hatten, um sie in Empfang zu nehmen, drei Tage und drei Nächte auf der ›Nackten‹ gewartet, die ganze Bande des Pagidas – seine Palikaren. Sie sollten aus Syra kommen. Aber widrige Winde hatten die Schmuggler von Syra gehindert, eher einzutreffen. Sie erwartend, hatten die Schmuggler des Pagidas getrunken und sich berauscht und Lieder vom Ruhme des Tsakitzis gesungen – die erste und die zweite Nacht durch, bis gegen Ende der zweiten Nacht der Wächter, der auf dem nördlichen Ausguck der kleinen Insel Wache hielt, eine Feluke mit ihrem Bug in die kleine Bucht unterhalb der Warte gleiten sah. Der Wächter wartete, bis die Feluke nahe war, und rief sie an.
»He, Schiff, he!«
»Was gibts?«
»Seid ihr Fischer?«
»Karandag!« rief der Mann in der Feluke, die Parole gebend. »Ich will zum Antonis Pagidas!«
»Leg an!«
Was mochte sich plötzlich ereignet haben, daß dieser Gefährte der Schmuggler mitten in der Nacht zu ihrem geheimen Verstecke kam? Waren sie verraten worden? Waren die Gendarmen unterwegs?
Nein. Sie waren nicht verraten worden. Die Gendarmen taten

wie immer, als ob sie nicht wüßten, wo sich Antonis Pagidas befand. Der Schrecken, den allein der Name des berühmten Palikaren von Aiwali um sich verbreitete, war so gewaltig, daß es keinem in den Sinn kommen konnte, ihn anzugreifen oder ihm bei seinen Arbeiten in den Weg zu treten. Außerdem, Führer der Gendarmen war Stragitos Garbis, der vertrauteste Freund des Antonis Pagidas. Ihre Freundschaft, mit Mord und Blut besiegelt, war wie ein Mythos unter den Palikaren von Aiwali verbreitet. Sie wußten zu erzählen, wie viele Male sich der Pagidas für den Garbis und jener für den Pagidas geschlagen hatte. Alle sagten: »Wenn diese beiden im Schmuggel zusammenarbeiten wollten, der Pagidas und der Garbis, dann würde keine Macht in ganz Anatolien es mit ihnen aufnehmen können.« Doch dies würde nie geschehen. Damit der eine dem Ehrgeiz des anderen nicht im Wege stehen könne, blieben diese beiden kühnsten Palikaren immer Gegner. Und immer fanden sie einen Weg, um zu zeigen, daß sie es verstanden, sich gegenseitig anzustacheln. Nur einmal, als im Jahre 1908 die Obrigkeit den Entschluß gefaßt hatte, endlich mit dem Pagidas aufzuräumen, und zusammen mit den Gendarmen den Schlag vorbereitete, den man ihm versetzen wollte, entschloß sich Garbis, für eine Nacht heimlich zur Bande des Pagidas zu kommen. Er ging hin, traf ihn im Gebirge, sagte ihm alles bis ins einzelne, verriet ihm das Geheimnis, den Ort, wo man ihm einen Hinterhalt legen wollte, um ihn umzubringen. Und als Pagidas sich nicht darauf einließ, sich zurückzuziehen und zu fliehen, ging Garbis in jener Nacht mit ihm und schlug sich mit der Mannschaft der Obrigkeit, Seite an Seite mit seinem Herzensfreunde.

»Garbis, das werde ich dir nicht vergessen«, sagte ihm der Pagidas in jener Nacht von 1908.

Und er vergaß es nicht.

Der Mann, der mit der Feluke gekommen war, stand schweigend vor seinem Führer, wagte nicht den Mund zu öffnen.

»Was gibt es?« fragte Pagidas.

Der andere gab keinen Laut von sich.

Wieder fragte der Pagidas, heftiger: »Was gibt es?«

Wieder kein Laut.

»Wirst du deinen Mund aufmachen, Kerl?«

Die Augen des Antonis Pagidas begannen sich zu verfinstern. Alle um ihn herum wußten, was das bedeutete. Glaubte man etwa, daß es irgend etwas auf der Welt gäbe, das Antonis Pagidas nicht aushalten könne? Wollte man es ihm verheimlichen, um ihn zu schonen?

Der Schmuggler von der Feluke begriff, daß es keinen anderen Ausweg gebe, daß er reden müsse.

»Dein Bruder ist ermordet worden!« sagte er.

Alle Palikaren rings um ihren Führer fuhren in die Höhe. Sie wollten auf ihren Gefährten losstürmen, der die Botschaft gebracht hatte, wollten ihn ausfragen. Aber langsam, feierlich erhob sich der harte Blick des Antonis Pagidas und bannte sie. Keiner sprach ein Wort.

»Von wem?« fragte er mit einer Stimme, die ohne Schwanken durch die Nacht klang.

»Vom Garbis!«

Dort wo Pagidas angelangt war, auf dem höchsten Gipfel des Palikarentums, gab es nichts mehr, was ihn hätte überraschen können, was vermocht hätte, ihn aus seiner strengen Unerschütterlichkeit zu bringen. Und dennoch sollte dieser Augenblick zeigen, daß auch Antonis Pagidas Herz und Blut besaß.

»Von wem, hast du gesagt?« brüllte er, und seine Stimme überschlug sich.

»Vom Garbis! Stratigos Garbis!«

Der jüngere Bruder des Antonis Pagidas hatte nichts von seinem großen Bruder mitbekommen. Er war ein Mann ohne Ehrgeiz, voller Schwächen, hatte nichts von echter Palikarenart. Dennoch, auf den Schultern seines Bruders stehend, befaßte auch er sich mit dem Schmuggel, besaß zwei eigene Segelschiffe und eine eigene Schmugglerbande. Aus Scheu vor dem Antonis Pagidas drückten die Gendarmen zu den Handlungen seines Bruders stets ein Auge zu. Dadurch, daß sie sich so verhielten, schwoll jenem mit der Zeit jedoch der Kamm. Er glaubte, daß der Grund ihres Verhaltens Furcht vor ihm selber und nicht vor dem Antonis Pagidas sei. Alle Palikaren von Aiwali wußten über seine Machenschaften wohl Bescheid und machten sich heimlich über ihn lustig. Aber die Gendarmen taten immer so, als sähen sie nichts. Sie wußten, daß Antonis Pagidas für nichts anderes auf der Welt eine solche Schwäche habe wir für seinen unwürdigen Bruder. Bei diesem tapferen Mann hatte seine ganze Zärtlichkeit, die sich nicht äußern konnte, die von Blut und Eisen zugedeckt war, nur diesen Weg gefunden, um zu bestätigen, daß sie da war: die Liebe zu dem jüngeren Bruder.

»Von wem, hast du gesagt, ist er ermordet worden?« brüllte zum dritten Mal Antonis Pagidas, indem er seinen Gefährten heftig an den Schultern packte und ihn schüttelte, so als ob er es nicht glauben könne.

»Vom Garbis! Vom Stratigos Garbis!«

Und in abgerissenen Sätzen erzählte er atemlos die Einzelheiten. Irgend etwas war vorgefallen. Was, war noch nicht richtig aufgeklärt. Stratigos Garbis war offenbar mit seinem Segler auf dem offenen Meer von Sarmusak dem Schmugglerschiff des Konstantis Pagidas begegnet. Er kannte es nicht und suchte es anzuhalten. Sie wechselten einige Schüsse miteinander. Konstantis Pagidas war nicht auf seinem Schiff. Dennoch ließ Garbis, als er sich vergewissert hatte, daß es sein Segler mit Schmuggeltabak sei, das Schiff passieren.

Als Konstantis Pagidas von dem Ereignis erfuhr, war er außer sich. Sein Kamm, der schon recht groß war, schwoll noch mehr. Er streute es hier und dort aus, daß er den Garbis zur Rechenschaft ziehen werde. Kaum erfuhr er, daß das Wachtschiff von seiner Patrouille zurück war, nahm er sein Gewehr und ging an den Strand. »Du«, sagte er zum Garbis, »hast gewagt, mein Schiff anzuhalten?« Und er tat, als ob er sein Gewehr betrachte. »Drück ab, Kerl!«, erwiderte ihm der Garbis kaltblütig, wie immer unbewaffnet, vom Bug des Segelschiffes. Noch einmal sprach ihn Konstantis Pagidas an. »Drück ab, Kerl!« sagte wiederum Garbis. Da fluchte Konstantis Pagidas und ließ aus seinem Munde eine tödliche Beschimpfung fahren, eine von jenen, die, wenn sie ausgesprochen sind, keinen anderen Ausweg lassen, als daß sie mit Blut bezahlt werden. Und damit es nicht so weit kommen solle und er es bezahlen müsse, legte der Pagidas an und feuerte auf Garbis. Er fehlte. Garbis sprang vom Bug des Schiffes an das Ufer, riß ihm das Gewehr aus den Händen und tötete ihn.

Antonis Pagidas hörte zu. Wortlos entfernte er sich aus dem Kreise seiner Palikaren. Sein Gesicht hatte seine eisige Unerschütterlichkeit wiedergefunden. Es dämmerte. Er drehte sich eine Zigarette. Er zündete sie an. Der bläuliche Rauch stieg auf, regte sich etwas im Morgenwinde und löste sich auf. Alle seine Palikaren sahen ihn dort, allein und stumm. Sie wußten, daß irgend etwas Furchtbares sich vorbereitete, daß jener Augenblick entschied über das, was alle tapferen Herzen Anatoliens bluten machen werde.

Antonis Pagidas warf seine Zigarette weg. Seine Bewegungen waren langsam. Er wandte seine finsteren Blicke zu dem Schmuggler von der Feluke.

»Geh zurück«, befahl er ruhig. »Sage dem Garbis, daß ich ihn töten werde, daß ich ihn außerhalb des Gutshofes des Jannakos Bibelas am Dienstag bei Monduntergang erwarte.«

Das rote Segelschiff, das berühmte Schmugglerboot des Antonis Pagidas, zerteilte ungestüm die Wogen der Ägäis. Die Wogen schlugen das Holz. Das Holz schlug heftig auf das Wasser, als wolle eins das andere auf die Kniee zwingen. Aber das Holz war stolz, es ließ sich nicht bezwingen. Es trug heute abend eine kostbare Last. Nicht nur die Waffen, nicht nur den Antonis Pagidas und seine Palikaren. Es trug das Schicksal, das entscheiden sollte über eines von zwei Leben, die am meisten bewundert wurden im epischen Palikarenkreis von Aiwali: des Antonis Pagidas und des Stratigos Garbis.

Die Nacht lag gleichgültig über dem Schiff und lauschte. Pagidas stand in Gedanken versunken am Bug und rauchte schweigend eine Zigarette nach der andern. Er hörte die Wogen seinen Segler schlagen, hörte die fernen Klänge des großen Lebens, das er hinter sich hatte, die Klänge, die heute abend alle kommen mußten – heute abend, auf dem Meer, das ihn vielleicht zum letzten Male trug. Je mehr er diesen Gedanken erwog, daß es die letzten Stunden sein könnten, die er verbrachte, desto mehr spürte er, daß er allein war. Ganz allein. Es war dies eine einzigartige Empfindung, die ihn seit seinen Kinderjahren schon verfolgte. Als seine Mutter mit ihm schwanger ging, begab es sich, daß sie am Tage des heiligen Simeon einen Hasen ausnahm. Am Tag des heiligen Simeon müssen aber schwangere Frauen mit gekreuzten Armen sitzen und dürfen keinerlei Arbeit tun. Wenn sie irgend etwas anfassen, so werden sich dessen Spuren auf dem Gesicht oder auf dem Körper des Kindes, wenn es zur Welt kommt, abzeichnen. Die Mutter des Antonis Pagidas hatte vergessen, welcher Tag es war. Da trat eine Nachbarin ein und erblickte sie.

»An diesem Tage nimmst du einen Hasen aus?« rief sie.

Erschrocken ließ die Mutter des Antonis Pagidas den Hasen fahren und legte ihre Hände auf die Schultern.

»Jesus Maria!« rief sie und wurde fahl und blaß.

Die ganze Nacht bat sie Gott, sich ihrer zu erbarmen. Und der heilige Simeon erhörte sie. Er ließ das Kind nicht im Gesicht gezeichnet werden. Als es zur Welt kam, sahen alle Frauen, die herumstanden, mit Verwunderung auf seiner Schulter einen breiten Streifen Hasenfell. Die Sache wurde viel besprochen, und mit der Zeit gewöhnten sich die Frauen und die Männer, wenn sie über jenes Kind sprachen, an, zu sagen: ›Das Kleine mit der Raubtierschulter.‹ Seine Mutter war sehr bekümmert darüber und sagte:

»Was soll werden, wenn das Kind groß wird und es erfährt? Es wird ihm sein ganzes Leben verbittern.«

Aber sie war eine Mutter, und mit ihrem tiefen Instinkte fand sie den richtigen Weg, ihm zu helfen. Eines Tages – als er zum ersten Male mit den anderen Kindern der Nachbarschaft an den Strand zum Schwimmen gegangen war – kehrte das Kind weinend heim.

»Was hast du, Bub?« fragte seine Mutter.

»Warum lachen sie mich aus?« beschwerte er sich schluchzend. »Warum muß von allen Kindern, die geschwommen haben, ich allein auf meiner Schulter ein Stück Fell von einem Tiere haben?«

Da sagte jene im sichersten Ton der Welt:

»Begreifst du das nicht? Sie beneiden dich! Du bist der einzige Bub in Anatolien, den die Schicksalsfrauen berührt haben!«

»Wer ist das?« fragte das Kind.

Die Schicksalsfrauen, erzählte sie ihm, sind gute Frauen, die im Himmel bei den Engeln sitzen. Hin und wieder, nach vielen vielen Jahren, ist es bestimmt, daß sie in einer Sturmnacht auf die Erde niedersteigen. Die Menschen schlafen ahnungslos. Nur die Mütter, die ein Kind erwarten, bleiben auf und wachen. Sie sprechen: »Mögen die Schicksalsfrauen heuer kommen . . . Mögen sie doch dies Jahr kommen . . .« Mit weit offenen Augen blicken sie in das Dunkel und flehen immer: »Mögen sie doch heuer kommen . . . Mögen sie doch heuer zu dem Kind, das ich gebären werde, kommen . . .« Nur einer Mutter jedesmal nach vielen, vielen Jahren wird diese Segnung schließlich zuteil. Die Schicksalsfrauen öffnen ihre Tür, und dort, wo vorher Finsternis war, wird Licht. Sie gehen schweigend auf die Mutter zu und lächeln sie süß an. Sie legen ihre Hand auf ihren Kopf, lassen sie dort eine Zeit lang liegen und lächeln wieder und gehen fort. Das war es. Das Kind, das zur Welt kommen werde, würde von den Schicksalsfrauen gezeichnet sein.

»Hast du sie gesehen, Mutter?« fragte der Bub vor Staunen wie geblendet.

»Ja, mein Bub. Sie kamen, als ich dich erwartete. Du wirst stark werden. Du bist von den Schicksalsfrauen gesegnet, du wirst der berühmteste Palikare von Anatolien werden! Weine nicht ...«

Mit solchen Worten bewirkte die einfache Mutter des Antonis Pagidas, von ihrem tiefen Instinkt geleitet, das Wunder. Nicht allein ließ sie ihr Kind vor seiner Zeit nicht von dem Gefühl der Minderwertigkeit zerknirscht werden, sondern sie half ihm, Stolz und Selbstvertrauen zu gewinnen bei dem einzigartigen Geschick, das seinen Körper zeichnete und ihn von allen anderen Kindern unterschied.

An einem Wintertage gingen sie zusammen zum Meer, zum Pinienwald an der Küste. Starker Nordwind schlug die Bucht und türmte riesige Wellen auf. Kein Segel war unterwegs, keine Menschenseele wagte es, mit dem Element zu ringen. Die Mutter stellte den kleinen Antonis Pagidas mit dem Gesicht gegen die Wellen und sagte ihm:

»Du wirst mit ihnen ringen, mein Junge. Du wirst der beste Seefahrer unserer Gegend werden, dessen Namen man bis zum Schwarzen Meer hören wird. Man wird einmal singen: Der Seefahrer mit der Raubtierschulter ...«

Dort, im kleinen Pinienwald, stand ein alter halbverfallener Turm. Aus dem Turm sahen sie, die Mutter und das Kind, plötzlich ein buckliges Männchen mit zerschlissenen Kleidern kommen. Es ging zum Meer hinab, blieb dort etwas stehen, schaute den Sturm an und kehrte wieder in den Turm zurück.

»Hast du den Alten gesehen?« sagte die Mutter zum kleinen Antonis Pagidas. »Er stammt vom Popen Ikonomos ab. Der

Pope Ikonomos war der berühmteste Mann unserer Gegend. Der Alte geht jeden Abend zum Strand, um ihn aus den Wellen zurückzurufen, damit er sehen soll, daß das Haus zerfällt, damit er wiederkehrt. Er ist verrückt!«

Und während die Wogen brausten und der Sturm, vom ›Tisch des Teufels‹ herabstürmend, in den Bäumen heulte, erzählte die Mutter des Antonis Pagidas ihrem Kleinen die Geschichte des berühmten Popen Ikonomos. Er lebte vor langen Zeiten und war ein Einsiedler, der von der Welt abgeschieden in einer Hütte am einsamen Strande wohnte und seine Bußübungen dort verrichtete. Er bat für seine eigene Seele und für die Rettung seines unterjochten Volkes. Eines Nachts, als es stürmte, hörte er draußen im Meer die verzweifelte Stimme eines Menschen, der um Hilfe rief. Er ging in die Nacht hinaus, nahm sein Ruderboot, rang mit den Wogen und gelangte bis zur Stimme. Er zog einen halbertrunkenen Körper aus dem Meere, brachte ihn in seine Hütte, wärmte ihn, erfrischte ihn.

Der Schiffbrüchige zitterte vor Kälte.

»Wer bist du?« fragte ihn der Einsiedler.

»Ich bin ein Türke«, erwiderte der. »Erbarme dich meiner.«

»Bist du ein Seefahrer? Ist dein Schiff gesunken?«

»Nein, ich bin kein Seefahrer. Ich bin Offizier auf der Flotte des Sultans. Wir wurden von dem Moskowiter bei Cesme besiegt. Drei Tage und drei Nächte trieb ich in einer Feluke auf den Wogen umher. Als ich mich eurer Küste näherte, schlug meine Feluke um. Erbarm dich meiner und tu mir kein Leid an – krank und schutzlos wie ich bin. Dein Gott, so sagt man, schlägt die Schwachen und die Schutzlosen nicht.«

»Beruhige dich«, sagte ihm der Mönch. »Ich werde tun, was mich mein Gott mit den Schwachen und Schutzlosen zu tun heißt. Wenn du auch ein Türke bist.«

Der Mönch beschirmte den Schiffbrüchigen, pflegte ihn Tag und Nacht, solange er vom Fieber geschlagen war, brachte ihm

heilsame Kräuter und machte ihn gesund. Und dann zeigte er ihm den Weg, den er einschlagen müsse, um wieder in bewohnte Gegenden zu kommen.
»Zieh in Frieden«, sagte er ihm. »Tue unserem Volk kein Leid an. Erbarm dich unseres Volkes, wie auch ich mich deiner erbarmt habe.«
»Ich heiße Hassan«, sagte der Türke. »Behalte meinen Namen und komm zu mir, wenn du einmal meine Hilfe brauchst.«
Der Mönch behielt den Namen des Schiffbrüchigen viele Jahre. Da erfuhr er eines Tages von Seefahrern, die vorüberkamen und im Schwarzen Meer reisten, die überraschende Neuigkeit, daß der Türke jener Winternacht inzwischen Großvezier geworden war. Der Mönch nahm seinen Stab, wanderte zur Stadt, nach Aiwali, wo ein Volk von armen Fischern und Landarbeitern unter dem Sklavenjoche stöhnte, schiffte sich auf einem Segler ein und fuhr nach Konstantinopel. Er gelangte bis zum Thron des Großveziers. »Erinnerst du dich meiner?« fragte er ihn.
Da sahen alle Paschas, die dort standen, mit Verwunderung, wie der Vezier aufstand und den ungläubigen Mönch umarmte und küßte.
»Mensch, wie könnte ich dich vergessen?« erwiderte er. »Sag mir, was ich tun kann, um meine Seele zu erleichtern und um dir zu gleichen in dem, was du mich lehrtest. Sag mir, jetzt wo ich mächtig bin, was ich tun kann, um es dir zu vergelten.«
»Ich will nichts für mich selber«, antwortete der Mönch. »Ich bitte nur für mein Volk und meine Heimat. Hilf, daß ihre Not und ihre Qualen enden.«
Da ließ der Großvezier einen Schutzbrief ausstellen. Darin stand, daß im Gebiet des Mönches nicht ein Türke mehr Erlaubnis haben sollte, noch zu wohnen. Alle ottomanischen Familien, die dort noch wohnten, sollten umgesiedelt werden. Das Gemeinwesen sollten die christlichen Ältesten verwalten mit einem türkischen Gouverneur, den das Volk bestimmen und ablösen

konnte, wann es wollte. Ein militärischer Befehlshaber hatte nicht nur keine Erlaubnis, in der Stadt zu wohnen, sondern durfte sie auch nicht einmal durchqueren. Wenn er dies doch einmal bei außergewöhnlichem Anlaß zu tun gezwungen wäre, müsse er zuvor die Hufeisen von seinem Pferd entfernen. Die Gemeinde hatte jährlich 50 000 Grosia Abgaben zu zahlen, alle Steuern sollte sie selbst einziehen. Die Gegend brauchte weder ihre junge Mannschaft zum Heeresdienste abzugeben, noch auch ihre Kinder für die Janitscharengarde. Sie würde ein freies Land sein, einzigartig im ganzen osmanischen Reiche.

Der Mönch nahm den Schutzbrief und kehrte zurück in seine Heimat. Die ganze tyrannisierte Brevölkerung zog, als sie die Ereignisse erfuhr, zu ihm, fiel vor ihm nieder, küßte ihm die Füße. Sie machten ihn zum Vorsteher, und er leitete das Gemeinwesen mit den Ältesten bis zu der Stunde seines Todes.

Er baute zuerst eine große Kirche mit hohem Glockenturm, die ›Mutter Gottes der Waisen‹. Er ließ an ihre Wände Bilder aus dem Alten Testament malen. Er schmückte sie mit einer Kanzel, mit einem Bischofsstuhl, der ganz und gar aus Ebenholz, Elfenbein und Muscheln aus dem Roten Meer gefertigt war. Er gründete treffliche Schulen und gewährte Zuflucht all den Griechen von den Inseln des Ägäischen Meeres und vom Mutterlande, die vor der argen Sklaverei der Heimat in seine freie Gemeinde flüchteten. So wuchs das kleine Fischerdorf der äolischen Erde, wurde zu einer ansehnlichen Stadt. Und ihr Vorsteher war immer der Mönch. Er war gerecht zu den Guten und unsagbar streng zu den Bösen. Er wurde der Schrecken der Beys der Nachbargebiete, von Ayasmat, Adramyttium und Pergamon. Er bewaffnete seine Leute, nahm sie mit sich und machte sich auf, um das Unrecht, das außerhalb seines Gebiets den Christen von ihren Tyrannen geschah, zu bekämpfen. Mit der gleichen bewaffneten Macht schützte er seine Gemeinde vor Raubüberfällen der Beys aus den Nachbargebieten.

Sein Name war auf aller Lippen. Alle sagten: »Wer hat diesen Mann gesegnet, daß er unserer Heimat soviel Gutes tun kann?« Erst als er starb und sie seinen Körper wuschen und umkleideten, da erst kam sein Geheimnis ans Licht und wurde im Volk mit Scheu von Mund zu Mund weitergegeben:

»Der Mönch war von den Schicksalsfrauen gezeichnet! Auf seiner Brust hatte er das Mal eines Aales!«

Sein schlimmster Feind, der Bey von Pergamon, wollte seinen Tod nicht glauben, als er ihn erfuhr. Er machte sich auf und ging nach Aiwali, ließ ihn wieder ausgraben und vergoß, als er den Leichnam sah, Tränen zum Gedächtnis seines Feindes.

Der kleine Antonis Pagidas hörte verzaubert zu.

»Ja, mein Junge«, sagte seine Mutter ihm. »Auch er war gezeichnet wie du! Auch du wirst ein großer Mann werden! Auch du wirst mächtig werden!«

So zog sie das Kind groß, indem sie ausdauernd, unablässig das Besondere seines Geschickes hervorhob. Das half ihm vor Entmutigung, aber es führte ihn ins andere Extrem. Es machte ihn zu einem verschlossenen, zurückgezogenen Knaben, der die Gesellschaft seiner anderen Altersgenossen nicht leiden, nicht ausstehen konnte. Die ungezügelte Phantasie der Menschen der Ägäis, von den Vorfahren vererbt, fand in seiner Vereinsamung die Atmosphäre, die sie brauchte, um ihre Sprünge zu machen, ihre Galoppaden zu reiten.

Der rote Segler ging vor dem Gutshof am Meer vor Anker, als der Tag gerade dämmerte. Sie luden die Waffen aus und stellten sie im Gutshof des Wilaras sicher. Pagidas bat, ihn auf seinem Segler allein zu lassen. Er wollte schlafen. Er würde den alten Wilaras sehen, wenn er ausgeschlafen hätte. Er schlief tief bis zum Abend.

Er wachte auf, wusch sich seinen Kopf mit Meerwasser und ging zum alten Wilaras.

Dort war auch Doris. Sie bat, bei der Unterhaltung der Männer bleiben zu dürfen.
Der alte Gutsbesitzer erzählte der Reihe nach die Umstände der Ermordung seines Jägers. Er berichtete auch, was mit dem anderen Mann geschehen war, auf den man geschossen hatte. Pagidas hörte schweigend zu, eine Zigarette nach der anderen rauchend.
»Ist seitdem noch etwas geschehen?« fragte er.
»Das ist das Schlimme«, sagte Wilaras. »Das Übel hat nicht aufgehört. Seit damals ist noch auf drei andere Christen in den Kimindenia geschossen worden. Der eine wurde dabei getötet. Ich fürchte ...«
»Was?« schnitt ihm der Pagidas das Wort ab.
»Ich fürchte, daß sich in all dem ein Plan verbirgt«, sagte Wilaras. »Ich fürchte mich, weiterzublicken ...«
»Wir werden sehen!« sagte Pagidas.
Er dachte etwas nach, dann sagte er: »Ein Teil der Waffen, die wir gebracht haben, bleibt hier für deine Leute. Die anderen müssen wir den Christen jenseits der Kimindenia bringen. Haben sie Geld, um sie mir zu bezahlen?«
»Ich werde die ganze Summe bezahlen«, sagte Wilaras. »Ich möchte nur, daß du mit deinen Leuten die Waffen hinbringst.«
»Ich werde sie hinbringen«, sagte Pagidas. »So werde ich auch die Dinge aus der Nähe sehen. Es muß nur ein Vertrauter von dir mitkommen, damit die Christen in den Dörfern sich nicht fürchten.«
Da sagte Doris, die bis dahin geschwiegen hatte: »Ich werde mitgehen, Vater. Laßt mich mitgehen.«
Der alte Wilaras sprang erschrocken auf.
»Was sagst du da, mein Kind? Um Gottes willen! Das geht nicht! Das geht nicht! Wie sollst du mitgehen?«
»Das ist keine Arbeit für Frauen!« sagte auch Pagidas ruhig. »Du kannst nicht mitkommen.«

Doris erhob ihren Blick und heftete ihn gerade auf ihn. Es war das zweite Mal, daß er, Antonis Pagidas, sah, daß er jene scharfe Schneide nicht aushalten konnte, die ihm aus dem fast noch kindlichen Gesicht entgegenblitzte.

Er senkte seine Augen.

»Ich werde mit dir kommen!« sagte Doris entschlossen in einer Weise, die kein weiteres Wort zuließ.

»Ach, das halte ich nicht aus, dazu habe ich nicht die Kraft«, rief jetzt der alte Gutsbesitzer zitternd vor Erregung. »Das muß ich meinem Sohn schreiben . . .«

»Beruhigt Euch, Vater, beruhigt Euch«, sagte Doris gelassen. »Habt keine Angst um mich. Mein Mann wird nicht traurig sein, wenn er erfährt, daß seine Frau sich vor nichts fürchtet . . .«

»Wir brechen heute nacht auf!« sagte Pagidas. »Wir bleiben zwei Tage und zwei Nächte aus.«

»Bleibt noch heute abend und brecht erst morgen nacht auf«, sagte Wilaras, der keinen anderen Weg mehr sah, um Zeit zu gewinnen und womöglich noch die Ansicht seiner Schwiegertochter umzustimmen.

»Nein!« sagte Pagidas. »Ich muß heute abend fort! Es reicht sonst nicht. Dienstagnacht bei Monduntergang muß ich zurück sein.«

»Was hast du da zu tun?« fragte Wilaras.

»Nichts!« antwortete Pagidas schroff.

2

Die Kimindenia waren heuer müde geworden. Sehr müde. Ungeduldig erwarteten sie die Ankunft der Nacht. Die Buchen sahen sie zuerst, dann sahen sie auch die Eichen.

Sie sprachen zur Nacht: »Komm jetzt. Komm, unsre Mutter, die Kimindenia, ist müde. Komm, damit sie sich ausruhen kann.«

»Wie soll das angehen?« sagte ihnen die Nacht. »Es ist noch

Sommer. Die Tage sind sehr lang. Die Sonne wird sobald nicht schlafen gehen.«

Da baten die Buchen die Wolken.

Sie sagten ihnen: »Die Sonne wird sobald nicht untergehen. Laßt einen eurer Gefährten hingehen und sie bedecken. Helft unserer Mutter, der Kimindenia, daß sie sich bald ausruhen kann.«

Eine schwarze Wolke erhob sich am tiefblauen Himmel, brach von Osten auf, zog nach Westen und bedeckte die Sonne. Eine gewaltige schwarze Wolke. Und die äolische Erde verfinsterte sich plötzlich. Die Wiedehopfe und die Wildtauben, die im bläulichen Licht spielten, fanden sich plötzlich vom Schatten eingehüllt, der aus der Höhe kam. Von ihrem Instinkt geleitet, begannen sie erschrocken fortzueilen, um in ihren Nestern Unterschlupf zu finden.

Sie eilten fort mit dem Schrei: »Der Sturm! Der Sturm kommt! Der Sturm kommt!«

Das hörten die grünen Salamander, das hörten die Schakale im Wald, und Furcht erfüllte ihre Augen. Alle riefen zitternd aus: »Der Sturm kommt! Der Sturm kommt!«

Eine kleine Schildkröte, die, auf den Rücken gedreht, in der Höhle der Wildschweine den Tod erwartete, hörte die Stimme der Vögel und des Wildes. Sie zog sich erschrocken in ihre Schale zurück und, obwohl sie den Tod erwartete, und obwohl sie nichts anderes als den Tod erwartete als etwas Unentrinnbares und Sicheres, erschauerte sie doch wie alle Geschöpfe dieser Erde.

»Der Sturm kommt! Der Sturm kommt!«

Umsonst bemühten sich die Buchen, gegen die Panik anzukämpfen, umsonst sagten sie:

»Macht keinen solchen Lärm! Der Sturm kommt nicht! Wir baten nur die Wolke, die Sonne zu bedecken!«

Was sie auch sagten, niemand hörte auf sie. Denn auf den Kimindenia herrschte tief und unauflöslich der Instinkt. Und der gab den Geschöpfen die Fähigkeit zu wissen, daß jenseits dessen, was sie mit ihrem Willen vermögen, jenseits ihrer Begierden und ihrer Handlungen, eine dunkle Macht besteht, die sie in ihre Hand nimmt und die ihnen, auf welche Weise sie will und auf welchem Weg sie will, ihre Begierden und ihre Handlungen einflößt.

»Nein! Nein! Der Sturm ist es! Der Sturm kommt!«

Da regten sich endlich die Kimindenia. Sie schüttelten sich den Schlaf ab, der über sie gekommen war, um ihnen Ruhe zu geben, erhoben sich und blickten rings um sich. Sie sahen im Westen die schwarze Wolke. Sie wandten ihre Augen auf den Himmel über sich in die Höhe. Sie wußten, daß binnen kurzem die Sterne kommen würden. Vielleicht würde auch die schwarze Wolke, welche die Buchen herbeigerufen hatten, sich verteilen und verschwinden, wenn die Sonne untergehe. Sicher würde sie verschwinden. Und dennoch, jetzt schon waren die Kimindenia sicher, da sie viel in ihrem Leben erlebt hatten und mehr erfahren hatten als die Buchen, die Wiedehopfe, die Wildschweine und die Schakale.

Sie wußten schon, die Kimindenia, daß der Sturm kommen würde. Gleichwohl, weil es so immer geschieht, daß wir noch bis zum letzten Augenblick hoffen auf Dinge, von denen wir bereits wissen, daß sie unwiederbringlich verloren sind, wandten sich die Kimindenia an die Berge im Westen, an die Berge im Osten. Sie fragten den Kas-Dag, fragten die Berge jenseits der Ägäis, jenseits des Hellespont, jenseits der Donau, des Gottes unter den Flüssen.

Sie fragten, um sich zu vergewissern: »Ist es sicher, meine Brüder, daß er kommt?«

Und die Berge alle vom fernen Bosnien, von der fernen Donau, alle antworteten betrübt: »Es ist sicher, Bruder! Er kommt! Der Sturm kommt!«

Schließlich, da sie von allen Geschöpfen, die auf den Kimin-

denia lebten, der Natur am entferntesten waren, vernahmen die Menschen die Botschaft. Sie kam als eine dichte grollende Woge, verbreitete sich von Ort zu Ort, schlug und peitschte, schwoll immer mehr an und wütete immer stärker: »Er kommt! Der Sturm kommt! Es kommt der Krieg!«
Und während die Sterne über der äolischen Erde ungerührt am Himmel standen, stockten die Herzen der Menschen, die Herzen der unglückseligen Menschen, und öffneten sich, um die Furcht einzulassen.

In der tiefen Nacht versuchten wir Kinder für uns allein in unserm Zimmer Schlaf zu finden. Jetzt waren die Nächte an den Kimindenia noch geheimnisvoller und wilder geworden. Es waren nicht nur die Schakale und die Einsamkeit. Seit dem Tage, da der Jäger ermordet worden war, zitterte etwas in der Luft: die Gesichter der Erwachsenen waren umwölkt, man ließ uns nicht einmal mehr die Nase aus dem Gutshof hinausstecken, bewaffnete Leute bewachten uns ununterbrochen. Wir hörten draußen vom großen Tor her ihre Schritte, ab und zu ein Räuspern, hin und wieder eine Stimme, welche die Einsamkeit durchbrach.
Das Schlimmste war, daß uns die Buchen, daß uns die Wildsteineichen und die Wiedehopfe schon vergessen haben mußten.
»Und was mag dort droben aus unseren Schildkröten, aus unserer Fledermaus, aus unserer grünen Eidechse geworden sein? . . .«
»Was hast du gesagt?«
»In der Höhle der Wildschweine«, sagte ich. »Was mag da geschehen sein?«
Artemis fuhr schaudernd zusammen. Ich hörte das Geräusch ihrer Finger, die sich im Leintuch zusammenkrallten.
»Ich will es nicht wissen«, murmelte sie.
»Möchtest du nicht, daß wir zur Höhle der Wildschweine gehen? . . . Möchtest du nicht, daß man uns ausgehen läßt?«

»Ich werde nicht mehr hingehen«, sagte Artemis, und ihre Stimme zitterte.
»Unsere Fledermaus wird schon gestorben sein. Wir wollen uns ihre feinen Knochen an den Hals binden. Wir werden sie uns teilen. Dann werden uns alle liebhaben.«
»Ich will nicht«, murmelte Artemis. »Ich will nicht mehr.«
Und sie begann zu weinen.
»Hör auf, Artemis! Hör auf! Warum weinst du?«
Keine Antwort.
»Hör auf, Artemis. Schon gut, du brauchst dir die Knochen der Fledermaus nicht umzubinden. Auch so werde ich dich liebhaben.«

»Ich werde morgen ausgehen«, sagte Lena. »Ich werde den Großvater bitten, und er wird mich gehen lassen. Ich werde den Barba Joseph begleiten.«
»Was willst du machen?« fragte Agapi.
»Wir werden zu dem Platz mit der Roterde gehen. Es ist der schönste Fleck unserer Erde. Es ist der Platz, den mir der Großvater geben wird, wenn ich heirate. Dort steht ein wilder Birnbaum. Barba Joseph will ihn in meinem Namen pfropfen.«
Lena ging zu Barba Joseph. Es war an einem der letzten Tage. Sie sagte ihm: »Weißt du, wenn die Artemis groß wird, will sie uns verlassen. Sie wird einen Jäger heiraten, und sie werden in ferne Länder gehen.« »Warum, mein Mädchen?« »Halt so, Barba Joseph. So hat sie beschlossen. Alle werden fortgehen.« Barba Joseph gedachte seines eigenen Schicksals, der Insel, die er einst verlassen hatte und zu der er nicht mehr heimgekehrt war. »Das kommt manchmal vor«, sagte er. »Es kommt vor, daß die Menschen, die in die Fremde gehen, nicht heimkehren, es liegt nicht in ihrer Hand heimzukehren . . .«
»Aber ich werde auf unserer Erde bleiben«, sagte die kleine Lena. »Ich liebe unsere Erde.«

»Komm,« sagte der Greis, »komm, dann will ich noch einen Baum in deinem Namen pfropfen. Du wirst an mich denken, wenn du von seinen Früchten ißt . . .«
Lena sagte: »Ist es so, Artemis, denkst du immer daran, uns zu verlassen?«
Sie erhielt keine Antwort.
»Artemis, sag ich! Denkst du immer daran, in ferne Länder fortzugehen?«
»Ich werde fortgehen«, flüsterte Artemis, und ihre Stimme kam wie aus der Tiefe.
»Und wird dein Mann ein Jäger sein?«
Es kam keine Antwort.
»Und wird dein Mann ein Jäger sein?«
Lena war daran, ein drittes Mal zu fragen, als sie als erste ein seltsames Geräusch vernahm.
»Horcht! . . .« sagte sie leise. »Horcht!«
»Was gibt es?«
Hell und metallisch tönte der Klang einer Glocke durch die Nacht.
»Ist das nicht ein Pferd? Horcht. Es hat eine Glocke? Wer kommt da?«
Wir schwiegen alle und lauschten. Unsere Herzen waren plötzlich wie zugeschnürt und füllten sich mit Furcht. Sie kam aus den geheimen Kräften des Dunkels, aus der Tiefe unseres Wesens, aus der Einsamkeit der Nacht.
Was war das für ein Hufschlag eines Pferdes? Waren es etwa Räuber?
Außer dem Hufschlag unterschied unser Ohr jetzt auch noch ein anderes schwächeres Geräusch. Waren das nicht Räder, die auf dem schweren Boden rollten?
»Es ist ein Wagen!« sagte Lena.
Und gleich darauf: »Es wird der Wagen des Wilaras sein! Der hat ein Pferd mit Glocke!« sagte sie.

Der Wagen des Wilaras! Gott sei Dank, daß es keine Räuber waren! Doch sicher, es war der Wagen vom Hof am Meer.
Wir spürten, daß wir von der Furcht, die uns der Räuber wegen überkommen hatte, erleichtert wurden. Da säte Artemis als erste neue Bangigkeit.
»Ist der alte Wilaras denn sonst schon einmal um diese Stunde mitten in der Nacht gekommen?« murmelte sie. »Irgend etwas muß geschehen sein, irgendein großes Unglück...«
Diese Worte, die ihre zitternde Stimme sprach, gossen aufs neue Furcht in unsere Adern, in unser Blut, in unser Herz.
Anthippi, unsere ältere Schwester, wachte auf.
»Was gibt es?« fragte sie erschrocken. »Warum seid ihr alle aufgestanden?«
»Horch, Anthippi! Vor dem großen Tor hält der Wagen des alten Gutsherrn!«
Anthippi rieb sich die Augen, um zu sich zu kommen.
»Du sagst, es ist der Wagen des alten Gutsherrn? Wie spät ist es?«
»Ach, es ist tiefe Nacht!«
»Und woher wißt ihr, daß es der alte Gutsherr ist?«
»Wir hörten die Glocke seines Pferdes. Wir hörten die Räder.«
»St!« murmelte Lena.
Von draußen vom großen Tore drangen schwache Stimmen von Menschen zu uns. Wir konnten nicht verstehen, was sie sagten. Sicher verlangte der alte Wilaras von unseren bewaffneten Wächtern Einlaß.
Das war es. Nach kurzem hörten wir das schwere Knarren des Hoftors.
»Er kommt! Er kommt!«
Artemis warf sich über ihr Nachthemd einen Schal. Wir Kinder taten alle das gleiche und hängten uns etwas über. Anthippi, die von der unerwarteten nächtlichen Geschichte und von Neugier, das Rätsel zu lösen, auch ergriffen war, dachte nicht daran,

uns zurückzuhalten. Sie riet uns nur: »Zieht euch an. Zieht euch an, damit ihr nicht friert!«
Wir öffneten die Tür unseres Zimmers. Anthippi ging voran. Ihr folgten Artemis, Agapi, Lena und ich. Wir achteten darauf, keinen Lärm zu machen, und gingen auf Zehenspitzen. Im Hof bewegten sich Schatten. Die Leute des Gutshofes waren aufgewacht und kamen erschrocken heraus, um zu erfahren, was es gebe.
Unser Herz war am Zerspringen.
»Was ist los? Was ist los?«
In dem großen Raum mit den breiten Diwans, wo der Großvater die Fremden aufnahm, war Licht angemacht. Wir sagten uns, daß sie jetzt dort sein müßten, und gingen hin. Die Tür stand halb offen. Anthippi und dann wir, alle die Kinder, schlüpften eines nach dem anderen auf leisen Sohlen herein. Wir standen dicht beieinander.
Und mit weit offenen Augen sahen wir:
Der Großvater stand aufrecht, reglos wie ein hoher alter Baum, den eine Wolke bedeckt. Neben ihm stand die Großmutter, die weißen Haare ungeordnet, das Antlitz von Furcht und Schrekken aufgewühlt. Neben ihr stand unsere Mutter, auch sie schweigend. Und auf einem Diwan hingestreckt, mit den Händen nervös in seine Haare fahrend, bleich vor Erregung, der Herr des Gutshofes am Meer, der alte Wilaras.
Langsam wandten sie die Blicke auf uns, sahen, wie wir eintraten. Dann wandten sie sich wieder ab, so als ob sie das gar nicht überraschte, so als ob sie gebannt wären.
»Es ist furchtbar«, murmelte der alte Wilaras. »Jetzt wird sich der Funke auf der ganzen Erde entzünden! Und was soll aus uns werden? . . .«
»Was hast du da gesagt, Nachbar?« fragte leise der Großvater. »Wie hast du den Ort genannt?«
»Serajewo«, sagte Wilaras. »Es ist weit weg, in der Gegend von Bosnien . . .«

Der Großvater war ein einfacher, unbelesener Mensch und konnte das nicht leicht verstehen.

»Warum?« sagte er. »Wenn das Unheil so weit weg geschah, warum muß es dann bis zu uns kommen, nach Anatolien?«

Aber der alte Wilaras war kein einfacher Mensch. Er las gescheite Bücher, las Zeitungen, die aus Europa kamen, und wußte alles.

»Aber es ist schon da, Nachbar! Es ist schon da, sage ich dir! Diese Christenverfolgungen ... Ich habe gehört, daß sie schon in Kosakia damit angefangen haben und noch darüber hinaus. Die Reihe wird auf jeden Fall auch an uns kommen! Ja, ja ... jetzt begreife ich, warum sie meinen Jäger getötet haben, warum sie auf meine Leute geschossen haben ...«

Seine Hände durchwühlten nervös, verzweifelt, seine weißen Haare.

»Auf jeden Fall, auf jeden Fall kommt die Reihe auch an uns. Wir werden auswandern müssen. Und mein Kind, mein Kind ist in solchen Tagen mit den Schmugglern im Gebirge.«

Der Grovßater wollte die Stunde nicht noch schwerer machen, als sie war. Aber er spürte, wie ihn eine plötzliche Empörung überkam.

»Was sind das auch für Sachen mit deiner Schwiegertochter, Nachbar?« sagte er. »Warum hast du, ein so gescheiter Mensch, das zugegeben? Warum?«

»Um Gottes willen, Jannakos Bibelas, sei still!« bat der alte Wilaras in offensichtlicher Verzweif lung. »Es ist jetzt nicht die Zeit dafür! Du hast recht, aber wie soll ich es dir erklären? Ich frage dich, was soll jetzt geschehen, jetzt?«

Der Großvater schwieg und überlegte.

»Wir müssen heute abend noch Leute von uns zu den Schmugglern schicken!« sagte er schließlich, und seine Stimme hatte den entschlossenen Ton des Menschen, der sich schon oftmals in seinem Leben in schwieriger Lage befunden hat. »Die Frau muß zurückkommen! Weißt du den Weg, den sie genommen haben?«

Der alte Wilaras berichtete, in welche Dörfer hinter den Kimindenia der Pagidas im Sinn gehabt hatte zu gehen, und welche Pfade durch die Schlucht er einschlagen wollte.

»Wieviel von deinen Leuten haben noch ein Herz?« fragte der Großvater.

»Ich habe nur noch die drei, die unten auf dem Hofe sind! Die anderen haben den Mut verloren!«

»Gut! Dann schicke ich auch welche von den Meinen mit. Komm mit mir!«

Der Großvater ging als erster, hinter ihm der Wilaras zur Türe hinaus.

Lautlos standen wir, alle die Kinder, die Anthippi, die Agapi, die Lena, die Artemis und ich dort in dem Halbdunkel der Lampe. Was war das für ein Schleier, der plötzlich zerriß und der vor unseren erstaunten Augen das finstere Chaos ausbreitete? Was waren das für wirre Dinge, welche die mächtige Eiche unseres Hauses, den alten Großvater, der sonst immer lächelte, dazu brachten, sein Antlitz derart zu verfinstern? Serajewo, sagten sie, ein Funke, der sich ausbreitet, sagten sie. Sie sprachen von Verfolgungen, vom Jäger, der ermordet wurde, von Doris, die in Gefahr war. Mein Gott, was war das alles?

Wir rannten wie eine Herde Lämmer, die vom Wolf gejagt wird, zur Großmutter und zur Mutter, fielen ihnen zu Füßen und flehten sie um Schutz an.

»Großmutter! Großmutter! Was ist los?«

»Mutter! Mutter! Was ist los?«

»Kinderchen . . . Kinderchen . . .«, flüsterte die eine, flüsterte auch die andere, und es war offenkundig, daß ihre Stimme sich Mühe gab, nicht zu zittern, und die Tränen sich anstrengten, nicht zu fließen.

»Wie seid ihr hierhergekommen, Kinderchen? Um Gottes willen!« sagten sie, als ob sie uns eben erst bemerkt hätten.

»Was ist los, Großmutter? Was ist los, Mutter?«

Wie sollte uns die Großmutter erklären, wie sollte uns die Mutter erklären, daß auch sie selbst jetzt Kinder waren wie wir, und daß alles in ihnen verwirrt und unerklärlich war, wie auch in uns?... Was wußte die Großmutter mehr von Serajewo und von dem Funken, der entflammt war und sich ausbreitete? Was sollten uns die Großmutter und die Mutter sagen? Auch sie waren, wie wir, nur von der tiefen, finsteren Macht erfüllt, die ihnen sagte, daß der Sturm kam.

»Kinderchen ... Kinderchen ...«

Und dann murmelte die Großmutter, indem sie ihre Hände über uns ausbreitete wie die Glucke ihre Flügel über die Küchlein:

»Kommt und schlaft ... Kommt und schlaft jetzt.«

Wir gingen hinaus in den dunklen Flur. Wir, die kleine Herde von Lämmchen zuerst, hinter uns die Großmutter und die Mutter. So gingen wir. In unserem Zimmer erleuchtete das schwache Licht der Kerze, die vor dem dreiflügeligen Bilde der Muttergottes mit dem Kinde hing, unsere erschrockenen Gesichter. Die Großmutter ging zu dem Heiligenbilde hin.

»Kommt, kommt auch ihr«, murmelte sie leise. »Sprecht euer Gebet, Kinderchen ... Bittet die Muttergottes, uns zu helfen ...«

Und während wir Kinder alle schweigend unser Kreuz machten, begann die Großmutter, die Anführerin des nächtlichen Bittzuges, ihr demütiges Gebet zu flüstern, für uns, für alle Menschen, für die Kinder auf der Welt:

»Der Sturm des Unglücks überfällt mich
Und des Leidens Wogen überfluten mich ...
Erhör mein Flehen, mein demütiges,
Und mein Jammern übersieh nicht, meine Tränen ...«

3

Nacht. Tief in den Kimindenia, auf dem Pfade, der den Kamm der großen Schlucht überquert, zog die Bande des Antonis Pagidas, seine Palikaren, die Reiter und die Maultiere mit den

Schmuggelwaren, den Waffen, beladen, schweigend dahin. Voraus gingen vier Schmuggler, um den Weg frei zu machen, in der Mitte waren die Maultiere und hinten folgten die anderen Palikaren. Als letzter kam Pagidas. Und neben ihm war Doris.
Nichts war zu hören. Kein Flüstern, keine Unterhaltung. So war das immer in den gefährlichen Stunden ihrer Arbeit, wenn die Schmuggler den Tabak oder andere Schmuggelware beförderten. Der Tod, der jeden Augenblick darauf lauerte, sich auf sie zu stürzen, gab den Gesichtern ihre harten Züge, lähmte ihre Zungen. Aber heute abend begriffen alle Palikaren, daß außer dem leichten Wehen des Windes, außer dem Rauschen der Blätter noch eine andere Macht mit ihnen zog und sie begleitete wie eine Wolke. Es war heute abend nicht die Ahnung der Gefahr, die ihnen das Herz schwer machte. Sie wußten, daß heute die letzte Nacht war – für Antonis Pagidas oder für Stratigos Garbis. Sie wußten, daß sie das Heldentum auf seinen höchsten Gipfel geleiteten, daß sie einen Augenblick erlebten, der in Zukunft Märchen und Sage werden würde.
Und ihr Herz war bis zum Tode betrübt.
Keiner von den Palikaren wagte es, sich dem Antonis Pagidas zu nähern, ihm eine Meinung zu sagen, zu versuchen, seinen Entschluß zu ändern. Alle wußten, daß Antonis Pagidas sein Wort gesprochen hatte und halten würde, daß Blut zwischen ihnen stand und daß dies Blut vergossen werden würde.
Die Nacht über ihnen war sternklar. Ab und zu hörte man aus der Ferne das Heulen der Schakale. Es kam aus der Tiefe, aus der Gegend der Felder, auf die sich die hungernden Schakale ergossen, um Futter zu finden.
»Laßt uns Halt machen!« ordnete Pagidas an. »Damit die Pferde ausruhen!«
Die Palikaren sprangen ab, banden die Pferde an Bäume und versammelten sich um ihren Führer. Sie setzten sich nieder auf den taufeuchten Boden und drehten sich Zigaretten.

»Willst du dich nicht setzen?« fragte Pagidas Doris.
»Ich will mir nach dem Ritt etwas Bewegung machen«, antwortete sie und ging hin und her.
Es war die zweite Nacht, die sie mit den Schmugglern die Kimindenia durchstreifte, und sie spürte, daß die seltsame Atmosphäre dieser finsteren Menschen mit ihrem strengen Ausdruck, unter denen sie sich ahnungslos und so allein in dieser schweren Stunde befand, sie mehr und mehr bedrückte.
Anfangs, bald nachdem sie aufgebrochen waren, begann sie den Antonis Pagidas das eine oder andere zu fragen, bat sie ihn, Geschichten von seinen Abenteuern, von den schwierigen Augenblicken seines Lebens zu erzählen.
Er schnitt das ab.
»Ich weiß nichts«, sagte er.
Doris schwieg. Aber binnen kurzem wurde die unlöschbare Flamme, die Sucht nach Abenteuern, die in ihr selber loderte, wiederum Versuchung. Wieder versuchte sie, eine Unterhaltung mit Pagidas anzuknüpfen. Sie wußte nichts, weder über die Gewohnheiten jener Menschen des Feuers, noch über den Sturm, der das Herz ihres Anführers bewegte.
»Hast du dich einmal, Kapitän«, sagte sie, »geschlagen, um eine Frau zu schützen? Oder um einen Freund zu schützen? . . .«
Keine Antwort.
Und Doris fragte wiederum in die Nacht:
»Ich hatte einen Jäger«, sagte sie. »Den, der ermordet wurde. Eines Tages sagte er mir, daß unter euch die Freundschaft sehr viel gilt. Noch mehr als die Liebe zur Frau und zum Kinde. Ist das wahr?«
Pagidas biß auf seine Zigarette und spuckte sie dann auf den Boden. Er konnte Doris nicht in die Augen sehen, weil es Nacht war. Der Zorn begann ihn zu ersticken.
»Ich bereue es, Weib, daß ich so dumm gewesen bin, dich mitzunehmen!« sagte er. »Hörst du einen anderen hier reden? Schweig!«

Doris, die nicht gewohnt war, daß man so mit ihr sprach, fuhr auch auf.

»Aber was ist das hier! Eine Beerdigung?«

Die Lippe des Pagidas zitterte. Aber er fand seine Selbstbeherrschung wieder.

Er sagte ruhig und entschlossen:

»Ich werde dich zurückschicken! Das, was *ich* anordne, geschieht hier! Ich sage: Schweig!«

Da hatte Doris zum ersten Male Angst.

So verging die erste Nacht. Als es Tag wurde, verbargen sich die Schmuggler im Wald, versteckten ihre Pferde und Schmuggelwaren. Sie stellten Wachen aus, legten sich hin und schliefen. Auch Doris schlief in einem Zuge durch, bis es Abend wurde.

Und die zweite Nacht brach an. Wieder machten sie sich auf den Weg. Sie rechneten bei Morgengrauen in den Dörfern zu sein, wo sie die Waffen übergeben sollten.

»Laßt uns Halt machen, damit die Pferde ausruhen!« ordnete Pagidas an.

Die Pferde rupften das Gras aus der Erde. Die Schmuggler drehten sich eine Zigarette nach der andern und rauchten schweigend. Der klare Himmel betrachtete mit seinen Sternen die Menschen. Alles war streng und ungerührt.

In dem Schweigen hörte man plötzlich die Stimme des Pagidas. Unerwartet sprach er.

»Warum, Kerle, spricht keiner von euch was?« sagte er zu seinen Palikaren. »Warum seid ihr alle stumm geworden?«

Der Pagidas sagte das? Hatte man je gehört, daß ein Schmuggler, daß der Pagidas fragte, warum seine Gefährten ernst und schweigsam waren, zumal in der Stunde der Gefahr?

»Was sollen wir sagen?« fragte einer überrascht.

»Irgend etwas. Sagt irgend etwas.«

Irgend etwas. Irgend etwas mußte gesagt werden, mußte gehört werden, damit die Last verschwände, damit die dichten Schatten sich zerteilten, die aus der Finsternis kamen, um diesen Menschen zu beherrschen, der sich niemals Gedanken gemacht hatte. Es war nicht Furcht, daß er sterben müsse. Es war eine andere: es war die Furcht zu töten. Zum ersten Male fühlte Antonis Pagidas nach so viel Blut, das seine Hand vergossen hatte, sein Herz klopfen, spürte er, daß finsterer Nebel ihn umhüllte, weil er im Begriffe war zu töten. Weil er *diesen* Mord begehen sollte . . .

»Sagt was, Kameraden. Sagt irgend etwas!«

Da schüttelte die Nacht von Anatolien ihre Flügel. Sie stieß den Wind hart an, und der Wind schwieg. Alle die Geräusche, die Bäume, die raunten, die Würmer, die auf der Erde krochen, die Schakale, die in der Ferne heulten, alles schwieg. Rings um den Palikaren von Anatolien, der sich schlagen sollte, der sterben würde, was auch geschehe, saßen seine Kameraden. Im Kreise um ihn begriffen sie heute abend alle: daß sie ihm die letzte Liebe erwiesen, daß sie von ihm Abschied nahmen. Das Blut stockte in ihren Adern, nur ihre Herzen schlugen noch. Und das Mädchen, das die Augen der Mädchen der Ägäis hatte, das aus dem Lande des Nebels gekommen war und Doris hieß, befand sich durch einen seltsamen Zufall unter ihnen und hörte staunend zu.

Der erste Schmuggler, der erste nach Antonis Pagidas, begann das Opfer und sprach. Seine Stimme war schwer, ohne Erregung.

Er sagte:

Selim, der Araber, plünderte die Dörfer rings um Pergamon, raubte die Menschen von Ayasmat aus. Christen und Türken, Greise und Kinder rannten, von ihm gejagt, davon, um zu entkommen.

»Selim der Araber jagt uns! Selim der Räuber ist in unserer Gegend!«

Der furchtbare Name machte das Blut erstarren, keine Menschenseele fand sich, es mit ihm aufzunehmen. Da kam die Kunde. Sie gelangte bis zu *Ihm. Er* forderte den Selim:

»Wenn du ein Mann bist, komm, daß wir uns schlagen, wir zwei. Ich werde an der Großen Platane sein, dort, wo der Schakalfluß sich teilt und zu zwei Flüssen wird.«

Diese Kunde empfing Selim und ging zum festgesetzten Ort. Er ging nicht allein. Mit ihm waren alle Albanesen, seine Palikaren. Sie setzten sich und warteten. Sie warteten nicht lang. Sie hörten ein Geräusch. Waren es Pferde? Sie sagten: »Er wird es sein, der kommt mit seinen Palikaren«, und sie griffen zu den Waffen.

Nein. Es waren nicht Pferde, es waren nicht Palikaren. *Er* war es, er allein.

»Sehe ich recht?« sagte Selim der Araber erstaunt. »Einer ist es nur?«

»Einer ist es!« sagten seine Gefährten.

»Allah!« sagte da Selim, der es nicht glauben konnte.

Die Albanesen machten sich daran, sich auf den einen Mann zu stürzen. Ihre Pferde wieherten, ihre Waffen wollten Feuer geben.

»Zurück!« brüllte Selim seine Palikaren an. »Geht zurück!«

Er trieb sein Pferd an und ritt allein zu dem hin, der allein kam.

»Du bist es, der mich rief?« sagte er und hielt wenige Schritte weit von ihm entfernt.

»Ich bin es!«

»Und bist du allein zu *mir* gekommen?« schrie der Araber.

»Ich habe dich für einen Mann gehalten! Ich bin allein gekommen. Ich erwartete dich allein!«

»Weißt du denn nicht, wer ich bin?«

»Ich weiß es!«

Da sahen die Albanesen, die dort standen und zuschauten, wie die beiden Männer von den Pferden stiegen. Selim der Araber, der furchtbare Selim, ging zu dem anderen hin, legte ihm die Hand auf seine Schulter.

»Du hast mich besiegt«, sagte er ihm. »Was verlangst du von mir?«
»Geh fort aus dieser Gegend!« sagte ihm der andere. »Hier ist nicht Platz für uns zwei. Entweder werde ich dich töten oder wirst du mich töten!«
»Komm mit mir«, sagte Selim. »Du wirst mein erster Palikare werden.«
»Ich kann nicht«, sagte der andere. »Ich bin Schmuggler. Ich bin kein Räuber.«
Selim blieb eine Weile stehen. Er schaute dem anderen in die Augen. Er senkte seinen Blick.
»Allah simarladik!«
»Ogourola, Selim!«
Er bestieg sein Pferd, nahm seine Palikaren mit und verschwand aus dieser Gegend.
Die beiden Brüder, die Flüsse, sahen den einsamen Mann, der dem Selim gegenübergestanden hatte. »Wie haben sie seinen Namen genannt?« fragte der eine Fluß.
»Pagidas«, sagte der andere. »Antonis Pagidas.«
Der zweite Schmuggler sprach.
Er sagte:
Der Teufel schüttelte sich sein Pech ab, nahm sich aus dem Munde die Feuersglut, nahm menschliche Gestalt an und kam herunter auf die Erde. Er betrog Gott, den Erzengel mit der Lanze und unseren heiligen Georg, den Reiter. Er betrog sie und wurde Pope, nachher wurde er Bischof. Er kam zu den Moschonisia, baute einen Turm, verriegelte ihn doppelt, umgab ihn mit Eisengittern und begann darauf die Christen auszuplündern. Er raubte ihr Vermögen, stahl ihre Einkünfte, schändete die Frauen. Kein Türke hatte je das Volk so drangsaliert wie er. Das Volk weinte und stöhnte, aber es war nicht in der Lage, etwas gegen ihn zu machen, weil es sagte: »Er ist unser Bischof, auf welche Weise willst du ihm beikommen? Gott wird dich

verdammen! Sein Wunsch wird es sein, daß wir unter unserem Bischof so viel zu leiden haben.« Eines Tages schickte der Bischof hin und ließ den Tramuntana, den Schmuggler, zu sich kommen, der von einer Fahrt mit vielem Gold zurückgekehrt war. Er gab dem Schmuggler Gift und brachte ihn um. Er nahm sein Gold und schändete seine Frau. Seine Frau ging zur Mole, stürzte sich ins Wasser und ertrank. Ihre alte Mutter zerfleischte sich das Gesicht mit ihren Nägeln, raufte sich die Haare und machte sich auf, um *Ihn* zu finden. Sie fiel ihm zu Füßen und sagte ihm: »Wirst du es dulden, daß das Unrecht, das an dem Freunde deines Herzens, dem Manne meiner Tochter, geschehen ist, so hingeht? Wir halten es nicht mehr aus.« Da ging *Er* nachts zum heiligen Georg von Chios, machte sein Kreuz und kniete vor ihm nieder.

»Es geht nicht anders«, sagte er ihm. »Ich kann nicht anders handeln. Ich muß es auch mit Euch aufnehmen.« Er küßte den Stein, wo der Heilige als Märtyrer gelitten hatte, nahm ein Boot und fuhr zu den Moschonisia. Um Mitternacht ging er zum Turm des Bischofs. Er kletterte daran empor, zerbrach das Eisengitter und drang ein. Er legte Feuer in den Turm und weckte den Bischof. »Steh auf!« sagte er ihm. »Ich werde mich nicht an dir vergreifen. Ich habe Feuer gelegt. Wir sind vom Feuer eingeschlossen. Schau, ob du herauskommst. Wenn du durchkommst, bist du gerettet! Wenn ich durchkomme, bin ich gerettet!«

Der Bischof sprang in die Flammen, fing Feuer und verbrannte. Auch Er sprang wie ein Wild, sprang wie ein Hirsch hindurch und ward gerettet.

Und als das Volk sah, daß das Feuer den verfluchten Turm ergriff, jauchzte es, nahm seinen Retter und trug ihn auf den Händen.

Pagidas hieß er. Antonis Pagidas.

Es wurde still.

Und dann sprach der dritte Schmuggler.

Ein seltsames Märchen erzählte er. Es war kein Märchen ihrer Heimat. Eine ferne Stimme hatte es gebracht, und es war weit im Kreise herumgewandert: Von Kappadokien nach dem Schwarzen Meer, durch die anderen Meere – das Ägäische, das Kretische und das Jonische.

Er sagte:

Fern lebte er in Anatolien. Er war ein gewaltiger Mann, den kein Dach bedecken konnte, dem keine Höhle hoch genug war. Er durchstreifte die Berge, von Gipfel zu Gipfel schreitend. Wenn er seinen Leib ausstreckte, fing er Vögel im Fluge, fing er Falken, die vorüberzogen. Die wilden Schluchten, bei deren Durchqueren der Menschen Seele erstarrt, bei deren Durchqueren auch das Herz von hundertfünfzig Menschen zusammen vor Furcht erzittern würde, durchschritt er allein, bewaffnet mit einem vier Ellen langen Schwert. Solange er in der oberen Welt lebte, fürchtete er nichts, scheute er vor nichts zurück. Aber eines Tages traf er zusammen mit einem Fremden, der des Blitzes Augen hatte. »Komm,« sagte ihm der Fremde, »laß uns auf den Marmortennen ringen. Wer von uns beiden siegt, wird des anderen Leben nehmen ...« Sie gingen hin und rangen miteinander auf den Marmortennen. Der Digenes und der Charon.

Und der Digenes wurde besiegt und mußte sterben. Er rief seine Palikaren und nahm von ihnen Abschied. Er rief seine Frau und erwürgte sie und nahm sie mit sich.

Der dritte Schmuggler schwieg. Die Nacht, des Hörens müde, begann wieder ihr Geflüster. Die Schakale heulten in der Ferne.

»Was war das für einer?« fragte einer von den Schmugglern.

»Wer?«

»Der im Märchen.«

»Es ist nicht gesagt im Märchen,« antwortete der dritte Schmuggler, »aber wer kann es schon sein?«

»Ich sage, er war einer von uns. Er war ein Schmuggler.«
»So ist es. Er war einer von uns.«

Als erster brach das Schweigen dieser Abschiedsstunde Antonis Pagidas.
»Gehen wir«, sagte er müde und erhob sich.
Die Palikaren erhoben sich und rüsteten ihre Pferde. Keiner sprach.
Da hörte einer ein Geräusch. Er spitzte seine Ohren und lauschte.
»Horcht!« raunte er den andern zu. »Horcht! . . .«
Von jenseits der Schlucht drangen gedämpfte, unbestimmte Laute herüber.
»Was ist das?«
»Sind es nicht menschliche Stimmen? Hört ihr nicht Schritte?«
»Ob es eine Herde Schafe ist?«
Alle schwiegen und lauschten.
»Es sind keine Tiere!« sagte schließlich Pagidas mit sicherem Ton. Und dann: »Schnell! Bindet die Pferde fest! Nehmt Dekkung! Ihr dort links! Ihr hinter dem Felsen, ihr . . .«
Der Instinkt der Gefahr weckte den Kapitän auf, verscheuchte die Betäubung von ihm. Mit sicheren kurzen Befehlen verteilte er seine Leute auf die richtigen Posten, gab er Weisungen.
»Keiner schießt, bevor er meine Stimme hört!« sagte er.
Er war daran, ein Stück voranzugehen, allein in der Richtung zu gehen, aus der die Stimmen kamen, als er sich erinnerte.
»Wo ist die Frau?«
»Hier bin ich!« sagte Doris.
Ihre Stimme bemühte sich, nicht zu zittern, um nicht den Aufruhr in ihrem Innern zu verraten. Es war nicht Furcht. Es war einer von jenen plötzlichen Stürmen, wie sie sich auf unseren Meeren erheben, dort, wo eben vorher spiegelglatte See war. Wie kam sie, ein Herrenkind, das in Schottland geboren und

aufgewachsen war, unter diese wilden Menschen mit den finsteren Augen und den blutbefleckten Händen? Sie wußte nichts von dem Morde, der sich zwischen dem Pagidas und dem Garbis vorbereitete. Niemand hatte ihr davon gesprochen. Und dennoch witterte sie insgeheim, daß irgend etwas in der Luft war, daß irgend etwas Furchtbares geschehen werde. Diese Freundschaftsstunde mit den Palikaren rings um ihren Führer in einer einsamen Schlucht an den Kimindenia, um Mitternacht, neben den geschmuggelten Waffen . . . Und jetzt dieser plötzliche Wechsel – die Schmuggler, die sich bereit machten zu kämpfen. Was suchte sie, allein, unter diesen finsteren Menschen, in diesen wilden Schluchten? Sie begriff plötzlich, daß sie einsam und fremd war, vollkommen fremd. Und keiner beachtete sie . . . Das vor allem. Sie war es nicht gewohnt, so behandelt zu werden – als ob sie nichts wäre. Gedemütigter Stolz kochte in ihr.

»Wo bist du?« fragte wieder der Pagidas.

»Hier bin ich.«

»Hab ichs doch gesagt!« murmelte er wütend, als ob er mit sich selber spreche. »Wozu wolltest du auch mit uns kommen?«

Er dachte etwas nach.

»Versteck dich an irgendeinem Baum hinter den Pferden!« sagte er. »Weit weg vom Pfad!«

»Nein!« sagte Doris, und ihre Stimme zitterte vor Ärger. »Ich bleibe bei euch!«

Pagidas sagte ungerührt: »Gut. Ich habe keine Zeit zu verlieren! Bleib dort stehen, wo du bist.«

»Ich komme mit dir!« sagte Doris. »Ich fürchte mich nicht!«

Pagidas ging auf dem Pfad voran, ihm folgte Doris. Er blieb etwa fünfzig Meter von seinen anderen Gefährten entfernt stehen. Er nahm Deckung hinter einem Felsen. Neben ihm kniete sich Doris hin, den Karabiner in den Händen.

Sie spitzten ihre Ohren und lauschten.

Die fernen Klänge wurden immer klarer, kamen immer näher. Viele Schritte, viele leise Stimmen.
»Was mag das sein? Wer mag das sein?«
Doris erkannte als erste den unerwarteten Klang. Sie wollte es sagen, aber Pagidas schnitt ihr das Wort ab.
»St!«
Sie sah sein furchtbares Gesicht, das kaum von den Sternen beschienen wurde. Wie es dort, angespannt in der Nacht, vor ihr stand, war es, als ob von seinem ganzen Körper nur dies Gesicht voll Leben sei. Dann würde der Augenblick kommen, wo der Körper sich bewegte, um das auszuführen, was es zuvor überlegt hatte ...
Doris hörte den seltsamen Klang. Wieder zögerte sie zu sprechen. Aber sie hielt es nicht mehr aus.
»Ich höre Frauenstimmen!« flüsterte sie. »Es sind Frauen! ...«
Frauen? In solcher Nacht, in der Schlucht, auf den Kimindenia? Was wollten sie hier?
Pagidas konnte es nicht glauben. Es wollte nicht in seinen Kopf hinein. Und dennoch! Auch er konnte jetzt klar erkennen. Leise Frauenstimmen, Stimmen von Kindern, untermischt mit tiefen männlichen, drangen in dichter Fülle durch die Tiefe der Nacht heran.
Sie kamen näher, immer näher, bis man am Ende des Pfades die ersten Schatten sich regen sah. Die Menschenmenge begann an dem Felsen, hinter dem sie warteten, vorbeizuziehen.
Da sahen sie:
Es waren Greise, Frauen, Männer, Kinder. Die Frauen stöhnten. Die Kinder liefen, um mit den Großen Schritt zu halten, erschöpft von Anstrengung und Übermüdung, nebenher und bewegten ihre Körper im Winde wie verwundete Vögel. Die kleinsten Kinder wurden von ihren Müttern auf den Schultern getragen und erlebten schlafend ihr Schicksal, indem sie von Engeln und von Bären träumten. Danach kam etwas anderes,

Überraschendes, zum Vorschein. Sechs Männer trugen auf ihren Schultern etwas, was kein menschlicher Körper, kein Lebewesen war. Es war ein hölzerner Kasten, wie ein Sarg. Sie schritten vorsichtig, voll Ehrfurcht dahin, um nicht fehlzutreten. Und die Menge der Leute vor und hinter ihnen blieb in achtungsvoller Entfernung, drängte sich nicht an diese Prozession heran, wie aus Furcht, sie zu entweihen.

Pagidas sah das, sah es und versuchte es zu begreifen. Umsonst! Vor allem der Kasten regte ihn auf, blieb ihm unerklärlich. Er konnte nicht anders als an einen Schatz, an Schmuggelware denken.

Er hielt es nicht mehr aus. Seine Stimme hallte wild durch die Nacht, brachte alle anderen Stimmen zum Schweigen und lähmte jede Bewegung.

»Halt! Halt, habe ich gesagt!«

Beim Klang seiner Stimme sprangen seine Palikaren aus ihrer Deckung hervor und umringten, die Gewehre in den Händen, den Zug. Als das die Frauen sahen, begannen sie schrill aufzuschreien, indem sie flehten: »Erbarmt euch unser! Erbarmt euch unser!«

»Schweigt, habe ich gesagt!« brüllte wieder die Stimme des Pagidas.

Es wurde tiefe Stille. Nur der Wind, der in den Blättern spielte, war zu hören.

Pagidas ging auf die Prozession zu.

»Wer seid ihr?« fragte er barsch.

»Wir sind Christen!« riefen die Menschen. »Erbarmt euch unser! Erbarmt euch unser, wenn ihr Christen seid!«

»Und wohin geht ihr in solcher Stunde? Was sucht ihr?«

»Die Bosnier! Die Bosnier sind gekommen!« heulte die Menge, und ihre Stimmen waren von panischem Schrecken erfüllt.

Hastig und atemlos erzählten sie. Sie waren Christen aus den kleinen Dörfern an den Kimindenia. Eben die, denen der Pagidas die Waffen bringen sollte. Ihre Dörfer wurden, sagten sie, ausgelost. Denn türkische Flüchtlinge aus Bosnien waren gekommen und die nahmen ihnen ihre Hütten und ihr Hab und Gut. Die Bosnier zusammen mit den bewaffneten Türken metzelten sie nieder, plünderten sie aus.

Das war es: auf den Kimindenia begannen die Christenverfolgungen von Anatolien. Der Funke, der in der Ferne sich entzündet hatte, war angekommen.

Dennoch konnte Pagidas unvorbereitet, ohne Kenntnis der Verhältnisse, sich das nicht zusammenreimen. Ob man ihn nicht zum besten hielt? Sein Auge fiel auf den Kasten, auf den seltsamen Sarg. Listige Überlegungen regten sich plötzlich in seinem Hirn. Behend wie ein Wild stürmte er plötzlich mit vorgestreckten Händen auf den Sarg zu, in der Absicht, ihn umzustürzen.

Da hallte die Stimme der Menge, erfüllt von Furcht und Flehen, von den Kimindenia wider:

»Nein! . . . Um Gottes willen! Nein! . . .«

Alle Frauen und Männer, die dort waren, rannten herbei, um ihren Schatz zu beschirmen. Sie bildeten einen Wall von Leibern zwischen dem Kasten und den Schmugglern.

Pagidas, so aufgehalten und in seiner Ehre gekränkt, brüllte: »Schert euch beiseite! Was habt ihr da drin? Was ist da drin?«

Er stieß sie mit den Händen, schlug um sich. Die Frauen schrien.

»Was habt ihr da drinnen! Was habt ihr da?«

Unerwartet, einfach und tief kam die Antwort, welche die Erklärung gab: »Um Gottes willen! . . . Um Gottes willen! . . .« flehten die Frauen. »Rühr unseren Heiligen nicht an! . . . Rühr ihn nicht an! . . .«

»Was ist los? Was habt ihr da drinnen?«

Ja, ja, so war es, sie erklärten es ihm. Bei ihrer Flucht hatten sie nichts anderes aus ihrer Heimat mitgenommen. Nur ihren heimischen Gott hatten sie mitgenommen, den Heiligen, der in ihrer Gegend als Märtyrer gestorben war. Und die jungen Burschen trugen ihn auf ihren Schultern durch die wilde Schlucht, durch die finstere Nacht, damit sie ihn als Helfer und als Schutzpatron in dem neuen Lande hätten, wohin sie zogen, um Unterschlupf zu finden.

»Es ist unser guter, unser junger Heiliger«, murmelten jetzt leiser die Frauen und schluchzten. »Tu wenigstens ihm nichts zuleide . . . Bück dich und sieh . . .«

Der Wall von Menschen wich beiseite. Eine Frau öffnete den Sarg. Einer zündete eine Fackel an. Pagidas beugte sein wildes Gesicht über den Sarg. Und im Schein der Flamme sah er:

Ausgestreckt lag da drinnen, geschmückt mit trockenem Laub und Rosenblüten, der Leichnam eines Jünglings. Es war kein Skelett. Es war etwas wie eine Mumie, eine schwärzliche Haut, welche die Knochen bedeckte, und die menschliche Gestalt des Körpers noch erkennen ließ. Ein Skelett, das umhüllt war von schwarzer, runzeliger Haut.

»Schau sein Füßchen an«, murmelte eine Alte. »Wie jung er ist. Er ist vor langer, langer Zeit als Märtyrer gestorben . . .«

Die Ehrfurcht, seit so langen Zeiten überliefert, gab der Geste, der einfachen Handlung, die einen wilden Fremden aufforderte, mit ihrem Schutzpatron Mitleid zu haben, einen Ton von tiefer Zärtlichkeit.

»Sieh nur, wie sanft der Tote ist . . . Sieh nur . . .«

Die Sterne sahen es. Die Nacht sah es. Es sah auch der Pagidas. Ein starker Schauder lief durch seinen ganzen Körper. Er fuhr zurück wie von einer heftigen, furchtbaren Macht zurückgestoßen.

»Was ist das?« murmelte er von Furcht übermannt.

Er nahm seine Mütze ab und schlug sein Kreuz.

Da bekreuzten sich alle Leute und die Frauen sagten leise: »Gelobt sei sein Name . . . Gelobt sei sein Name . . .«

Pagidas ließ sich jede Einzelheit berichten. Wie ihm die Ältesten der Schar berichteten, flohen alle Christen, aus den Dörfern an den Kimindenia aufgescheucht, davon, um auf verschiedenen Pfaden zur Küste zu gelangen, von wo sie hofften zu entkommen. Es war ein wilder Sturm, der plötzlich eingebrochen war, unvorhergesehen wie die Frühjahrsstürme. Wie lange war es her, wie wenige Tage waren es nur her, daß in ihrer Gegend noch friedliche Stille herrschte?

Pagidas dachte nach. Sein Plan war umgestoßen. Er hatte keinen Grund mehr, seinen Weg fortzusetzen, um die Waffen an die Christen in den Dörfern zu verteilen, da diese Christen schon geflüchtet waren. Was er jetzt zu tun hatte, sah er klar. Er mußte auf jeden Fall verhindern, daß seine Schmuggelware in die Hand des Feindes fiele.

Im Nu hatte er seinen Entschluß gefaßt:

»Verteilt die Gewehre und die Patronen an alle Männer!« befahl er. »Wie viele sind es?«

Sie brachten die Gewehre und verteilten sie an die Männer. Dann gab Pagidas ihnen Weisungen.

»Ihr zieht jetzt zum Gehöft des Jannakos Bibelas! Morgen gegen Abend werdet ihr dort sein! Ich folge euch auf dem Fuße! Ich passe auf, daß sie euch nicht in den Rücken fallen!«

Die Schar war im Begriffe aufzubrechen, als Pagidas sich erinnerte: »Wo ist die Frau?« rief er. »Wo ist die Frau des Wilaras?«

»Hier bin ich«, hörte man leise die Stimme der Doris.

Lautlos, voll inneren Aufruhrs, hatte sie die ganze nächtliche Szene verfolgt. Keiner hatte sie in dem wilden Augenblicke, den die Schlucht erlebte, überhaupt beachtet. Sie sah die verblüffte Menge, wie sie aufschrie, sah im Schein der Flamme den furchtbaren Gott, den sie mit sich trugen. Die Waffen, die verteilt wurden. Die Befehle. Alles düster, voll Verwirrung. So, als sähe sie einen seltsamen Traum.

»Hier bin ich . . .«

»Du mußt mit ihnen gehen!« rief Pagidas.

Was hatte er gesagt? Sie sollte mit fortgehen?

»Wir bilden die Nachhut, es kann sein, daß wir uns schlagen müssen!« sagte wieder der Pagidas. »Du mußt mit ihnen gehen!«

Sie begann ihn zu bitten, wahrhaft erschüttert, zitternd bei dem Gedanken, daß sie fremd und einsam jene stumme Schar mit dem schwarzen Gott begleiten solle.

»Behalte mich bei euch! Laß mich nicht weg! Wohin soll ich gehen?«

Sie war wie ein Kind, wie ein kleines schwaches Kind.

»Behalt mich bei euch! Laß mich nicht weg!«

Pagidas zögerte noch. Er wägte noch seinen Entschluß ab, als einer seiner Gefährten angelaufen kam und rief:

»Kapitän! Horch! Es kommen Reiter! Sie kommen aus der Richtung vom Meere her!«

»Werft euch zu Boden! Ihr alle!« rief Pagidas mit gedämpfter Stimme der Menge zu.

Es entstand ein furchtbarer Aufruhr. Die Frauen kreischten. Pagidas schnitt ihnen messerscharf die Stimme ab.

»Schweigt! Keiner gibt einen Laut von sich!«

Behend nahm er seine Palikaren mit und zog den Pfad hinab, in der Richtung, von wo der Hufschlag der Pferde zu hören war.

Die hungernden Schakale heulten in der Ferne. Die Bäume regten sich in leisem Rauschen. Die Sterne zitterten gleichgültig in der feuchten Luft. Nur das menschliche Herz lehnte sich verfolgt zur Erde, Zuflucht suchend. Und die Würmer in der Erde hielten überrascht inne und hörten sein Klopfen.

Die Zeit verging langsam. Was mochte dort geschehen, wo die Schmuggler hingezogen waren? Waren es Feinde, die kamen? Würden sie sich schlagen? Doris saß dort, vom Schauder der Furcht eingehüllt, und sann nach. Von klein auf, schon als sehr kleines Kind, hatte sie Märchen zu hören gelernt, nicht von Riesen und Prinzessinnen, sondern von jenem lichten, bläu-

lichen Land des Friedens, Märchen von Hellas und der Ägäis. Da gab es Gottheiten der Wälder und Nymphen des Meeres, Fluß- und Lichtgötter, Götter der Jagd und des Windes. So viel hatte sie gehört, daß sich allmählich in ihr eine eigene zauberhafte Vorstellung über jenes bläuliche Land gebildet hatte. Als sie begreifen gelernt hatte, fragte sie eines Tages ihre Großmutter: »Leben dort wirklich auch Menschen, Großmutter?« »Gewiß doch«, antwortete ihr die Großmutter lächelnd. »Und sind sie wie wir?« Die Großmutter wollte die Atmosphäre des Wunders, in der das Kind lebte, nicht zerstören. »Sie sind etwas anders, etwas anders«, sagte sie. Als Doris später größer wurde und die Geschichte ihrer Heimat lernte, die rauhe Geschichte von Schottland, fragte sie wieder ihre Großmutter, die aus dem magischen Lande stammte: »Waren die Menschen dort drunten auch so wie die Leute unserer Heimat? Waren sie je so hart?«
»Doris,« sagte ihr ernst die alte Frau, die aus Mykonos stammte, »in diesem Punkte sind sich alle Menschen gleich. Alle.«
»Ja, alle,« wiederholte sie, »wenn der furchtbare Dämon erwacht, der in uns steckt . . .«
Doris erinnerte sich jetzt der Worte von damals. Umgeben von der Schar verfolgter Leute, die am Meere Zuflucht suchten, ahnte sie, daß es *das* sein müsse – daß der Dämon, die Instinkte erwacht waren. Aber sie wußte noch nichts von dem Funken, der entfacht war. Sie gab sich Mühe zu begreifen . . .
Keine Stimme hörte man aus der Tiefe des Pfades. Aber plötzlich zerriß ein wilder Schrei die Nacht dort in der Ferne. Es schien, daß er den Reitern, die herankamen, Halt gebot. Es verging ein Augenblick und noch einer. Jetzt würde der Kampf losgehen! . . . Jetzt! . . .
Nichts. Nach kurzer Zeit hörte man die Schritte der Schmuggler, die zurückkehrten, der Pferde, die ankamen. Eine erschrokkene, erregte Stimme rief nach Doris.
»Herrin! Herrin!«

Auch Antonis Pagidas rief: »Wo ist die fremde Frau? Wo ist die Schwiegertochter des Wilaras?«
Doris erkannte überrascht die Leute ihres Gutshofes, sie, die der alte Wilaras gesandt hatte, um sie zu suchen.
»Komm, Herrin! Schnell! Schnell! Kehr heim! Wir sind gekommen, um dich zu holen.«
»Was ist los? Was ist los?« fragte Doris.
»Es scheint, daß ein großes Unheil über unser Land kommt!«
Als der Chor, der herumstand, die Menge das hörte, brach sie in verzweifeltes Jammern aus.
»Weh uns! . . . Weh uns! . . .«
»Lies diesen Brief, den mein Herr mir für dich mitgegeben hat!« sagte einer von den Leuten des Gutshofes und gab Doris einen Umschlag. »Darin steht es.«
Sie zündeten eine Fackel an. Die Schmuggler, die Frauen der Menge, die Kinder und die Greise, alle versammelten sich rings um die Flamme, die in der reglosen Nacht entzündet wurde. Sie öffneten ihre trüben, bekümmerten Augen, öffneten sie, als wollten sie das Licht trinken, um sich zu sättigen. Die Herzen stockten, die Stimme erstarb im Munde. Der Leichnam des Heiligen in dem Sarge lag einsam und ohnmächtig da.
Doris las beim zitternden Schein der Flamme. Alle verfolgten ihre Bewegungen, ihre Hände, ihr Antlitz, das erbleichte.
Sie blickte auf. Ihre Worte fielen, einzeln, nacheinander, wie Schläge: »Krieg!« sagte sie. »Es kommt der größte Krieg, den die Welt je gesehen hat!«
Die Menge der Frauen und der Greise fiel bei dem furchtbaren Worte auf die Erde und begann zu jammern: »Weh uns und unseren Kindern! Weh uns und unseren Kindern!«
Sie hielten etwas inne, wie um die Größe des Unglücks zu ermessen, und brachen wieder in laute Klagen aus: »Weh uns und unseren Kindern! Weh uns und unseren Kindern!«
Antonis Pagidas kam heran und nahm Doris beiseite.

»Erkläre mir! Was gibt es? Was hast du gesagt?«
In erregten Worten versuchte das Mädchen aus Schottland dem Palikaren, der auf den Kimindenia herrschte, zu erklären, ihm die Botschaft weiterzugeben, welche die Berge von jenseits des Kas-Dag, von jenseits des Hellespont, von jenseits der Donau durchlaufen hatte und aus dem fernen Bosnien zur äolischen Erde gekommen war.
»Schnell! Schnell! Retten wir uns zum Meere!«
»Schnell! Schnell! Zum Meere!«
Das Volk nahm zitternd und jammernd den Heiligen auf die Schultern und begann eilends den Weg zur Tiefe einzuschlagen. Die Nacht über den Kimindenia fand ihren Frieden wieder und die Sterne ihre Ungestörtheit.

4

Die Sonne senkte sich. Der Tag auf dem Gutshof war für uns furchtbar unruhig verlaufen. Wir hatten unsere Nase nicht aus dem großen Hoftor stecken dürfen. Die Arbeiter gingen in Gruppen im Hofe auf und ab und sprachen leise miteinander. Eine finstere Wolke bedeckte das Gesicht des Großvaters. Keiner von uns wagte, sich ihm zu nähern. Unentwegt gingen und kamen berittene Leute von ihm. Bald brachten sie ihm Nachrichten vom Gutshof am Meere, bald von den Wachen, die er in der Umgebung ausgestellt hatte, damit sie sehen sollten, wenn man komme, um uns anzugreifen.
Ich stand in einiger Entfernung von ihm und blickte ihn lautlos an, indem ich mich bemühte, aus den Furchen seines Gesichtes die Lage zu erraten.
Dann lief ich, um Artemis die Neuigkeiten über Doris und die Schmuggler zu überbringen.
»Kommen sie?« fragte sie mich, noch ehe ich meinen Mund aufmachen konnte.

»Noch nicht! Noch nicht!«

»Hast du nichts gehört?«

»Nein, nichts! Wieder hat man Reiter auf dem Pfade nach den Kimindenia ausgesandt. Heute abend, heißt es, müssen sie erscheinen!«

Sie wollte nichts mehr sagen. Aber ich ahnte es: auch ihr Herz schlug, ebenso wie meines, um Doris. Ach! Wenn ihr nur nichts Böses zustoßen möchte, der Doris! ...

»Sag mir, Artemis, warum ging sie ins Gebirge?«

»Ich weiß nicht, Petrakis.«

Und dennoch spürte sie es. Irgendwie für den Jäger mußte es sein. Es war nicht anders möglich – für ihn war sie gegangen. Sicher war sie gegangen, um etwas zu erfahren, damit sein Blut nicht dort einsam bliebe und schrie. Um ihn zu finden, der dem Jäger das Leben nahm, um dafür zu sorgen, daß man ihn in Ketten legte. Und Artemis konnte jetzt, da der Jäger gestorben war, niemanden mehr hassen, sie wünschte die zu lieben, die an ihn dachten.

»Ach! Wann werden sie zurück sein?«

Aus den Gesprächen der Erwachsenen, die wir heimlich auffingen, wußten wir, was sie dachten. Sie glaubten, daß der Weg zur Stadt für uns noch offen sei. Sie erwarteten die Schmuggler und meinten, wir würden morgen unter dem Schutze der Palikaren unserer Gegend den Weg zur Stadt einschlagen.

»Warum erscheinen sie noch nicht?«

Der Großvater gab den Befehl: alle Leute sollten ihr Bündel richten, ein jeder so viel er tragen könne. Frauen und Männer rannten hierhin und dorthin, trafen ihre Vorbereitungen, schrien durcheinander. Nur einer blieb still und friedlich und regte sich nicht. Es war der Greis, der einstmals als junger Bursch aus Lemnos gekommen war, der nur kurz bei uns bleiben wollte, um Geld zu verdienen, um dann heimzukehren zu dem Mädchen, das die Sterne betrachtete und auf ihn wartete. Aber er

war unter uns zum Greis geworden und war nicht heimgekehrt: Barba Joseph.
Die kleine Lena suchte ihn auf.
»Schade«, sagte sie zu ihm. »Du solltest noch, Barba Joseph, einen wilden Birnbaum in meinem Namen pfropfen. Dort, wo die Roterde ist. Schade, daß wir fortgehen.«
»Sei nicht traurig, mein Mädchen«, sagte er zu ihr. »Ich werde dich nicht vergessen.«
»Aber wir gehen doch fort, Barba Joseph. So hat der Großvater gesagt. Wir gehen alle fort von unserer Erde.«
»Sei nicht traurig, mein Mädchen«, sagte wieder zärtlich der Greis. »Ich werde deinen Baum nicht vergessen.«
Lena begriff nicht, was diese Antwort bedeuten sollte, aber sie drang nicht weiter in ihn. Viele Dinge gingen in ihrem Kopf herum. Ihre Gedanken sprangen vom einen zum anderen hin und her. Sie blieben am meisten an dem großen Worte haften, das in den letzten Stunden in aller Munde war: Krieg.
»Was ist Krieg, Barba Joseph?«
Lena stellte sich ihn wie einen Riesen vor, größer als die vierzig Riesen, welche die kleine Prinzessin in ihren Märchen bewachten. Irgend etwas Derartiges mußte es sein. Aber dieser furchtbare Riese verfolgte nicht nur die Prinzessinnen. Er verfolgte alle Menschen. Und sie liefen vor ihm davon und flüchteten, um sich zu retten.
»Was ist Krieg, Barba Joseph?«
»Mein Mädelchen, warum willst du das wissen?« antwortete der Greis. »Warte, bis du groß bist.«
Lena kam zu uns, der Artemis und mir. Sie wollte es von uns erfahren. Da sie es nicht von den Großen erfahren konnte, so doch vielleicht von uns.
»Wißt ihr, was Krieg ist?«
Da stiegen aus der Tiefe unserer Kinderjahre die Erinnerungen auf.

»Erinnert ihr euch?« sagte Artemis. »Damals, das erste Mal mit den Schakalen.«
Ja. Damals war es das erste Mal, daß wir das furchtbare Wort hörten. Damals hatten wir zum ersten Male in der Nacht die Scharen von Menschen gesehen, die sich mit Geschrei und Lärm von Trommeln herausgestürzt hatten, um die Schakale zu verjagen, die der Hunger auf unser Gut getrieben hatte. »Krieg.« So hatten sie uns gesagt. Und dennoch hatten wir gelernt, in unserem Gebet außer für die Menschen auch für die hungernden Schakale auf der Welt zu beten. Wir rannten damals verzweifelt zum Großvater, um eine Erklärung zu erhalten. Aber er, der so gescheit war, verstand uns nicht und lachte. »Wir müssen sie bekämpfen«, sagte er.
»Wir müssen.«
»Wir müssen jetzt unsere Erde verlassen, Lena. Wir müssen fortgehen und der Artemis folgen, wir, die wir nicht wie sie daran dachten fortzugehen. Du, die vom Großvater das Stück Land mit der Roterde erbitten wollte, wenn du groß wärst, um dort deine Kaninchen zu haben und dein lockeres Brot zu backen. Und ich, der ich Jäger werden wollte, um in den Schluchten der Kimindenia herumzustreifen, im Buchenwald und im Reich der Wildsteineichen.«
»Wir müssen.«
Das wird wohl der Krieg sein.

Die Sonne ging unter, als die Nachricht kam: »Sie kommen! Die Schmuggler kommen! Und mit ihnen viel Volk! Viel Volk!«
Es entstand ein furchtbarer Aufruhr. Alle Leute des Gutshofes, der Großvater, die Großmutter, wir alle rannten zum großen Hoftor.
»Was ist das?« sagte der Großvater erstaunt, als er die Menge herankommen sah. »Woher kommen sie?«
Man hörte jetzt deutlich das Stöhnen und Klagen der Frauen,

der Kinder und der Greise, die von dem langen Marsch erschöpft waren. Alle Schmuggler gingen zu Fuß und führten ihre Pferde, auf die sie die Kranken, die schwangeren Frauen und die schwächsten Greise gesetzt hatten. Auch Doris ging zu Fuß. Ihr Antlitz war ganz blaß. Ihre Kleider waren zerschlissen, ihr Haupt war nicht mehr von den wallenden Locken umgeben. Das Gold der Locken war vom Staub der Straße zugedeckt.

Und ganz am Schluß, auf den Schultern der Männer, die vor Ermüdung wankten, kam der Heilige mit dem jungen verdorrten Körper.

Lautlos machten wir Platz, traten wir vom großen Tor zurück. Die Menge goß sich in den Hof und fiel zu Boden, indem sie schrie und stöhnte: »Wasser! Wasser!«

Der Großvater ordnete an, daß man für die Flüchtlinge sorgen solle, daß man ihnen einen Brei kochen, ihnen Milch geben solle.

Er nahm den Antonis Pagidas beiseite und erfuhr von ihm die Einzelheiten.

»Schnell, laßt uns dem alten Wilaras seine Schwiegertochter schicken!« sagte er.

Sie saß abseits auf einem Steine mit gesenktem Kopfe. Sie war wie ein Kind, wie ein Kind, das ungezogen war und seine Strafe dafür empfangen hatte. Neben ihr stand ich aufrecht und schaute sie an und auf der anderen Seite stand Artemis.

»Was willst du?« sagte meine Schwester mitleidig zu ihr. »Was soll ich dir bringen?«

Sie antwortete nicht.

Artemis ging weg und brachte ihr warme Milch.

»Trink das«, sagte sie. »Es wird dir gut tun.«

Doris blickte auf. Jetzt erst sah sie es. Dort im Hofe in der Nähe saß, an einem Baum mit einem dünnen Stricke angebunden, das Bärchen mit dem schwarzen Fell am Boden und schaute verwundert auf die Leute ringsumher. Doris sah es lange Zeit an.

Dann sah sie Artemis an. Etwas zitterte in ihren Augenwimpern, zitterte, bis es ein feuchter Tropfen wurde.
»Trink das«, murmelte Artemis wieder, ihr die Schale mit der Milch reichend. »Trink das«, sagte sie und schaute ihr nicht in die Augen, um sich nicht zu verraten.
Doris nahm meine kleine Schwester bei der Hand, zog sie zu sich und küßte sie auf die Backe. Die Schale in ihrer Hand neigte sich, unbeachtet, ließ die Milch ausfließen. Ganz langsam, bis sie leer war.
»Komm, mein Kind«, sagte der Großvater zu Doris, sich uns nähernd. »Du mußt jetzt nach Hause gehen.«
Sie bestieg ihr Pferd. Vier Schmuggler begleiteten sie. Ich sah sie, wie sie in den leuchtenden Farben des sommerlichen Sonnenuntergangs verschwand. Nein, ihre Haare waren nicht mehr verstaubt, ihre Kleider waren nicht mehr zerschlissen. Die Entfernung löschte die Einzelheiten aus, löschte auch den Schmerz, der ihr Antlitz zeichnete. Sie entschwand, wieder eingehüllt vom goldenen Licht der äolischen Erde, wie damals, als sie zum ersten Male in mein Leben trat.
Leb wohl, Doris.

Es ward Nacht. In allen Kammern und auf dem Hofe lag die Menge und stöhnte. In der Mitte des Hofes hatten sie ihren Heiligen aufgestellt. Immer wieder erhoben sich die Frauen, gingen zu ihrem heimischen Gotte hin, verrichteten vor ihm ihre Gebete, küßten das Holz, das seinen Leib umschloß. Eine Lampe, die auf den Sarg gestellt war, erleuchtete die gequälten Gesichter der Flehenden.
Artemis und ich streiften zwischen den hingestreckten Leibern hindurch, aufgeregt und angefüllt von Furcht über das Unglück dieser Menschen. Anscheinend hatte uns keiner von den Unsrigen bemerkt. Erst sehr spät kam Anthippi, um uns zu suchen.
»Was sucht ihr hier? Schnell! Ihr müßt schlafen gehen!«

Wir gingen in unser Zimmer. Wir legten uns hin, aber der Schlaf wollte nicht über uns kommen. Die Zeit verging. Die vielen Laute draußen verstummten. Nur die Schakale heulten.

»Ich kann nicht schlafen«, sagte ich leise zu Artemis. »Ich gehe wieder hinunter.«

»Ich komme mit«, murmelte sie.

Auf leisen Sohlen gingen wir in den Hof hinunter. In der Mitte der Menge erleuchtete die Lampe immer noch den toten Heiligen. Alles Volk war eingeschlafen. Aber in einer Ecke des Hofes, dort bei dem großen Tore, das verriegelt war, hielten schwarze Schatten Wache.

Wir näherten uns an der Mauer entlangstreifend, um nicht bemerkt zu werden, versteckten uns hinter einer Steinbank und beobachteten. Das Bärchen, das dort in der Nähe angebunden war, gewahrte uns und brummte. Aber keiner achtete darauf. Da schwieg es wieder.

Die Palikaren des Pagidas wachten, ihren Führer in der Mitte. Keiner von ihnen sprach, gab einen Laut von sich.

»Was tun sie?« flüsterte ich Artemis leise zu.

Sie ergriff meine Hand und preßte sie, damit ich still sein solle.

Es verging eine ganze Weile.

Antonis Pagidas erhob sich. Wir konnten sein Gesicht nicht unterscheiden. Aber wir erkannten an seiner Gestalt, daß er es war. Er schaute in die Nacht hoch über ihm, um abzuschätzen, wieviel Uhr es sei. Die Sterne sagten es ihm.

»Ich gehe jetzt«, sagte er.

Keine Antwort.

»Also . . . Lebt wohl!« sagte er wieder, und seine Stimme war eisig, ohne Zittern.

Er machte ein, zwei Schritte, sichere Schritte nach dem großen Hoftor zu.

Da stand einer seiner Palikaren auf.

»Kapitän!«

»Was?«
»Geh nicht, Kapitän!« bat er. »Sieh, welches Unheil über unser Land hereinbricht. In solcher Stunde willst du uns verlassen?«
Einen Augenblick, einen ungewissen Augenblick lang hielten seine Schritte inne. So als wollten sie es überlegen. Aber das Zögern dauerte nicht länger als das Vorüberhuschen eines Vogels.
»Es geht nicht!« sagte ruhig die Stimme des Pagidas. »Lebt wohl!«
Er zog den Riegel auf, öffnete das große Tor und verlor sich in der Einsamkeit.

Es war klare, ganz klare Nacht.
Pagidas schritt allein dahin, dem ausgemachten Ziele zu, wo ihn der Stratigos Garbis erwarten müsse. Ein Gedanke schoß ihm durch den Kopf. Würde er durchgekommen sein, würden die Wege versperrt gewesen sein, so daß er nicht durchkommen konnte? Aus der Tiefe seines rauhen Wesens bat er: Möge er nicht durchgekommen sein! Möchte doch eine höhere Gewalt, außerhalb ihres Willens, im Wege stehen und zwischen sie treten, damit das nicht geschehe, was sonst geschehen müsse.
Er ging weiter. Mit weit offenen Augen, mit hervorquellenden Augen suchte er die Umgebung ab. Nichts. Kein Laut war zu hören. Nur die Bäume regten sich. Es war sehr kühl.
Pagidas kam zum festgesetzten Ort. Er blickte um sich. Nichts war zu sehen.
Sein Herz, das in seinem Leben so viel durchgemacht hatte, war jetzt am Zerspringen.
Vielleicht? . . .
Nein. Ein Schatten löste sich von der Erde und bewegte sich. Er wurde immer größer. Er kam mit Sicherheit heran, schweigend, wie ein Baum, der schreitet.
»Bist du es?« sagte der Pagidas.
Die bekannte Stimme seines Freundes erwiderte kurz: »Ich bin es.«

Sie standen wenige Fußbreit voneinander entfernt.
Was war das, was in ihnen rang, was ihr Blut aufwühlte, was bis zu ihren Lippen aufstieg und dann wieder wie verjagt verschwand?
Es verging ein Augenblick. Zwei Augenblicke.
Wieder sagte der Pagidas: »War der Weg frei?«
Und Garbis: »Nein!«
Er war nicht frei. Und dennoch war Garbis durchgekommen. Es mußte sein.
Der Wind blies. Rein, von den Sternen beschienen. So rein, daß er in die Herzen der zwei Männer drang, die sich nicht schlagen wollten und doch nicht anders konnten. Der Wind blies. Einen Augenblick lang, einen einzigen nur, gelang es ihm, tiefer einzudringen.
»Stratigos«, sagte der Pagidas.
Und in diesem Vornamen, der ausgesprochen wurde, zitterte, hart wie Stahl, wie die Steine des Sarmusak, die Liebe.
»Was?« fragte die andere Stimme.
»Flieh, Mensch«, sagte der Pagidas, und seine Stimme verriet jetzt seinen flehentlichen Wunsch.
»Du hast mich gerufen«, sagte Garbis, »und ich bin gekommen. Flieh du!«
Es vergingen kritische Augenblicke. Sie vergingen. Wer wollte vor dem anderen weichen? In diesem entscheidenden Augenblick erwachte das Blut. Es ist furchtbar, erbarmungslos, nicht zum Schweigen zu bringen.
»Warum, Mensch, hast du ihn getötet?« sagte der Pagidas, und bei der Erinnerung an seinen Bruder knirschten seine Zähne.
Da ließ Garbis der Wut um den ermordeten Bruder, die zwischen sie treten sollte, zwischen ihn und seinen Herzensfreund, und die sie vernichten sollte, ihren Lauf und stieß einen furchtbaren Fluch über den jüngeren Bruder des Pagidas aus.
Da war es geschehen.
»Ich habe nur ein Messer!« brüllte Pagidas.

Garbis riß sein Gewehr von der Schulter und warf es auf den Boden. Er zog sein Messer aus dem Gürtel. Er war vollkommen ruhig, bereit zum unausweichlichen Opfer ihrer Freundschaft.
»Komm!«
Auch er nannte jetzt den Freund bei seinem Vornamen, wie um von ihm Abschied zu nehmen: »Komm, Antonis!«
Und es lag in dieser Anrede etwas tief Erschütterndes – die Zärtlichkeit zusammen mit dem unerbittlichen Schicksal.
Es blitzten die Klingen in der Nacht und die Leiber stürzten sich aufeinander. Sie stöhnten und schäumten. Und die Bäume, die ringsum rauschten, schwiegen, und die Sterne wandten sich herab und schauten dem Geschehen lange zu.

Verborgen hinter der Steinbank regten wir uns nicht, die Artemis und ich. Wir warteten. Wir hatten die Vorahnung, daß irgend etwas sich ereignen würde, daß unsere Augen etwas Furchtbares sehen würden. Wohin war der Führer der Schmuggler gegangen? Warum hatten sich seine Gefährten bemüht, ihn zurückzuhalten?
Wir hofften, daß unser Ohr aus ihrem Gespräch ein Wort erhaschen würde. Aber keiner von ihnen sprach. Sie rauchten nur.
»Sollen wir weggehen?« flüsterte ich Artemis zu, vor Kälte mit den Zähnen klappernd.
Sie preßte meine Hand. Auch sie zitterte.
»Nein! ... Laß uns bleiben ... Laß uns sehen ...«
Wir sollten bleiben. Wir sollten es bis zum Ende, bis zum Letzten sehen. Unsere Träume, die bisher zu dieser Stunde golden und blau gewesen waren, sollten sich mit jener neuen Woge füllen, mit dem Zeichen der Zeit, mit Rot.
Ein Schmuggler stand draußen vor dem großen Tor und lauschte in der Richtung, in der ihr Führer fortgegangen war. Ab und zu kam er herein.
»Ist etwas zu hören?« fragten seine Gefährten.

»Nichts.«
»Keine Stimme?«
»Keine Stimme.«
Schließlich meldete der Späher: »Ich höre Schritte! Jemand kommt!«
Die Schmuggler sprangen auf und stürzten zum Tor, die Büchsen in den Händen.
Sie warteten, Warteten.
»Wer da?« hörte man die wilde Stimme des Postens.
Leiser, ruhig, müde kam die Antwort: »Ich!«
Wir sahen die finstere Masse der Männer sich zerteilen. Mitten durch den schwarzen Strom, den sie geöffnet hatten, schritt Pagidas hindurch. Die Lampe, die über dem toten Heiligen brannte, warf auf den Schmugglerführer fahles Licht. Sein Gesicht war wild. Auf seinem Kopfe trug er nicht die Mütze aus Astrachan. Seine Haare waren zerzaust.
»Geht und holt ihn!« sagte er nur und ließ sich gegen eine Tür fallen.
Sie gingen und brachten ihn auf ihren Schultern. Sie legten ihn voll Ehrfurcht neben den Heiligen.
»Bringt mir Wasser«, sagte der Pagidas und erhob sich.
Er nahm das Wasser, machte seine Hände naß und wusch das blutige Gesicht des toten Freundes. Er legte ihm die Haare zurecht. Kein anderer. Keiner. Nachher zog er sich zurück.
»Bringt mir Rum«, sagte er.
Trinkend, umgeben von seinen Palikaren, umgeben von dem Schweigen und von dem Sturm des herannahenden Krieges, hielt Antonis Pagidas in der letzten Nacht bei seinem Freund die Totenwache.
Das erlebten wir in unserer letzten Nacht an den Kimindenia.

Früh am Morgen sorgten die Schmuggler zunächst für ihren Toten. Sie beerdigten den Stratigos Garbis unter der großen

Eiche am Eingang des Gutshofes. Sie zimmerten ein Kreuz aus dicken Olivenästen und legten ihn ins Grab.
Der Großvater, die Großmutter, die ganze andere Menge vernahmen, als sie erwachten, bestürzt, was vorgefallen war. Sie fragten nach den Einzelheiten. Aber keiner gab Antwort. Sie wohnten alle aus der Ferne der Beerdigung bei.
Als das beendet war, nahm Pagidas den Großvater beiseite.
Sein Gesicht hatte seine ganze harte Entschlossenheit wiedergefunden.
»Wir wollen sehen, ob wir noch zur Stadt durchkommen«, sagte er.
Er sandte Reiter aus, welche die Wege erkunden sollten, ob sie schon besetzt oder noch frei wären.
Sie kehrten gegen Mittag heim.
»Nein, Kapitän! Alle Wege sind besetzt! Von allen Seiten kommen die Türken! Wir müssen übers Meer entfliehen! Sie kommen mit Mord und Brand!«
»Weh uns! Weh uns!« jammerte die Menge, als sie das hörte. »Weh uns, die wir unsere Heimat verlassen müssen!«
Bis zum letzten Augenblick klammerten sie sich an die Hoffnung, daß sie doch noch an der Küste bleiben könnten, bis der Sturm vorüber wäre, um später wieder in ihre Dörfer zurückzukehren. Es war indessen bereits offenkundig, daß sie es nicht mehr können würden.
»Weh uns! Weh uns!«
Als erste brachen die Flüchtlinge aus den Dörfern auf. Es wurde vereinbart, daß sie zur Küste von Dikeli hinabgehen sollten, wo sie Segler finden würden, um sich einzuschiffen. Sie hoben ihren Heiligen auf die Schultern. Und im Schutz der Männer, die bewaffnet waren mit den Waffen, die der Pagidas unter sie verteilt hatte, machten sie sich auf den Weg.
Wir verfolgten sie aus dem großen Hoftor mit unseren Blicken, bis sie in der Ferne verschwanden.

»Jetzt sind wir an der Reihe«, sagte der Großvater bewegt.
Die Ereignisse stürzten so heftig auf uns ein, daß sie die starke Eiche unseres Hauses bis auf die Wurzel erschütterten. Mit Mühe versuchte er sich aufrechtzuerhalten, um in der kritischen Stunde nicht zu wanken.
Als erste brachen die Leute auf, die auf dem Gute gearbeitet hatten. Männer und Frauen. Ihr Bündel auf der Schulter, zogen sie am Großvater vorüber, der im großen Hoftor stand, einer nach dem andern. Sie bückten sich weinend, küßten seine Hand, und er verabschiedete sich von ihnen und gab ihnen seinen Segen.
»Lebt wohl . . . Lebt wohl!«
Alle waren schon fortgegangen.
»Gehen wir auch, Despina!« sagte er zur Großmutter, ergriff ihre Hand und drückte sie.
»Wir werden uns am Strand einschiffen, der unterhalb des Gutes des Wilaras liegt. Wir fahren bis dorthin mit dem Wagen.
Als erste stieg die Großmutter auf den Wagen. Sie weinte untröstlich. Die weißen Haare, die ihr süßes Antlitz umgaben, waren ungeordnet und spielten im leisen Wind. Ihre Knie zitterten. Der Großvater und meine Mutter halfen ihr beim Aufsteigen.
Dann stieg unsere Mutter auf, dann die Anthippi, dann die Lena, dann die Agapi. In der einen Hand hielt sie ihr Bündel, in der anderen ihre Weltkunde – die Zahlen mit den Sternen.
Die Reihe kam an Artemis. Wir hatten gestern nicht geschlafen, weder sie noch ich. Ihr Antlitz war ganz blaß.
»Komm, Artemis.«
Sie zog ihr Bärchen an dem Strick, mit dem es festgebunden war, hinter sich her. Sie ging ganz langsam. Sie drehte sich zur Seite und schaute: sie war da. Sie war schon ein Bäumchen geworden, die Nuß, die sie eines Tages mit ihrer Hand gepflanzt hatte, bewegt von dem tiefen Wunsche, zu erfahren, von dem tiefen Zwange, zu erfahren, ob sie das Pflanzen des Nußbaumes

mit dem Tode würde bezahlen müssen . . . Sie schaute das Bäumchen an. Sie grüßte es zum Abschied.

»Kleiner Nußbaum, Artemis geht fort. Wird sie es dort mit dem Tode bezahlen, wohin sie geht? Wird sie es nicht bezahlen?...«

Artemis löste den Strick, der das Bärchen festhielt. Das kleine schwarze Raubtier blickte einmal um sich und schlug dann, getrieben von dem sicheren Instinkte, der es leitete, mit komischer Hast den Pfad nach den Kimindenia ein.

Wir blieben als letzte, der Großvater und ich. Pagidas mit seinen Palikaren wartete, um uns zu begleiten. Der Großvater drehte sich um und blickte hinter sich, nahm Abschied von den Bäumen und den Kimindenia. Da sah er ihn:

Er kam von drinnen aus dem Gutshof. Er schritt langsam mit vor Alter zittrigen Füßen und blieb dort neben dem großen Hoftor stehen.

Der Barba Joseph! Der Barba Joseph!

»Bist du nicht fortgegangen, alter Joseph?« fragte ihn überrascht der Großvater und ging zu ihm hin.

Ohne Erregung, ruhig, friedlich erwiderte die Stimme des Greises von Lemnos: »Nein, Herr. Ich bleibe.«

»Du bleibst?«

Darauf war der Großvater, waren alle anderen nicht vorbereitet. Wo er bleiben wolle, fragte er ihn. Die Türken würden kommen! Sie würden keinen am Leben lassen!

Barba Joseph hörte das. Aber er hatte seinen Entschluß gefaßt. Er war nicht von den Kimindenia fortgegangen, als es noch Zeit war. Er war nicht fortgegangen, als eine andere Stimme, stärker als die des Todes, ihn heimzukehren rief, als die Stimme des Herzens ihn gerufen hatte, das Mädchen, das dort auf seiner kahlen Insel – auf Lemnos – die Sterne betrachtet hatte. Er konnte damals nicht. Jetzt war es zu spät. Aus welchem Grunde jetzt? Jetzt waren seine Tage, waren seine Stunden gezählt. »Es gibt kein Fahrzeug mehr, keinen Weg.«

»Ich bleibe, Herr. Was sollen sie mit mir machen?«
»Alter, sie werden dich zu Grunde richten!« rief Antonis Pagidas. »Flieh!«
Aber der Entschluß, der unbeweglich in den trüben Augen des Greises lag, war stärker als die Liebe zum Leben.
»Ich bleibe«, sagte er.
Da begriffen alle, daß es fruchtlos wäre, ihn von seiner Ansicht abzubringen. Pagidas schaute auf die Sonne, die im Sinken war.
»Wir haben keine Zeit!« sagte er zum Großvater. »Wir müssen uns eilen!«
Der Großvater ging mit zitternden Schritten auf Barba Joseph zu. Der Greis aus Lemnos bückte sich mühsam und küßte die Hand des anderen Greises. Der Großvater schloß ihn in seine Arme, blickte ihm in seine tränenfeuchten Augen und küßte ihn dann auf die Stirne.
»Leb wohl!«
Der Großvater richtete sich wieder auf. Er stand einen Augenblick vor dem großen Hoftor, die Augen darauf gerichtet. Aufrecht stand dort unsere königliche Eiche, umkränzt von Haaren, die die Zeit gebleicht hatte, umhüllt vom Gold des Sonnenuntergangs, als ob er ein Gebet verrichte. Dann nahm er seine Mütze ab, kniete demütig nieder, bückte sich zu Boden und küßte die Erde, die er mit seinem Leben gesegnet hatte.
»Lebt wohl!«

Wir stiegen in das Segelschiff, das auf uns wartete. Der Gutshof am Meere war verlassen. Die Wilaras hatten sich schon eingeschifft. Wir sahen ihr Schiff, wie es das Segel spannte und sich vom Festland entfernte. Ich versuchte Doris zu erkennen. Ich vermochte es nicht. Nur einen Augenblick lang regte sich etwas dort am Bug, ein goldenes Licht verflocht sich mit dem Blau des Meeres und verschwand wieder hinter dem Segel, das sich im Winde drehte. Es mußten ihre Haare sein.

Die Schmuggler stiegen einer nach dem anderen in ihr rotes Segelschiff. Pagidas saß zu Pferd und beobachtete sie. Auch der letzte stieg an Bord. Keine Menschenseele war mehr an Land. Alle Palikaren blickten auf ihren Führer.
»Kapitän! Komm, Kapitän!«
Pagidas drehte seinen Kopf langsam nach rechts und links. Sein Gesicht, von der untergehenden Sonne beschienen, strahlte rot. Er reckte sich im Steigbügel und griff fest in die Zügel.
»Lebt wohl!« rief er seinen Gefährten zu.
Würde ihr Kapitän nicht mit ihnen kommen?
Nein, er kam nicht mit. Die Palikaren im Boote wußten schon, daß ihr Führer fortgehen werde. Er würde fortgehen, um sich allein mit der Horde, die herabkam, zu schlagen, um den Tod zu finden. Es ging nicht anders. Er ging, um den Freund, den er getötet hatte, wieder zu finden.
Ich sah ihn, wie er auf seinem Pferde galoppierend im roten Licht verschwand. Die Gewehre der Schmuggler in der Barke feuerten Abschiedsschüsse in die Luft. Ihr metallischer Klang fiel auf das Meer und verhallte auf den Wogen.
Die Sterne waren alle herausgekommen. Auf der Ägäis schwammen unsere kindlichen Träume. Die Woge schlug die Planken unseres Schiffes und schläferten sie ein. Schlaft, ihr Träume! In dem fremden Lande, in das wir ziehen als Flüchtlinge, was wird uns da erwarten, was für Tage werden wir da erleben? . . .
Lena war eingeschlafen. Sie wünschte sich so sehr den Platz mit der Roterde. Dort würde sie mit ihrem Manne leben, würde viele Kinder bekommen, dort würde sie ihre Kaninchen und ihre Tauben und vieles andere haben. Nein, Lena hatte nicht an Reisen übers Meer gedacht, hatte sich nicht von den Kimindenia trennen wollen. Sie hatte es nicht gewollt.
Agapi hatte gedankenverloren ihre Augen auf die Sterne gerichtet. Wie oft hatte sie die Sterne in der letzten Zeit studiert, wie oft ihre Entfernungen mit ihren Zahlen ausgerechnet! . . .

Aber jetzt, da sie sie ansah auf der Flucht von ihrer Heimaterde, auf ihrer schweren Reise, jetzt erst entdeckte sie, sah sie, daß das ihr Fehler war, ein unverbesserlicher Fehler. Die Sterne entflohen ihr. Während wir unseren Träumen nachgegangen waren in den Schluchten der äolischen Erde, während wir uns dauernde Gefährten geschaffen hatten, die uns begleiten sollten in allen bitteren Tagen der Zukunft, hatte sie, so klein sie war, den Himmel zur Erde herabholen wollen.

Arme Agapi . . . Arme Agapi . . .

Es gibt irgendwo auf einem Gutshof in Anatolien, unter den Bergen, die Kimindenia heißen, ein ›gelbes‹ Zimmer. Die Schwerter, die dort aufgehängt sind, erwachen in der Nacht. Dort kam eines Tages ein Mann auf der Wanderschaft vorbei. Er durchzog die Straßen Anatoliens auf der Suche nach dem Kamel mit dem weißen Kopf, dem einzigen Kamel mit weißem Kopf, das ihm in seinem Leben begegnet war, und das er verloren hatte. Die Menschen verspotteten ihn, aber er hörte nicht auf sie. Da er nicht glauben konnte, da er nicht glauben wollte, daß das Kamel mit dem weißen Kopf verschwunden war, daß es in seinem Leben nicht mehr da sein sollte.

Am gleichen Orte kam ein anderer Mann vorbei. Er zog nach dem fernen Jerusalem, besessen von dem Gedanken, die Klänge festzuhalten, sie so zu machen, daß sie nicht verstummten in einer Uhr mit goldenen Satyrn. »Weißt du, wo die heiligen Stätten sind, wo Jerusalem liegt?« fragten ihn die mitleidigen Menschen. »Du mußt ganz Anatolien durchqueren . . .« »Ich werde ganz Anatolien durchqueren«, antwortete ihnen die tiefe, friedliche und überzeugende Stimme der Leidenschaft.

Dort unterhalb der Berge, die Kimindenia heißen, liegt eine Höhle, wo die Wildschweine hingehen, wenn sie altern, um zu sterben. Ein grüner Salamander, eine kleine Schildkröte, eine aufgehängte Fledermaus erwarten dort den Tod. Wir sind nicht mehr dazu gekommen, Artemis, an unsern Hals die feinen Kno-

chen der Fledermaus zu hängen neben unser goldenes Kreuz. Dann hätten uns alle lieb gehabt. Aber wir sind nicht mehr dazu gekommen.
Aber weiter drüben, jenseits des Flusses der Schakale, ist der Adlerhorst. Dort kam an einem Sommertag der Sturm. Gesegnet sei er. Alle künftigen Stürme würden mich daran erinnern. Gesegnet sei er . . .
Und noch höher droben, jenseits des Buchenwaldes, jenseits des Reiches der Wildsteineichen, auf dem Kamm der großen Schlucht, traf ein Schuß, der fiel, die große Bärin vom Libanon. Sie hatte ein kleines Kind, ein Bärchen mit schwarzem Fell. Die große Bärin mußte sterben. Und ein Jäger, der um seinen Kopf ein Tuch mit gelben Sternen trug, auch er mußte sterben. »Warum ?« fragten die Wiedehopfe und die Wildtauben. »Aus Liebe«, antworteten die Eichen.
Artemis, du und ich, wir werden, Artemis, im fremden Lande nicht einsam sein. Von jetzt an, alle die Tage bis zum Ende unseres Lebens, werden wir nicht einsam sein.

Auf der Ägäis schwammen unsere Träume . . .
Die Großmutter war müde. Sie wollte ihren Kopf an die Brust des Großvaters lehnen, der seine Augen auf das Festland gerichtet hatte, ob er dort noch von den Kimindenia etwas unterscheiden könne. Aber es war nichts mehr zu sehen. Die Nacht hatte die Formen und die Linien in sich aufgesogen.
Die Großmutter neigte ihren Kopf, um ihn an die Brust zu lehnen, die sie all die Zeit ihres Lebens beschirmt hatte. Etwas störte sie und ihr Kopf konnte keine Ruhe finden: wie ein Knollen, der unter dem Hemd des Greises lag.
»Was ist das hier ?« fragte sie fast gleichgültig.
Der Großvater führte seine Hand dorthin. Er schob sie unter das Hemd und fand den kleinen fremden Körper, der sich an seinen Körper schmiegte und die Schläge seines Herzens hörte.

»Was ist das?«
»Es ist nichts«, sagte schüchtern der Großvater, wie ein Kind, das ertappt wurde. »Es ist nichts. Etwas Erde ist es . . .«
»Erde!«
Ja, etwas Erde von ihrem Boden. Um ein Basilikum hineinzupflanzen, sagte er ihr, in dem fremden Land, in das sie zögen. Zur Erinnerung.
Langsam öffneten die Finger des Greises das Tuch, in dem die Erde eingeschlossen war. Sie griffen hinein, auch die Finger der Großmutter faßten hinein, wie um sie zu streicheln. Ihre Augen blieben voller Tränen darauf haften. Plötzlich sahen sie, daß zwischen ihren Fingern, in der Erde, die sie hielten und streichelten, sich etwas regte. Es regte sich und segnete die Nacht: ein glänzendes grünliches Licht.
Es war nur ein Glühwürmchen. Es kam aus der Erde, in der es verborgen war, hervor, und jetzt begleitete es uns auf unserer Reise, sein Licht vereinend mit dem griechischen Archipelagos, mit der Ägäis, mit den Sternen.
Erde, äolische Erde, Erde meiner Heimat . . .